西北民族大學“中國語言文學”一流學科建設經費資助項目

國家民委創新團隊項目“中華文學遺産與中華民族共同體内涵建設”（民委發〔2020〕76號）資助

西北民族大學2020年中央高校基本科研業務費專項資金創新團隊項目“民漢文學交融視野下的多民族文學遺産與文化凝聚研究”（項目編號：31920200007）資助

西北民族大學科研創新團隊項目“中華多民族文學遺産與中華民族共同體意識研究”（項目編號：10014606）資助

清代少數民族文學家族詩集叢刊

完顔氏
文學家族詩集

多洛肯　路鳳華　輯校

中国社会科学出版社

圖書在版編目(CIP)數據

完顔氏文學家族詩集 / 多洛肯，路鳳華輯校 . —北京：中國社會科學出版社，2022. 8

（清代少數民族文學家族詩集叢刊）

ISBN 978 – 7 – 5203 – 9475 – 8

Ⅰ. ①完…　Ⅱ. ①多…②路…　Ⅲ. ①古典詩歌—詩集—中國—清代　Ⅳ. ①I222. 749

中國版本圖書館 CIP 數據核字（2021）第 273755 號

出 版 人　趙劍英
責任編輯　田　文
特約編輯　馮廣裕
責任校對　張愛華
責任印製　王　超

出　　版　中國社會科學出版社
社　　址　北京鼓樓西大街甲 158 號
郵　　編　100720
網　　址　http://www.csspw.cn
發 行 部　010 – 84083685
門 市 部　010 – 84029450
經　　銷　新華書店及其他書店

印　　刷　北京君昇印刷有限公司
裝　　訂　廊坊市廣陽區廣增裝訂廠
版　　次　2022 年 8 月第 1 版
印　　次　2022 年 8 月第 1 次印刷

開　　本　710 × 1000　1/16
印　　張　27.5
字　　數　465 千字
定　　價　148.00 元

凡購買中國社會科學出版社圖書，如有質量問題請與本社營銷中心聯繫調換
電話：010 – 84083683

整理前言

一

按照古人的說法，族是湊、聚的意思，同姓子孫，生相親愛，死相哀痛，時常聚會，所以叫族（參見班固《白虎通德論》卷八《宗族》）。家族以家庭爲基礎，指的是同一個男性祖先的子孫，即使已經分居、異財、各爨，形成了許多個體家庭，但是還世代相聚在一起，按照一定的規範，以血緣關係爲紐帶結合成爲一種特殊的社會組織形式。家族是組成古代中國國家機制的細胞，是傳統社會的基礎和支撑力量。

文學家族從魏晉時期開始出現，一直延續到近代，是中國古代文學史上的一種特殊的、極具研究意義的文學現象，是在師友聲氣、政治之外的另一種文學創作的共同體。文學世家的研究，已成爲文學界和史學界共同關注的熱點，成果蔚爲大觀。縱觀近百年來的研究成果，清代家族文化研究仍主要集中於江南地區與中原腹地的漢族高門大姓。代表作如潘光旦的《中國伶人血緣之研究明清兩代嘉興的望族》，製作了嘉興91個望族的血係分圖、血緣網絡圖、世澤流衍圖，將嘉興一府七縣望族的血緣與姻親關係進行了系統梳理。吴仁安《明清時期上海地區的著姓望族》對上海地區300餘家著姓望族的世系及形成的歷史原因、發展演變及其社會影響等進行了考察。江慶柏《明清蘇南望族文化研究》分析蘇南望族與家族教育、科舉、藏書、文獻整理、文化活動等諸方面的關係。羅時進《地域·家族·文學——清代江南詩文研究》、淩郁之《蘇州文化世家與清代文學》、朱麗霞《清代松江府望族與文學研究》分别以系統梳理與個案探析的方式，對蘇州、松江等江南地區的世家大族進行分析。徐雁平《清代世家與文學傳承》則以重要問題研究與家族個案研究相結合的手法，探究清代漢族世家文學傳統的衍生、繼承與發揚。

而作爲中國歷史上第二個由少數民族建立的全國政權，清代統治者對八旗、對各地的回族、對南方地區的少數民族，採取了不少促進社會經濟發展的措施，爲民族地區儒學的傳播打下了一定基礎。清代少數民族文學家族是在各民族文化交融的背景下形成壯大的。漢文化尤其儒家文化與少數民族文化交融激蕩，少數民族文化對儒家文化的價值認同以及多民族文化的互攝交融，形成了我國多民族文化發展的格局。

清代少數民族文學家族作爲英賢家族群體，以其巨大的文學創造力和傳承力，用文字記録行知，以文學方式展現社會風貌，其影響輻射範圍激蕩邊疆、聲聞中華。清代少數民族文學家族充分呈現出悠久的地域文化色彩，凸顯了濃郁新奇的民族特色。清代少數民族文學家族的研究意義，在於深度挖掘清代少數民族文學家族文學創作文本和生態環境的闡釋意義，層層深入清代少數民族文學家族存在方式和關照格局的背後價值。

近年來，少數民族文學家族開始進入研究者的考察視綫，成爲古代文學領域新的學術增長點，出現了一批研究清代少數民族文學家族的論文。如陳友康《古代少數民族的家族文學現象》論及白族趙氏、納西族桑氏兩個文學家族。李小鳳《回族文學家族述略》粗略梳理了明清時期的回族文學家族，並淺析了回族文學家族産生的原因。王德明《清代壯族文人文學家族的特點及其意義》《論上林張氏家族的文學創作》兩文對清代壯族文學家族進行了一定的梳理與論析。多洛肯、安海燕《清代壯族文學家族及其詩文創作》對清代壯族文學家族中的作家、詩文作品進行全面考察，指出壯族家族文學在地域上分佈不平衡，並將其與同時代的滿族家族文學、蒙古八旗家族文學、雲貴少數民族家族文學（主要是白族、彝族、納西族）進行比較研究。米彥青《清代邊疆重臣和瑛家族的唐詩接受》與《清代中期蒙古族家族文學與文學家族》兩篇論文，對清代蒙古族文學家族尤其和瑛家族進行了較爲系統的考察和探析。全面考察八旗蒙古文學家族文學活動的論文有多洛肯的《清代八旗蒙古文學家族漢語文詩文創作述論》和《清代後期蒙古文學家族漢文詩文創作述論》。涉及滿族家族文學的僅有多洛肯、吳偉的《清後期滿族文學家族及其詩文創作初探》和《清代滿族文學家族文學創作敘略》，二文立足文獻，對清代後期 45 家和整個清代出現的 80 家文學家族進行了全面考察與評述。

我們要深入地考察梳理清代少數民族文學家族文學創作的基本情況，摸清現存詩文别集的存佚情況、流佈現況。清代少數民族文學家族的文學創作繁興突出的表徵是一門風雅。一門風雅反映出清代少數民族文學家族内部文人化的聚合狀態。清人詩文集浩如煙海，少數民族文學家族成員創作作品分散庋藏各地，有不少還是未經刊印的稿本、鈔本，有些刻本僅存孤本。對這筆文化遺產進行調查、摸底，爲防文獻散佚，必須將之進一步輯録、整理。這些文學作品藴涵著豐富的歷史文化信息，是我國古代文學的重要組成部分。

據對現有相關文獻資料的調研摸底，清代滿族文學世家有 80 家，家族詩文家 270 人，存詩人數 238 人，别集總數 360 部，散佚 115 部；回族文學世家 14 家，家族詩文家 53 人，存詩人數 34 人，别集總數 91 部，散佚 25 部；蒙古族文學世家 10 家，家族詩文家 31 人，存詩人數 10 人，别集總數 44 部，散佚 5 部；壯族文學世家 11 家，家族詩文家 33 人，存詩人數 16 人，别集總數 28 部，散佚 18 部；白族文學世家 5 家，家族詩文家 18 人，存詩人數 18 人，别集總數 26 部，散佚 15 部；彝族文學世家 4 家，家族詩文家 14 人，存詩人數 11 人，别集總數 9 部，散佚 3 部；納西族文學世家 3 家，家族詩文家 11 人，存詩人數 11 人，别集總數 13 部，散佚 3 部；布依族文學世家 1 家，家族詩文家 3 人，存詩人數 3 人，别集總數 6 部，未散佚。摸清家底，爲深入考察清代少數民族文學家族文學創作狀況奠定了堅實的文獻基礎。編纂一部清代少數民族文學家族詩文總集，並做相應學術研究，這是一項重要的基礎工程。

二

完顔氏家族屬於金源貴胄，譜系源遠流長。有清一代，家族成員均位居顯宦。更重要的是，家族以詩禮傳家，代有文人。從清朝初期到清朝末期，完顔氏家族共有 14 位詩人：完顔兑、和素、科德氏、留保、惲珠、麟慶、程孟梅、崇實、蔣重申、妙蓮保、佛芸保、楊佳氏、衡平、景賢。其中男性詩人 6 位，女性詩人 8 位，共創作了 11 部詩集，其中得以傳世的詩集有 7 部，散存詩 38 首。家族文風歷三百年不輟，形成了一門風雅的文學生産機制。從傳世詩集内容上分析，能夠感受到家族成員之間濃濃的親情，也有師友之間的情深義重，而且男性成員能夠將家族親情上升到國家高度，做到移孝以作忠。完顔氏家族男性成員在仕宦之餘描寫風物，關心民瘼，將詩歌描寫的範圍擴大到了社會生活的方方面面，將廣闊的社會生活納入詩歌中。完顏氏家族的詩歌創作路綫是從家庭生活向社會生活擴展，從上層社會向底層百姓轉移，愈是到清代後期愈多表現底層百姓的真實生活，可以說是當時百姓生活的一面鏡子。這種一路向下的眼光和筆法使得完顏氏家族詩歌具有了現實主義的光芒和社會現實意義。

完顏兑，字悦姑，内務府滿洲鑲黄旗人，都統穆里瑪室，誥封一品夫人，順治九年壬辰科進士阿什坦妹。完顏兑能詩善画，著有詩集《花堁閒吟》，曾輯古今閨閣瑣事爲一册，名《花堁叢談》。生平事跡見《國朝閨秀正始集》卷三和《八旗藝文編目》。完顏兑詩集《花堁閒吟》與文集《花堁叢談》均未傳世。僅《國朝閨秀正始集》卷三收録其詩歌 2 首：《寄外時鎮右衛》《憫忠寺看白牡丹》。雖然完顏兑只有兩首詩傳世，但是從其内容來看，多將家與國聯繫起來，這是清初時代特徵在詩歌中的反映，說明滿族女性關注的重點是由家及國，將家國命運緊緊相連，這就擴大了詩歌的内容，提高了詩歌的思想境界，也把詩歌題材從家庭内部擴大到社會國家層面，使詩歌突破了家庭範圍，上升到了國家高度，完顏氏家族是貴族家族，那麼思想上就會多多地考慮國家，將家國緊緊相連。

和素（約 1630—1717），阿什坦子，字存齋。累官内閣侍讀學士，兼佐領。御試清文第一，賜巴克什號，充皇子師傅，武英殿總裁、翻書房總裁，晉贈光禄大夫。生平事跡見《八旗藝文編目》《欽定八旗通志》與《熙朝雅頌集》。《熙朝雅頌集》卷三十存其詩 3 首：《春風》《春雨》《寄懷鄭明經》。這三首詩都與江南息息相關，其中《春風》《春雨》寫江南春景之美。和素不僅善贊江南風景之美，而且多與江南友人交遊，證明了滿漢文化交流和交往早在清代初期就已經在文化界開始了。

科德氏（？—1721），和素室，能詩工琴。嘗與和素焚香對彈。和素夫婦可謂琴瑟和諧，伉儷情深。科德氏閒作小詩，隨手棄去，故無遺稿。《國朝閨秀正始集》存其 1 首詩歌《池上夜坐》。

留保（1689—1766），阿什坦孫，康熙甲午科（1714）舉人，康熙六十年辛丑科（1721）恩賜進士，散館授編修，日講起居注官，吏、户、禮、工四部侍郎，經筵講官、翰林院掌院學士，軍機處行走，歷充實録、玉牒、明史等館總裁。雍正丙午科福建鄉試正考官，乾隆己未科會試大總裁，累遷通政使。生平事跡見《清史稿》卷二百九十。完顏留保有散文集《完顏氏文存》傳世，無詩集傳世，但《熙朝雅頌集》收録其散存詩歌 17 首。

完顏氏家族文學發展到了留保這裏，開始走上了完全用漢文進行文學創作的道路，同時顯現出了高超的創作才能，詩文兼善，內容廣泛，突出表現了深厚的君臣情誼和家族親情。留保的詩歌基本是以寫實爲主，大多爲紀遊詩，語言樸素，情感真摯，而且詩中有獨特的滿族特色。《過大庾嶺》中的“未若此時遊興好，居然騎馬畫中行”，一位遊興正酣的在江南騎馬的滿族貴族的形象躍然紙上。滿族人都會騎馬，但是滿族人在江南騎馬還是少見的，“居然”二字恰恰說明了自己作爲滿族貴族能夠在南方以騎馬的方式來遊覽美景的驚喜。這首詩歌加入了具有自己民族特色的風俗，這是難能可貴的，也說明當時八旗子弟入關不久，都能保有自己“國語騎射”的傳統，即使到江南也不忘記自己民族的傳統，更準確地說，這是一種習慣，留保將這種習慣帶到了江南。在江南期間也是騎馬履職，而不是坐轎。留保用寫實主義的手法描寫江南美景，不誇飾，不造作，同時記述了自己的心路歷程，一位真正的使者形象躍然紙上。

完顔惲珠（1771—1833），和素曾孫完顔廷璐室，字星聯，別字珍浦，晚號蓉湖道人，又稱蓉湖散人，自稱昆陵女史。出身陽湖望族惲氏，自幼工詩善画，能傳其家學，乾隆五十三年（1788）歸完顔廷璐，以子麟慶貴，誥封一品夫人。輯《國朝閨秀正始集》二十卷，因詩學成就成爲清代閨閣詩人領袖，生平事跡見《清史稿》卷五百八、《八旗藝文編目》與《蓉湖草堂贈言録》。

完顔惲珠是完顔氏家族著名的女性詩人，文學成就突出。撰詩集《紅香館詩草》，輯《國朝閨秀正始集》（二十卷，附録一卷、補遺一卷、題詞一卷），選《國朝閨秀正始續集》（十卷，附録一卷、補遺一卷、挽詞一卷），纂《蘭閨寶録》（六卷），録《惲遜庵先生遺集》。

《紅香館詩草》一卷，有 78 首詩歌，6 首詩餘，共 84 首詩詞。正文前有三篇序，文末有三篇跋。《蓉湖草堂贈言録》記載曰：“少時夢至海上一孤嶼，上有蓮花，遇人告以前身爲紅香島妙蓮大士侍者，掌司秘笈，偶謫人世，當自繪紅島護書圖，且以紅香名館。”惲珠根據自己幼時夢境繪《紅島護書圖》，而且將自己的居室命名爲紅香館，也將自己的詩集以“紅香館”命名。《紅香館詩草》成書於 1815 年。現存四個版本：嘉慶二十一年刻本，中國國家圖書館、上海圖書館、南京圖書館藏；咸豐十一年重刻本，中國國家圖書館、中國社會科學院圖書館藏；宣統三年石印本，中國國家圖書館、民族文化宫、無錫圖書館藏；喜詠軒叢書本，民國十七年石印，叢書綜録、大連圖書館、日本人文館藏。

惲珠因爲隨父仕宦，後又隨夫仕宦，隨子宦行，因此惲珠的詩歌從一開始就走出了家庭生活，因此詩歌題材廣闊，突破了家庭的束縛，使自己的才華得以充分展現。惲珠與大多數閨閣詩人一樣，描寫閨中生活是其必然題材，這多數是即景抒情的詩歌，有的表現了惲珠灑脱自然，不受束縛的心情，如《錦雞》："一朝脱卻樊籠去，好向朝陽學鳳飛。"這是惲珠現存最早的詩歌作品，寫在少年時期，從其詩句可以看出惲珠内心自由、不願被束縛的思想；有的詩歌表現了淡淡的清愁，如《中秋遇雨》："寂寂空庭夜色幽，每逢佳節惹清愁。雲遮丹桂天香遠，雨濕孤桐晚翠稠。衰老無心登畫舫，庾公遺興上高樓。西風蕭瑟閑庭院，辜負姮娥一度秋。"在中秋佳節之際，本來應該是闔家歡樂的時候，但是今年的中秋佳節卻只有自己，顯出了淡淡的清愁。

麟慶（1791—1846），字伯餘，一字振祥，號見亭，惲珠長子。嘉慶十三年（1808）中式順天鄉試一百四十八名舉人，嘉慶十四年（1809）中式嘉慶己巳恩科進士，任内閣中書，後兼充文淵閣檢閲，國史館分校，遷兵部主事。嘉慶二十三年（1818）正月，授詹事府春坊中允。道光二年（1822）十二月，簡授安徽寧國府遺缺知府。道光四年（1824）八月改知潁州，十一月升授河南開歸陳許道。道光七年（1827）臬篆河南。道光九年（1829）十月授河南按察使，署理河南布政使。道光十二年（1832）二月，補授貴州布政使。道光十三年（1833）正月，補授湖北巡撫，八月初六日署江南河道總督。道光十五年（1835）九月，實授江南河道總督，兼署兩江總督。道光二十二年（1842）夏天，因南河桃北崔鎮汛漫決，被革職回京。道光二十三年（1843）夏，往河南赴任，因河南中牟合龍，賞四品京堂，授庫倫辦事大臣。道光二十六年（1846）八月逝世於半畝園。

麟慶一生順遂暢達，科名早發，政績顯著，亦取得較高文學成就，撰散文集《鴻雪因緣圖記》、詩集《凝香室詩存》，編《河工器具圖説》《黄運河口古今圖説》《蓉湖草堂贈言録》等，是完顏氏家族文學成就繁榮的代表人物。

《凝香室詩存》（2 册），第一册完成於嘉慶甲戌十九年（1814），正文前有鄭佩蘭和麟慶自己寫的序，還有鄭佩蘭、竹間吳錫傳、汪琨、洪飴孫寫的題詩序，存詩 129 首、詩餘 5 首。第二册完成於嘉慶戊寅二十三年（1818），前有賈鵬程、周儀暐、蔣因培、潘葆田寫的題詩序，存詩 115 首。現有清稿本，中國國家圖書館藏。《凝香室詩存》（八卷），清抄本，正文前在汪琨、鄭佩蘭、洪飴孫、吳錫傳、周儀暐、蔣因培的題詞序之外，又有醉琴道人、蔡天培、謝敷和等人的題詞序。第一卷存詩 103 首；第二卷存詩 92 首；第三卷存詩 62 首；第四卷存詩 156 首，前有丁芮模寫於道光四年（1824）的題詞序，蔣因培在道光六年（1826）寫的題詞序，袁潔寫於道光七年（1827）的題詞序，此外亦有陸繼輅寫的題詞序，但無具體寫作時間；第五卷存詩 134 首；第六卷存詩 103 首，前有吳嵩梁寫於道光十二年（1832）的題詞序；第七卷存詩 143 首；第八卷存詩 107 首，前有陳祖望寫於道光二十四年（1844）的題詞序。《凝香室詩存》共存詩 900 首，可見麟慶是詩歌高產者，是完顏氏家族存詩最多的一位詩人。《凝香室詩存》（八卷），現有清抄本，存於中國國家圖書館。

麟慶的詩歌反映了自己一生的仕宦和生活經歷，第一首詩歌是在十一歲寫成，最後一首詩歌寫於自己逝世前的春天，一生筆耕不輟，留下了近千首詩歌。詩集按照時間順序用詩歌的形式記録了自己幸福的童年生活、學習經歷、連捷南宫的喜悦，以及自己的婚姻生活、仕宦經歷和政績聲望等等，主要包括燕居逸樂、寫景紀遊、感懷抒情、酬唱贈答、書畫題詠、憑弔悼亡、現實民生等。麟慶詩歌不僅題材廣泛，而且情感豐富，正如鄭佩蘭於清稿本《凝香室詩存序》中所説："言情如訢，寫意如畫，沖淡處似陶徵士，濃厚處似顏光禄，高情逸韻，張曲江之風度也。和音緩節，白香山之諧暢也。"寫出了麟慶詩歌情感如同寫意的山水畫，具有高情逸韻之美。

程孟梅（？—1841），麟慶繼室，漢軍人，撰《紅薇閣詩草》，惜未傳世；輯《國朝閨秀正始續集》補遺一卷。《清閨秀正始再續集》（卷三）存其詩 2 首，分别是詠史詩、題畫詩；《鴻雪因緣圖記》存詩 1 首，是紀恩詩，共存散存詩 3 首。雖然詩歌僅存三首，但是從三首詩歌的題材來看，程孟梅詩歌的題材廣泛，而且才思敏捷，如《鴻雪因緣圖記》第一集下《與春同詠》記載："甲申（1824）春暮，園花盛放，女妙蓮保年七歲，戊寅二月生。手拾花片，牽裾請觀。余至亭，見碧瓊飛雪，不讓蕃釐，紅玉垂絲，儼同香園。隨即擘箋製詠，適内子自花間來，見余苦吟，笑曰：已得起聯，因吟云：君本玉堂人，合向花間坐。"這個記録足以表現程孟梅在詩歌創作方面的才華。

崇實（1820—1876），乳名嶽保，字子華，號樸山，麟慶長子，程孟梅生。道光二十三年（1843）中式二百四名舉人，道光三十年（1850）中式進士，改庶吉士，散館升左贊善，旋補文淵閣校理，又充國史館纂修，奏辦院事，功臣館提調。咸豐三年（1853）又升侍講學士、通政使司通政使。咸豐四年（1854），補授内閣學士，兼禮部侍郎，後改户部左侍郎，兼三庫大臣，後被派往陝西辦理公務。咸豐五年（1855），補授工部右侍郎，兼管錢法堂事務。後因庇護家僕犯錯，被降爲四品京堂。咸豐八年（1858）補授太僕寺卿。咸豐九年（1859）升詹事府詹事，再充日講起居注官，九月再授内閣學士，兼禮部侍郎，十月任職駐藏正辦大臣。咸豐十年（1860），補授鑲黄旗漢軍副都統，同年正月初十，出都前往四川，七月署理四川總督。咸豐十一年（1861）授成都將軍。同治十年（1871）三月，補授鑲白旗蒙古都統。同治十二年（1873），署理熱河都統。同治十三年（1874），補授刑部尚書，三月任會試總裁，後被派往直隸、山海關一帶查辦事件。光緒元年（1875），被派往奉天、吉林一帶查辦事件，署理盛京將軍。光緒二年（1876）逝世於盛京將軍任。生平事跡存於《惕盦年譜》中。

崇實不僅在政治方面有爲，而且在歷宦各地過程中創作了很多文學作品，撰《適齋詩集》四卷、《小琅玕館學稿》，與崇厚合作撰寫《麟見亭河督慶行述》，輯釋道作品《白雲仙表》，撰《惕庵年譜》一卷，以上著作均存於中國國家圖書館。

崇實撰有《適齋詩集》四卷，前有卷一至卷四的目録，第一卷存44首詩歌，第二卷存62首詩歌，第三卷存56首詩歌，第四卷存45首詩歌，共存207首詩歌。後存有《惕盦年譜》一卷，記録了崇實從嘉慶二十五年（1820）出生，至光緒二年（1876）去世一生的經歷。現有清光緒刻本，中國國家圖書館藏。

崇實到過江南、内蒙古、四川、盛京等地仕宦，尤其在四川履職達十餘年，在盛京履職又卓有成效，可謂在政治方面實現了自己一生宏大的理想，崇實以積極履職的行動來報效皇恩祖德，同時又實現了自己建功立業的夢想，從崇實的詩歌中可以看出崇實是一個積極向上、努力進取的人，經過一生的努力使得自己成爲奮發有爲的政治家和筆耕不輟的文學家。崇實是完顏氏家族文學發展延續期第一位有成就的詩人，他的詩歌不僅描述了自己家族成員的生活，而且用紀實的手法記録了清代後期内蒙古、四川、熱河、盛京等地的社會現實，也記録了當時中國從西方引進的新發明，具有重要的文獻學價值。

《小琅玕館學稿》，1册，存詩50首，第一首詩歌《題錦香姐畫蟠桃小幅》作於道光十一年（1831），此時崇實僅12歲（此處按照古人習慣虛歲數字表示），可見學習詩歌寫作年齡之早，顯示出少年詩才。這50首詩歌，僅有五首詩歌與《適齋詩集》重合，分别是：《邯鄲途次謁盧仙祠題壁》《奉嚴命恭詠御賜平定回疆銅版戰圖》《遊普應寺》《重晤李小叙喜成》《春夜同硯癡西園閒步並寄學癡》。這五首詩歌均收在《適齋詩集》第一卷，從寫作時間上看，《小琅玕館學稿》成書應比《適齋詩集》早。《小琅玕館學稿》現存清稿本，中國國家圖書館藏。

蔣重申（？—1879），字鶴友，漢軍人，崇厚室，崇厚爲麟慶次子。蔣重申是完顔氏家族重要的女性作家，撰《環翠堂詩草》，前有兩篇序言：一篇是毛昶熙寫的序，毛昶熙是蔣重申長子衡平參加順天鄉試時的座師，毛序主要講述了蔣重申的生平經歷，以此讚頌蔣重申詩歌才華淵源有自。一篇是那遜蘭保寫的序，用詩歌的語言讚頌了蔣重申似班姬，具詠絮之才，同時回憶了兩人一起唱和吟詩的美好情景。詩集後有衡平表弟惲寶楨寫的跋，將蔣重申的《環翠堂詩草》與惲珠《紅香館詩草》相比，稱二詩集是完顔氏家族女性作品之代表。《環翠堂詩草》的寫作時間是從她嫁入完顔氏家族開始的，一直持續到其生命的最後，存詩77首。

蔣重申爲漢軍望族，自幼跟隨外祖父外任，聰穎工詩，詩歌多得江山之助，歸地山宫保後，又與丈夫吟詩唱和，作詩水準益進，而且完顔氏家族姊妹妙蓮保、佛芸保都受父親麟慶詩歌教誨，作詩頗佳，洵爲一門風雅之佳話。通過詩集《環翠堂詩草》可以全面瞭解蔣重申的生平經歷、思想觀點及其詩歌特點。因此，蔣重申是完顔氏家族文學延續期女性詩歌的代表。

蔣重申將隨宦生活當成了旅遊，因此從未感覺到旅途的勞累和艱辛。在蔣重申眼中看到的始終是如畫的風景，而且能用五彩畫筆記録行程。《曉行》詩曰："星稀天曉過溪灣，紅日初昇映翠鬟。一片米倉山色好，只疑身在畫圖間。"晨曉趕路，紅日初昇，映入眼簾的是緑草青山，只覺是行走在圖畫裏，寫出了詩中有畫的意境，也可以看出蔣重申的詩歌同樣得到江山之助，這是她行萬里路得到的最好回報。七言絶句《邯鄲道中》不僅描寫了美麗的春光，也表達了更深刻的思想内容："邯鄲道上踏紅塵，兩岸垂絲柳色新。試看路傍名利客，往還都是夢中人。"驛路上的行人都是爲了名利來來往往，雖然有著無限美好的景色，但是大家都是爲了名利而來。蔣重申看到了社會現實的真相，這對於一個二十歲左右的年輕女性來説，她的認識一般來自於家庭，但是蔣重申的認識有了雙重來源，即家庭和社會，這就能夠讓自己的思想更加成熟和深刻。

蔣重申不僅在詩歌内容方面有自己深刻的領悟與見解，而且在表現手法上具有開闊宏大的場面，這對於女性詩人來説是可貴的。對於閨閣詩人來説，讀萬卷書容易，但是行萬里路，廣泛地接觸社會生活卻不是易事。幸運的是，因爲崇厚外任的原因，蔣重申可以隨宦各地，這一經歷讓她有機會飽覽美麗的山水風光，使得她的詩歌得到了江山之助，具有更大的氣勢。因此她的詩歌在寫作上敢於運用誇張的手法來表達詩歌内容。如在去甘肅途中，寫行進速度之快，“左右盤旋留不住，征輿已出萬峯間。”在《望三岔河口》詩中，蔣重申也運用了誇張的手法來表現山川景色之美，“推窗遥望海天寬，得月樓頭倚畫欄。萬頃晴波平似鏡，水光山色耐人看。”這是用誇張的手法寫出了平静水面的範圍之大，給人開闊大氣之感。

《環翠堂詩草》1 册，清光緒間［1875—1908］刻本，中國國家圖書館藏。

妙蓮保，生於嘉慶二十三年（1818），卒年不詳，字錦香。麟慶長女，來秀室。輯《紅香館挽詞》；撰《賜綺閣詩草》，惜未傳世。《清閨秀正始再續集》（卷三）存其詩 2 首。

佛芸保（1832—1856），字华香，麟庆女，宗室延煦室。著別集《清韻軒詩草》，惜未傳世。《繪境軒讀畫記》云：“善畫，有夫婦合作避暑山莊圖，藏溗陽托活洛氏所著《清韻軒詩稿》，有題自畫山水小幅絶句云：一川楊柳迎風舞，千樹桃花冒雨開。偶向小窗閒點染，滿天春色筆端來。”《清閨秀正始再續集》（卷三）存其詩 5 首。

楊佳氏，生年不詳，卒於同治八年（1869）。嵩申室，嵩申爲崇實長子。《清閨秀正始再續集》存其《正始集題辭》5 首組詩。

衡平（1852—?），崇厚長子，母親爲蔣重申。崇實取乳名階兒，大名三祝，後改名三奇，後改名衡平，字如庵，號階生。光緒元年乙亥（1875）舉人，官禮部員外郎，江南候補道。生平事跡存於其父撰《鶴槎年譜》中。衡平撰《酒堂遺集》一卷，存詩 298 首、詩餘 8 首，共有 306 首詩詞。詩集前有三人寫的序，後有兩篇跋語。其中一篇跋語是完顏衡平師馮赓廷先生子馮光遹寫於光緒二十一年（1895）。《酒堂遺集》現有清光緒刻本，中國國家圖書館藏。

《酒堂遺集》詩歌類型豐富，有紀遊詩、紀實詩、抒情詩、感懷詩、贈寄詩、送別詩、題畫詩、詠物詩、挽詩、和詩等。《酒堂遺集》創作的詩歌從完顏衡平中式光緒元年（1875）舉人開始，到光緒二十二年（1896）冬月止，記録了完顏衡平二十一年的生活和思想。

完顏衡平生活在清代最後幾十年，親見清代偏地饑饉、民不聊生的社會現實，此時又是西方列强大肆侵略中國之時，末世的環境使得完顏衡平沒有父輩們强烈的馬上封侯的理想，加之，完顏衡平中式舉人後，屢試禮部都未遇，這使他鬱鬱不得志，於是有了避世的想法，幻想過陶淵明式的隱居生活，但在現實中是不可能的，在京仕宦後，就任職江南候補道，但是不久即逝世。完顏衡平的理想是獲得科舉功名後任職文官，他認爲這是文人應該有的仕途，而不是通過投筆從戎以軍事途徑來實現政治理想。

《酒堂遺集》記録了完顏衡平的矛盾思想、日常生活，以及個人的興趣愛好，同時也留下了非常珍貴的，能夠反映當時重大歷史事件的資料。可以說，完顏衡平將中式舉人後到去世前的生活都寫進了詩集中，通過該詩集可以瞭解完顏氏家族在清代末期的生活狀況，這本詩集彌足珍貴，達到了以詩記史的目的。

景賢（1876—?），崇厚次孫，乳名會哥，後過繼給華毓，成爲崇實孫，字樸孫。光緒二年（1876）恩賜舉人，累官副都統。生平事跡存於《惕盦年譜》《鶴槎年譜》《三虞堂書畫目》中。

景賢撰《三虞堂書畫目》二卷，附《碑帖目》一卷、《論書畫詩》二卷。《三虞堂書畫目》中的書畫分别按照年代編次，最早是晉代書畫作品。《三虞堂書畫目》上卷是書法作品，晉代 3 幅、梁代 1 幅、唐代 14 幅、宋代 14 幅、元代 27 幅、明代 12 幅，共 71 幅書法作品，其中最後一幅作品是明代才女薛素素寫的《七言對》，爲真跡，紙本現存，是《三虞堂書畫目》中唯一一位女性書法家的書法作品。《三虞堂書畫目》下卷是繪畫作品，晉代 1 幅、唐代 9 幅、南唐 4 幅、北宋 27 幅、金代 1 幅、元代 22 幅、明代 11 幅，共 75 幅作品。對於這 146 幅書畫作品的流傳和真僞情况，蘇宗仁先生均作了詳細描述。《三虞堂碑帖目》一共有 17 種，其中以宋拓本爲主，共有宋拓本 10 種。

《三虞堂書畫目》存論書詩 10 首，其中涉及《三虞堂書畫目》中的 10 幅書法作品：1.（晉）王大令《送梨帖》，2.（晉）王大令《東山松帖》，3.（唐）虞永興《廟堂碑》，4. 梁武帝《異趣帖》，5.（唐）虞永興《汝南公主墓誌銘稿》，6.（唐）高閑上人《草書半卷千文》，7.《唐人篆書說文木部六》(紙卷),8.(唐)懷素《山水帖》,9.《唐羅昭諫代錢鏐謝賜鐵券表稿》,10.《唐人七寶轉輪經卷》,以上書法作品均爲真跡。《三虞堂書畫目》還有10首論畫詩,這10首論畫詩是從75幅繪畫作品中選出來進行評論的:1.(晉)顧虎頭《洛神圖》,2.(唐)閻右相《北齊校書圖》,3.(唐)閻右相《鎖諫圖》,4.(唐)王右丞《寫濟南伏生像》,5.(唐)韓晉公《五牛圖》,6.(唐)小李將軍《春山圖》,7.(唐)裴寬《小馬圖》,8.(唐)張志和《漁父詞圖》,9.(唐)貫休《五祖授衣鉢圖》,10.(南唐)周文矩《羲像卷》。

以上書法作品和繪畫作品均藏於完顏氏家族半畝園中,完顏氏家族藏品豐富,歷朝歷代書畫作品均有,使得完顏氏家族成爲文化藝術家族。

完顏景賢所屬家族地位顯赫,藏書豐富,金石器物尤多,因此本人具有很高的鑒賞水準,能辨别書畫作品的真僞,同時又與端方等鑒賞大家交往,進一步提升了自身的鑒賞水準。又因自己家族以詩書傳家,所以最後能夠寫出《三虞堂書畫目》,且得以傳世。《三虞堂書畫目》論書畫詩就表現出了完顏景賢對書畫鑒賞所持的謹慎態度,同時對於自己的鑒賞能力又表現出了充分的自信。

《三虞堂書畫目》,現有1933年鉛印本,中國國家圖書館藏。

此次校點以完顏氏家族的詩歌爲主體,共收入完顏氏家族六位成員的詩集七種。

收録惲珠詩集一種:

《紅香館詩草》一卷,以中國國家圖書館藏清同治刻本爲底本。

收録麟慶詩集一種:

《凝香室詩存》八卷,以中國國家圖書館藏清抄本爲底本。

收録崇實詩集兩種:

1.《適齋詩集》四卷,以中國國家圖書館藏清光緒刻本爲底本。

2.《小琅玕館學稿》一册,以中國國家圖書館藏清抄本爲底本。

收録蔣重申詩集一種:

《環翠堂詩草》一册,以中國國家圖書館藏清光緒刻本爲底本。

收録衡平詩集一種:

《酒堂遺集》一卷,以中國國家圖書館藏清光緒刻本爲底本。

收録景賢詩集一種:

《三虞堂書畫目》二卷,附《碑帖目》一卷、《論書畫詩》二卷,以中國國家圖書館藏1933年鉛印本爲底本。

集外詩共有38首：完顔兑存2首集外詩，輯自《國朝閨秀正始集》卷三，爲（清）惲珠輯，清道光刻本，中國國家圖書館藏。和素存3首集外詩，輯自《熙朝雅頌集》。科德氏存集外詩1首，輯自《國朝閨秀正始集》卷一（惲珠輯，清道光刻本，中國國家圖書館藏）。留保存詩17首，輯自《熙朝雅頌集》。程孟梅存集外詩3首，其中《清闺秀正始再续集》（卷三）存其诗2首：《孝烈將軍祠》《題翁繡君女史羣芳再會圖》；《鴻雪因緣圖記》存詩1首。妙蓮保存集外詩2首，輯自《闺秀正始再续集》（單士釐編，《閨秀正始再續集》，歸安錢氏鉛印本，中國國家圖書館藏）。佛芸保存集外詩5首，輯自《清閨秀正始再續集》。楊佳氏存集外詩5首，輯自《閨秀正始再續集》。

目　　錄

完顏兌散存詩 ……………………………………………………（1）
　寄外 …………………………………………………………（1）
　憫忠寺看白牡丹 ……………………………………………（1）

和素散存詩 ………………………………………………………（2）
　春風 …………………………………………………………（2）
　春雨 …………………………………………………………（2）
　寄懷鄭明經 …………………………………………………（2）

科德氏散存詩 ……………………………………………………（4）
　池上夜坐 ……………………………………………………（4）

留保散存詩 ………………………………………………………（5）
　象山 …………………………………………………………（5）
　遊璧魯洞 ……………………………………………………（5）
　過十八灘 ……………………………………………………（6）
　早發都門 ……………………………………………………（6）
　中秋雨夜 ……………………………………………………（6）
　西湖 …………………………………………………………（7）
　遊天臺國清寺 ………………………………………………（7）
　閩中道上 ……………………………………………………（7）
　過大庾嶺 ……………………………………………………（8）
　上清即事 ……………………………………………………（8）

紅香館詩草

紅香館詩草序 …………………………………………… (13)
序 ………………………………………………………… (14)
序 ………………………………………………………… (16)
    老松 ……………………………………………………… (17)
    題自畫小幅三首 ………………………………………… (17)
        牡丹 …………………………………………………… (17)
        菊花 …………………………………………………… (17)
        珠藤魚藻蝴蝶 ………………………………………… (17)
    雨過 ……………………………………………………… (17)
    中秋遇雨 ………………………………………………… (17)
    錦雞 ……………………………………………………… (18)
    虞美人恭步家大人韻 …………………………………… (18)
    詠樹頭殘雪 ……………………………………………… (18)
    送春恭步家大人韻 ……………………………………… (18)
    渡漳遇雨 ………………………………………………… (18)
    道中即目 ………………………………………………… (18)
    邯鄲道中 ………………………………………………… (19)
    春遊 ……………………………………………………… (19)
    接家書 …………………………………………………… (19)
    暮春 ……………………………………………………… (19)
    種菊次外韻 ……………………………………………… (19)
    除夕作 …………………………………………………… (19)
    美人詩八首恭步太夫人韻 ……………………………… (20)
        月下 …………………………………………………… (20)
        燈前 …………………………………………………… (20)
        簾內 …………………………………………………… (20)

舟上 …………………………………………（20）
林下 …………………………………………（20）
鞦韆 …………………………………………（21）
戲和大觀園菊社詩四首 ………………………（21）
種菊 …………………………………………（21）
詠菊 …………………………………………（21）
畫菊 …………………………………………（21）
簪菊 …………………………………………（21）
分和大觀園蘭社詩四首 ………………………（22）
畫蘭 …………………………………………（22）
簪蘭 …………………………………………（22）
蘭影 …………………………………………（22）
蘭夢 …………………………………………（22）
悼侍姬袁氏秋兒 ………………………………（22）
夜坐 ……………………………………………（23）
玉簪花 …………………………………………（23）
過津門 …………………………………………（23）
雨夜舟中 ………………………………………（23）
西湖二首 ………………………………………（23）
其一 …………………………………………（23）
其二 …………………………………………（23）
偶題 ……………………………………………（24）
榆錢 ……………………………………………（24）
讀九種曲有感 …………………………………（24）
錢塘渡江 ………………………………………（24）
東甌署中即景四首 ……………………………（24）
春日 …………………………………………（24）
夏日 …………………………………………（24）
秋日 …………………………………………（25）
冬日 …………………………………………（25）
喜大兒麟慶連捷南宮詩以勗之 ………………（25）
美人雜詠四首 …………………………………（25）

虞姬 ………………………………………………………（25）

飛燕 ………………………………………………………（25）

綠珠 ………………………………………………………（25）

紅拂 ………………………………………………………（25）

遣嫁長女口占二絕 …………………………………………（26）

其一 ………………………………………………………（26）

其二 ………………………………………………………（26）

贈潘夫人虛白四律 …………………………………………（26）

其一 ………………………………………………………（26）

其二 ………………………………………………………（26）

其三 ………………………………………………………（26）

其四 ………………………………………………………（27）

憶江南八絕 …………………………………………………（27）

其一 ………………………………………………………（27）

其二 ………………………………………………………（27）

其三 ………………………………………………………（27）

其四 ………………………………………………………（27）

其五 ………………………………………………………（27）

其六 ………………………………………………………（27）

其七 ………………………………………………………（28）

其八 ………………………………………………………（28）

題自畫荔枝 …………………………………………………（28）

崶山驛曉發 …………………………………………………（28）

哭長媳瓜爾佳氏二絕 ………………………………………（28）

其一 ………………………………………………………（28）

其二 ………………………………………………………（28）

西園 …………………………………………………………（28）

乙亥春三牡丹花放時夫子卣闈校士爰題四絕 ……………（29）

其一 ………………………………………………………（29）

其二 ………………………………………………………（29）

其三 ………………………………………………………（29）

其四 ………………………………………………………（29）

舟中晚眺 ………………………………………………（30）
　　风雨遣怀 ………………………………………………（30）
　　秋夜 ……………………………………………………（30）
　　闺情 ……………………………………………………（30）
　　晓妆 ……………………………………………………（31）

红香馆诗草跋 ………………………………………………（32）
跋 ……………………………………………………………（33）
跋 ……………………………………………………………（34）

凝香室诗存

凝香室诗存序 ………………………………………………（37）
凝香室诗存卷之一 …………………………………………（39）
　　白牡丹 …………………………………………………（39）
　　夜侍环翠轩偶成 ………………………………………（39）
　　看菊 ……………………………………………………（39）
　　梦中口占 ………………………………………………（39）
　　环翠轩漫兴 ……………………………………………（39）
　　天香楼赏荷 ……………………………………………（40）
　　秋夜吟 …………………………………………………（40）
　　晓发河西务 ……………………………………………（40）
　　晚眺 ……………………………………………………（40）
　　舟次广陵 ………………………………………………（40）
　　偕李康阶丈泛舟西湖 …………………………………（41）
　　竹素园 …………………………………………………（41）
　　游净慈赠主云上人 ……………………………………（41）
　　山阴道中 ………………………………………………（41）

天台山道中 …………………………………………（42）
月夜泛富春江 ……………………………………（42）
括蒼道中 …………………………………………（42）
文丞相祠 …………………………………………（42）
浩然樓 ……………………………………………（42）
送春 ………………………………………………（43）
石門洞 ……………………………………………（43）
瓊林宴口號 ………………………………………（43）
景州道中 …………………………………………（43）
山行 ………………………………………………（43）
山陽嶽 ……………………………………………（43）
揚子江 ……………………………………………（44）
虎邱 ………………………………………………（44）
錢塘江 ……………………………………………（44）
蕭山舟中與李叙堂丈聯句 ………………………（44）
曉渡曹娥江 ………………………………………（45）
催妝 ………………………………………………（45）
觀海 ………………………………………………（45）
太湖龍挂歌 ………………………………………（45）
滕縣道中 …………………………………………（45）
趙北口 ……………………………………………（46）
遣懷 ………………………………………………（46）
七夕有感 …………………………………………（46）
有所贈 ……………………………………………（46）
喜晤蔡桂山天培話舊 ……………………………（46）
觀棋 ………………………………………………（46）
遊萬柳堂 …………………………………………（47）
古意 ………………………………………………（47）
題汪憶蘭琨影憐詩後 ……………………………（47）
擊劍行 ……………………………………………（47）
芳草 ………………………………………………（48）
題車珊濤丈紅蕉軒吟稿 …………………………（48）

內閣蒔芍藥十數本年久枯萎壬申花復發沈春皋前輩淦爲啟徵詩勉成
　　二律 …………………………………………………（48）
　　　其一 ………………………………………………（48）
　　　其二 ………………………………………………（48）
憶湖上諸勝十六截句 ……………………………………（49）
讀楞嚴經 …………………………………………………（50）
題烏目山人王石谷山水卷 ………………………………（50）
紅豆美人圖 ………………………………………………（50）
寄李康皆步瀛山陰 ………………………………………（50）
題汪宜伯懷蘭室詩集 ……………………………………（50）
春暮有懷蔡桂山刺史詩以代柬 …………………………（51）
哭同年瑞芸卿林学士 ……………………………………（52）
神木歌 ……………………………………………………（52）
贈沈春皋淦舍人 …………………………………………（52）
送顧春谷外兄落第歸江南 ………………………………（52）
九月十五日紀事 …………………………………………（52）
冬夜懷從軍諸友 …………………………………………（53）
聞劉松齋清方伯破賊定陶 ………………………………（53）
骰子 ………………………………………………………（53）
終南行弔强忠烈公 ………………………………………（53）
送行次新店晚眺偶成 ……………………………………（54）
盧溝 ………………………………………………………（54）
集古四首 …………………………………………………（54）
猫 …………………………………………………………（54）
溪上 ………………………………………………………（55）
懷惲子尚受章外兄 ………………………………………（55）
營奠悼亡爲瓜爾佳夫人作 ………………………………（55）
聞雁 ………………………………………………………（55）
陋室十詠 …………………………………………………（55）
　　破鏡 …………………………………………………（55）
　　焦琴 …………………………………………………（55）
　　缺硯 …………………………………………………（56）

· 7 ·

寒燈 ……………………………………………… (56)

　　　斷箋 ……………………………………………… (56)

　　　敗筆 ……………………………………………… (56)

　　　遺畫 ……………………………………………… (56)

　　　殘書 ……………………………………………… (56)

　　　漏卮 ……………………………………………… (56)

　　　故劍 ……………………………………………… (56)

　冬初奠内子墓歸途偶吟 ………………………………… (57)

　寄李五文泉山左 ………………………………………… (57)

　寒夜讀書示仲文二弟 …………………………………… (57)

　感懷 ……………………………………………………… (57)

　甲戌冬日編第一卷成詩以落之 ………………………… (58)

凝香室詩存卷之二 ……………………………………… (59)

　　　文社口占 ………………………………………… (59)

　　　月下 ……………………………………………… (59)

　　　古意 ……………………………………………… (59)

　和車珊濤丈柬鄭湘畹原韻即以奉詢 …………………… (59)

　和車珊濤丈見答之作仍疊原韻 ………………………… (60)

　偕車珊濤夜話倒疊前韻 ………………………………… (60)

　獨酌 ……………………………………………………… (61)

　雨中過金鰲玉蝀 ………………………………………… (61)

　秋夜 ……………………………………………………… (61)

　中秋感賦 ………………………………………………… (61)

　月夜 ……………………………………………………… (61)

　奉委隨明大將軍亮演火器 ……………………………… (62)

　曉赴圓明園 ……………………………………………… (62)

　蔡申甫師引疾南歸恭步原韻送別 ……………………… (62)

　悼亡爲繼室書書覺羅夫人作 …………………………… (62)

　乞假省親東遊泰麓留別仲文二弟 ……………………… (63)

　悼懷 ……………………………………………………… (63)

　邵丈百一鄭湘畹惲晴圃相餞即席留別 ………………… (63)

六月八日出都 …………………………………………（63）
山村賽社余過之有童子相謂曰僕僕者鎮日來往果因何故
　聞而有感紀之以詩 ……………………………………（63）
戲答童子 ………………………………………………（63）
雄縣早發 ………………………………………………（64）
趙北口 …………………………………………………（64）
聞鷓鴣啼 ………………………………………………（64）
獻縣 ……………………………………………………（64）
阜莊驛 …………………………………………………（64）
德州 ……………………………………………………（65）
平原遇雨 ………………………………………………（65）
早行 ……………………………………………………（65）
開山 ……………………………………………………（65）
聞琵琶偶吟 ……………………………………………（65）
張夏道中 ………………………………………………（66）
望泰山 …………………………………………………（66）
曹蓄齋師萃廖毅谷企稷徐守之箴李雯璇文銓周簡亭維讓朱守正濤招飲
　三賢祠並覽投書澗受經臺諸勝 ………………………（66）
題廖毅谷春水歸帆小照 …………………………………（66）
王母池 …………………………………………………（66）
獨立大夫松 ……………………………………………（67）
白雲洞 …………………………………………………（67）
泰山紀遊歌 ……………………………………………（67）
碧霞宮 …………………………………………………（68）
没字碑 …………………………………………………（68）
李椿園招遊後石塢 ……………………………………（68）
下山至觀松亭小憩 ……………………………………（68）
經石峪 …………………………………………………（68）
暴經石 …………………………………………………（69）
西園八首效唐人何處尋春好體 …………………………（69）
贈蔣伯生因培 …………………………………………（70）
靈巖寺 …………………………………………………（70）

趵突泉和趙松雪題壁韻 …………………………… (70)

泛大明湖至歷下亭 ………………………………… (70)

湖上偶吟 …………………………………………… (70)

朗園 ………………………………………………… (71)

贈北極閣道士醉琴 ………………………………… (71)

垂釣口占 …………………………………………… (71)

山行遇雨 …………………………………………… (71)

貞姑歌爲徐守之作并序 …………………………… (71)

題周司獄煜柳村圖 ………………………………… (72)

謁至聖陵恭紀 ……………………………………… (72)

奎文閣觀習丁祭儀 ………………………………… (72)

復聖祠 ……………………………………………… (72)

元聖祠 ……………………………………………… (72)

秋夜讀醉琴道人詩集題二絕句 …………………… (73)

由鵲華橋泛舟明湖再訪醉琴 ……………………… (73)

偕周伯恬儀暐遊龍洞寺 …………………………… (73)

龍洞紀遊 …………………………………………… (73)

佛峪 ………………………………………………… (74)

十月八日還都 ……………………………………… (74)

齊河縣 ……………………………………………… (74)

新城縣 ……………………………………………… (74)

鯗鶴 ………………………………………………… (74)

恩楚湘齡駕部招遊逸園 …………………………… (75)

楊忠愍公祠 ………………………………………… (75)

十八羅漢歌 ………………………………………… (75)

秋郊曉行遇雨 ……………………………………… (75)

贈汪企山景望 ……………………………………… (76)

黃金臺懷古 ………………………………………… (76)

十一月十五夜贈蔡桂山 …………………………… (76)

題丁立亭駕部錫綏西遊草 ………………………… (76)

冬夜偕潘翌門聖翼鄭湘畹佩蘭車珊濤車旺多爾濟杏邨車登多爾濟及仲文

· 10 ·

弟闌話 …………………………………………………（76）

凝香室詩存卷之三 ……………………………………（77）
　　戊寅四月十二日由兵部主事恩擢右春坊中允恭紀 ………（77）
　　寄瑞培齋生太守四川 …………………………………（77）
　　泰山秦刻殘字歌并序 …………………………………（77）
　　題恩悟三慶丈妙香室詩集 ……………………………（78）
　　消夏四詠 ………………………………………………（78）
　　雨窗閱清涼勝境圖贈蔡桂山 …………………………（79）
　　題周簡亭維讓學禪圖 …………………………………（79）
　　夜坐漫興 ………………………………………………（79）
　　秋日感賦二律 …………………………………………（79）
　　病中吟 …………………………………………………（80）
　　九日登瑤臺 ……………………………………………（80）
　　靈毓亭秀駕部招遊城南別墅 …………………………（80）
　　送孫雲本巖明府之官桐廬 ……………………………（80）
　　懷高蘭墅鷺侍御 ………………………………………（81）
　　謁圖文襄公祠有序 ……………………………………（81）
　　曉起偕蔡桂山天培王慶侯錫瓚遊淨業湖 ……………（81）
　　衍克齋妹丈勛招遊翠微山憩龍泉庵 …………………（81）
　　香界寺 …………………………………………………（81）
　　宿三山庵 ………………………………………………（82）
　　秘魔厓 …………………………………………………（82）
　　大靈光寺過明翠微公主墓 ……………………………（82）
　　寄祝潘芝軒夫子五旬七律四首 ………………………（82）
　　孝烈行爲丁姑作并序 …………………………………（83）
　　對菊 ……………………………………………………（84）
　　白雲觀 …………………………………………………（84）
　　送王襄亭之幹同年之任陽高 …………………………（84）
　　春日偕文時莽丕兵部穆吟濤馨阿侍講鍾仰山昌學士岳兼山昌明經劉芙

初嗣綰太史朱椒堂爲弼職方岳湘嚴齡比部周小石玗上舍彭春農邦疇學士何仙槎凌漢祭酒周雪橋仲墀孝廉王楷堂廷紹比部劉眉生斯嵋侍御朱野雲鶴年山人及子大樹修禊二啚紀遊八首 …… (84)

八月二十二日郊迎仁宗梓宮恭紀 …… (85)

送恒雲巖山太守之任粵東 …… (86)

酒仙橋 …… (86)

清明郊外 …… (86)

寄祝舅氏梧岡夫子六旬七律六首 …… (86)

題車丈珊濤絕筆詩後 …… (87)

送陳倬田同年繼義出守河南 …… (88)

清浄化城塔 …… (88)

贈館史周豹臣 …… (88)

小春上浣恩賜綾錦表裏恭紀 …… (88)

越日又蒙恩賜氆氌恭紀 …… (88)

除夕前一日恩賜福元膏鹿尾赭鱸錦雉恭紀 …… (89)

入直口占 …… (89)

題夢因道人三入龍含峪拜尹仙塔圖後 …… (89)

春曉聞畫眉聲 …… (89)

謝李浣泉韞英同年惠醬蔬 …… (90)

凝香室詩存卷之四詩客留題 …… (91)

凝香室詩存卷之四 …… (92)

癸未正月二十一日出都 …… (92)

別諸親友 …… (92)

留別仲文季素兩弟 …… (92)

遇風 …… (92)

景州 …… (92)

德州 …… (93)

平原感賦 …… (93)

過泰安境 …… (93)

中山店 …… (93)

滕文公祠 …… (93)

陰平道中	(93)
柳園荻莊	(94)
召伯舟中	(94)
泛舟平山	(94)
瓜洲宋園	(94)
瓜洲阻風戲買漁舟放江	(94)
望焦山	(95)
歸舟晚眺	(95)
燕子磯	(95)
清明日泊龍江	(95)
采石夜行	(95)
春陰江行	(95)
春雨泊繁昌	(96)
銅陵江即目	(96)
貴池江遠眺	(96)
贈劉薲洲湜同年時守池州	(96)
池陽道中口占四絕句	(96)
抵安慶	(97)
登大觀亭	(97)
松隱上人招遊妙香樓坐雨	(97)
委勘江灘買舟赴江省口號	(97)
攔江磯	(98)
太子磯	(98)
折骰行	(98)
太白樓	(98)
采石紀遊	(98)
三官洞妙遠閣	(99)
太白樓觀蕭尺木四大名山畫壁歌	(99)
阻風又登太白樓望雨	(99)
金陵四霞閣讀蔡桂山題壁詩即寄	(100)
隨園	(100)
清凉山翠微亭	(100)

· 13 ·

隱仙庵訪檏山雪堂二羽士 …………………………………（100）
牡丹園聽雪堂羽士彈琴 ……………………………………（101）
秦淮 ………………………………………………………（101）
莫愁湖櫂歌八首 ……………………………………………（101）
高座寺 ………………………………………………………（102）
獅子山三宿巖 ………………………………………………（102）
江行寄仲文季素兩弟 ………………………………………（103）
長江篇 ………………………………………………………（103）
梅根浦江頭口占二絕句 ……………………………………（103）
將進酒曲語惲子尚受章外兄 ………………………………（104）
觀音禪林納涼 ………………………………………………（104）
同松隱上人重過妙香樓 ……………………………………（104）
六月將之新安渡江至湖田坂登陸 …………………………（104）
橫船渡玩月 …………………………………………………（105）
新安道中雜詠三十絕句 ……………………………………（105）
登白嶽 ………………………………………………………（108）
望黃山 ………………………………………………………（108）
雲嵐山謁汪王墓 ……………………………………………（108）
紫陽書院 ……………………………………………………（109）
詣程朱闕里 …………………………………………………（109）
登城口占 ……………………………………………………（109）
雄村 …………………………………………………………（109）
岑山 …………………………………………………………（109）
問政山擊竺庵 ………………………………………………（110）
試程公玉新製墨偶題 ………………………………………（110）
太平如意寺小憩 ……………………………………………（110）
題丁曉樓芮模漢晉甎文冊 …………………………………（110）
雨後西園小坐 ………………………………………………（110）
陶雲汀澍中丞出禱冰圖見示即題 …………………………（111）
郡署紫翠樓西有軒三楹階前老桂一株幹留半片皮皺肉厚秋來著花無
　多而古香馥郁公餘坐對令人怠俗真異品也 ……………（111）
重修藺將軍樓落成 …………………………………………（112）

夜閱府試卷偶題…………………………………………（112）
題汪近聖鑑古齋墨藪…………………………………（112）
甲申八月改知潁川擬別黃山項少尉瑞齋國洛請爲鄉導起行廿五宿湯
　　口茅蓬廿六浴硃砂泉訪慈光寺擬登文殊頂以霧阻未果廿七早晴循
　　羅漢級望天都蓮花青鸞鉢盂雲際紫石疊障獅子硃砂布水等十峰廿
　　八歸宿水香園得詩十首示瑞齋……………………（113）
贈項少尉瑞齋…………………………………………（114）
甲申秋九留別新安士庶詩并序………………………（114）
祁門山行………………………………………………（115）
過大洪嶺口占…………………………………………（115）
雞兒灘觀叉魚…………………………………………（115）
將之潁郡道中作………………………………………（116）
潁州西湖謁四賢祠……………………………………（116）
湖上感懷………………………………………………（116）
巡邊遇雪誌喜…………………………………………（116）
雪中抵岳家寨…………………………………………（116）
宿兩河口聽李少尉暢談從軍舊事口占一律贈之……（117）
題王沂舸擊磬圖………………………………………（117）
題黃曉池崇曜歸去來圖七律二首……………………（117）
題曹蓄齋夫子春風嘯傲圖……………………………（117）
城北劉氏園探梅………………………………………（118）
嘉平五日得恩擢河南開歸道信恭紀…………………（118）
歲暮蒙城道中…………………………………………（118）
莊子祠…………………………………………………（118）
乙酉元旦宿州作………………………………………（119）
登第一山和雲汀夫子韻………………………………（119）
鴻信驛見梅花作俗訛紅心……………………………（119）
微雨過梅心驛…………………………………………（119）
風雪登大觀臺…………………………………………（119）
觀音庵同松隱上人夜坐………………………………（120）
出安慶城作……………………………………………（120）
渡淮……………………………………………………（120）

乙酉春仲留別潁川士庶詩并序 …………………………………（120）

凝香室詩存卷之五 …………………………………………………（121）
　　乙酉二月抵汴視事 ……………………………………………（121）
　　吹臺 ……………………………………………………………（121）
　　巡河至下交界 …………………………………………………（121）
　　望水 ……………………………………………………………（121）
　　柳園渡口感舊 …………………………………………………（122）
　　秋汛閱工 ………………………………………………………（122）
　　雨後黑堽曉發 …………………………………………………（122）
　　商邱汛望河水漫灘 ……………………………………………（122）
　　中秋夜赴上南搶險作 …………………………………………（123）
　　核桃園工搶險 …………………………………………………（123）
　　春汛觀挂柳 ……………………………………………………（123）
　　桃伏秋凌四汛各占一律 ………………………………………（123）
　　喜雨 ……………………………………………………………（124）
　　夜行 ……………………………………………………………（124）
　　題王竹嶼丈鳳生江聲帆影圖 …………………………………（124）
　　豫河南岸記工 …………………………………………………（125）
　　中牟堤上 ………………………………………………………（126）
　　雨中過石橋渡 …………………………………………………（126）
　　滎澤懷古 ………………………………………………………（126）
　　鴻溝 ……………………………………………………………（126）
　　恭步陶雲汀夫子海運原韻即以奉賀 …………………………（126）
　　題費耕亭庚吉籌燈課讀圖 ……………………………………（127）
　　署齋有紅梅四花時適出防凌汛浹旬歸來見幕客蔡桂山天培程伯廉熒鍔
　　　聯吟作喜占四絕句 …………………………………………（127）
　　春夜偶吟 ………………………………………………………（128）
　　商邱行館喜雨 …………………………………………………（128）
　　睢州謁湯文正公祠 ……………………………………………（128）
　　于役淮麓紀事并序 ……………………………………………（128）
　　昇仙臺 …………………………………………………………（129）

太清宫	（129）
白雲庵	（129）
太昊陵	（130）
畫卦臺	（130）
西師凱旋親督護送口占一律	（130）
西域得馬歌爲容瀾止照閣學作并序	（130）
衛郡遇雪	（131）
衛源	（131）
嘯臺	（131）
安樂窩	（131）
孫夏峰徵君祠	（131）
百泉	（131）
清輝閣	（132）
白露園	（132）
泉上别共城令周石藩際華同年	（132）
明潞王墓	（132）
湯陰謁岳武穆祠	（132）
三臺懷古	（133）
仲冬十二日次豐樂鎮送凱旋兵出境	（133）
題程鹿蕉印譜	（133）
黎陽令朱韞山鳳森招登大伾山率成四律	（133）
蘭館夜坐偶吟	（134）
桃汛堤上偶占	（134）
蘭儀署賞牡丹即贈王懷川仲涝太守	（134）
鄴陽集	（134）
孝烈將軍祠	（134）
代祀中嶽嵩山新鄭道中遇雨喜紀以詩	（135）
密縣晴望	（135）
望盧巖	（135）
祀嶽禮成恭紀	（135）
登黄蓋峰	（136）
崇福宫	（136）

· 17 ·

啟母石題句并序 …………………………………………………（136）
嵩陽書院 ……………………………………………………………（137）
會善寺 ………………………………………………………………（137）
少林寺 ………………………………………………………………（137）
初祖庵 ………………………………………………………………（137）
宿少林寺慈雲堂 ……………………………………………………（137）
出轘轅關 ……………………………………………………………（138）
萬山安謁靈佑王墓 …………………………………………………（138）
存心舟太守業招遊香山寺口占奉謝 ………………………………（138）
伊闕泛舟 ……………………………………………………………（138）
留別嵩縣尉顧華川夔臣 ……………………………………………（138）
宿寶陽洞 ……………………………………………………………（139）
關陵 …………………………………………………………………（139）
河南府署感舊 ………………………………………………………（139）
白馬寺 ………………………………………………………………（139）
北邙行 ………………………………………………………………（140）
杜工部祠 ……………………………………………………………（140）
虎牢 …………………………………………………………………（140）
滎鄭道中 ……………………………………………………………（140）
題師小圃志鵬司馬藝菊圖 …………………………………………（141）
題程方雨少尉鼎無說詩齋吟草 ……………………………………（141）
工次寄惲子穰受章外兄 ……………………………………………（141）
凌汛過劉家口 ………………………………………………………（141）
春柳 …………………………………………………………………（141）
姚笙華樟同年遺照 …………………………………………………（142）
蘭儀途中遇雨志喜 …………………………………………………（142）
寄賀潘榕皋奕雋先生重宴瓊林七律四首 …………………………（142）
　其一 ………………………………………………………………（142）
　其二 ………………………………………………………………（142）
　其三 ………………………………………………………………（142）
　其四 ………………………………………………………………（143）
夏論園際唐同年將之涉縣任出都門惜別圖索題見有句云此官雖小繫

蒼生覺仁人之言藹如涉邑地僻民貧得慈父母撫字宜何如慶幸乎
  爰題一絕句……………………………………………………（143）
耆德遐齡頌爲新安程退齋道銳對翁作并序……………………（143）
童奴文喜呈詩喜而有作……………………………………………（144）
題潘綏庭陔蘭書屋詩集……………………………………………（144）
陳留懷古……………………………………………………………（144）
許州…………………………………………………………………（144）
閱鄢城縣重修沙河石堤工遇雨志喜………………………………（145）
小商橋………………………………………………………………（145）
八里橋………………………………………………………………（145）
東里大夫祠…………………………………………………………（145）
尉氏懷阮嗣宗………………………………………………………（146）
蘭館寫照贈汪少尉春泉……………………………………………（146）
題程方雨鼎少尉課耕圖……………………………………………（146）
孟冬二十九日漳河工次聞恩擢按察使命恭紀……………………（146）
春日喜雪用尖义韻…………………………………………………（146）
題潘星齋紅蕉軒館詩抄二十韻……………………………………（147）
鍾仰山昌同年奉使過豫出滇黔紀勝詩相示即題二律……………（147）
楊海梁國楨中丞招同福竹汀克精額都統李靄軒凌雲觀察小獵東郊……（147）
題王藝齋家相同年夜燭治書圖……………………………………（148）
祝嚴小農夫子六旬壽詩七律八首…………………………………（148）
  其一………………………………………………………（148）
  其二………………………………………………………（148）
  其三………………………………………………………（148）
  其四………………………………………………………（149）
  其五………………………………………………………（149）
  其六………………………………………………………（149）
  其七………………………………………………………（149）
  其八………………………………………………………（149）
題宋思堂之睿別駕憺泉書屋詩鈔…………………………………（150）
題潘綏庭曾綬秀才紅蕉館詩鈔……………………………………（150）
凝香室詩存卷之六詩客留題……………………………………（151）

凝香室詩存卷之六 ……………………………………………（152）
　壬辰二月九日聞恩擢貴州布政使即赴新任命恭紀 ……（152）
　二十四日起程作 …………………………………………（152）
　留別汴中諸友 ……………………………………………（152）
　鄒鐘泉鳴鶴明府送我尉氏朱曲出鄒氏寶翰册囑題 ……（152）
　過棋澗穎橋有感 …………………………………………（153）
　穎考叔祠 …………………………………………………（153）
　襄城道中 …………………………………………………（153）
　葉縣遇雨 …………………………………………………（153）
　舊縣懷古 …………………………………………………（153）
　宿搬倒井玉照堂 …………………………………………（154）
　博望 ………………………………………………………（154）
　重過南陽府署感舊 ………………………………………（154）
　元妙觀感舊 ………………………………………………（155）
　晉楸 ………………………………………………………（155）
　懷楊海梁國楨中丞 ………………………………………（155）
　黃郵聚出河南境 …………………………………………（155）
　樊城 ………………………………………………………（155）
　渡漢江 ……………………………………………………（156）
　望隆中 ……………………………………………………（156）
　襄陽道中 …………………………………………………（156）
　掇刀石 ……………………………………………………（156）
　老萊故里 …………………………………………………（156）
　渡荊江 ……………………………………………………（157）
　道中書所聞見 ……………………………………………（157）
　界濟橋 ……………………………………………………（157）
　澧州對月寄內 ……………………………………………（157）
　館前有牡丹一高五尺餘候吏云過此花開主大吉祥屢有明驗今日連放
　　雙花兆應一品請賀姑妄聽之又占一律附寄內子 ……（157）
　武陵舟行 …………………………………………………（158）
　過桃源洞口占二律 ………………………………………（158）
　　其一 ……………………………………………………（158）

· 20 ·

其二 …………………………………………………………（158）
桃源篇和陶靖節先生韻 ……………………………………（158）
穿石 …………………………………………………………（159）
水心巖 ………………………………………………………（159）
甕子洞 ………………………………………………………（159）
明月滙 ………………………………………………………（159）
清浪灘謁伏波祠 ……………………………………………（159）
沅陵舟行 ……………………………………………………（160）
舟行遇鍾雲亭祥方伯 ………………………………………（160）
瀘溪縣機巖一帶峭壁上架木爲巢家具宛在俗名仙人屋實前代避水避
　兵處 ………………………………………………………（160）
丹山 …………………………………………………………（160）
鸕鶿灘 ………………………………………………………（161）
得潘卧園煥龍明府寄懷作依韻奉答 ………………………（161）
芷江舟行 ……………………………………………………（161）
龍津橋 ………………………………………………………（161）
黄猴灘 ………………………………………………………（161）
晃州舟行 ……………………………………………………（162）
舟行入貴州境 ………………………………………………（162）
聞鷓鴣啼有感 ………………………………………………（162）
抵鎮遠 ………………………………………………………（162）
文德關 ………………………………………………………（162）
想見坡 ………………………………………………………（162）
飛雲巖 ………………………………………………………（163）
清平 …………………………………………………………（163）
牟珠洞 ………………………………………………………（163）
抵貴陽 ………………………………………………………（163）
贈劉叙堂秉彝布衣 …………………………………………（163）
新霽登黔靈山 ………………………………………………（164）
觀百盈泉 ……………………………………………………（164）
中秋夜劉叙堂招集翠微閣 …………………………………（164）
題嵩曼士溥中丞不亦園圖 …………………………………（164）

秋夜對月獨酌	（165）
登署後翠屏山	（165）
冬日偶吟	（165）
得長女妙蓮保寄詩喜而有作	（165）
題郎蘇門葆辰畫册十二同祝阮雲臺先生七十壽附原序	（165）
魏公先兆	（166）
白傅前身	（166）
桂窟秋高	（166）
杏林春早	（167）
神仙品格	（167）
桃李門墻	（167）
書縈帶草	（167）
香定荷花	（168）
樓開文選	（168）
閣啟絲綸	（168）
甘棠誌愛	（169）
芝柏延齡	（169）
癸巳二月十六日聞恩簡湖北巡撫命恭紀	（169）
劉叙堂秉彝駱曙霞邦煜江啟同會招遊扶風山水口寺置酒餞別即席賦贈	（170）
扶風山慧公房題壁	（170）
留別黔中士民	（170）
圖雲關	（170）
龍洞塘留別諸幕客	（170）
雲頂關	（171）
江西坡何翁花圃	（171）
魚梁江	（171）
鎮遠登舟	（171）
重過報母溪有感	（171）
五溪水漲乘流東下喜占六律	（171）
其一	（171）
其二	（172）

其三 …………………………………………………………………… （172）
　　其四 …………………………………………………………………… （172）
　　其五 …………………………………………………………………… （172）
　　其六 …………………………………………………………………… （172）
　流花口放舟 ……………………………………………………………… （172）
　四月十日按事荆州聞恩簡南河總督馳驛赴任命恭紀 ………………… （173）

凝香室詩存卷之七 ……………………………………………………… （174）
　甲午霜降節奉命代祀河口黃襄濟王朱佑安侯恭紀 …………………… （174）
　題湯雨生貽汾都督母楊太夫人吟釵圖 ………………………………… （174）
　豫厚庵堃尚衣錦峰校士圖 ……………………………………………… （174）
　張仙槎寶布衣出示泛槎圖即題二絕句 ………………………………… （174）
　富海帆呢杭阿中丞松陰補讀圖 ………………………………………… （175）
　朱椒堂爲弼漕帥出其先仲嘉先生入蜀省親圖見示恭題一律 ………… （175）
　椒堂又出其所藏先人畫竹囑題 ………………………………………… （175）
　阮梅叔亨先生珠湖漁隱圖 ……………………………………………… （175）
　英煦齋夫子孫錫子受祉改官翰林題詩志喜恭步原韻奉賀 …………… （176）
　嚴孺人四十貞壽詩并序 ………………………………………………… （176）
　李小叙鐘杰貳尹問秋圖 ………………………………………………… （176）
　李蘭卿彥章同年修三十六湖樓成邀登其上并出許定生淑慧女史湖樓
　　圖索題即席率占二律 ………………………………………………… （177）
　徐夢舲明經春風返曠圖 ………………………………………………… （177）
　和梁芷鄰章鉅方伯奉召北還原韻 ……………………………………… （177）
　乙未冬陶雲汀夫子述職入都恩賜御書印心石屋額摩崖既成繪圖徵詩
　　恭紀四律以賀 ………………………………………………………… （178）
　登雲龍山和陶雲汀夫子題壁韻 ………………………………………… （178）
　謝佩禾青山別墅圖 ……………………………………………………… （178）
　送蔡桂山天培司馬之姑蘇即次原韻二首 ……………………………… （179）
　金山望月歌 ……………………………………………………………… （179）
　江行閲工口占二絕贈江防鍾挹雲承露太守 …………………………… （179）
　丙申六月二十日巡工泊焦山 …………………………………………… （179）
　放黿歌示借庵上人性源方丈 …………………………………………… （180）

三詔洞題名 …………………………………………………………（180）

別峰庵 ………………………………………………………………（180）

由吸江亭至海門庵 …………………………………………………（180）

定慧寺方丈 …………………………………………………………（180）

自然庵坐雨 …………………………………………………………（181）

天然圖畫對月 ………………………………………………………（181）

松寥閣 ………………………………………………………………（181）

將行風雨大作仍留宿 ………………………………………………（181）

仰止軒觀楊椒山先生墨蹟敬題 ……………………………………（182）

王西舶兆琛同年督運過浦贈朱素人本太常仙蝶圖即題二絶句以謝 …（182）

  其一 ……………………………………………………………（182）

  其二 ……………………………………………………………（182）

題嘯溪上人秋林行脚圖 ……………………………………………（182）

丁酉二月得家信知長女妙蓮保陪選蒙恩賜還并拜翠花紅紬之賜實異

 數也謹紀以詩即寄以志喜 ……………………………………（183）

吳蔄香金陛明經出其六世祖寧伯先生小像囑題即成二絶句………（183）

樟塘碧石圖爲汪寫園士侃同年題 …………………………………（183）

張白也應雲刺史中年聽雨圖 ………………………………………（184）

題僧伽大聖靈蹟圖册五律二首 ……………………………………（184）

題篆香樓僧淵如閒雲出岫圖四章章四句 …………………………（184）

周柳村煜奉慈雲禮佛圖索題恭書二截句 …………………………（185）

閲黃楚橋圯布衣歷朝史印譜即題以贈 ……………………………（185）

戊戌孟夏將有事於龜山淮瀆廟廿有二日渡洪澤湖 ………………（185）

泊老子山閲水師 ……………………………………………………（185）

閲船塢 ………………………………………………………………（186）

遇風泊灰溝 …………………………………………………………（186）

二十四日恭懸御書星瀆昭靈額祭畢閲山謹紀以詩 ………………（186）

題金陵妙相庵屈子祠畫卷 …………………………………………（186）

祝六皆上舍出所藏惲仲升南田喬梓訪其先月隱先生墓詩卷索題謹

 成一律 …………………………………………………………（186）

劉叙堂秉彝書來言爲其母張孺人請得旌表並寄家傳恭題四截句

奉賀 …………………………………………………………… （187）
　　其一 ……………………………………………………… （187）
　　其二 ……………………………………………………… （187）
　　其三 ……………………………………………………… （187）
　　其四 ……………………………………………………… （187）
祝潘芝軒夫子七十壽詩一百韻 ……………………………… （187）
己亥春正蒙恩特賜壽字恭紀 ………………………………… （189）
陳芝楣鑾同年个中真意圖并序 ……………………………… （189）
程鎮北水部恭壽奉其母汪太宜人秋鐙課子圖索題即口占二截句 …… （189）
題胡芑香駿聲孝子移居圖五古四首 ………………………… （190）
沈香泉樹基別駕白門感舊圖 ………………………………… （190）
題六舟上人剔鐙圖用阮雲臺先生韻 ………………………… （191）
題六舟所藏茮虛上人畫册仍用前韻 ………………………… （191）
再叠前韻贈六舟 ……………………………………………… （191）
蕭楳江文業明經寄廬燈影圖 ………………………………… （191）
庚子春京察仰蒙硃諭襃叙時兼權江督淮鹽二篆恭紀 ……… （192）
桃花泉試茗 …………………………………………………… （192）
金山閲水操 …………………………………………………… （192）
象山石隱庵 …………………………………………………… （192）
題俞東甌肯堂同年遺照 ……………………………………… （192）
廖十三裴舟自寫風雨懷人圖即題二律 ……………………… （193）
題吳小田丙舍記後并序 ……………………………………… （193）
述治命 ………………………………………………………… （193）
掩古棺 ………………………………………………………… （193）
葬甘泉 ………………………………………………………… （194）
卓海帆秉恬相國寄喜雪詩步韻奉和 ………………………… （194）
悼亡爲程佳夫人作 …………………………………………… （194）
閏三月勘工徐州作 …………………………………………… （194）
夏日偶占四絶句 ……………………………………………… （195）
李靄堂三福明府歸自粵東即席賦贈 ………………………… （195）
賀幕客吳蒔香金陛哲嗣入泮並得孫之喜 …………………… （195）
几谷上人出雁山飛錫圖相示即題 …………………………… （195）

· 25 ·

得家書知大兒崇實女妙蓮保佛芸保扶送内子靈櫬入都營殯事畢並卜
　　定架松新阡喜占四截句自慰即以代柬……………………………（196）
七月淮兵部咨粵東嘆夷於六月初四日經颶風掃蕩詩以志喜 ………（196）
八月初七長孫嵩祝生即賦二詩以志喜……………………………………（196）
趙蘭友廷熙觀察雪舫傳觴圖………………………………………………（197）
夜渡洪澤湖口占二絕………………………………………………………（197）
桃南工次閱河………………………………………………………………（197）
風虎山謁周忠武公祠………………………………………………………（197）
上巳日納姬洪友蘭即夕集古人句卸肩……………………………………（198）
題幕客楊申山崧森西山丙舍圖錢叔美繪…………………………………（198）
見亭石畫有序………………………………………………………………（198）
長女妙蓮保書來問侍兒洪友蘭近狀口占八絕句以寄並賜友蘭…………（199）
壬寅夏嘆夷内犯淮陽震恐清江戒嚴余急購米平糶並捕斬土匪陳三虎
　　等以徇客有議越俎見好者詩以喻之………………………………（200）
桃源漫口閱河並籌回空運道偶占二絕……………………………………（200）
落職移寓留別節署西園……………………………………………………（201）
孫芥孫旅明府奏慚圖………………………………………………………（201）
又題風木圖…………………………………………………………………（201）
于湘山昌進司馬舊雨軒圖…………………………………………………（201）
題震初上人鹿苑談經圖……………………………………………………（202）
黃蔭亭世恩司馬延秋小集圖………………………………………………（202）
又題師園軒圖………………………………………………………………（202）
題陳奎五軍門階平防海圖…………………………………………………（202）

凝香室詩存卷之八詩客留題……………………………………………（203）
凝香室詩存卷之八……………………………………………………（204）
癸卯三月十有一日自浦啓行官紳士庶彙贈袁浦留帆詩畫六冊賦此誌
　　別…………………………………………………………………（204）
萬年閘謁三公祠……………………………………………………………（204）
分水口………………………………………………………………………（204）
午日過津門泊望海樓前觀競渡洪姬友蘭請鼓天問一闋又奏夕陽簫鼓
　　曲即占四截句……………………………………………………（205）

五月十七日歸里過金鰲玉蝀作 …………………………………………（205）
抵家日僮報太常仙蝶雙飛在半畝園中余喜甚即率孫嵩祝拜見口占
　一律 ……………………………………………………………………（205）
西山篇 ……………………………………………………………………（206）
六月六日賀煥文世魁供奉邀余同陳朗齋鑒畫史遊戒臺寺得四絶句 ……（206）
七日同遊潭柘寺又得四絶句 ……………………………………………（206）
秘魔崖小憩 ………………………………………………………………（207）
翠微山紀遊八絶句 ………………………………………………………（207）
閱生壙口占二律示兩兒 …………………………………………………（208）
五塔寺觀喇嘛演樂 ………………………………………………………（208）
六月二十四日那眉峰峨玉峰崑李祝庵三祝恒信庵棻鍾秀峰靈招遊淨
　業湖高廟 ………………………………………………………………（209）
香山碧雲寺 ………………………………………………………………（209）
臥大覺寺憩雲軒聽泉 ……………………………………………………（209）
黑龍潭 ……………………………………………………………………（209）
瑯嬛妙境藏書口占示兩兒 ………………………………………………（210）
天壇偕龔劉二生采藥 ……………………………………………………（210）
閏七月十五日近光閣坐月 ………………………………………………（210）
正定府佛香閣 ……………………………………………………………（210）
黃粱祠題壁 ………………………………………………………………（211）
九月十六日巡查料廠得大兒崇實舉京兆信詩以誌喜示兩兒 …………（211）
引河看搶紅作 ……………………………………………………………（211）
題陳于寬同哲太守重臺桂手卷 …………………………………………（211）
冬月十五夜與惲薇卿光辰外弟話舊 ……………………………………（212）
東張守歲 …………………………………………………………………（212）
柳枝詞悼洪姬友蘭 ………………………………………………………（212）
次慧秋谷成河帥移居韻七律六首 ………………………………………（212）
題陳拜薌祖望三邨看花圖 ………………………………………………（213）
次慧秋谷河帥答謝韻 ……………………………………………………（214）
賀老友楊簡哉孿生兩孫 …………………………………………………（214）
病後對菊 …………………………………………………………………（214）
九月十九日得七兒崇厚舉京兆副榜信詩以誌喜即寄勗之 ……………（214）

題霽堂年丈伏狐記 …………………………………………………（215）
題宋敬齋佩紘尋梅乘馬圖 …………………………………………（216）
題敬齋侍姬攀桂圖 …………………………………………………（216）
題汪孟慈喜荀太守清明種藕圖 ……………………………………（216）
奉命辦事庫倫恭記 …………………………………………………（216）
三月入覲奉旨開缺調理恭紀 ………………………………………（217）
豐臺看芍藥悼亡姬洪友蘭 …………………………………………（217）
明陵 …………………………………………………………………（217）
盤山紀遊 ……………………………………………………………（217）
謁金陵 ………………………………………………………………（219）
上方山紀遊 …………………………………………………………（219）
過石樓村賈島墓作 …………………………………………………（220）
九日登陶然亭 ………………………………………………………（220）
三貝子園觀魚 ………………………………………………………（220）
重遊釣魚臺 …………………………………………………………（220）
天寧寺聽塔鈴 ………………………………………………………（221）
觀塔影圖 ……………………………………………………………（221）
丙午元日試筆 ………………………………………………………（221）
春日遊極樂寺懷舊 …………………………………………………（221）

程孟梅散存詩 ……………………………………………………（223）
孝烈將軍祠 …………………………………………………………（223）
題翁繡君女史羣芳再會圖 …………………………………………（223）

適齋詩集

適齋詩集卷一 ……………………………………………………（227）
奉嚴命恭詠御賜平定回疆銅版戰圖 ………………………………（227）

重晤李小叙喜成	(227)
春夜同硯癡西園閒步並寄學癡	(228)
邯鄲途次謁盧仙祠題壁	(228)
壽客	(228)
夜渡微山湖	(228)
曉起見雪有感兼寄同人	(228)
暮登延陵季子挂劍臺	(229)
舟次三望	(229)
四女寺	(229)
贈學癡四律	(229)
乙巳鄉試報罷侍遊盤山出郊口占	(230)
入盤山	(230)
宿天成寺	(230)
出山留贈寄禪	(230)
謁金陵	(230)
抵雲居寺戲題	(231)
戊申暮春雨後至積水潭	(231)
遊龍泉庵	(231)
清明遊龍樹院中途遇雨而返	(231)
雨後	(231)
八閘口占	(232)
和忠雅堂落葉	(232)
寄李小叙	(232)
遊龍樹院	(232)
宿蕭氏莊	(233)
入上方山	(233)
重修半畝園落成	(233)
天貺前三日同恩遇堂諸君雅集蓮社即席和謝方齋韻	(234)
又和前韻	(234)
冬夜感懷	(234)
五月初十日華香妹壽辰即席賦贈	(235)

適齋詩集卷二 ·· （236）
  奉使入蜀道經直隸閱看團練 ·· （236）
  過涿郡懷古 ·· （236）
  渡盧溝河 ·· （236）
  良鄉道中 ·· （236）
  靈石道中 ·· （237）
  有感近事 ·· （237）
  戊午元旦 ·· （237）
  復起爲太僕卿 ·· （237）
  墮馬歌 ··· （238）
  寄地山弟在固安防河 ··· （238）
  喜地山弟歸自甘肅 ·· （238）
  園中老柳百餘年物也忽爲狂風摧折周圍護以土垣春時生趣依然喜而
    有作 ··· （239）
  扇子河步月 ·· （239）
  出使科爾沁陛辭恭紀 ··· （239）
  出都口占 ·· （239）
  過薊門望盤山感懷 ·· （239）
  三屯懷戚少保 ·· （240）
  登景忠山 ·· （240）
  渡老河 ··· （240）
  出喜峰口 ·· （240）
  過莫克腦草地遇風 ·· （241）
  科爾沁賜奠 ·· （241）
  帳下聞歌 ·· （241）
  蒙古臺站竹枝詞二十六首 ··· （242）
  長城懷古 ·· （244）
  塞外歸途曉發 ·· （244）
  出臺站過孟家村口占 ··· （244）
  三河道上 ·· （245）
  石門題壁 ·· （245）

宿龍華寺 ………………………………………………… (245)

適齋詩集卷三 ………………………………………………… (246)
　　四十生日述懷 …………………………………………… (246)
　　甲寅奉使入蜀庚申又按事川中黃君小癡爲繪重巡雲棧圖書以自誌 …… (246)
　　題華清池 ………………………………………………… (246)
　　再經七曲神祠禮成恭紀 ………………………………… (246)
　　過陂去平來坊 …………………………………………… (247)
　　辛酉七月量移成都將軍交卸督篆 ……………………… (247)
　　拄笏樓晚眺 ……………………………………………… (247)
　　題徐銈孫觀察詩縣令圖 ………………………………… (247)
　　夢感三生偶成 …………………………………………… (247)
　　落成雲護落花之處詩以紀事 …………………………… (248)
　　雲護落花詞 ……………………………………………… (248)
　　題張薊雲過秦百首詩册 ………………………………… (249)
　　乙丑青羊會上訪二仙庵畢鍊師談元口占一律 ………… (249)
　　巡閱青羊花市遇濮青士比部小飲二仙庵即席口占 …… (249)
　　過音雋甫花田小坐即事成詠 …………………………… (250)
　　丙寅元旦時任成都將軍兼署川督 ……………………… (250)
　　丁卯蜀省武闈紀事 ……………………………………… (250)
　　戊辰元旦用丙寅作原韻 ………………………………… (250)
　　戊辰會試大兒嵩申中二百八名貢士殿試三甲朝考二等欽改翰林院
　　　庶吉士房師趙朗圃贊善座主朱相國桐軒文尚書博川董尚書醞卿
　　　繼副憲述堂捷報到川余喜極而感追思前六十年先公連捷成進士
　　　祖母惲太夫人有寄勖之作因敬步原韻寄示 ………… (251)
　　嗣復聞入館選再步前韻 ………………………………… (251)
　　同治己巳七月五十初度蒙恩賜壽頒發御書福壽字兩幀藏佛一軀玉如
　　　意一握文綺十八端拜舞祇領下忱感戴恭紀二律 …… (251)
　　示兒輩 …………………………………………………… (252)
　　和懿叔見贈二詩用其水城原韻 ………………………… (252)
　　題雙就園都統義馬圖 …………………………………… (252)
　　和吳仲宣制府監臨文闈七律四章 ……………………… (252)

同治辛未春仲入覲天顔行有日矣顧幼耕光禄贈七律四章即和原韻並
　　留別諸同人 …………………………………………………………（253）
廣元道上 ………………………………………………………………（254）
題驛 ……………………………………………………………………（254）
風阻廣元 ………………………………………………………………（254）
謁慕陵恭紀 ……………………………………………………………（254）
題地山弟海洋紀事詩四首 ……………………………………………（255）
題脫影源流書後 ………………………………………………………（255）
贈朝鮮使臣橘山相國 …………………………………………………（255）
和朝鮮使臣瓛卿尚書 …………………………………………………（256）
答子俊姊丈喪子 ………………………………………………………（256）

適齋詩集卷四 ……………………………………………………………（257）
奉命權熱河都統五月朔日出都 ………………………………………（257）
出古北口馬上即景三首 ………………………………………………（257）
將抵熱河輿中口號 ……………………………………………………（257）
抵熱河節署即事成詠 …………………………………………………（258）
熱河避暑山莊以外刱建諸刹非徒闡揚象教且欲震攝外藩一切制度多
　　仿異域莊嚴之勝不特天下罕覯即京師各廟亦未有若斯之備暇日竭
　　誠瞻仰謹將園外十大廟吟成八詠聊以寄一時之興不能狀閎規於萬
　　一也 …………………………………………………………………（258）
溥仁寺 …………………………………………………………………（258）
普寧寺 …………………………………………………………………（258）
安遠廟 …………………………………………………………………（258）
普陀宗乘 ………………………………………………………………（259）
須彌福壽之廟 …………………………………………………………（259）
殊象寺 …………………………………………………………………（259）
羅漢堂 …………………………………………………………………（260）
同治甲戌入乾清宮廷臣燕 ……………………………………………（260）
甲戌二月十四日奉命偕寶大冢王少廷尉李通參閱覆試舉人卷在聚奎
　　堂用王衷白先生韻 …………………………………………………（260）
甲戌會試得旨以大宗伯萬藕舲爲正總裁實與大司空李蘭蓀少冢宰魁

和簡侯三兄續成觀荷原韻 ………………………………………（261）
　　甲戌六月六日奉命出使山海關仍用三十年前舊作之韻有序 …（261）
　　登澄海樓 …………………………………………………………（262）
　　望海二首 …………………………………………………………（262）
　　永平道中 …………………………………………………………（262）
　　過北平謁夷齊廟 …………………………………………………（262）
　　謁夷齊廟後正思題詠入行館後見堂上懸額乃環極先生當年之作其職
　　　任正同因步原韻以誌景仰 ……………………………………（263）
　　山海關感述 ………………………………………………………（263）
　　由山海關還京有作 ………………………………………………（263）
　　考試謄録命實偕彭味之少宰主其事再用前韻 …………………（263）
　　國子監考試恩監生奉旨實與崇文山上公司其事再用王衷白韻 …（264）
　　乙亥二月出使關東和青士通州道上見贈原韻 …………………（264）
　　乙亥五月奉命出師剿辦邊外讙各路將士 ………………………（264）
　　贈特仁庵將軍 ……………………………………………………（264）
　　掃蕩通溝多年之患詩以誌之 ……………………………………（265）
　　自丙辰至丙子星紀一週而實又以盛京將軍新兼奉天總制元日仍
　　　用丙寅元旦作原韻書此感懷 …………………………………（265）
　　夏日即景侍姬麗娟以學詩請爲之代作二首 ……………………（265）
　　蓮溪仁棣多年不見今來奉省小聚數日忽又言旋以此贈行 ……（266）
　　鮑太史寅初還朝留贈一律即步其韻病中爲此亦消遣之一道也 …（266）
　　和周偉臣軍門紀游原韻 …………………………………………（266）

小琅玕館學稿

小琅玕館學稿序 …………………………………………………（269）
課餘草 ……………………………………………………………（270）
　　題錦香姐畫蟠桃小幅 ……………………………………………（270）

初秋清晏園即景 …………………………………………（270）
甲午冬日隨侍家大人西園閒步偶有雙鶴淩空而下翩舞庭中即呈五律
　一章用以誌喜 ………………………………………（271）
題錦香姐翠雲軒詩稿 ……………………………………（271）
秋夜同錦香姐聯韻 ………………………………………（271）
奉嚴命恭詠御賜平定回疆銅版戰圖 ……………………（271）
和詒齋表兄見懷原韻 ……………………………………（272）
和李小叙寒夜原韻 ………………………………………（272）
艾人 ………………………………………………………（272）
蒲劍 ………………………………………………………（272）
觀鼉口占 …………………………………………………（272）
渡黃河舟中作 ……………………………………………（272）
和惲豫生表叔夢中得句原韻 ……………………………（273）
西瓜燈 ……………………………………………………（273）
秋柳 ………………………………………………………（273）
秋燈 ………………………………………………………（273）
雞冠 ………………………………………………………（273）
即景口占 …………………………………………………（274）
游仙曲 ……………………………………………………（274）
寶劍歌 ……………………………………………………（274）
繪畫分詠 …………………………………………………（274）
團扇 ………………………………………………………（274）
恭步家大人江天寺望月原韻 ……………………………（274）
再步天然圖畫原韻 ………………………………………（275）
秋日顧漸寄詩餘三章索和成此以答 ……………………（275）
送李小叙 …………………………………………………（275）
琅玕館夜雨即事 …………………………………………（275）
寄李小叙 …………………………………………………（275）
渡黃口占 …………………………………………………（276）
遊普應寺 …………………………………………………（276）
聞餅笙作 …………………………………………………（276）
冬日漫興 …………………………………………………（276）

| --- | --- |
重晤李小叙喜成	(277)
西園偶步	(277)
西園閑步	(277)
丁酉春日侍家大人河口勘工口占	(278)
丁酉仲春家姐入都選秀蒙恩賞翠花等物成此以賀並誌喜	(278)
春夜同硯癡西園閑步並寄學癡	(278)
作畫口占	(278)
西園偶成	(278)
贈柯亭竹	(279)
琴癡遊篆香樓歸言及其勝因賦一律兼寄淵如上人	(279)
送琴癡返揚州	(279)
和硯癡秋夜坐雨並寄學癡	(279)
題淵如上人曇香精舍詩稾	(279)

環翠堂詩草

環翠堂詩草序	(283)
序	(284)
蓮瓣題詩	(285)
其一	(285)
其二	(285)
夏夜聞笛	(285)
美人四詠和華香妹韻	(285)
燈前	(285)
鏡裏	(285)
花間	(285)
月下	(286)
燈前	(286)

月下 (286)
寶雞山 (286)
灞陵橋 (286)
馬嵬山 (287)
華清宮 (287)
曉行 (287)
階州官署和華香妹原韻 (287)
 其一 (287)
 其二 (287)
 其三 (287)
 其四 (287)
邯鄲道中 (288)
和華香妹春日遊半畝園韻 (288)
寄家書 (288)
夜坐納涼同華香妹聯句 (288)
和婉若二嫂七夕詞二首 (288)
 其一 (288)
 其二 (288)
寄懷地山夫子四首 (289)
 其一 (289)
 其二 (289)
 其三 (289)
 其四 (289)
夜坐有懷 (289)
和地山夫子原韻 (289)
原唱 (290)
歲暮感懷 (290)
除夕作 (290)
寄外 (290)
玉人來四首和華香妹原韻 (290)
 詩 (290)
 酒 (291)

花	(291)
月	(291)
閨情	(291)
乙卯秋日地山夫子三十初度	(291)
戲和正始集閨怨詩	(291)
哭華香小姑	(292)
又	(292)
悼婉若二嫂	(292)
又	(292)
寄子久二兄	(292)
雪後用尖叉韻	(293)
雪美人	(293)
贈蓮友夫人二首	(293)
其一	(293)
其二	(293)
官署梅	(293)
水仙花	(294)
署樓晚眺	(294)
望三岔河口	(294)
和蓮友夫人秋日見懷原韻	(294)
原作	(294)
紙鳶	(295)
除夕	(295)
春日有懷蓮友夫人	(295)
夏日即景	(295)
重九登署樓平臺	(296)
和蓮友姊見懷原韻	(296)
其一	(296)
其二	(296)
其三	(296)
其四	(296)

戊辰秋七月捻匪肅清中原底定地山夫子因督兵籌餉保守津郡蒙恩賞

戴雙眼花翎加太子少保銜頭品頂戴賦此誌喜 ………… (296)
　詠芍藥 ……………………………………………………… (297)
　和蓮友姊雪後原韻 ………………………………………… (297)
　　其一 ……………………………………………………… (297)
　　其二 ……………………………………………………… (297)
　　其三 ……………………………………………………… (297)
　余隨宦津門忽忽十載昨歲夫子奉使外洋旋即入都春日無聊憶津門食
　　品口占四絶 ……………………………………………… (297)
　　其一 ……………………………………………………… (297)
　　其二 ……………………………………………………… (297)
　　其三 ……………………………………………………… (297)
　　其四 ……………………………………………………… (298)
　壬申九月十五日恭逢皇帝大婚蒙兩宮皇太后派在内廷備差先期於
　　十三日進内賜宴觀樂十五日禮成恭紀聖恩 ………… (298)
　　其一 ……………………………………………………… (298)
　　其二 ……………………………………………………… (298)
　麗娟女史爲櫟山伯兄側室善繡能詩聰敏過人讀余紀恩之作賀以佳
　　什並索和章因次其韻 ………………………………… (298)
　原作並跋 …………………………………………………… (298)
　寄懷周佩珊夫人 …………………………………………… (299)
　　其一 ……………………………………………………… (299)
　　其二 ……………………………………………………… (299)
　恭讀祖姑惲太夫人紅香館詩草 …………………………… (299)

環翠堂詩餘 ………………………………………………… (300)
　題墨君妹自書詩卷 ………………………………………… (300)
　又 …………………………………………………………… (300)
　病後遣懷 …………………………………………………… (300)
　夜不成寐似聞琴聲 ………………………………………… (300)
　四時即景 …………………………………………………… (300)
　　春 ………………………………………………………… (300)
　　夏 ………………………………………………………… (301)

秋 ………………………………………………………………… (301)
冬 ………………………………………………………………… (301)

環翠堂詩草跋 ……………………………………………………… (302)

妙蓮保散存詩 ……………………………………………………… (303)
丁酉二月赴選蒙特賜紅綢二卷翠花二對恭紀 ………………… (303)

佛芸保散存詩 ……………………………………………………… (304)
春夜 ……………………………………………………………… (304)
自畫山水小幅 …………………………………………………… (304)
和璞山兄種竹韻 ………………………………………………… (304)
晚晴 ……………………………………………………………… (304)
雨後遊極樂寺 …………………………………………………… (304)

楊佳氏散存詩 ……………………………………………………… (306)
正始集題辭 ……………………………………………………… (306)

酒堂遺集

酒堂遺集序 ………………………………………………………… (309)
序 …………………………………………………………………… (310)
序 …………………………………………………………………… (311)
季夏同人游南泡子 ………………………………………………… (312)
書懷 ………………………………………………………………… (312)
偶成 ………………………………………………………………… (312)
讀劉省帥大潛山房詩鈔 …………………………………………… (312)
釣魚臺懷王飛伯 …………………………………………………… (312)
古龍樹院登高 ……………………………………………………… (313)
賞春亭小坐 ………………………………………………………… (313)
聞雁 ………………………………………………………………… (313)
乙亥浴佛日侍大人遊壽安山因至碧雲寺得詩一首 ……………… (313)

春日送友人入蜀 …………………………………………………（313）
戊寅春日贈小坡一律 ……………………………………………（314）
偶成 ………………………………………………………………（314）
秋風吟送錢鴻樵書史鴻歸鄂渚 …………………………………（314）
坡公 ………………………………………………………………（314）
元章 ………………………………………………………………（315）
秋夜不寐有作 ……………………………………………………（315）
三月三日上林玉蘭丈餘木筆雙株茂樹新篁時花繞陛典守人巡視
　惟謹 ……………………………………………………………（315）
丙子秋日進香妙峯山信宿大覺寺得詩四首不計工拙也 ………（315）
　其一 ……………………………………………………………（315）
　其二 ……………………………………………………………（315）
　其三 ……………………………………………………………（315）
　其四 ……………………………………………………………（316）
書懷 ………………………………………………………………（316）
丁丑雪中補梅主人見示長句依韻得此 …………………………（316）
小坡屬題補梅書屋圖 ……………………………………………（316）
重陽後一日小坡同年招同友人補作龍山之飲敬步晉陽重九書懷原韻
　并懷令兄虎臣並呈念慈四兄 …………………………………（317）
　其一 ……………………………………………………………（317）
　其二 ……………………………………………………………（317）
雨後至繡漪橋 ……………………………………………………（317）
小坡同年惠畫賦此報謝 …………………………………………（317）
青龍望山 …………………………………………………………（317）
萬壽瞻松 …………………………………………………………（317）
二閘春泛 …………………………………………………………（318）
大覺再遊 …………………………………………………………（318）
儀曹晚雪 …………………………………………………………（318）
小松 ………………………………………………………………（318）
題家竹雲學士竹雲山館圖 ………………………………………（318）
雨後食榆餅 ………………………………………………………（318）
立春至清明無雨山西河南荐饑京師流民甚衆路殣不絶於路 …（319）

早出安定門至宏慈寺放粥愴然得十四韻……………………(319)
歲暮思親…………………………………………………………(319)
誚失婢謗次劉賓客韻……………………………………………(319)
積水潭納涼四絕句………………………………………………(319)
 其一……………………………………………………………(319)
 其二……………………………………………………………(320)
 其三……………………………………………………………(320)
 其四……………………………………………………………(320)
偶成………………………………………………………………(320)
除夕得雪元旦奏報朝賀和周小棠前輩韻………………………(320)
醉中書感…………………………………………………………(320)
偶成………………………………………………………………(321)
丁丑大寒日………………………………………………………(321)
觀奕呈蘊庵族兄…………………………………………………(321)
書懷………………………………………………………………(321)
戊寅人日懷人絕句十二首………………………………………(321)
 其一……………………………………………………………(321)
 其二……………………………………………………………(322)
 其三……………………………………………………………(322)
 其四……………………………………………………………(322)
 其五……………………………………………………………(322)
 其六……………………………………………………………(322)
 其七……………………………………………………………(322)
 其八……………………………………………………………(322)
 其九……………………………………………………………(322)
 其十……………………………………………………………(322)
 其十一…………………………………………………………(322)
 其十二…………………………………………………………(323)
哭虞廷先生………………………………………………………(323)
 其一……………………………………………………………(323)
 其二……………………………………………………………(323)
 其三……………………………………………………………(323)

先伯文勤公三週年述衷敬賦 …………………………………………（323）
惱公效長吉體 ……………………………………………………………（324）
題友人感懷詩後 …………………………………………………………（324）
書懷七律七絕各一首 ……………………………………………………（324）
　　其一 …………………………………………………………………（324）
　　其二 …………………………………………………………………（324）
元旦書懷 …………………………………………………………………（324）
　　其一 …………………………………………………………………（324）
　　其二 …………………………………………………………………（325）
庚辰臘八後二日書於訪隱軒 ……………………………………………（325）
憶小坡同年 ………………………………………………………………（325）
七哀詩 ……………………………………………………………………（325）
　　其一 …………………………………………………………………（325）
　　其二 …………………………………………………………………（325）
　　其三 …………………………………………………………………（326）
　　其四 …………………………………………………………………（326）
　　其五 …………………………………………………………………（326）
　　其六 …………………………………………………………………（326）
　　其七 …………………………………………………………………（326）
寄懷錢少雲大令 …………………………………………………………（326）
奉懷補梅主人兩絕句時補梅有虎溪鄧尉之遊故詩中及之 ……………（326）
　　其一 …………………………………………………………………（326）
　　其二 …………………………………………………………………（327）
四月十八日至南湖渠村夢山先叔安葬述衷一首 ………………………（327）
六月十一日二牐泛舟口占 ………………………………………………（327）
和侃如先生 ………………………………………………………………（327）
開愁歌戲效昌谷 …………………………………………………………（327）
顧皡民觀察重建吉林瞰江樓友人索詩偶成一律呈康民比部 …………（328）
夏日遊淨業湖和憶梅詩二首 ……………………………………………（328）
　　其一 …………………………………………………………………（328）
　　其二 …………………………………………………………………（328）
即景二首 …………………………………………………………………（328）

其一	(328)
其二	(328)
書故侍御吳柳堂先生遺詩後敬步原韻	(329)
排悶一首	(329)
書友人西山詩後并憶山中風景	(329)
少年行	(329)
其一	(329)
其二	(329)
小詩寄懷	(330)
消夏五詠	(330)
昆明湖	(330)
净慈寺	(330)
積水潭	(330)
秦氏園	(330)
蝦菜亭	(330)
自題十癖齋一絶句	(330)
題孫子與點長江萬里圖	(331)
辛巳七月二十二日重遊可園口占	(331)
其一	(331)
其二	(331)
自題坐禪圖小影	(331)
其一	(331)
其二	(331)
三十初度書懷四首	(331)
其一	(331)
其二	(332)
其三	(332)
其四	(332)
知己詩并序	(332)
其一	(332)
其二	(332)
其三	(333)

· 43 ·

其四	(333)
其五	(333)
其六	(333)
其七	(333)
書冬青樹傳奇後	(333)
戒臺詠松	(333)
潭柘寺	(334)
後淨室拜姚少師像用少師謁元太保劉秉忠原韻	(334)
文小坡同年自吳門寄面壁圖爲贈詩以謝之	(334)
題楊蓉裳芙蓉小館詩集	(334)
題張南湖雲驤芙蓉碣傳奇	(334)
其一	(334)
其二	(335)
其三	(335)
江南九日	(335)
雨後由磴道上伏虎崖探觀音洞	(335)
偶成和小坡鄭同年鼓琴之作	(335)
題朝鮮徐雅堂太僕鐘鼎册子	(336)
其一	(336)
其二	(336)
冬月呈李養吾先生	(336)
爲周慕陔戲題魁星像	(336)
甲申長夏飲城南觀劇送沈司馬三至浙東即席以贈	(336)
壬午大寒日早雪和丁丑大雪日原韻	(336)
乙酉元旦夢中得句誌喜	(337)
乙酉仲夏雨中自題倚劍圖集杜句	(337)
冬至日戲示小姪志賢	(337)
戲和瘦碧同年春盡日詩	(337)
冬夜偕蔣大令玉青祁參軍丹崖拜李文正公墓	(337)
齋前文杏春半盛開夜風多颺便爾吹落詩以慰之	(337)
題傅閭山指畫三羊開泰圖	(338)
題顧西㮈美女簪花圖	(338)

温泉聖水堂浴室偶題	(338)
其一	(338)
其二	(338)
琵琶出塞圖	(338)
潯陽琵琶圖	(338)
悼第四兒貞郎四絶句	(339)
其一	(339)
其二	(339)
其三	(339)
其四	(339)
翠微即景	(339)
偶成	(339)
其一	(339)
其二	(340)
其三	(340)
題戴文進雪堂圖	(340)
翠微記遊	(340)
大風過蒯徹墓	(340)
秋郊晚眺	(340)
和慕陔世先生	(341)
醉後贈周明經慕陔	(341)
偶成	(341)
癸未九日書懷	(341)
七夕後二日雨中無寐有懷小坡同年	(342)
其一	(342)
其二	(342)
壬午九日偕虎臣鉏梅白雲觀登高醉賦	(342)
丫髻進香記遊詩四首	(342)
其一	(342)
其二	(343)
其三	(343)
其四	(343)

癸未長至日 …………………………………………………………… （343）
三月朔日城南觀劇晤老友彭蓼漁同曹桂秋佩清明雜詩之一 ………… （343）
靈光寺即目 …………………………………………………………… （343）
龍王堂 ………………………………………………………………… （344）
長安寺絶句 …………………………………………………………… （344）
九月九日口占 ………………………………………………………… （344）
觀方希古薛敬軒兩公書聯敬賦 ……………………………………… （344）
自題篁林讀書小照 …………………………………………………… （344）
題蕙荃女史英雄獨立繡畫 …………………………………………… （345）
    其一 ……………………………………………………………… （345）
    其二 ……………………………………………………………… （345）
壺園鄭子去秋録示乞鶴詩冬抄書來言養鶴之趣仇夷山樵客爲之
  賦得鶴詩以寄 …………………………………………………… （345）
再和憶梅粵中寄贈之作 ……………………………………………… （345）
大寒日寒梅初放寄憶梅妹倩佛山 …………………………………… （345）
城南失火廛市延爐偶招陶侃如學博禊飲旂亭觀之憮然 …………… （346）
三月九日遊極樂寺之作 ……………………………………………… （346）
    其一 ……………………………………………………………… （346）
    其二 ……………………………………………………………… （346）
雜詩 …………………………………………………………………… （346）
    其一 ……………………………………………………………… （346）
    其二 ……………………………………………………………… （346）
    其三 ……………………………………………………………… （346）
清和月十三日訪延慶五塔寺得句 …………………………………… （347）
    其一 ……………………………………………………………… （347）
    其二 ……………………………………………………………… （347）
四月初七日出德勝門至黃寺 ………………………………………… （347）
後七哀詩 ……………………………………………………………… （347）
    其一 ……………………………………………………………… （347）
    其二 ……………………………………………………………… （347）
    其三 ……………………………………………………………… （347）
    其四 ……………………………………………………………… （347）

其五 …………………………………………………………（348）
　　其六 …………………………………………………………（348）
　　其七 …………………………………………………………（348）
十二月十七日續三月十九日湖上作 ………………………………（348）
偶成題壁 ……………………………………………………………（348）
　　其一 …………………………………………………………（348）
　　其二 …………………………………………………………（348）
謁萬壽寺 ……………………………………………………………（348）
謁旃檀寺 ……………………………………………………………（349）
哭伯紳太僕 …………………………………………………………（349）
即景四首 ……………………………………………………………（349）
　　其一 …………………………………………………………（349）
　　其二 …………………………………………………………（349）
　　其三 …………………………………………………………（349）
　　其四 …………………………………………………………（349）
過南柳巷偶成 ………………………………………………………（350）
看花行者戲贈粉子 …………………………………………………（350）
西山紀遊 ……………………………………………………………（350）
　　其一 …………………………………………………………（350）
　　其二 …………………………………………………………（350）
　　其三 …………………………………………………………（350）
　　其四 …………………………………………………………（350）
六月十三日清晨遊十刹海 …………………………………………（351）
六月二十七日晚遊十刹海 …………………………………………（351）
寒食雜詩之一 ………………………………………………………（351）
七月初五日大覺寺詩之二 …………………………………………（351）
　　其一 …………………………………………………………（351）
　　其二 …………………………………………………………（351）
苦熱憶西山舊遊諸寺 ………………………………………………（351）
二十二日不寐有作 …………………………………………………（352）
讀西清詩話宋二僧詩偶成 …………………………………………（352）
丁亥冬暮觀東坡集 …………………………………………………（352）

· 47 ·

冬夜遣懷消寒雜詩之一 …………………………………（352）
花朝雜詩十首之二 ………………………………………（352）
　　其一 …………………………………………………（352）
　　其二 …………………………………………………（352）
冬月二十五日題鍵齋 ……………………………………（353）
自題詩集後 ………………………………………………（353）
寒蜨 ………………………………………………………（353）
戊子九日午後太常仙蜨來 ………………………………（353）
自題載菊圖 ………………………………………………（353）
冬月二十五日偶成 ………………………………………（353）
讀錢易擬張籍上裴晉公詩戲續其後 ……………………（354）
東山記 ……………………………………………………（354）
夜觀《涑水記聞》偶書 …………………………………（354）
春日書懷 …………………………………………………（354）
哭四兒貞郎 ………………………………………………（354）
　　其一 …………………………………………………（354）
　　其二 …………………………………………………（354）
再過梧門墓 ………………………………………………（355）
冬月二十四日觀劇 ………………………………………（355）
重九雜詩之二 ……………………………………………（355）
　　其一 …………………………………………………（355）
　　其二 …………………………………………………（355）
戊子冬月十五日偶作 ……………………………………（355）
十月十日查樓觀劇偶爲周郎賦 …………………………（355）
十月四日作 ………………………………………………（356）
九月二十八日過宣南坊偶作 ……………………………（356）
十一月二十七日漫成 ……………………………………（356）
己丑三月三十日餞春之作 ………………………………（356）
己丑夏日又謁法梧門先生墓 ……………………………（356）
勸賑詩四首用駱佑之原韻 ………………………………（357）
　　其一 …………………………………………………（357）
　　其二 …………………………………………………（357）
　　其三 …………………………………………………（357）

其四 …………………………………………………（357）
東山紀遊詩四首四月八日自丫髻山歸來録存 …………（357）
 其一 …………………………………………………（357）
 其二 …………………………………………………（357）
 其三 …………………………………………………（357）
 其四 …………………………………………………（358）
五月初十日率善義兩兒飲十刹海酒樓偶令兒覓句爲足成之 …（358）
題同曹子和主政詩集三詩 ………………………………（358）
 其一 …………………………………………………（358）
 其二 …………………………………………………（358）
 其三 …………………………………………………（358）
乙丑八月不寐偶作是月廿四日雷震祈年殿災火經雨始熄故詩中
 及之 …………………………………………………（358）
西山夜飲詩 ………………………………………………（359）
書感 ………………………………………………………（359）
臘八日夜讀陳迦陵集戲題 ………………………………（359）
題何大復集 ………………………………………………（359）
己丑四月侍大人再遊翠微山詩 …………………………（360）
 其一 …………………………………………………（360）
 其二 …………………………………………………（360）
太乙山房文集臨川陳際泰著字大士蘊愫閣詩文集太倉盛大士著字
 子履 …………………………………………………（360）
貞兒晬日適讀吳蓮洋詩集偶成二十八字 ………………（360）
六月十六日偶成 …………………………………………（360）
即景 ………………………………………………………（361）
 其一 …………………………………………………（361）
 其二 …………………………………………………（361）
 其三 …………………………………………………（361）
叔問將去京師依韻賦贈 …………………………………（361）
冬至月雪後投宿西山禪寺 ………………………………（361）
中秋夜翫月靈岩和叔問均 ………………………………（362）
靈岩歸舟夜泊石湖 ………………………………………（362）
春申浦寄懷叔問 …………………………………………（362）

· 49 ·

玄墓山還元閣 ………………………………………………（362）
浦上寄懷田海籌軍門 ………………………………………（363）
初至婁門遊吳園 ……………………………………………（363）
　　其一 ……………………………………………………（363）
　　其二 ……………………………………………………（363）
柏因社瓻松 …………………………………………………（363）
由無隱菴過天平山試茗 ……………………………………（363）
丹桂園觀劇 …………………………………………………（364）
馬鞍山瞻塔 …………………………………………………（364）
校書小紅曾偕小坡同年走訪 ………………………………（364）
丙戌冬月得瘦碧書詩以代柬 ………………………………（364）

酒堂遺集詩餘 ………………………………………………（365）
書岳武穆滿江紅詞後 ………………………………………（365）
暮春偶成 ……………………………………………………（365）
自題觀奕圖 …………………………………………………（365）
春日書懷 ……………………………………………………（365）
濮又栩布衣石頭禪遺照 ……………………………………（366）
節近清明園桃將花連日夜雨寒甚譜此排悶 ………………（366）
戲呈石芝庵主 ………………………………………………（366）
六月十九日十刹海觀荷題酒家壁 …………………………（366）
臺城銘 ………………………………………………………（367）
跋 ……………………………………………………………（368）

三虞堂論書畫詩

《三虞堂論書畫詩》卷上 …………………………………（371）
《三虞堂論書畫詩》卷下 …………………………………（374）

完顏兑散存詩

寄外時鎮右衛[一]

見說榆林塞，雄藩作壯遊。深林晨射虎，大雪夜椎牛。
君抱酬恩志，儂含寄遠愁。邊風寒最早，珍重襲輕裘。

【校記】

［一］此詩輯自《國朝閨秀正始集》卷三，清道光刻本，中國國家圖書館藏。

憫忠寺看白牡丹[一]

三春花事太匆匆，又駕巾車踏軟紅。
一自香塵埋戰骨，玉顏惆悵對東風。

【校記】

［一］此詩輯自《國朝閨秀正始集》卷三，清道光刻本，中國國家圖書館藏。

和素散存詩

春　風[一]

暖從消凍候，直到落花時。晴日遊絲裊，輕帆遠岸移。
所嘘隨處到，過後令人思。藹藹親芳沐，開懷百不疑。

【校記】

［一］此詩輯自鐵保輯《熙朝雅頌集》卷三十，清嘉慶刻本，中國國家圖書館藏。

春　雨[一]

細雨沐芳枝，名園百卉滋。萍添新漲緑，燕補舊巢泥。
曉渡迷桃葉，斜風拂柳絲。江南春色好，紅杏正開時。

【校記】

［一］此詩輯自鐵保輯《熙朝雅頌集》卷三十，清嘉慶刻本，中國國家圖書館藏。

寄懷鄭明經[一]

淩云賦罷詠遊仙，裹餅抄書又一年。
往事談經曾奪席，荒齋坐客並無氊。
落花故故添離恨，殘柳絲絲綰暮煙。
長物君家但所有，不其山下草芊芊。

【校記】

［一］此詩輯自鐵保輯《熙朝雅頌集》卷三十，清嘉慶刻本，中國國家圖書館藏。

科德氏散存詩

池上夜坐[一]

初月挂林梢，池水尚耿耿。
微風自東來，剪碎琉璃影。
雲斂碧天高，夜靜秋容暝。
欲撫枯桐枝，先得清虛鏡。

【校記】

［一］此詩輯自《國朝閨秀正始集》卷一，清道光刻本，中國國家圖書館藏。

留保散存詩

象　山[一]

昔慕象山名，好奇頗自喜。駕言訪遺蹤，林壑洵清美。
西澗瀑猶鳴，東塢雲方起。礫潭玉淵如，半山臥龍比。
梯蹬陟層巔，松石堪憑倚。出没煙霧中，羣峯畫圖裏。
古人不欺予，歷歷如所記。精舍惜爲墟，榛莽叢階所。
鵝湖鹿洞間，微言猶在耳。三復義利章，高山徒仰止。

【校記】

［一］此詩輯自鐵保輯《熙朝雅頌集》卷二十六，清嘉慶刻本，中國國家圖書館藏。

遊璧魯洞[一]

紫翠千堆矗山骨，穿雲百折路盤屈。
水源窮處石巑岏，巨靈高掌擘仙窟。
如象如虎如狻猊，突踞呀然張牙吻。
石壁中藏靈寶書，千年守護煩神物。
昔人此建元都壇，秘訣隱文天與看。
黄芽姹女大丹就，淩空馭氣驂虬鸞。
來者後時書已失，捫蘿攀磴空蹣跚。
崆峴惟余古丹灶，巖石熏爍留痕瘢。
邇來稍亦參元旨，知有谷神能不死。
嵇康漫想窺玉章，王烈尚希餐石髓。
況乃素書昔曾讀，吾儒家言同肯綮。

天上符篆識者希，冥搜無由窮宛委。

【校記】

［一］此詩輯自鐵保輯《熙朝雅頌集》卷二十六，清嘉慶刻本，中國國家圖書館藏。

過十八灘[一]

亂山聳削天工剖，澗水潺湲向東走。
澎湃激沖怪石多，開頭轉柁舟輕過。
左支右駕駭人目，長年三老逞技熟。
何如海運天風生，須臾萬里起長鯨。

【校記】

［一］此詩輯自鐵保輯《熙朝雅頌集》卷二十六，清嘉慶刻本，中國國家圖書館藏。

早發都門[一]

鳳詔來丹陛，秋風班馬鳴。牽衣兒女淚，攬轡使臣情。
諮度遑言瘁，公忠意自盟。民間多疾苦，安忍蔽聰明。

【校記】

［一］此詩輯自鐵保輯《熙朝雅頌集》卷二十六，清嘉慶刻本，中國國家圖書館藏。

中秋雨夜[一]

中秋客中度，況復聽愁霖。不見團圞影，空懷離别心。
燭紅添酒色，檐滴咽歌音。誰念乘郵者，鄉音夢裏尋。

【校記】

［一］此詩輯自鐵保輯《熙朝雅頌集》卷二十六，清嘉慶刻本，中國國家圖書館藏。

西　湖[一]

傍山臨水著樓台，短榭長廊面面開。
自有小舟能載客，笑憑曲檻共流杯。
雲飛峯向圖中出，溪轉人從鏡裏來。
鳳蝶曾過留翰墨，瞻衣無限意徘徊。

【校記】

［一］此詩輯自鐵保輯《熙朝雅頌集》卷二十六，清嘉慶刻本，中國國家圖書館藏。

遊天臺國清寺[一]

風定幡空月滿廊，悄然鈴鐸梵音長。
依依歸鳥尋巢語，淡淡閒花帶露香。
籟靜境隨雲共化，心空聲與色俱忘。
周除緩步饒幽趣，微妙還須叩法王。

【校記】

［一］此詩輯自鐵保輯《熙朝雅頌集》卷二十六，清嘉慶刻本，中國國家圖書館藏。

閩中道上[一]

天諸故國越疆分，罨畫圖中作使君。
野竹夾成山澗路，芒鞋踏破嶺頭雲。
爽來空谷連朝雨，香起幽蘭盡日熏。
遐想歐陽詹去後，只今南土有人文。

【校記】

［一］此詩輯自鐵保輯《熙朝雅頌集》卷二十六，清嘉慶刻本，中國國家圖書館藏。

過大庾嶺[一]

東風庾嶺春光早，梅樹參差向月明。
瘦影遠隨仙桂白，幽香閒共谷蘭生。
笛中疊韻花猶落，雪裏敲詩句亦清。
未若此時遊興好，居然騎馬畫中行。

【校記】

［一］此詩輯自鐵保輯《熙朝雅頌集》卷二十六，清嘉慶刻本，中國國家圖書館藏。

上清即事[一]

紫泥封啟出都城，暫許尋仙駐上清。
卷幕放雲歸野岫，開筵招月入櫓楹。
絪緼花氣熏人醉，睍睆禽聲慰客情。
玉宇宵澄羣籟息，高天遙仰泰階平。

崔巍殿閣倚山巔，誰解壺中別有天。
高陛遙迎雙闕遠，大羅微睹一規圓。
好來修月居銀漢，不待乘槎泛斗纏。
我欲直前問風雨，從今時若自年年。

上清邱壑靄雲霞，曲徑幽通羽士家。
紅藥因風翻古砌，青芝向日發新芽。
氣熏百合煙初結，香滿三山月未斜。
愿得金閨同此地，侍臣常澆九天花。

懸崖削壁洞天多，卷陟登舟泛曲阿。
少女吹雲呈玉鏡，姮娥排浪浴金波。
且擎遣興今宵酒，度此流光一擲梭。
閬苑難尋須記取，桃花源裏漫經過。

不掩山窗夜臥雲，有客促膝尚奇文。
香來淡淡芝蘭合，水到平平涇渭分。
似對家人言細瑣，非關私語意殷勤。
偶然默契成狂喜，野鶴長鳴隔嶺聞。

夕陽影裏露雲墩，絶壁崚嶒自曉昏。
霧擁巖腰嵐未散，濤沖磴脚雪常翻。
相呼已到無人境，獨坐偏安墜石痕。
長嘯一聲舒遠眺，匡廬雲夢氣皆吞。

【校記】

［一］此詩輯自鐵保輯《熙朝雅頌集》卷二十六，清嘉慶刻本，中國國家圖書館藏。

贈李方伯[一]

香案當年侍玉皇，親承寵命出明光。
官銜山列青屏嶂，仙吏人乘白鳳凰。
共道軍儲關國計，可知條教是文章。
滕王閣上風常急，欲覓仙舟自渺茫。

【校記】

［一］此詩輯自鐵保輯《熙朝雅頌集》卷二十六，清嘉慶刻本，中國國家圖書館藏。

贈陳總戎[一]

柳營鼓角日紛紛，聖主明堂更策勳。
品望於今羊叔子，才華當日鮑參軍。
屋樑幾夜邀新月，天際多年憶暮雲。
惆悵章江隔一水，山中鸞鶴不同聞。

【校記】

［一］此詩輯自鐵保輯《熙朝雅頌集》卷二十六，清嘉慶刻本，中國國家圖書館藏。

紅香館詩草

（清）惲珠　撰

紅香館詩草序

麟駕部慶，余己巳分校所取士也。闈中得卷韻語，合院傳觀，主司尤擊節，不置榜發來謁。年未冠，叩所學，則得之慈訓居多。母夫人惲曙墀太守之配，昆陵布衣南田先生族孫，能傳家學，工花卉翎毛，尤善吟詠，著名畿輔。今春駕部奉夫人詩册見示，夙雨朝晴，明窗瀏覽，爽氣逼人，玉蘭菊等篇，字裏流珠，行間散馥，一洗脂粉之習；小令彌復清綺，左芬蘇蕙，未足專美於前矣。半由吴越齊魯宦轍追隨，盡得江山之助。吾聞太守琴鶴所至以畏愛稱，夫人實有以相之，而駕部年少老成，勤慎在工，暇日讀書著作外，無他嗜好，豈非義方壺德裨益良多歟？兹編特遊藝之一端，而性情貞淑亦可彷彿其概云。

嘉慶乙亥三月上巳通家侍生德清蔡之定拜序

序

昔《靜女》之三章，取彤管焉。亦有法曲《房中》，歌成都荔；新聲《陌上》，賦就條桑。列絳紗而義叶三商，裁紅錦而文周四角。香奩之選，由來尚已。然而才人薄命，或懼紫而悲黄；女子工愁，每啼紅而怨緑。彼其占屏帷之福，即又慳翰墨之緣，針博士恒乏思功，管城子焉傳慧業。求其置身金屋，舒步銀臺，而能膏沐詩書，網羅鐘律，如我曙墀郡伯之德，配珍浦惲夫人者，真可謂逸思雕華，無雙無對者也。

夫人收陰降真，高陽著姓。頒賜書四百卷，業本傳家；通畫學十三科，藝能述祖。爰嬪旄車之胄，迺膺椓斛之名。夫子官高，佩外諸侯之印；郎君年少，讀中秘閣之書。雲仙領少廣宫中，雨寶閲華鬘市上。一生富貴，相定鳴雌；萬種聰明，乞來始影。宜乎奇榦有告歡之語，名花無太息之聲。試取全詩再三申詠，見夫唫成柳絮，激賞高堂，頌到椒花，繫懷遠道。大雷岸下，抽觴酬鮑照之書；小雪齋中，攬鏡答秦嘉之寄。莫不齒牙香粲，骨肉情深。冬郎之艷格能橅，春女之清襟若揭，如集中《送春》《除夜》和韻等篇是也。若夫銀黄出守，油壁從行，引崔嫂之雙旌，賦班姬之七邑。連山春翠，寫入修眉；極浦秋芳，約歸皓腕。每暮角晨鐘之欲動，尚珮聲釧響之猶聞。雖乞脂粉之靈，心得江山之助，香絃自語，清塵不飛，如集中《邯鄲》《錢塘》紀遊等篇是也。至於織登科之記，庚斷杼之規；迴擇聟之車，申此結鞶之戒。閔紅兒露夭，則泪洒桃花；慕彩伴風流，則言投蘭契。或品一時之秀，分占春秋；或聚十種之仙，合題月旦。固不徒錦心繡口，摛豔薰香。而若竹之虚懷，折葼之迪訓，即斯片羽，亦見一班，如集中《示兒》《嫁女》及感贈題詠等篇是也。

嗟乎！簾下癡雲，春燈照雨；篋中團月，秋扇捐風。翠袖薄而羅琦香，絳帷空而房櫳冷。儘使著《麗情》之集，不過寫乾饌之憂。善此之語妙藁砧，惟歌喜子；辭工齏臼，不解受辛。取梨雲爲同夢之詞，和花雪作華容之祝。當亦劉家三妹，遜此清芬；宋氏五姬，羡其慧福者矣。方今茀祿未艾，坐衍流珠；著作如林，行編《漱玉》。此日爲謝娘作序，深慚永叔之文章；他時向王母乞符，再誦《靈飛》之篇目。謹序。（按：《房中》指《房中歌》，《陌上》指《陌上桑》）

嘉慶乙亥中秋前五日甌江林培厚拜手

序

余與麟見亭爲忘年交。其太夫人以江南名族歸曙墀先生，二十餘年，事親以孝，教子有方，貞靜幽嫻，無慚四德，至善畫工詩，乃其餘事。余内親多稱之者，則夫人固以德重者也。區區一集，又奚足增夫人之品價哉？今秋見亭出此帙示余。余學殖久落，豈敢率爾點定，然披讀一過，老眼頓明，見集中如《除夜》諸作，孝思肫摯；《示兒》一律，議論深純；其他即景抒情，徵題賦物，麗而能清，華而不縟，非繪句絺章者比。吾於是而知夫人之遐福未有艾也，吾于是而益信見亭之爾雅温文其來有自。

甲戌之秋八月既望鐵嶺高鶚序

老　松

萬古鬱葱蘢，何人種此松。蒼濤聲一片，圓蓋影千重。
鶴骨擎丹壁，虬枝秀碧峯。只愁春令節，雷雨化爲龍。

題自畫小幅三首

牡　丹

幾度春歸欲惘然，誰知春事正暄妍。
還憑點染春風筆，寫出深春第一仙。

菊　花

雨雨風風九月寒，零香碎影半凋殘。
阿儂深惜秋光老，移向圖中子細看。

珠藤魚藻蝴蝶

珠帳翠煙浮，臨波艷欲流。莫驚蝴蝶去，留夢與莊周。

雨　過

雨過中庭萬象清，緑陰深處晚涼生。
自移竹榻來幽院，坐聽枝頭好鳥鳴。

中秋遇雨

寂寂空庭夜色幽，每逢佳節惹清愁。
雲遮丹桂天香遠，雨濕孤桐晚翠稠。
袁老無心登畫舫，庾公遺興上高樓。
西風蕭瑟閑庭院，辜負姮娥一度秋。

錦　雞

閒對清波照綵衣，遍身金錦世應稀。
一朝脫却樊籠去，好向朝陽學鳳飛。

虞美人恭步家大人韻

夜帳聞歌壯志灰，從來興廢盡荒臺。
可憐化作閒花草，依舊啼痕泣粉腮。

芳葩留得美人名，想見當年舞態輕。
一自香魂迷戰血，千秋節義屬傾城。

詠樹頭殘雪

新霽溪雲薄，林梢凍雪殘。低枝猶帶冷，老幹自凝寒。
點綴和梅落，蕭疏映月看。窓臨玉樹近，小坐怯衣單。

送春恭步家大人韻

匆匆春去倩誰留，梅近黄時麥近秋。
一載韶華餘此日，滿林紅雨不勝愁。

渡漳遇雨

瀟瀟細雨洒征鞍，漳水聲中翠袖寒。
回首白雲天一面，不知何處是長安。

道中即目

暮色蒼然至，長途且着鞭。樹深疑碍路，山遠欲撑天。
野老當門立，村童枕石眠。夕陽歸去也，林外月初圓。

邯鄲道中

淡月疏星欲曙天，邯鄲道上促歸鞭。
黃粱仙跡今何在？賸得千秋一夢傳。

春　遊

芳草芊芊没馬蹄，春光最好帝城西。
桃花浪暖魚苗長，楊柳陰深燕子低。
一片明湖如鏡朗，幾重遠岫與雲齊。
雅遊終日渾忘倦，緩促香輪月滿溪。

接　家　書

書寄平安慰遠人，那知對此倍思親。
高堂真否身康健，雁字分飛已四春。

暮　春

不覺春將去，天人人未還。
可憐巾上淚，點點盡成斑。

種菊次外韻

主人幽興學陶潛，植向東籬露未乾。
花事一年從此盡，等閑莫作衆芳看。

除夕作時舅翁大人在軍營太夫人在河南藩署

爆竹頻頻響，思親意轉深。一年將盡夜，三地各懸心。
恩澤軍民感，機鈐將士欽。文臣兼武事，賴此展忠忱。

美人詩八首恭步太夫人韻

月　下

爲愛清輝夜不眠，芳姿對月更增妍。
雕闌十二全凴遍，顧影徘徊合自憐。

燈　前

深閨艷冶體輕盈，坐對蘭釭夜色清。
一段風流描不盡，偏教燈下覷分明。

簾　内

低垂珠箔緑陰多，草色苔痕映碧波。
院静忽聞聲嚦嚦，隔簾細語唤鸚哥。

鏡　裡

天生姿色本嫣然，對鏡粧成倍可憐。
百遍啟奩耽自賞，卸頭時節未成眠。

花　間

名花傾國兩争春，悄步芳叢不染塵。
只恐韶華歸去早，故教常作惜花人。

舟　上

曾從何處降仙娥，一葉扁舟泛緑波。
可望還疑不可即，盈盈隔水恨情多。

林　下

瓊珥金釵白玉環，千重樹裏露朱顔。
見他旖旎臨風立，應悔從前説小蠻。

鞦　韆

鞦韆院落雨初晴，綵索飛颺日影横。
渾似梨花飄上下，花輕怎比妾身輕。

戲和大觀園菊社詩四首

種　菊

籬邊淡淡暗香來，沐雨披風手自栽。
九日攢英酬我願，經年作僕待君開。
滋培早汲桃花水，宴賞應浮竹葉杯。
辛苦非關陶令癖，愛渠高潔絶塵埃。

咏　菊

簇簇黄花曉露侵，無詩不敢附知音。
頻餐秀色拈新韻，細嚼寒香耐苦吟。
静裏凝思摹瘦影，閒中琢句識清心。
傍籬酣咏神俱適，一種秋懷寫自今。

畫　菊

笑他桃李態輕狂，我欲傳神細品量。
尺幅半籠三徑月，秋豪微點一枝霜。
描摹敢說清無韻，領畧還疑淡有香。
最是虚情難下筆，迴光倒影送斜陽。

簪　菊

清姿那許蝶蜂忙，風雨催成淡淡粧。
斜插自憐花共瘦，滿簪須識我非狂。
繁英點綴重陽帽，碎影紛披兩鬢霜。
最是深宵宜折取，幽情喜傍髻雲傍。

分和大觀園蘭社詩四首

畫　蘭

興酣走筆快迴翔，滿幅傳神竟體芳。
不待月來方寫影，分明雨過也生香。
摹他秋到抽心細，願爾春來放箭長。
幽雅自然成色相，仙姿水墨兩微茫。

簪　蘭

楚畹仙葩浥露新，剪刀風裡趁清晨。
折將白玉盆中影，來贈紅窗鏡裏人。
一片香痕迷粉黛，十分秀色上眉顰。
夜闌珍重殘粧卸，竟體還留枕畔春。

蘭　影

小徑紛披落影稠，偶添粉本曲欄頭。
凴虛却也花斜嚲，入妙天然葉倒勾。
印出全身千種秀，裝成幻相一般幽。
試看淡月微雲夜，冉冉芳魂去復留。

蘭　夢

迢迢芳渚靜含煙，寂寞良宵倍可憐。
月色那堪風色擾，情魔忽被睡魔牽。
華胥有國非虛也，燕姞無徵豈信然。
化蝶不教迷野逕，香魂伴我十分妍。

悼侍姬袁氏秋兒

芳魂何處任棲遲，一日思鄉十二時。
粧閣塵封衣篋亂，無人對鏡理青絲。

夜　坐

清夜當軒坐，輕風送晚涼。林深遲鳥夢，院静覺花香。
徙倚隨欄曲，徘徊趁月光。長空萬籟寂，雲影漫横塘。

玉　簪　花

金風披拂態偏柔，雪貌氷肌耐九秋。
折得一枝雲髻插，幾回疑是玉搔頭。

過　津　門

輕橈蕩漾碧波新，兩岸垂楊緑未匀。
煙樹一村帆一面，畫船今日過天津。

雨夜舟中

連宵春雨洒征篷，獨擁羅衾漏欲終。
千里懷人無遠近，夢魂長在浙西東。

西湖二首

其　一[一]

圖畫無雙品，寰區第一仙。化工培地脉，山水結天緣。
錦勒春隄馬，紅燈夜月船。古今多代謝，湖水總依然。

【校記】

［一］原文無，爲與“其二”等對應，添加“其一”，後皆按此例處理。

其　二

秀麗天然好，還同西子容。黛眉横遠樹，螺髻聳高峯。
施粉停雲薄，含顰宿雨濃。山腰圍水面，的的是吴儂。

偶　題

湘簾不捲日遲遲，正是閨中午睡時。
夢醒呼茶庭院寂，自添香餅漫吟詩。

榆　錢

漫天搖漾送殘春，也共飛紅襯遠津。
荷葉疊來同是幻，柳絲穿去未成緡。
風翻五兩輕浮水，雲暈三銖不染塵。
莫向蘭閨飄箇箇，錦囊已貯古詞人。

讀九種曲有感

空谷香兮香祖樓，挑燈把卷淚盈眸。
賢姬羽化逍遥去，無那閨中萬斛愁。

錢塘渡江

潮頭不怕險，飛棹逐潮行。風力一帆飽，山光兩岸明。
南來出澗壑，東望達蓬瀛。直破怒濤去，壯懷無限情。

東甌署中即景四首

春　日

迴廊曲曲静無譁，一片明霞映茜紗。謂紅梅。
坐久小鬟能解意，松泉新煮雁山茶。

夏　日

高架松棚小院涼，捲簾風送芰荷香。
晝長人静渾無事，鸚䳇簷前唤晚粧。

秋　日

芙蓉花發滿庭芳，丹桂臨窗暗送香。
絡緯聲中秋信到，夜來風雨散新涼。

冬　日

減除風雪樂天真，不着貂裘暖似春。
竹韻梅芬自清絶，那須剪綵褻花神。

喜大兒麟慶連捷南宫詩以勗之

乍見泥金喜復驚，祖宗慈蔭汝身榮。
功名雖並春風發，心性須如秋水平。
處世毋忘修德業，立身慎莫墜家聲。
言中告戒休輕忽，持此他年事聖明。

美人雜詠四首

虞　姬

相從羞復見江東，一劍酬恩楚帳中。
芳草至今猶脉脉，胭脂無語泣重瞳。

飛　燕

纖腰掌上舞翩翩，紅玉丰姿我亦憐。
早識王孫悲燕啄，隨風裙帶悔留仙。

緑　珠

那許貲財作好逑，爲君一死亦風流。
明珠百斛尋常事，難得卿卿便墜樓。

紅　拂

紫衣烏帽幻神通，喬木甘心托李公。
天子無愁丞相老，幾人慧眼識英雄。

遣嫁長女口占二絶

其　一

撫養深閨十五年，追隨左右愛生憐。
于歸遣侍翁姑側，莫似嬌癡在膝前。

其　二

爲兒檢點嫁時粧，結帨叮嚀慎莫忘。
三日羹湯勤洗作，他年調鼎佐檀郎。

贈潘夫人虛白四律

其　一

久聞芳譽噪京華，知是文章出大家。
世路長年遲日月，春城一壁隔煙霞。
徒聆詞藻金釵鳳，未睹仙容玉蕊花。
正爲懷人倍惆悵，偏隨客夢繞天涯。

其　二

謾誇彩筆煥摛文，丰度天然迥出羣。
此日相逢如對月，一朝得意快披雲。
非凡爽氣看難飫，入味高談聽欲醺。
數載睽違誠恨事，從今齒頰仰餘芬。

其　三

翩翩逸興見精神，雅重清流氣味親。
珠玉寫成團扇曲，芝蘭香藹畫堂春。虛白贈詩扇，予繪芝蘭圖以報之。
才名肯讓嶔崎士，風韻洵爲蘊藉人。
佳句錦囊吟不輟，琉璃硯匣每隨身。

其　四

少小深閨學未成，於今豈敢競詩名。
何曾客去翻書笥，僅得針閒傍畫檠。
處世每多慚德業，生兒幸不墜家聲。
勉酬落筆真羞澀，雜還無章竟録呈。

憶江南八絶

其　一

花落花開總怕知，幽閨坐怨雨絲絲。
無情最是天涯客，錯過江南三月時。

其　二

雜花滿路草萋萋，垂柳陰深遍古隄。
渡口白雲新月上，問誰帶醉聽鶯啼。

其　三

竹林應是翠纖纖，泥滑春殘玉透尖。
雨過好供山客膳，愛他氣味外虀鹽。

其　四

緑葉成陰子滿枝，青青梅豆壓東籬。
南來驛使如相贈，酸苦調羹味最宜。

其　五

柳絮拋殘江岸頭，一篙鴨緑釣魚舟。
河豚應似蓴鱸美，愁說春潮帶漲浮。

其　六

雨濕玫瑰春意賒，竹籃雲屐透香斜。
曉來底事驚殘夢，曲巷聲聲喚賣花。

其　七

堦苔新濕翠陰昏，池草新添碧漲痕。
雲舍晝開佳客到，更無鼓吹向柴門。

其　八

殘紅落葉捲香塵，一片平疇麥浪新。
雨雨風風春去了，獨留心事付離人。

題自畫荔枝

一枝磊落裹瓊漿，寫出泉州十八娘。
清饌記曾供大母，在東甌時從海舶購得，供奉祖姑。堆盤佳果滿筵香。

崓山驛曉發

旅館柝聲殘，呼童整繡鞍。林遮山徑黑，月浸戍樓寒。
少小長隨宦，馳驅竟自安。平生多遊興，到處望煙巒。

哭長媳瓜爾佳氏二絶

其　一

聰明性格更温存，五載真同母女恩。婦自己巳來歸。
祇道蘋蘩今有托，誰知風雨送黄昏。

其　二

年來兩度失明珠，去年長女亡。堪嘆摧殘運不殊。
自是雲仙雙返駕，空教老眼淚模糊。

西　園

小園盡日幾囬過，漫着春衣試越羅。

佳卉一庭呈笑靨，好山四面疊新螺。
蜂拖香蕊尋芳逕，蝶戀飛綿度緑莎。
九十光陰同逝水，莫教片刻負陽和。

乙亥春三牡丹花放時夫子扃闈校士爰題四絶

其　一

青蚨幾度買名花，開遍雕欄不在家。
莫道暫違非遠別，出門咫尺即天涯。

其　二

殿春花過鼠姑開，淡蕩香風拂座來。
爲問量才賢太守，門墻桃李幾株栽。

其　三

枝枝濃艶鬭新粧，錦帳低垂傲洛陽。
不愧花中稱第一，果然香色冠羣芳。

其　四

日來輕暖又輕寒，爲愛春光倚畫欄。
寄語雅人須護惜，此花莫作等閒看。

紅香館詩餘

夏日偶成點絳唇

漫捲湘簾，正雨過涼生庭院。綠陰葱蒨，好鳥枝頭囀。
午夢初回，懶去拈針線。詩情倦，茶經香傳，且自閒消遣。

舟中晚眺漁歌子

高柳陰濃罩綠溪，輕舟摇過小橋西。
波灩瀲，影迷離，斜陽幾樹晚鴉棲。

風雨遣懷如夢令

窻外瀟瀟風雨，春在兒家庭户。
懶去理瑶琴，閒倚雕欄無語。愁緒，愁緒，又聽數聲杜宇。

秋夜點絳唇

夜靜天空，西風料峭秋聲老。浮雲如掃，月到天心小。
一卷南華，解却愁多少。香閨悄，爐烟細裊，錦帳羅衾好。

閨情憶江南

空庭靜，翠色上簾旌。好鳥數聲驚夢短，
落花幾片點苔輕。無語總含情。

曉粧甘州子

菱花乍啟覷分明。雲髩攏，玉釵橫。茜衣新試越羅輕。
何事最關情？深巷裡，風送賣花聲。

紅香館詩草跋

三百篇原始閨中，《關雎》《葛覃》是矣。後世風雅寖盛，而閨中能詩者代不數人。豈生才代不相及耶？抑採風者摭拾多所遺也。近時閨秀詩傳誦甚夥，有專集行世者，如畢太夫人《培遠堂集》、崔太恭人《浣青詩集》，皆堪步武古作者。繼聲而起，其惟年伯母惲太恭人乎？太恭人爲余同年麟見亭母氏，見亭工詩得之慈訓。余與共硯席久，得太恭人集，讀之，濯濯如春月之柳，娟娟如渌水之蕖，氣韻雅淡，態度閒逸，又深於畫理，每一花一鳥，俱妙寫生，栩栩欲活，合詩餘僅數十首，而性情之貞淑，意趣之深婉，興寄豪端，音流簡外，舉可以得其梗概，持較紈扇之篇，柳絮之句，良已多矣。余忝入詞垣，浪學塗抹蹄涔之陋，何足僭評斯集，幸見亭之導以先路，而又羡見亭之歸有餘師，然則見亭自兹以往不與余相去日已遠哉。

乙亥除夕前三日年愚姪宗室崇碩謹跋

跋

右近體及詩餘，共九十首有奇。我師母惲太恭人之所著也。太恭人毘陵名族，衍南田家學，明通贍博，韻學天成，所作古今體、歌行、詞曲，無不工。然太恭人獨茂坤德，雅不欲以詩名世，每脱稿即棄去。見亭昆季隨時抄録，始成一帙，珍而藏之，丙子冬將付剞劂，氏出以相示，其集中氣清詞華，志和音雅，自爲掾翰家所共賞，無待汝楫揄揚，顧汝楫受知於曙墀夫子最深，且假館西齋歷有年，所欽仰母儀亦得之最稔，而兹集抒寫天真，詠歌悦豫，適足以形其梗概。方今遐福未艾，享齊眉之樂，慶繞膝之歡，太和洋溢，刻羽引商，詩且有月異而歲不同者。見亭昆季將梓行全集，於古今名媛中更增一席，則是帙所見，殆猶泛璇湖瓊海而得其零璣寸璧云爾。

時丙子嘉平月門生鄭汝楫頓首拜跋

跋

鍾天地嚴正之氣而有德，鍾天地清靈之氣而有才，合而鍾于一身，斯之謂才德兼全。我先祖姑惲太夫人懿行昭垂，久爲海内名流所共欽仰。茲集中諸作議論見其大，性情得其正，至於設色敷辭，因時成詠，本乎性真，深得風人之旨，是集久行于世，奈經江南刼火，茲特召剞劂氏重刊，謹誌數語以伸景仰。

同治五年孟夏次孫媳蔣重申謹跋

凝香室詩存

（清）麟慶　撰

凝香室詩存序

公子擅豪華，清才擬八叉。江淹懷裏筆，李白夢中花。甲第家聲繼，丁年國士誇。一編侵曉讀，五色粲雲霞。

甲戌夏仲賦此誌慕憶蘭汪琨。

好音來惠我，開卷得天真。南渡千秋恨，西湖十里春。文章堪報國，風月更爲鄰。自愧詩才拙，推敲漫效顰。

湘畹鄭佩蘭

朱絃疏越奏清詞，風雅能抽乙乙思。猶憶日南坊外住。一燈如豆論詩時。自從髫歲賦條枚，洛下羣誇未易才。却似輶軒周太史，采風曾向二南来。

孟慈洪飴孫

空山響流水，獨坐聞琴聲。好景偶然會，詩懷相與清。竹窗留片月，花漏正三更。不覺動高詠，因之見遠情。

嘉慶甲戌夏四月二十有八日三鼓題詞竹閒吴錫傳

公子少年高甲第，郎官清署好才華。猶思十二年前見，玉貌荷衣賦八叉。趨宸暫乞寧親假，覽古新成拜嶽圖。我到却吟題石句，已知邱壑入錘鑪。

丙子六月客遊汶陽读竟題此陽湖周儀暐

花外逢仙吏，原從天上來。文星臨北斗，芝宇應三台。山静尊圻父，風流學老萊。時省假泰郡。淩雲登日觀，可許共追陪。白髮誰相問，青山我獨看。何來大司馬，同入醉仙壇。高格追王孟，酣吟逼柳韓。一編足千古，聲徹五雲端。

丙子夏敬題於歷下湖上北臺醉琴道人

御幛崖前一再吟，松風澗水助清音。下方誰洗箏琶耳，解聽寥寥太古琴。

工部诗歌吏部文，自餘作老任纷纷。一官珍重稱兵部，鼎足千秋合待君。

丙子閏六月携此卷至對松山快讀一過，
口占二絶即題以博一笑。伯生蔣因培。

碧桃箋上界烏絲，欲寄相思感舊時。越國煙花三度老，揚州明月二分遲。春愁似水消難盡，好日如金去始知。惆悵韶華經幾换，秋風又到海棠枝。

燈殘客散畫堂空，獨聽蟲聲滿苑中。砧杵幾家敲落葉，管絃何處唱秋風。共憐冷宦情形似，應笑書生習氣同。寄語來朝須待我，相吟環翠小軒東。

秋夜讀凝香室詩竟，即占俚句二章，仍疊前韻，
奉答並請依韻賜和珊濤車旺多爾濟

布衣蔬食意如何，祇爲生平減福多。玉筯動傾中士產，黄金笑買美人歌。秦淮瀲灧風光膩，燕趙馳驅歲月磨。今夕不妨禪破定，一敲銅鉢拜詩魔。

華陽散人蔡天培

天才掞藻令人驚，戛玉敲金韻最清。愧我龍門遲點額，欽君雁塔早題名。生花筆奪潘江艷，湧月詩兼李杜情。意氣相投無貴賤，乘車戴笠訂新盟。

雲洲謝敷和

凝香室詩存卷之一

白牡丹嘉慶壬戌十二歲作

佳卉式如玉，花叢品最尊。本来誇國色，何處得梅魂。
香暖春三月，神寒露一痕。願昭忠信質，相對共晨昏。

夜侍環翠軒偶成

花外漏沉沉，空軒月正臨。椿萱欣竝茂，詩禮訓交深。
隅坐陪良夜，承歡愜素心。願隨長者後，點筆效清吟。

看菊癸亥

繁英芳蕊綻枝枝，秋日風光付短籬。
獨愛冷香留晚節，忘言坐對捲簾時。

夢中口占甲子

幾處蘆花幾樹烟，水郵漁市正相連。
緑蓑青笠歸来晚，渾似江南畫裡船。

環翠軒漫興

吾生偏好静，不羡許史閭。家有環翠軒，亦可稱幽居。
莫言此軒小，天地皆吾廬。旁植千竿竹，亭亭氣清疏。

秋風從西來，恍若吹笙竽。興至抱膝吟，時閒讀我書。
人各有懷抱，吾自養吾愚。

天香樓賞荷乙丑

十刹澄波千頃凈，習習微風紅不定。
花外岧嶤一小樓，樓光水色相輝映。
樓名原合號天香，挈伴登臨共舉觴。
禁中山色逾蒼翠，自有清氣通芬芳。
酒闌興遠本無暑，況復高樓對烟渚。
紅衣翠蓋正迷離，我来快得尋涼所。
即景分題拖意深，濂溪在昔稱知音。
凭欄此地一吟眺，污泥不染心無侵。

秋夜吟

小飲不成醉，酡顏强自持。風篩竹影碎，花度漏聲遲。
懶玩羲之帖，狂吟白也詩。夜深蟲唧唧，剪燭製秋詞。

曉發河西務丙寅

扁舟才過杏花屯，曉日春山帶赤痕。
却聽舟人挂帆説，計程今晚到楊村。

晚眺

尋春到水涯，處處亂飛花。日落千山暝，人来一径斜。
揺風鞭有影，信馬路無叉。花外青帘颺，遥知是酒家。

舟次廣陵

仕宦天涯一葉飄，江鄉驛路正迢遥。

南来水陸三千里，西望煙雲廿四橋。
旅夜聞雞驚越夢。片帆帶雨送吴舠。
匆匆莫诵蕪城賦，且上隋隄折柳條。

偕李康階丈泛舟西湖

與客買蘭橈，沿隄宛轉摇。遠峰青繞郭，新漲緑平橋。
塔影隨風蕩，湖光帶月消。天然圖畫裡，粉本倩誰描。

竹　素　園

是誰於此寄高蹤，今日遊行興倍濃。
地拔孤山青一朵，門關古樹翠千重。
窗前鳳尾摇修竹，階下龍鱗卧老松。
暮色蒼然歸去也，南屏已打夕陽鐘。

遊淨慈贈主雲上人

最愛湖南第一山，漫尋雲路叩禪關。
蕭疏窗外千竿竹，話到無生意自閒。

山陰道中

溪流青嶂外，城俯夕陽邊。有路皆通水，無家不繫船。
漁蓑晴晒日，古樹老參天。又轉春山去，青青一抹烟。

秋夜聽雨

夜窗疏雨聽瀟瀟，獨對寒燈更寂寥。
始信旅人禁不得，秋聲只覺上芭蕉。

天台山道中丁卯

小坐籃輿日向晨，天台佳處絶凡塵。
四圍翠繞疑無路，一径紅深别有春。
華頂煙濃盤野鶴，石梁雲護隐仙真。
南来到此休惆怅，曾有桃源舊主人。

月夜泛富春江

瑟瑟西風戰短蒲，扁舟蕩漾片輪孤。
千重山色描難出，十里江光淡欲無。
夜静泉喧嚴子瀨，詩成人憶賀家湖。
他年學得倪黄筆，自寫寒江泛月圖。

括蒼道中

括蒼處處峙芙蓉，不辨寒山幾萬重。
一径剛隨山角轉，馬前又起兩三峰。

文丞相祠

淪没悲南宋，忠貞仰相臣。有天誰可戴，無地足安身。
熱血留燕市，遺祠傍海濱。我来捫斷碣，溓弔淚沾巾。

浩然樓戊辰

淩虚百尺快良遊，人去名存記此樓。
山接烟雲從北起，潮拖江水向西流。
謝公屐引登臨興，鄭老杯澆寂寞愁。
千古遺蹤無限思，山光水色兩悠悠。

送　春

柳眠榆落減韶光，林外遲遲日正長。
不聽啼鵑已惆悵，落花飛舞隔簾香。

石門洞

舟艤石門外，探奇興未闌。登高懷謝屐，養晦憶劉檠。
風吼飛仙瀑，春深秀翠巒。斜陽松頂露，洞口白雲漫。

瓊林宴口號己巳

日麗黄金榜，簪花列兩行。不圖温飽願，且喜姓名揚。
座滿排鴛鷺，笙調叶鳳凰。慚予年十九，早達幸依光。

景州道中

驅車到廣川，暮色已蒼然。遠樹殘烟鎖，孤城落日懸。
天開新境界，人悟舊因緣。待得金雞唱，匆匆又著鞭。

山　行

斜月挂征鞍，雞聲唱曉寒。當前青嶂立，回首白雲漫。
霜重秋林老，風高木葉乾。崎嶇行不易，自古世途難。

山陽嶽

聖人重民命，饑溺恒所思。山陽數萬姓，秋潦紛交馳。
河伯奪其食，潛虬窺厥貲。緣此發帑金，布澤惟恐遲。
遣員稽户口，雖濫而無疑。乃有貪墨吏，囊槖營其私。
卓哉李明府，捧檄不知疲。痌瘝時在抱，公慎以自持。

王令具杯酌，殷勤媚以辭。李公陳大義，激切多參差。
夤夜啗黄金，四知不敢欺。僕從悉大噱，想與嘲其癡。
得財甘背主，逆謀商共施。揭帖草未就，杯茗毒已滋。
一飲肺肝裂，跳擲無幾時。聲嘶氣漸微，袍袖凝胭脂。
死之恐不速，惡僕相撐支。倉黄殮遺碧，抑勤陳厥尸。
想與快功成，上賞終無期。摇摇心懸旌，時慮他人窺。
親来同蓋棺，此後徒猜疑。孰知正直者，英靈不可縻。
况兹含奇冤，魂歸先靈旗。待至發篋時，衣血何淋漓。
持衣来京邑，奔告天子知。天子赫然怒，昭雪命法司。
水落石乃出，彰癉各有宜。爰爲勒貞珉，煌煌憫忠詩。
褒榮及三代，聲名溢四垂。死者已如此，生者曷念之。

揚　子　江

風快帆如駛，潮来岸欲平。天連瓜步戍。波撼秣陵城。
月下江豚走，雲邊旅雁鳴。青山剛過眼，隔岸又相迎。

虎　　邱

不識山塘路，今来七里塘。烟花嬌旭日，歌管醉春陽。
自昔繁華地，于今傀儡場。櫓聲恣欸乃，一曲聽吴孃。

錢　塘　江

鼓楫渡江東，山川氣勢雄。潮飛雙槳雨，浪破一帆風。
怪石鞭秦卒，驚湍泣伍公。越山迎我笑，重到鑑湖中。

蕭山舟中與李叙堂丈聯句

兩岸芙蓉映茜紗見，片帆如駛快乘槎。
南来舊夢思京國叙，東渡浮生寄若耶！
山色迷濛含雨氣見，水痕瀲灎蹙風花。
塵懷相對消除盡叙，好爇名香誦楚些見[一]。

【校記】

［一］“見”，爲麟慶，號見亭。“叙”，爲李叙堂。

曉渡曹娥江

放棹趁晴空，扶桑望裡通。曉山千仞碧，初日一輪紅。
石蝕中郎碣，雲封孝女宫。挂帆人去也，江上老丹楓。

催　　妝

御賜宫花插帽鮮，漫誇我是大羅仙。
囊中探出生花筆，新譜關雎第一篇。

喧闐雅奏滿華堂，此日吹簫引鳳凰。
争説洞房春色好，紫薇郎作畫眉郎。

觀　　海

觀海難爲水，蒼茫萬頃煙。遠天横作岸，亂島大於拳。
逝者悲千古，悠哉匯百川。蓬萊如在即，我亦欲登仙。

太湖龍挂歌庚午

陰雲四合吹腥風，湖水直立煙濛濛。
白氣一縷升天東，龍身入雲雲駕龍。
揚鬐掉尾淩長空，水聲砰湃相激衝。
須臾雨急敲船篷，翻身却入滄溟中。

滕縣道中

飛鳥已知倦，客行仍未休。日斜鞭影澹，沙軟轂聲柔，
此地經三度。浮生閲廿秋，井田何處是，寂寞晚煙稠。

趙北口

長隄幾曲柳毿毿，新漲春浮鴨緑酣。
此去燕京三百里，渾疑風景似江南。

遣懷

松棚高架紙窗虛，吏隱真欣應接疏。
一卷長吟騷客句，百城坐擁古人書。
加餐幸飽長腰米，得味新嘗巨首魚。
最好荳花清影裡，脫巾高卧夢華胥。

七夕有感

坐看牛女會銀河，恰喜今宵風景和。
天上人間同一恨，聚時偏少別時多。

有所贈

内家妝束正嫣然，乍見偏疑月裏仙。
記拍喜歌紅豆曲，題詩分擘緑蕉牋。
含情薄怒非關妬，忍笑微嗔倍可憐。
爲報嫦娥祈作主，願如明月永團圓。

喜晤蔡桂山天培話舊時自川入都

今夕是何夕，相逢轉黯然。離懷三峽月，詩思六橋烟。
覿面渾疑夢，談詩欲問天。袁江風雨夜，屈指幾經年。

觀棋辛未

午窗落子響丁丁，斂手旁觀眼界清。

莫怪此中多劫殺，總由黑白太分明。

遊萬柳堂堂爲馮文毅相國山莊時阮雲臺中丞重脩朱野雲布衣種柳五百。

堂空人去落花愁，幸有中丞着意脩。
台榭盡栽新艸木，光陰全換舊春秋。
佇看濃翠生千樹，且聚遥青入一樓。
試問呢喃雙燕子，依稀王謝昔時不。

古　意

半庭花影閒，四壁蛩鳴切。秋思不可禁，開窗邀明月。

題汪憶蘭琨影憐詩後詩爲歌童三喜作。

登場一曲態横生，客裡汪倫意早傾。
悟徹色空空是色，翻因悟後倍多情。

年来驀地起風波，唱遍人間懊惱歌。
玉琢相思金鑄淚原詩句，問君此恨怎消磨。

百首推敲苦用心，多情真個説繁欽。
才思溢似相思海，一度吟成一度深。

擊　劍　行

龍泉出匣生寒光，三尺閃閃欺飛霜。
憶昔仗之来夜郎，盛氣慷慨臨沙場。
酣鬥轉戰雲昏黄，脂膏血肉吞鋒铓。
功成寂寞懸高堂，不平則鳴聲琅琅。
安得壯士名干將，爲吾誅除豺與狼。
更有鬼蜮傾賢良，讒婦逆豎乖倫常。

手刃厥腹頭提囊，庶幾風俗差應强。

芳草壬申

離離又見滿前邨，二月江南氣候温。
平仲烟蕪悲客子，寄奴春蔓怨王孫。
連綿疏柳斜陽路，掩映桃花倩女魂。
幾個遊人知護惜，芒鞵慢踏緑莎痕。

題車珊濤文紅蕉軒吟稿

開卷夜三更，珊珊氣骨清。桃花才子恨，芳艸美人情。集中題桃花扇傳奇及芳草詩甚佳。
風月增新調，湖山证舊盟。吟餘長太息，四壁起蟲聲。

内閣蒔芍藥十數本年久枯萎壬申花復發沈春皋前輩淦爲啟徵詩勉成二律

其　一

禁院頻經雨露滋，翻階紅葯鬥妍姿。
人隨芳影依鸞樹，春引恩波到鳳池。
金帶舊傳羣輔事，玉盤新誦舍人詩。
雲牋到處徵題詠，官閣梅花憶昔時。

其　二

綽約丰神引興賒，殿春仍許鬥春華。
綸扉香暖辰聯袂，瑣闥風清午放衙。
遺種休嫌分野圃，託根争羡傍天家。
自慚小技雕蟲手，采筆思紛五色花。

憶湖上諸勝十六截句存八[一]

憶昔臨湖放畫橈，半篙鴨緑漲春潮。
遊人盡逐笙歌去，煙水蒼茫鎖六橋。

探奇曾訪招賢寺，攬勝頻登聚景樓。
記得裡湖遊遍後，撥船更向外湖遊。

曾爲尋春試馬蹄，蘇公隄接白公隄。
香山已去東坡老，芳樹流鶯故故啼。

三春花事屬東皇，各樣仙姬各樣妝。
湖内畫船湖上馬，年年社日拜花王。

鴨髻鸞釵百蝶裙，桃花風裡臉微醺。
記曾十二峯頭見，指點巫山説化雲。

迎薰閣外緑波肥，十里荷香人未歸。
若許夢中身化蝶，宵來應傍藕花飛。

三千强弩攖潮信，十二金牌阻大軍。
悵望湖山無限思，錢王祠對岳王墳。

雲門寺外冷泉亭，風擁韜光萬竹青。
最好飛來峰下坐，呼猿洞口講蓮經。

隱約文鱗箇箇圓，戲穿蘋藻水淪漣。
自從花港蕭疏後，羣逐遊人赴玉泉。

管絃咿啞櫓聲柔，每向澄波卜夜遊。
今夕月明風露浄，渾疑身在望湖樓。

【校記】

［一］原詩“存八”，實爲“存十”。

讀楞嚴經

偶隨蘇晉學逃禪，一卷楞嚴謝俗緣。
堅固渾忘人我相，妙空不碍往来緣。
參他上乘應如是，消盡諸魔得自然。
趺坐静觀簾半捲，沉檀篆結一鑪烟。

題烏目山人王石谷山水卷

萬壑千巖真秀削，依稀古寺藏林薄。
樹杪遥看匹練飛，一條界破青山角。
橋危路轉去無蹤，但見寒林烟漠漠。
借問當時畫者誰，題曰烏目山人作。
三尺生綃恣染皴，大筆淋漓氣磅礴。
自是筆底參化工，豈惟胸中具邱壑。
吾生愛畫等愛書，披圖頓使祛塵俗。
畫乂暫展不忍懸，懸時恐有紅塵著。

紅豆美人圖

玉手拈來一粒紅，淩晨人坐小樓東。
從今解得相思味，辛苦酸甜在個中。

寄李康皆步瀛山陰

三載辭臣叔，離懷與日俱。至情心匪石，別淚泣成珠。
縱有鱗鴻達，終嗟臭味孤。風清山月白，懷我有詩無。

題汪宜伯懷蘭室詩集癸酉

排成七卷快如何，消盡情魔與睡魔。

不第劉蕡悲命蹇，能詩杜甫患才多。
春花秋月三生約，緑酒紅燈半世過。
欲效微之偷格律，唾壺擊碎動高歌。

春暮有懷蔡桂山刺史詩以代柬

九十春匆匆，歲月何其速。念彼同心人，離懷轉幽獨。
中郎愛苦吟，賤子耽篇牘。雖無劉盧婣，情擬潘楊睦。
憶昔泊袁江，邂逅親芳躅。臨流發浩歌，感懷時憤哭。
佳句貯錦囊，開編心爲服。唱和製新詞，小技雕蟲續。
忽作秋蓬飛，送别雙眉蹙。予遊浙水湄，君去鐘山麓。
尊中酒不空，席上花團簇。涼月照秦淮，令人矜艷福。
每遣黄耳来，寄我詩盈幅。繾綣兩情深，子細挑燈讀。
或爲竹枝詞，或爲懊惱曲。險韻押尖叉，咳唾成珠玉。
僕居西子湖，登眺姿遊矚。載酒弔林逋，填詞懷杜牧。
鶯花月二三，踏遍紅橋六。歸来餘興豪，快酌新醅熟。
淋漓生氣多，漫説詩須捉。八行墨未濃，二寸箋鏤竹。
郵筒遠寄將，驛使道相屬。欲效白與元，差信根有夙。
倏各侍宦遊，風塵皆僕僕。揚帆下永嘉，驅車走北陸。
故友来江南，云君歸裝束。聞之心惘然，關山勞夢轂。
己巳上春官，欽承聖恩渥。供職厠薇垣，魚魚仍鹿鹿。
謙遜以自持，深鑒前車覆。傳聞刺史來，叔度真超俗。
才大歎劉蕡，識沉推魯肅。别久情愈親，相逢膝重促。
小酌醉葡萄，春盤供苜蓿。同理和鳴琴，同擊悲歌筑。
聯袂慶新歡，又幸芳鄰卜。半載住京華，倦遊返巴蜀。
予時憂采薪，驪歌常三復。靈巫十二峰，縹緲雲頭矗。
欲躡雙飛舄，求仙學避穀。欲覓費長房，求方縮地軸。
高堂有二親，老健願相祝。更期閨中人，婉嫕等徐淑。
珍重千金軀，慎勿蒙寒溽。惠我以好音，庶慰離情觸。
春花別様紅，春水鴨頭緑。雲山幾萬重，遮斷天涯目。
裁詩寄阿兄，寫盡中心蓄。吟成五百言，忘却毫尖秃。

哭同年瑞芸卿林学士

未了生平事，如君最愴神。克家無弱息，年二十四無子。
鎮遠有衰親。時尊甫任伊犂將軍。才藻空如許，
風流歘已陳。遺詩含淚讀，何處覓斯人。

神木歌廠在東便門外。

神木横卧空庭中，東方甲乙生氣通。
青銅爲幹鐵皮老，六千餘尺疑長虹。
聞説移来五百載，錯節盤根仍不改。我今小憩止其旁，
摩挲幾度悲桑海。吁嗟乎！君不見，長安市上故侯居，
門前翠影空扶疏。又不見，青青十里長亭樹，任人攀折無人護。
何如此木置通衢，仰承雨露無榮枯。

贈沈春皐淦舍人

落落誰爲匹，清才沈舍人。春風參佛法，明月悟前身。
兼善詩書畫，都忘老病貧。同儕儂最少，何幸結芳鄰。

送顧春谷外兄落第歸江南

秋風不得意，之子又南歸。帆影辤寒浦，鞭絲漾落暉。
千峰隨夢遠，一葉帶霜飛。會有扶遥日，還山休采薇。

九月十五日紀事

蠢爾么麽輩，猖狂禁闥間。臣原甘死義，天恰許生還。
聖主勤籌策，羣工歷苦艱。詞曹無薄績，慚愧湛恩頒。叙守禁城功，奉旨加一级。

冬夜懷從軍諸友

朔風催雪意，老樹挾寒聲。當此蕭條候，那堪離別情。
飈從羊角轉，月向馬頭明。惆悵中原地，如何未厭兵。

聞劉松齋清方伯破賊定陶

聞道齊陰路，王師正耀威。長驅催快馬，轉戰縛封豨。
風急鳴金鼓，霜嚴繡鐵衣。紅雲旂影颺，一騎捷書飛。是日入直，喜值紅旂報捷。

骰　子

六面玲瓏點點微，嵌來红豆影依稀。
莫言朽骨無多福，曾荷殊恩得賜緋。

終南行弔强忠烈公名克捷，陝西人，死河南滑縣李文成之亂。

終南突兀青芙蓉，龍蟠虎踞三秦中。
鍾靈毓異誰最雄，我生首數忠烈公。
公也文章負盛名，釋褐出宰河南城。
一城斗大一官小，酬君早矢抒忠誠。
滑臺自昔用兵地，梟獍潛藏蓄谋異。
一朝揭竿衆不知，變生肘腋難爲備。
黄沙莽莽狂飈揚，山河黯淡天無光。
白巾裹頭肆猖獗，閧然蝟聚登公堂。
公早瀝胆誓一死，城存與存亡與亡。
一時死節死孝與，死義全家碧血濡。
干將聖皇特下褒，忠旨敕護靈輿返桑梓。
文階武職衍宗祧，專祠賜謚昭崇祀。
吁嗟乎！公之忠藎良足悲，公之恩遇尤足奇。
魂兮魂兮倘飛來，我爲臨風奠一巵。

送行次新店晚眺偶成甲戌

四圍来暮色，小立意茫茫。大漠遥山紫，平沙落日黄。
行踪人歷碌，鈴語客郎當。望裡齊雲結，瞻依願最長。時大人守泰安郡。

盧　溝

對此盧溝水，蒼茫别恨生。流渾難辨色，浪急不成聲。
落日離亭路，秋風曉月情。青青橋畔柳，終古送人行。

集古四首

中夜不能寐，春氣感我心。清露被蘭臯，鶗鴂發哀音。人生若塵露，夸父爲鄧林。榮名非已寶，俯仰乍浮沉。揮袂撫長劍，涕下誰能禁。右詠懷集阮嗣宗句。

裹糧仗輕策，减跡入雲峰。迢遞陟陘峴，停策倚茂松。連嶂疊巘崿，清曠招遠風。水淺石濲湲，仰聆大壑淙。山桃發紅蕚，新蒲含紫茸。觀此遺物慮，永懷求羊蹤。右登山集謝靈運句。

人世有代謝，晦朔如循環。吾生獨不化，采藥遊名山。呼吸滋玉液，嚼蕊挹飛泉。仰思舉雲翼，升降淩長煙。右遊仙集郭景純句。

春秋多佳日，委懷在琴書。提壺接賓侶，摘我園中蔬。班荊坐松下，誰謂形迹拘。人生少至百，终當歸空無。銜觴念幽人，精爽今何如？今我不爲樂，過此奚所須。遥遥望白雲，言盡意不舒。右田居集陶渊明句。

猫

珍重吳鹽聘，相將共起居。已欣身有主，休歎食無魚。
逐隊春晴後，偎人午夢餘。鼠多翻不捕，慈厚最憐渠。

溪　上

夏木千章緑正肥，溪頭小立雨浽溦。
忘機最是波間燕，故向人前欵欵飛。

懷惲子尚受章外兄

水木湛空明，更深夜氣清。一簾孤月影，萬里故人情。
莫挾新彈鋏，宜挑未棄檠。葡萄新釀熟，此夕共誰傾。

營奠悼亡爲瓜爾佳夫人作

齊雲時家君官山左。浙水時外舅官浙江。
望空存，忍對西風哭墓門。
春月秋花蝴蝶夢，斷烟衰草杜鵑魂。
緣慳莫續三生約，命薄空憐六載恩。
最是傷心無限處，白楊蕭瑟慘黄昏。

聞　雁

衆鳥投林宿，胡爲爾獨鳴。天邊秋萬里，城上月三更。
失侶悲無偶，高飛唳有聲。一般淪落感，入耳總傷情。

陋室十詠

破　鏡

一片團圝影，今爲缺月形。對時憐我瘦，照處向誰青。
剥落留秦製，模糊認漢銘。重圓徒月説，寂寂挂秋庭。

焦　琴

素具中郎癖，長横百衲琴。爨餘奇響在，焚罷斷紋深。
有質曾燒尾，無絃獨賞心。鐘期不可作，何處覓知音。

缺　硯

一片端溪石，摩挲日幾回。斷痕猶漬墨，宿潤欲生苔。
質古迷時代，銘殘歷劫灰。空留鸜鵒眼，隱約爲誰開。

寒　燈

好古不知倦，挑燈斗室中。冷光欺獨夜，孤影閃秋風。
黯淡釭浮翠，微茫穗吐紅。短檠猶未棄，眷戀此情同。

斷　箋

零落華牋在，消閒取次看。擘来雲影淡，折處雪痕殘。
彤管難題句，烏絲孰界闌。薛濤名色麗，乘興且揮翰。

敗　筆

記得生花日，繽紛几案間。功成頭漸秃，身老髩先斑。
未許埋爲塚，何妨積若山。幾番重檢點，不忍盡投閒。

遺　畫

丹青留剩跡，滿壁欠分明。筆墨痕俱澹，風霜歲幾更。
殘山餘一角，遠水抱孤城。對此休惆悵，卧遊無限情。

殘　書

百城誇坐擁，隨意任流連。古典參仙佛，遺經拜聖賢。
字謎憐土蝕，孔小笑蟲穿。珍重名山業，蕭齋莫棄捐。

漏　卮

夘飲添佳況，疏狂愛漏卮。不觚人莫笑，無當我長持。
獨具江河量，偏宜風雨時。醉来餘滴瀝，襟上影参差。

故　劍

三尺龍泉劍，高懸閱幾秋。難除兒女恨，易動古今愁。
霜影侵人冷，寒光照水流。平生無限意，慷慨寄吳鈎。

冬初奠内子墓歸途偶吟

匆匆又是小春時，營奠還澆酒一巵。
事到成空原若夢，情因未了反增癡。
風翻紅葉歸鴉亂，霜冷蒼葭落雁遲。
萬斛新愁消不得，幾回對景起遐思。

寄李五文泉山左

酌酒當清夜，相思最黯然。故人千里去，明月五回圓。
度比王恭柳，才誇庾杲蓮。江南歸未得，慎莫聽啼鵑。

寒夜讀書示仲文二弟

北風號空林，涼月窺虛户。更深人未眠，開卷共千古。
壎箎樂既真，勸學期相輔。此道貴虛心，一得休自詡。
美質不可恃，况爾質近魯。人十而己千，庶幾能接武。
操觚先審題，妙思抽繭緒。不蔓復不支，縱横仍就矩。
學詩宜學唐，格律宗李杜。學書宜學晉，結構忌飛舞。
立品如芝蘭，莫同蕭艾伍。歲月不再来，少壯力宜努。
良玉未成器，工師追逐苦。襲貌不襲神，令人嗤畫虎。
勖哉切磋功，莫間寒與暑。

感　懷

宵深無計却愁魔，俯仰寒齋獨嘯歌。
鑪火留紅初煖鴨，酒痕浮緑暫傾螺。
癡情自笑冬烘叟，往事應參春夢婆。
廿載韶華彈指去，着鞭聊以補蹉跎。

甲戌冬日編第一卷成詩以落之

計年重遇甲，次第卷中詩。好作陰晴記，偏饒風雨思。
狂歌呼酒後，低詠坐花時。敝帚無人惜，千金自享之。

凝香室詩存卷之二

文社口占乙亥

小聚意陶然，論文證宿緣。賓朋咸集地，詩酒最宜天。

不着謝公屐，争揮祖逖鞭。自慚疏拙甚，幸附竹林賢。同社八人杜石樵、孫荊溪二前輩，俞東廬、敏禹民、周曉坡、崇小亭、李升齋五同年也。

月　下

飛來一片月，挂在碧雲端。大地函清氣，空階積暮寒。

微風正蕭瑟，孤影自團欒。對此呼佳釀，更深獨倚欄。

古　意

天地有定分，世人多妄求。學道而干禄，擾擾竟不休。

智鬥且力角，排擊等寇讐。區區文字間，同室操戈矛。

習法亦申韓，説經亦孔周。無奈門户開，膠漆迥不投。

嗟此方寸心，焉能容煩憂。回思人生百年耳，眼前起滅皆浮漚。

未来之日已苦短，已去之日不可留。

安得將心處處招閒愁。君不見，古来英雄豪傑皆髑髏。

和車珊濤丈柬鄭湘畹原韻即以奉詢

西風瑟瑟雨絲絲，正是詩人琢句時。

花月有情傷杜牧，功名未了困邱遲。

清詞多向閒中得，冷信先從病裡知。
我愧車塵真碌碌，又看籬菊長新枝。

過眼烟雲總是空，幾回惆悵少年中。
今来樞省聽殘漏，時同官兵部。無復春園坐曉風。
壯志相期千載上，素心差許二人同。
如何酒熟茶香後，只約康成赴苑東。

和車珊濤丈見答之作仍疊原韻

又見新詩妙色絲，拈毫銷盡夜涼時。
一簾秋氣侵人薄，四壁蟲聲叫月遲。
君是白眉真獨出，世無青眼有誰知。
浮沉郎署憐同調，共把茱萸舞柘枝。

雕闌曲曲小亭空，相約来宵明月中。
竹柏浮青籠淡影，葡萄釀緑醉西風。
文章已被功名誤，詩酒何妨習氣同。
瀹茗焚香客三五，爲君擊鉢畫堂東。

偕車珊濤夜話倒疊前韵

薜荔墻西桂苑東，深宵剪燭喜相同。
纏綿情寄王孫草，原詩有“池塘春草”句。澹蕩春生君子風。
十載相知詩卷裡，余自甲子年識荊。廿年心事酒杯中。
更闌漸覺秋聲寂，滿地花陰月在空。

一卷燕詞比竹枝，迂疏偏得雅人知。拙集曾荷點定。
身因怯冷驚秋早，詩爲求工得句遲。
世上已無燕伯樂，客中恰有鄭當時。謂湘畹孝簾。
風流的是騷壇將，欲繡平原合買絲。

獨　酌

兩過衆緑爽，涼意来庭除。脫帽當風酌，不爲形迹拘。
笑傲倚南窗，置身羲皇初。長嘯呼清風，天趣在一壺。

雨中過金鰲玉蝀

策馬渡橋東，濛濛細雨中。荷聲喧近浦，樹色暗離宫。
孤塔淩煙白，危墻隔水紅。此圖誰第一，應許米顛工。

秋　夜

秋氣逼殘夢，中宵忽自驚。微雨灑空階，滴滴成秋聲。
飢蟲泣風露，四壁皆悲鳴。側耳感羣動，倚枕抒深情。
蠅頭競薄利，蝸角誇微名。嗟此塵世間，朝暮何營營。
雨過涼風來，蕭然神氣清。攬衣起推窗，月落天河明。

中秋感賦

傷心往事最凄然，況值中秋又一年。
明月多情憐我獨，好花無主爲誰妍。庭中花卉多内子手植。
塵中廿載渾如夢，石上三生那有緣。
愁聽鄰家兒女説，今宵佳節是團圓。

月　夜

碧天如水月如盤，料峭西風釀嫩寒。
秋氣逼人眠不得，夜深獨起倚闌干。

奉委隨明大將軍亮演火器

少小慣從戎，余曾侍先祖防江，閲演火器。今來虎帳中。
烟飛雲幟白，電掣斗門礮口名。紅。
荼火三軍麗，貔貅八陣雄。八旂各樹一隊。
承平嚴武備，畫角震秋風。

曉赴圓明園丙子

聽漏趨清禁，西郊破曉涼。車聲忙似水，月色白於霜。
親在無家累，才疏有政忙。寄言韓下馬，莫怨道途長。

蔡申甫師引疾南歸恭步原韻送別

揚帆歸去海天寬，了却人間作宦難。
春水桃花纔放棹，秋風鱸膾好加餐。
硯田自有豐年樂，斗室應無熱客干。
遥計翠雲深處卧，一家雞犬盡平安。

恩深知己感無垠，送別河干倍愴神。
出岫雲歸仍捧日，釣鰲人倦已收綸。
廿年德重金臺望，三月愁違絳帳春。
我有傳經衣鉢在，願承化雨澤斯民。

悼亡爲繼室書書覺羅夫人作

如此年華正妙齡，内子庚申年生，時甫十七。曇花一見即凋零。
重翻舊恨情逾切，暫慰相思夢又醒。
絃促自憐膠莫續，囊空深惱藥無靈。
年來兩度增惆悵，催得潘郎鬢早星。

乞假省親東遊泰麓留別仲文二弟

家事暫資汝，臨歧殊黯然。持身嚴閱歷，交友慎周旋。
小別期三月，前程策一鞭。秋風文戰捷，努力慰高年。

悼　懷

棄我同仙去，傷心對墓門。芳醪澆一盞，夜月慘雙魂。
都有慈親在，偏無弱息存。九原如有識，幽怨共誰論。

邵丈百一鄭湘畹惲晴圃相餞即席留別

今日且歡聚，親朋坐一堂。漫歌紅豆曲，好泛碧螺觴。
小別暫分手，相思莫斷腸。歸期約秋九，同醉菊花黃。

六月八日出都

昨宵細雨灑長安，清曉驅車破嫩寒。
遠岫青從天際落，初陽紅向樹頭看。
祇緣愛日情懷切，不畏梯雲道路難。
漫道計程須十日，截流今已渡桑乾。

山村賽社余過之有童子相謂曰僕僕者鎮日來往果因何故聞而有感紀之以詩

村歌社鼓舞婆娑，爲祝年豐黍稌多。
過客暫停童子笑，輪蹄消盡果因何。

戲答童子

無非離合悲歡事，盡是東西南北人。

爾自安居我自去，相逢何必問來因。

雄縣早發

爲避炎威趁曉涼，披襟馬上興徜徉。
林深遥接千畦緑，麥熟平分一隴黄。
臨水漁家晴晒網，趁墟賈客早擔囊。
我來趙北燕南地，千古興亡歎渺茫。

趙北口

七載重過此，庚午三月北上，今七年矣。風光仔細參。
水苗仍簇簇，煙柳更毵毵。曉氣浮虚白，雲痕盪蔚藍。
頗饒詩畫趣，應號小江南。

聞鷓鴣啼

緑柳陰深日欲晡，揺鞭歷盡短長途。
生憎枝上雙棲鳥，故意聲聲唤客孤。

獻縣

風俗安淳樸，從知遺澤深。乾隆間，先祖曾令斯邑。臨行時，士民持韡。至今供奉北門子城。
情歡聯白社，義重賤黄金。邑人黄河清拾金不昧，賜額猶懸。
高柳仍留蔭，道旁大柳多舊植。甘棠自有陰。鄉民來看我，相對一沾襟。

阜莊驛

驛路分明認阜莊，九年四度事茫茫。
緑槐店在風霜古，店主崔姓有巨槐一，余往來均主之。
紅杏園空草木荒。園在驛東里許，爲乾隆時南巡駐蹕所，今廢。

愁緒難消如中酒，夢魂無賴每還鄉。
雨鈴風鐸增惆悵，不聽琵琶已斷腸。

德　州

征馬一聲嘶，匆匆上古隄。白沉沙漲遠，紅壓火雲低。
起伏山連晉，盤陀路入齊。傲來泰山旁山名。今在望，
得意任攀躋。

平原遇雨

行人最喜晴，畏熱亦思雨。驅車過平原，亭亭日向午。
忽見山雲飛，風勢猛如虎。急雨隨狂風，頃刻迷林隖。
舉目望前村，不見村頭墅。草色綠模糊，飛烟走平楚。
須臾涼意生，頓覺忘煩暑。雨過陰雲開，嶽色辨齊魯。

早　行

情殷定省促宵征，書劍隨身結束輕。
古道燈紅尋轍跡，荒村月黑聽雞聲。
模糊馬上消殘夢，隱約林邊認去程。
轉眼已過三十里，東方曙色透微明。

開　山

已是開山道，盤陀路漸高。林深青匼匝，峰擁翠周遭。
徑曲容車轉，崖危置屋牢。纔行三五里，澗水幾滔滔。

聞琵琶偶吟

是誰墻外撥琵琶，聲調凄涼別恨賒。
振觸旅情眠不得，夜深獨坐剔燈花。

張夏道中

行近汶陽境，征車尚未停。霞添叢樹紫，雲補斷山青。
恨結傷鸞鏡，情深慕鯉庭。一鞭殘照裡，歷盡短長亭。

望　泰　山

神秀鍾東嶽，巖巖氣象雄。天門雲氣白，日觀曉光紅。
特出原稱丈，分支盡是童。山靈如識我，揖讓翠微中。

曹蓄齋師萃廖毅谷企稷徐守之箴李雯璇文銓周簡亭維讓朱守正濤招飲三賢祠並覽投書澗受經臺諸勝

吾師與佳客，邀我過山隈。席地塵心静，飛觴笑口開。
泉聲喧古澗，雲影護空臺。景仰三賢跡，淵源有自來。祠祀孫明復、石守道、胡安定三先生。

題廖毅谷春水歸帆小照

思歸未得寫新圖，琴劍隨身伴客孤。
聞道珂鄉風味好，五稜蒓菜四鰓鱸。毅谷籍松江。

山影參差柳影毿，圖成一幅小江南。
歸期好向來年約，紅漲桃花月二三。

王母池在泰山前左。

萬木鬱參天，瑤池地勢偏。危崖飛古瀑，亂石咽流泉。
青鳥今無使，相傳有青鸞曾降其地。丹鑪古有仙。池左爲虬仙洞，相傳吕純陽鍊丹其中，詩尚在。上方飄法曲，吹散一溪烟。升元觀時建醮。

獨立大夫松

在泰山五松坊上里許。按坊舊有秦松五株，今存其三。

風雨茫茫問舊途，古松寥落剩三株。
爾緣獨立羞秦秩，恰受誰封作大夫。

白雲洞

路轉天門左，探幽下翠微。磴危無客過，洞古有龍歸。
人向懸厓立，雲從絶壁飛。陰森秋氣重，六月凛寒威。

泰山紀遊歌

泰山之高高接天，雲梯風棧相鈎聯。
中有一線通人寰，我今欲上愁攀援。
土人奉輿作氣前，横行如蟹疾如猿。
一天門上暫息肩，此身已到浮雲端。
水簾洞口招飛泉，壺天閣内同朝餐。
草香松古蒼翠連，别有靈境非人間。
廻馬嶺阻青徧斕，層巒叠巘行路難。
天門再度隨峰旋，岡巒起伏山徑蟠。
御幛崖前匹練懸，飛流颯颯風雨寒。
朝陽洞接對松山，山空泉響松濤喧。
回看來徑雲堆綿，渾淪一氣茫無邊。
峰廻路轉開奇觀，雙崖陡立何巑岏。
一步一級窮追攀，五里直上十八盤。
當頭門闢通天關，琳宫絳闕凝紫烟。
七十二君留空壇，我來弔古心茫然。
俯視郡邑真彈丸，乍晴乍晦時變遷。
汶河如帶形蜿蜒，龜蒙梟繹只一拳。
風蕭蕭兮雲漫漫，滿空笙鶴來飛仙。

欲乞芝草與靈丹，持歸永駐雙親顏。
飛身獨立中峰巔，劃然長嘯天地寬。

碧霞宫

三入天門上，來參玉女家。峰高懸日月，日觀、月觀二峰在宫左右。
池古鎖烟霞。玉女池在殿側。祈福誠斯應，民間向於四月中賽香會。
明禋禮月加。例於四月十八日遣中使詣山進香。聖慈垂奕禩，高座散天花。

没字碑

在山頂旁樹張銓小碣，有“欲攜五色如椽筆，來補秦王没字碑”句。

空碑一片繡苔斑，無字難分秦漢間。
寄語才人休縱筆，好留奇蹟鎮名山。

李椿園招遊後石塢

李生杖策好登臨，招我同遊泰嶽陰。
十里路盤消獸蹟，山後多豺狼，惟不敢過盤路。一溪泉響空人心。
長松勢怪懸厓秀，細草香濃古洞深。
回望中峰金闕現，烟雲離合境難尋。

下山至觀松亭小憩

又歷來時路，蒼茫俯萬重。舉頭唯見日，對面好觀松。
樹色分晴晦，山光積淡濃。回看峰頂寺，已被白雲封。

經石峪

探奇尋勝蹟，徑渡亂流來。飛瀑灑經石，梵文繡古苔。
靈蚪應護惜，蚪在灣相距里許。詩客每徘徊。石上多古人題句。
小坐松陰下，翛然俗念灰。

暴經石

石刻隸書金經，字大尺許，遍滿山谷，字遒勁而無欵，俗傳北齊王子春筆。

鳥跡龍文護翠烟，漫山鎸就自何年。
此君早悟真空妙，不使人間姓字傳。

西園八首效唐人何處尋春好體

何時園景好，最好是清晨。風日尋常麗，烟嵐變幻新。
鳥啼雲樹曉，花浥露華勻。遥憶天街上，千官拜紫宸。

何時園景好，最好是深宵。漏轉塵心定，涼生暑氣消。
泉聲喧寂歷，山影幻岧嶤。墻外高歌動，冰絃奏六么。

何時園景好，最好是新晴。書畫幽懷暢，煙霞俗念輕。
花香薰鏡檻，草色上簾旌。選勝招朋從，來朝載酒行。

何時園景好，最好是濃陰。粉壁明三面，綿雲暗一岑。
高低輕燕舞，斷續暮蟬吟。我欲乘風起，崇朝作快霖。

何時園景好，最好月明中。花木千重秀，星河一色空。
雲分濃淡白，花作淺深紅。縹渺聞笙鶴，呼仙酌碧筒。

何時園景好，最好午眠餘。花暖蜂衙散，陰深鳥語疏。
夢回仍卧簟，手捲暫抛書。笑問陶彭澤，何如五柳居。

何時園景好，最好晚風涼。霞落飛紅白，煙横間紫蒼。
山光臨北牖，樹影上東墻。衹覺披襟快，科頭坐石床。

何時園景好，最好雨中天。潑墨開詩境，披圖悟畫禪。
西風吹作霧，嶺樹幻成煙。夜静驚鄉夢，泉聲落枕邊。

贈蔣伯生因培

循聲久已重皇州，此日披雲拜蔣侯。
莫歎餘生留虎口，果然宿望屬龍頭。
詩懷清映千潭月，霜影新添兩鬢秋。
雲壑松濤對松山題石句。幽絶甚，願陪杖履入山遊。

靈巖寺

轉入靈巖境，陰生十里松。斷山叢樹補，古寺亂雲封。
白挂崖前瀑，青抽雨後峰。幽深少人跡，溪午一聲鐘。

趵突泉和趙松雪題壁韻

亭空泉響一塵無，疑是蓬元瀉玉壺。
湍激渾如三峽倒，源深不慮四時枯。
珠跳韻勝湘妃浦，鼎峙形分西子湖。
悟徹柳仙題句好，泉上有乩仙所題楹帖。水聲雲影客心孤。

泛大明湖至歷下亭

買棹淩湖去，先登歷下亭。波通橋外白，山在水中青。
野艇藏蘆岸，叢祠護柳汀。摩挲工部碣，欲去又重停。

湖上偶吟

城隅一片水雲鄉，翠蓋紅衣暗送香。
寄語蓮娃休蕩槳，恐驚鰷睡兩鴛鴦。

朗園

選勝城西路，清幽屬朗園。引泉穿曲徑，栽竹補頹垣。

已得山林趣，而忘城市喧。主人瀟洒甚，把卷坐松根。主人周名震甲，以孝廉仕知县。

贈北極閣道士醉琴

久事元君泰嶽巔，漫來此地奉金仙。
曲中山水參琴趣，壺裡乾坤得醉禪。
十里明湖澄檻外，萬峰秋色落尊前。
道心寂歷塵心定，話到長生一齴然。

垂釣口占

水光瀹沱晚風和，也學垂綸向綠波。
試問柳陰同釣客，不知若個得魚多。

山行遇雨

小坐肩輿上，推敲未得閒。風涼知有雨，煙重欲無山。
秋色空濛裏，詩情黯淡間。忽欣新霽後，蒼翠撲人顏。

貞姑歌爲徐守之作并序

姑爲武進徐邇齋先生女，幼字江陰朱生。未嫁而朱生持父喪病瘵死。女聞縗絰奔喪，淚滴棺上經漆如新，因留夫家紡織，奉姑凡十餘年。姑殁，仍依母家，居二十載。因族中昭穆不相當，乃以己兄徐鈞次子爲後云。

徐生風雅參幕府，剪燭焚香時對語。爲道毘陵山水清，鍾靈毓秀多奇女。所生奇女誰爲雄，貞姑不愧徐生宗。幼承父訓達詩禮，未婚守志甘奇窮。良人哀毁早死孝，貞姑驚慟越疆弔。縗絰登堂拜阿姑，死夫生婦嚴清操。茹苦含辛三十年，代供子職心怡然。姑死夫葬返故園，以姪承嗣安黄泉。黄泉已慰心力竭，冰霜自誓心如鐵。淚滴棺頭漆不磨，至今點點凝成血。

題周司獄煜柳村圖

裊裊垂絲漠漠烟，白門風景正依然。柳村籍隸上元。
此君參透詩中畫，仿彿漁村趙大年。

謁至聖陵恭紀陵在曲阜縣城北。

翁仲端嚴侍享堂，我來遥拜墓門旁。
橋通洙水源流遠，地接尼山氣脉長。
雨後香生蓍草緑，霜前色染楷枝黄。
豐碑林立銘功德，文獻千秋仰素王。

奎文閣觀習丁祭儀閣在至聖廟大中門内。

崔巍高閣奪奎光，丁祭先期戒肅將。
盛代四時陳俎豆，上公三獻奉烝嘗。
鼎彝器重唐虞古，碑碣文留漢魏香。
他日還朝誇伴侣，我曾觀禮聖人堂。

復聖祠陋巷坊在祠前，井在祠内，上有唐柏覆之。

吾仰顔夫子，巍巍道貌端。千秋隆俎豆，卅載樂瓢簞。
巷陋留枯井，祠新近杏壇。最奇亭上柏，夭矯老龍蟠。

元聖祠在曲阜城東北即靈光殿址。

元聖祠堂草木深，甦楊寒柏晝陰陰。殿前二古木名。

七年負扆三朝重，萬古垂裳一德歆。
零雨東山征客淚，風雷西土老臣心。
靈光殿址依然在，斷碣摩挲直到今。

秋夜讀醉琴道人詩集題二絶句存一[一]

仙骨珊珊海鶴姿，相逢示我袖中詩。
携來閒向燈前讀，想見秋窗琢句時。

一卷吟成兩髩斑，湖山忙處此人閒。
無端也惹揚州夢，月白風清跨鶴還。集中有夢憶揚州诸作甚佳。

【校記】

［一］此爲二絶句，“存一”非。

由鵲華橋泛舟明湖再訪醉琴

小別纔周月，重來问鵲華。好浮青雀舫，言訪赤松家。
鏤雪閒題句，烹雲细品茶。一湖烟水濶，秋色落蒹葭。

偕周伯恬儀暐遊龍洞寺在錦屏山獨秀峯下。

錦屏山勢翠重重，五里先看獨秀峰。
福地宏深今駐馬，洞天幽邃古藏龍。
丹楓黄葉秋光醉，烏帽青衫客興濃。
爲語周郎須顧誤，聯吟莫負一枝笻。

龍洞紀遊

蒼翠鬱嵯峨，高插雲霄仰。蛟龍破壁飛，破處平如掌。
一洞窈而深，呼炬恣幽賞。緣壁走彳亍，一轉即高敞。
精靈拓鬼工，半作迦藍像。再折曲以幽，扶持互相仗。

石氣逼燈青，黯淡光盈丈。不聞人語聲，上下泉流響，
怪石立當前。猙獰驚夔魍，崎嶇復崎嶇，行行漸開朗。
遥聆鐘磬音，頓覺精神爽。盤紆出其巔，四顧極莽蒼。
靈境不可思，天際雲來往。

佛　峪

野寺藏山腹，盤旋一徑深。臺靈留佛蹟，池古静人心。
石氣烘雲壁，秋霜繡錦林。將行重立馬，何日再登臨。

十月八日還都

乞假來三月，揚鞭又北歸。驚心時序改，到眼物華非。
青露枯山瘦，黄添落葉肥。慈雲護峰頂，回首倍依依。

齊　河　縣

濟水曲環城，驅車傍水行。帆檣漁市集，林薄野煙生。
愛日晴無盡，當風樹有聲。重來橋上立，記是舊時程。

新　城　縣

路入燕南九日長，午晴仗策過新昌。
鹽沙故故敲人面，輪鐵錚錚碾凍霜。
老馬緩行尋舊轍，寒鴉羣下啄餘糧。
舉頭且喜長安近，五色雲濃靄帝鄉。

糞　鶴

拾得零星糞，修成海鶴姿。唾餘原腐臭，指點即神奇。
春暖鱗遊日，秋高羽化時。求仙不换骨，此意少人知。

恩楚湘齡駕部招遊逸園丁丑

風塵僕僕悵同官，忽地相邀倚畫欄。
怪石排青標鶴立，篠陰罨緑儼龍蟠。
已看蕴藉家山好，莫道浮沉宦海寬。
茶罷拂雲亭上坐，夕陽西下重盤桓。

杨忠愍公祠祠在車駕司内右。

冤沉西市日，留得满城香。兩疏傳千古，孤忠質二王。
蚺蛇空有胆，鐵骨不隨楊。廟貌光樞省，年年薦豆觴。

十八羅漢歌

金鐃震動蒲牢吼，修羅逃遁魑魅走。
丹青幻出羅漢形，一十八者異妍醜。
或者傲岸騎毒龍，真氣如生骨不朽。
或者伏虎逞神威，獨握空拳大於斗。
辨才無碍亦無得，原來佛在心頭剖。
佛心便是讀書心，面壁何嫌枯坐久。
六人聯臂踏空來，或俯或仰或隻耦。
長裾寬衲袈裟紅，笑散天花齊拍手。
一人説法石點頭，一人咒鉢蓮生口。
一人指上現浮屠，空空色色無生有。
長耳靈誇海上仙，龐眉壽邁橘中叟。
其餘三相更離奇，凹睛凸額盤虬首。
吁嗟乎！漫言大力擁金剛，漫言大法降魔母。
春風一滴露華濃，讓他自在觀音柳。

秋郊曉行遇雨

秋雲吹不散，秋氣淡濛濛。馬踏荒郊外，人行細雨中。
園菘穿土翠，山果着霜紅。到眼驚秋老，年年笑轉蓬。

贈汪企山景望

企山先生人中龍，真氣勃勃如長虹。
興酣爲我寫郭索，指端生氣饒神功。
濃點雙睛淡點殼，墨水淋漓氣磅礴。
圖成兩蟹形蹣跚，精神超出前人作。
此體結構由天成，昔有且園高司寇其佩號。今先生。
先生本是工書者，以書作畫精復精。

黄金臺懷古

夕照冷荒臺，登臨眼界開。雁拖秋色去，雲擁太行來。
郭隗今亡矣，燕昭安在哉。千金市駿骨，愛煞不凡才。

十一月十五夜贈蔡桂山

照君還照我，明月又當頭。意氣披肝膽，風塵笑馬牛。
有杯欣共把，得句且相投。回首聯床夕，袁江十二秋。

題丁立亭駕部錫綬西遊草

丁翁矍鑠氣横秋，匹馬曾經萬里遊。
橐筆頓忘邊塞苦，賜環深感主恩優。
雪蓮紅柳添詩思，雁月龍沙壯客愁。
今日爲郎年七十，同官争説舊風流。

冬夜偕潘翌門聖翼鄭湘畹佩蘭車珊濤車旺多爾濟杏邨車登多爾濟及仲文弟閒話

斗室喜相親，圍爐坐六人。風驅乾葉走，燈結冷花新。
自有江山助，偏投臭味真。呼童添獸炭，撥火暖埋春。

凝香室詩存卷之三

戊寅四月十二日由兵部主事恩擢右春坊中允恭紀

臣齒未逾壯，何期異數邀。十年依禁近，三錫厠宮僚。慶自己巳通籍，後授職中書，歷充文淵閣檢閲、國史館校對。鑽紙無殊蠧，抽毫那得貂。酬恩空有願，深愧湛恩朝。

寄瑞培齋生太守四川時官綏定府。

故人西去一年過，轉瞬流光等擲梭。
前寄雙魚曾到否，近官五馬果如何。
江通苦竹行人少，嶺闢黄茅戰骨多。
太守静參綏定意，佇聽蠻徼起謳歌。

泰山秦刻殘字歌并序

刻爲秦相李斯篆，久弃榛莽。前明嘉靖時，北平許生證以古本，得二十九字置嶽頂。國朝乾隆五年碧霞宫火，石沉井中。嘉慶二十年，蔣伯生大令縋井出之，得二凷，存“斯臣去疾昧死臣請矣臣”十字，清朗可辨，阮芸臺、孫淵如二先生均爲考跋，余因作歌誌之。

泰山東來高峩峩，七十二君碑銷磨。秦相李斯字不滅，獨留殘刻光山阿。明北平許犂出土，移置廡下平不頗。其上二十有九字，雨淋日炙石華多。我朝乾隆涒灘歲，祝融劫犯遭坎軻。碧霞一炬赤熛怒，石沉井底驚蛟鼉。越今七十有五載，曾無奇士來搜羅。龍飛嘉慶歲乙亥，蔣君作宰民風和。公餘汲古出諸井，黑漬老雨青蒙莎。剜苔剔土得十字，其餘漫漶同臼科。石文夭矯鐵筆老，鸞翔鳳翥龍騰梭。入以水兮出以水，疑有鬼物相撝呵。憶昔祖龍吞六國，東行封禪石峨嵯。斯也助惡實巨擘，焚燬經籍稱干戈。相秦二世夷三族，身名汩没悲銅駝。幸留此刻置泰麓，再遭焚弃得弗劘。斯乎斯乎不可作，世間倉頡多傳訛。李斯小篆有倉頡篇，今不傳。程邈簡易趨八分，古致未許摩崖摩。君今縋井得殘字，證以原本明非佗。不重其人重其古，海内名士争吟哦。我濡絹素搨萬本，隃麋香結文蚪蝌。側身西望没字碑，風雨剥落空摩挲。

題恩悟三慶丈妙香室詩集

寂歷空山路，時聞流水聲。會心真不遠，詩境與之清。
古淡含餘味，風騷寫至情。一編纔讀罷，齒頰妙香生。

消夏四詠

森森庭際緑陰交，抱膝長吟俗慮拋。
不爲沽名傳筆墨，衹爲適意懶推敲。
碧桃牋上焚香寫，紅藕花中帶露抄。
自賞自歌還自笑，拚將疏拙任人嘲。吟詩。

甆盞風罏折脚鐺，午窗煮茗寄閒情。
藏來雪水依然好，沁入詩脾倍覺清。
偶執一經尊陸子，何妨七椀效盧生。
疏簾不捲斜陽裏，幾縷輕煙石銚縈。煮茗。

阿誰畫意最堪師，小李將軍黄大癡。
樓閣已從江上見，湖山又向壁間移。
相看直擬遊仙去，坐對真如泛棹時。
春水一溪峰萬叠，個中處處惹相思。讀畫。

每苦炎蒸日似年，百城坐擁任流連。

敢誇一目十行下，且喜千愁萬慮捐。
虎尾春冰嚴理學，馬蹄秋水悟真詮。
吟殘茗椀消清福，不信壺中別有天。擁書。

雨窗閱清涼勝境圖贈蔡桂山桂山曾言夢遊茲境。

蟄雷起空山，天際雲堆墨。急雨作龍腥，未午晝昏黑。
兀坐披古圖，忽睹清涼國。舊蹟半模糊，山寺認分域。
南北東西臺，森布密如織。中臺積雪深，聞有金蓮植。
流覽寄遐思，持贈素心客。勘破夢中因，名場謝羈勒。
他年同結廬，擬傍臺懷側。鏗然簷馬鳴，雨過日已仄。
微風蕩白雲，澹入青天色。

題周簡亭維讓學禪圖

不必長齋繡佛前，此君早得畫中禪。
蒲團貝葉依三寶，緑酒紅燈泝卅年。
是我是他參本相，即空即色了塵緣。
丹青悟徹無生偈，一指神從象外傳。

夜坐漫興

中宵秋氣清，仰見明星爛。微風碎流光，熠燿螢火亂。
促織發哀吟，入耳何凄惋。天心非不仁，物性因時變。
君子守其常，不爲名利絆。富貴等浮雲，隨風任聚散。

秋日感賦二律

承明儤直曠承歡，悵望慈雲强自寬。時宦遊山左。
千里庭闈馳遠夢，十年供奉守儒官。
才疏自咎科名早，宦久方知進退難。
雨雨風風秋又到，且隨鴻雁報平安。

年年樞省走風塵，今歲欣邀異數頻。
盛世承平容吏隱，玉堂清秘著閒身。
讀書有暇談花月，補衮无能愧俸薪。
奕葉承恩酬未得，秋風不敢羨鱸莼。

病　中　吟

西風吹落葉，颯颯敲窗紙。側耳感秋聲，觸緒紛難紀。
小坐心慚澄，湛如水之止。風過明月來，萬籟俱寂矣。
静裏得真機，勿葯竟有喜。

九日登瑶臺

亂踏蘆花渡水來，天風吹我上瑶臺。
宦情瀟灑頭銜冷，秋色蒼茫眼界開。
萬井人烟連市堞，五雲宫闕幻蓬萊。
年年此日饒清興，漫向松陰坐緑苔。

靈毓亭秀駕部招遊城南別墅在左安門外十里河。

幾轉溶溶水，東西一棹通。晴烟深樹翠，夕照小樓紅。
松菊山中趣，桑麻世外風。來年春色好，磯春齋牡丹甚佳。應再問花叢。

送孫雲本巖明府之官桐廬己卯

同奉師門一瓣香，與余同出毛吟樹夫子門下。欽君品格重圭璋。
才華早領春風座，雲本戊辰會試第六，占夫子房元。治績曾留浙水塘。初任於潛令。
桐瀨波清詩思遠，盧溝月曉別情長。
遥知鹵薄重臨處，竹馬歡迎夾道忙。

懷高蘭墅鶚侍御侍御別號紅樓外史，余同官中書時爲忘年交，最洽。

憶昔鵷班侶，惟公結契真。紅樓閒外史，白髮老詩人。
遺墨仍留跡，浮生已隔塵。至今薇省月，長照鳳池春。

謁圖文襄公祠有序

公諱海，滿洲人，康熙初王輔臣叛應吴逆，貝勒洞鄂師久無功，詔公節制各路，連破要隘，逼涼州。諸將欲進攻，公不許。奏撫僞巡撫等千餘員留孫思克鎮陜隴。尋趙良棟、王進寶分路南下，公進駐漢中督餉，賊平，致仕，封一等忠達公，建祠地安門右，春秋致祭。

當年隴右結妖氛，聖主分憂屬此君。持節盡收諸路印，屯田獨濟五侯軍。巢傾不忍鯨鯢戮，網解頻降虎豹羣。大樹風流今已矣，聖朝俎豆重酬勳。

曉起偕蔡桂山天培王慶侯錫瓚遊淨業湖

坐月同談天，惜花同起早。尋芳浄業湖，且喜遊人少。
微風蕩輕烟，瀲灎波紋裊。花香水亦香，露氣湛清曉。
即此是仙源，劉阮今不老。回看橋上人，碌碌紅塵擾。

衍克齋妹丈勛招遊翠微山憩龍泉庵

佳節重陽近，相邀上碧岑。幾回隨路轉，不覺入山深。
樹老添秋色，泉喧静道心。山僧知愛客，瀹茗助清吟。

香界寺

緩步攜筇上翠微，白雲深處敞朱扉。
千層石磴淩空出，百道流泉破壁飛。

到此頓教塵念定，竭來時有妙香霏。
憑高指點盧溝水，莽莽寒烟靄夕暉。

宿三山庵

薄暮投山刹，遊蹤此暫停。松陰浮地翠，佛火結燈青。
夜静清鐘梵，風高韻塔鈴。蒲團參妙諦，不必誦黄庭。

秘魔厓在盧師山證果寺右。

清曉出茅庵，沿山拾栗橡。尋泉不見泉，石縫泉流響。
閒行過嶺東，一徑穿林莽。同人指秘魔，云有盧師像。
龍子幻二童，青青侍几杖。空潭無底深，古柏不盈丈。
山以盧師名，千載伸景仰。我聞即欣然，相約攀蘿上。
遥望青芙蓉，中空如剖蚌。尋徑叩禪關，證果標銀牓。
入寺質前聞，歷歷皆不爽。探奇古洞黝，見師一合掌。
杳矣絶塵紅，天風吹莽盪。

大靈光寺過明翠微公主墓

前朝三百寺，祇勝大靈光。野逕盤陀入，巖花自在香。
墓碑埋贔屓，殿瓦墜鴛鴦。無限滄桑感，前山下夕陽。

寄祝潘芝軒夫子五旬七律四首

早歲聲華負鼎台，賦研五色和雲裁。
安排霖雨蒼生志，領袖春風玉筍才。
氣象干宵依日月，文章華國絢蓬萊。
當年衣鉢和凝授，九萬鵬搏奪錦回。師以乾隆癸丑狀元及第。

嵩嶽儲精屬甫申，朝班黼黻重詞臣。
瑶林舊掌銓衡肅，師以大考高等洊擢吏部侍郎，板使重膺支計親。師在江西學政任内進户部尚書。

桂苑頻年持玉尺，甲子浙江、戊辰順天兩主鄉試，慶即於戊辰受知。楓宸廿載贊絲綸。

士民佇望爲霖手，黄閣調梅待澤新。

乞養情真達帝聰，師於甲戌陳情歸里。椿庭布蔭扇和風。
延齡酒挹三辰緑，晝錦堂開一品紅。
福備箕疇稱海内，榮兼華祝冠吳中。
師門餘慶栽培厚，移孝原知可作忠。

嘉平令節敞華筵，大衍籌添紀大年。
桃實正逢千歲熟，梅花獨占一春先。
即今幸溯淵源遠，當代誰如富貴全。
遥望長庚星朗處，瓣香拜誦壽人篇。

孝烈行爲丁姑作并序

姑，山東日照人。余同年清平廣文丁君蒼之季女也。適同邑李生葑。甫一載姑亡夫歿，丁姑營葬立嗣畢，遂絶粒。家人環勸不應。其母哭慰姑曰：母勿望女之生也。女初至夫家，睹病狀即自分必死，不幸又遭姑喪。今事畢，從姑與夫於地下，分耳。言訖遂絶。此戊寅四月八日事。劉明府述曾爲立傳，徵詩。余哀其遇，作歌紀之。

鬱鬱澗底松，特立傲霜雪。矯矯丁氏姑，獨行標孤潔。劉生一傳揚，孝烈寫出丁姑心上血。一解。吁嗟！丁姑籍隸日照，幼嫻父訓，敦姆教。廣文擇壻托李生，百年永締絲蘿好。二解。絲蘿好，天無常。于歸一載姑先亡，良人哀毁傷高堂。煢煢孤立無主張。三解。卓哉丁氏姑。意氣何慨慷，營我先人墓，嗣我猶子行，問天不語天蒼蒼，仰天絶粒枯愁腸，傳言寄阿母，勿爲兒悲傷。四解。阿母聞言至，淚下如綆縻。家人争相慰，此事宜三思。丁姑秉大義，從容前致詞，古有柏舟詠，之死靡他之。但得父母永康健，此後安用兒生爲。五解。語罷目即瞑，身滅名不滅，阿母同家人，環視空悲切，吁嗟乎！廣文善教多義方，從今秉鐸鄒魯鄉，化如時雨流波長。六解。

對　菊

膽瓶清且虚，貯水常滿腹。昔插君子花，今置幽人菊。
秋來曾幾時，物候變涼燠。相對早忘言，澹然心自足。

白雲觀庚辰

昔年嶽項拜元君，今向城西謁白雲。
去日渾如流水疾，仙音遥自半空聞。是日建醮。
丹鑪氣暖春無跡，紫府秋高鶴有羣。
留得滄桑一片石，摩挲幾度對斜曛。殿前元碑二字已磨去。

送王襄亭之榦同年之任陽高

鸞庭傳治譜，君早擅才華。晝静人同鶴，風香縣作花。
德敷春有脚，政洽鼠無牙。報最師門喜，與余同出蔡申甫夫子門下。循聲處處譁。

春日偕文時莽丕兵部穆吟濤馨阿侍講鍾仰山昌學士岳兼山昌明經劉芙初嗣綰太史朱椒堂爲弼職方岳湘巖齡比部周小石玕上舍彭春農邦疇學士何仙槎凌漢祭酒周雪橋仲墀孝簾王楷堂廷紹比部劉眉生斯嵋侍御朱野雲鶴年山人及子大樹修禊二牐紀遊八首

庚辰三月三日早，尋春相約趁春曉。時莽過舍吟濤偕，一路看花踏芳草。芳草芊綿流水分，軒開借緑淩層雲。借緑軒在牐東，文時莽丙舍也。推窗縱目望不盡，烟景蒼茫雉堞曛。

瞥見蒲帆半幅開，宛然八洞飛仙來。時仰山昆季、野雲、喬梓、芙初、椒堂、湘巖、小石同舟先至。探奇攬勝滿芳意，此地不爲重徘徊。東望名園即公主丙舍。便東去，摇摇輕漾同舟渡。一聲欸乃駐蘭橈，已到高皇公主墓。主爲高宗次女。

清涼山館百年松，館與松均在園内。鱗甲苔皴欲化龍。獨立鳳巢蔽風雨，樛枝拗鐵春陰濃。迎面堆出石崱屴，奇葩異卉相羅織。賞心亭在館西。下一流連，汲泉煮茗盪胸臆。

墓前翁仲像文武，儀衛森森列羊虎。仰讀福公忠勇碑，額駙名福隆安，襲封忠勇公。飛龍摛藻出天府。讀罷仍尋故道迴，又逢五子後先來。比返借緑軒，春農、仙槎同雪橋已到楷堂，眉生繼至。十六人和好修禊，座中獨我愧無才。

輕舠載酒敞華筵，不必流觴曲水邊。餅餌風香吹遠近，醉聽童叟歌豐年。酒酣同賦湔裙曲，即席賦詩。爛漫天真剪綺縟。野雲興起揮作圖，朱山人繪圖。滿眼烟花山水緑。

學士清華竟有雙，謂仰山春農。瀾翻風掣鯨魚狂。高歌低詠氣相敵，妙合南朱椒堂籍浙江。與北王。楷堂籍順天。

同列諸公文采絢，長虹萬丈飛光爛。一序書成繼永和，芙初製序。風流不獨官奴擅。

瓜皮船棹緑陰裏，送鈎兼送桃花紙。仰山分餽人各一束。蘸甲千杯逸興豪，最憐髫齔小韓子。野雲子大樹年八歲。冠童咸集樂芳春，强半功名一隱淪。山水清音勝絲竹，蕭然洗盡軟紅塵。

流水溶溶過大通，橋名爲糧運要津。豫章魚貫輸陳紅。我輩昇平暢風雅，不分誰是主人翁。紀遊喜賦詩八首，錦繡江山艷花柳。清時寫樂不寫愁，好將佳話留長久。

八月二十二日郊迎仁宗梓宫恭紀

秩秩鑾儀與昔同，驚看丹旐導還宫。

音容遥溯螭頭上，號泣聲連豹尾中。
露地風嘶黄澤馬，霜天月挂鼎湖弓。
小臣更抱蓼莪痛，四月先君棄養。一樣深恩感寸衷。

送恒雲巖山太守之任粤東道光辛巳

琴鶴共君清，相隨百粤行。
文章傳鳳闕，君以左中允外轉。經濟足羊城。
麗日旌幢暖，春風海國晴。
幸逢新歲月，時值元年正月。出谷聽鶯聲。

酒仙橋

淡懷郙口小帘飄，多少塵情到此消。
跨鶴酒仙曾入座，騎驢詩客或題橋。嘉慶庚午，余偕瑞培齋過此，培齋出上句屬對，余以下句應之。
柏林露重清香足，麥隴春深緑意饒。
尋路且隨官柳去，東風披拂短長條。

清明郊外

撫節懷春露，家家拜掃同。
鵓鴣村社雨，蝴蝶紙錢風。
芳艸剛回緑，飛塵不染紅。
緩行閒折柳，歸去問兒童。

寄祝舅氏梧岡夫子六旬七律六首

南弧朗曜敞瓊筵，甲子重來紀大年。捧檄正逢星采聚，元年四月一日五星聚璧，太史占曰賢人至，時舅氏應孝簾方正之舉。稱觴共祝歲華延，不教江國呼遺老，多被同人説散仙。瞻慕渭陽懷令節，題詩遥擬壽人篇。

期頤壽宇日方長，老宿文名久擅場。舅氏甲子鄉試受知於山左牟松巖先生，闈中定爲江南老宿。天上星輝荀氏里，杖頭酒進鄭公鄉。湖山雙屐烟霞興，桃李一門風雨香。無忌敢云能似舅，九年趨步侍鱣堂。慶自辛酉受經至己巳通籍。

齋居息息静存時，得失渾忘樂自知。成竹在胸天性潔，一字潔士。與蘭同臭古香披。閒揮墨妙雲林畫，密詠琴心輞水詩。舅氏工寫蘭竹山水，所著文詩以静存齋名稿。風月吟懷書味厚，等身著作一簾垂。

文章高古重傳經，三萬牙籤萃鯉庭。薛鳳聯翡雙翼赤，王槐早蔭一堂青。哲嗣三長君子尚舉戊寅賢書，次君子辨以泮元入學。雞豚社裡人争問，書畫船中手未停。香洛風情兼齒德，儒宗還共羨芳型。

年周花甲健精神，洽似陽湖歲歲新。紅錦裁衣萊戲綵，碧筒酌酒葉生春。鶴籌頻錫福無量，鳩杖相扶德有鄰。遥憶白雲深處卧，舅氏里居名白雲尖，時舉孫二。含飴舉哶樂天親。

盥手薔薇露氣熏，心香一瓣溯清芬。常依舊業斑窺管，每誦新篇思入雲。當路蒲輪馳廣譽，朝天金馬策高文。奉觥喜祝三蘇出，同宴紅綾賜座分。

題車丈珊濤絶筆詩後

珊濤病卧累月，忽夢東嶽召爲判官，授竟腸丸一粒服之。次日，立瘥，檢點後事，手家計付弟取所用文事及自製筆分贈諸好友，余亦預焉。遂自書墓碣曰：清故詩人車珊濤之墓碣，後題詩，一曰：三十三年景不長，浮生短夢嘆凄涼，來年身葬城東陌，卧看清明風蝶忙。題畢投筆瞑目而逝。

悟徹浮生夢，留題墨數行。本來無俗骨，衹合返仙鄉。翠管淡無色，贈余筆八枝，管上鎸“珊濤塗抹”四字。紅蕉空有香。所著詩以紅蕉軒名稿。詩人如契合，俗傳吴梅村殁爲東嶽相。不必嘆凄涼。

送陳倬田同年繼義出守河南

五馬臨河洛，雙旌颺汴梁。才華重臺閣，經濟本文章。
秋朗夷門月，春温艮岳霜。酬知欣此日，晝錦記歐堂。

清淨化城塔在安定門外黄寺内，乾隆庚子勅爲西藏班禪胡圖克圖建。

因緣常轉法輪忙，窣堵坡高護雁王。
仙露早參清净果，鬘雲時現吉祥光。
龍獅篆古揚宗垂，塔四面刻釋迦成道事。鸞鳳巢深接慧香。塔後有閣曰慧香，松柏環之。
不惜帑金崇象教，懷柔屬國聖恩長。

贈館史周豹臣在廉，湖南人。

史館多仙吏，斯人冠一軍。氣清如對月，骨重不騰雲。
書法原無匹，詩才更出羣。銜官今屈宋，何幸挹孤芬。

小春上浣恩賜綾錦表裏恭紀

玉琯涼初至，君恩幸早承。攢花團蜀錦，卍字艷吳綾。
赤紱慚新得，青衫記舊曾。寸絲難補衮，銜凛一條冰。

越日又蒙恩賜甆器恭紀

賜衣拜領未裝棉，又荷官窑錫御筵。
采爛雲霞輝舜旦，文分篆隸認堯年。
漫誇色映茱萸淺，且喜盤堆苜蓿鮮。
自愧儒臣無報稱，連朝時詠紀恩篇。

除夕前一日恩賜福元膏鹿尾豬鱸錦雉恭紀

爆竹聲中報歲新，天厨頒到許多珍。
鹿餐芝草豐華尾，魚出松花江名。簇錦鱗。
拜賜又欣嘗異味，持歸共喜沐恩綸。
小人有母供甘旨，來日辛盤好薦春。

入直口占壬午

朝朝儤直上東華，瑣闥森嚴静不譁。
漫道校書如掃葉，偶然判牘亦生花。
傳經竊幸承師席，時曹儷笙、英煦齋二夫子充總裁，貴雲西夫子充提調。珥筆相隨盡大家。
迂拙自慚才學識，晨昏逐隊類宮鴉。

題夢因道人三入龍含峪拜尹仙塔圖後

三入防山去，烟雲盪客胸。尋來金舍利，踏破翠芙蓉。
虎過留新蹟，鴉飛認往蹤。夢因云塔旁有虎爪印雪上痕甚大，又拜時有雙鴉飛噪。醉漁瞿仙號相傳仙入山得道。曾採藥，松下合相逢。山斗心同仰，輸君此一行。
神仙金闕近，《仙源録》載尹公已封翊道真君。天地玉壺清。雪後掃塔。
烟柳增新態，雲蘿問舊盟。歸來圖示我，撫卷若爲情。

春曉聞畫眉聲

高枕落春聲，驚醒殘夢杳。春從何處來，聲出畫眉鳥。
畫眉口唧春，清脆音嫋嫋。不比鶻鵃蠻，不學鸜鵒巧。
滿腔春意和，入耳舒懷抱。憶昔遊之江，富春春色好。
烟水緑空濛，雲樹青縹緲。兩岸畫眉聲，啼破春山曉。

屈指十四春，往事同鴻爪。年年去復來，春光長不老。
聞聲感舊遊，塵世何擾擾。畫眉渾不知，宛轉啼未了。

謝李浣泉韫英同年惠醬蔬

芸窗玩得朵頤占，忽睹春盤果蔬添。
花樣漫誇瓜蒂巧，風情不讓菜根甜。
書生茹素香宜粥，君子論交淡着鹽。
自笑生涯甘苜蓿，喜君况味亦同恬。

凝香室詩存卷之四詩客留題

一麾江左驛程賒，滿載圖書富五車。每歷山川留翰墨，久從館閣擅風華。句裁李賀囊中錦，筆吐文通夢裡花。展誦新篇黄海畔，測蠡未易望津涯。

甲申六月恭讀皖遊小艸於新安穎園勉成七律以誌欽慕丁芮模呈

家法陳文範，詩篇元道州。念惟廑小己，憂正切横流。時南河隄潰，而君擢巡開歸，方講求治河事宜。憶並軒窗坐，全將嶽色妝。尊君守泰安，余過訪留飲三日遂成永訣。故人年未艾，灑涕話前遊。

祁生陸繼輅題

集成一品大文章，風格還應軼會昌。我正當筵忘肉味，青蓮花吐口中香。

一編猶記十年前，展向泉聲嶽色間。今日移情尤入勝，置身依約在黄山。

丙戌十月見亭觀察招飲大梁官齋，酒間出此，讀竟輒題二絶伯生蔣因培稿

湖光山色快題襟，大集曾經對酒吟。十卷棗梨流海表，一家風雅襍仙心。雲泥判隔情偏切，湖海飄零感更深。聞道翹材高館建，旌麾東望到而今。

觀察風流肅衆僚，文章勛業兩超超。名高絳闕恩先渥，令下黄河浪不驕。來暮一時歌父老，清暉萬里仰雲霄。歸來擬向程門立，隴水秦山路尚遥。

丁亥九月寄題見亭觀察大稿即請郢政玉堂袁潔拜稿

凝香室詩存卷之四

癸未正月二十一日出都

出守承恩命，驅車下帝京。屏山輝早旭，驛路敞春明。
幸遂凌雲願，長懷向日誠。吾斯猶未信，何以答昇平。

別諸親友

旗亭一樽酒，相與話臨歧。説到同心處，情深握手時。
鳳城雲靄靄，驛路日遲遲。此去春光好，休殷兩地思。

留別仲文季素兩弟

宦海兄先涉，家庭仗弟賢。莫耽陶令酒，好著祖生鞭。
落日燕山路，春風皖水邊。相期各努力，借以慰高年。

遇　風

曠野扶搖起，風聲吼若狂。冷欺殘照白，飛捲亂沙黄。
轅下駒多困，車中客半僵。盼來茅店近，春暖甕頭香。

景　州

塔影凌空起，驅車望眼賒。沿途尋轍跡，作吏感年華。
冰泮仍成潦，田淤半受沙，寄言司牧者。撫邺政宜加。

德　州

取道來山左，春光竟不同。沃田新受雨，平野每多風。
宿麥微含緑，新泥乍泛紅。及時東作好，切莫負天工。

平原感賦

憶昔毛生自薦年，虎狼隊裏敞華筵。
才誇脱穎錐同利，氣已張鋒劍早懸。
碌碌笑他人十九，紛紛勝彼客三千。
平原養士君能報，請買金絲繡二賢。

過泰安境

陟屺懷遺澤，先君守泰安六載以卓異薦。驅車過舊疆。草萊田盡闢，梨棗樹成行。政報三年最，膏流七邑長。家聲思克繼，何以守江鄉。

中山店

百二行程遠，投鞭此借巢。村深因種樹，屋小喜編茅。
雞黍存遺意，絃歌即樂郊。聖人居已近，去曲阜三十里。曾記拜螭坳。嘉慶丙子余曾觀禮丨廟堂。

滕文公祠在滕縣城南

戰國争言利，誰爲濟世才。滕君能善問，孟子喜重來。
所惜彈丸小，難施舟楫材。緬懷王者治，祠下幾徘徊。

陰平道中

征輪碾破緑莎痕，行近江南氣候温。

更喜地名風雅甚，桃花橋接馬蘭屯。

柳園荻莊二園均在淮城北

淮上閒行過古隄，荻莊斜對柳園西。
雙橋掩映紅依樹，一水縈洄緑滿溪。
掃榻曾容閒客住，柳園主人雅好客。携柑好聽曉鶯啼。
小山叢桂留人處，荻莊廳額鐵冶亭先生題。無限春光任品題。

召伯舟中

石尤阻我路遲遲，前在汜水阻風三日。喜有揚帆得意時。
春水春風無限趣，扁舟已過露筋祠。

泛舟平山

重挐小艇問平山，香海虹橋指顧間。
十四年前成往事，庚午二月北行過此。三千里外是鄉關。
春深梅嶺青如叠，水漲桃庵緑幾灣。
所惜花時難到此，客途今日暫偷閒。

瓜洲宋園關吏宋某關顔曰“城市山林”。

攬勝瓜洲路，橋西得小園。亭臺爭水勢，桃李靄春暄。
饒有山林趣，真無城市喧。豪胥能解此，我到竟忘言。

瓜洲阻風戲買漁舟放江

閒臨小口買輕橈，瓜洲分大小二口，大在城西，小在南。舟子招余趁早潮。
爲道金銀山色麗，金山在江心，銀山在南岸鎮江口。就中清雅屬團焦。焦山在江心偏東，形如覆盂故云。

打槳乘潮直向東，逍遥身寄小舟中。
一波未伏一波起，無數江豚亂拜風。

望焦山

言訪焦山去，春帆破曉烟。江光隨海遠，樹影簇峰圓。
空濶原無碍，遲留信有緣。蓬萊何處是，到此已登仙。

歸舟晚眺

潮上歸帆挂，衝風浪有聲。遐心超世網，雅意謝塵纓。
落照金山寺，春烟铁甕城。天然圖畫好，無處不怡情。

燕子磯

磯形如燕子，俯瞰大江流。寺鎖孤舟穩，永濟寺旁觀音閣，臨江架木成之，繫以鐵絙，最據形勝，俗稱鐵鎖練孤舟。山含六代愁。
緑皴烟外樹，紅擁水邊樓。徙倚蓬窗望，揚帆未得留。

清明日泊龍江

白門春色曉烟横，子午潮來兩岸平。
我向龍江關下泊，兩絲風片過清明。

采石夜行

采石江風急，扁舟泊未能。柝聲傳鷺堠，夜火點魚罾。
冥漠連雲黑，空明待月升。天門何處是，一葉任飛騰。天門即東西兩梁山，爲大江中泊舟處。

春陰江行

鼓棹蕪湖去，濃陰護遠天。溜喧新雨後，帆挂曉風前。

山氣蒸成霧。江風蕩作烟。漁家春色麗，桃柳倚門邊。

春雨泊繁昌

烟雨空濛裏，江天展畫圖。帆檣時出没，雲樹半模糊。
雁過排人字，魚跳散水珠。客窗無一事，相對足清娱。

銅陵江即目

桃紅柳緑擁紫門，山勢如屏抱水邨。
多少漁舟同舉網，一江春溜捕河豚。

貴池江遠眺

客舟静坐竟忘形，曉啟篷窗玩畫屏。
一線江流新漲白，九華山色淡浮青。
幾家茅舍藏深樹，無數雲帆落遠汀。
前路好尋溢浦雲，絲絲春雨緩揚舲。

贈劉蕢洲湜同年時守池州

南北浮沉十五年，相逢道故倍欣然。
佛名經裡同成果，宦海舟中又作緣。
秋朗夷門懷藻鑑，春深皖水頌廉泉。蕢洲以河南令洊擢太守。
我來不識山前路，幸得劉寬治譜傳。

池陽道中口占四絶句

桃花春水故人情，蕢洲勸余登陸。幸免江風阻客程。
小坐肩輿來郭外，齊山在府城南。曉氣半陰晴。

紛紛細雨壓輕塵，杜牧風流迹已陳。

村口青帘遥在望，偏教辜負杏花春。村在城西南，杜牧之隱齊山詩即謂此。

行到城南盡是山，溪流通處路彎環。
小橋斷埂崎嶇甚，牛背兒童意獨閒。

沙溪一片水田開，又轉松坡地名。踏碎苔。
蓋影紅飛深樹裹，山靈應笑俗官來。

抵安慶

風塵僕僕幾經旬，今日欣來皖水濱。
雲樹有情三月曉，江城如畫四時春。
臨流孤塔衝烟起，隔岸羣山着色勻。
聞道江南多樂土，願承綸綍澤斯民。

登大觀亭

吴頭楚尾此通津，臨水亭開眼界新。
雁汊風帆千里近，龍山烟樹萬家春。
表忠墓在名猶烈，元余忠宣公闕墓在亭左。報績祠高迹已陳，靳文襄公輔祠在亭前。
倚檻不堪懷往事，静觀且喜謝風塵。

松隱上人招遊妙香樓坐雨樓在清水潭上。

伴結山僧雅，閒來祇樹林。妙香空際得，春色雨中深。
白鷺飛潭上，青牛卧柳陰。澄懷忘物外，何處著機心。

委勘江灘買舟赴江省口號

一月西行路始通，扁舟今又問江東。
沙鷗應笑人無定，來往烟波類轉篷。

攔江磯

是誰拋亂石，橫亘大江流。浪湧深無底，波旋不斷頭。
蒼茫連雁汊，聲勢狀龍湫。一陣西風急，翩然下客舟。

太子磯上有太子廟。

灝灝江流濶，中央矗石磯。安瀾天作柱，避險客知機。
雲樹堆三面，風波靖四圍。往來歌利濟，水國仰神威。

折戧行

天地有逆境，人事能挽回。粵在癸未春，舟發皖江隈。
大風起東北，江水聲喧豗。左右茫失措，欲泊已解維。
榜人曰折戧，庶幾得所歸。橫行入中流，浪激轟如雷。
倏忽抵彼岸，盤旋見四圍。借得一帆飽，直下輕於飛。
吁嗟人世間，進退須知幾。矧兹風濤中，步步應防危。
逆來能順守，履險安如夷。

太白樓在采石磯。

仙客騎鯨去，空餘太白樓。鳩江雲樹邈，牛渚水天浮。
明月詩千首，江波酒一甌。我來祠下泊，衣錦想風流。

采石紀遊

着屐閒尋謝客蹤，逍遥人上最高峰。
一聲清磬來何處，樵徑延緣入萬松。絶頂有松濤庵。

承天觀在青蓮祠左。口問仙桃，緑暗紅稀蔭四遭。
太息花時曾過此，未容春水送吴舠。

三官洞妙遠閣在磯下臨江架木爲閣。

一窟驚看水底天，忽開小閣俯江邊。
洑流澒洞深無底，磯下爲水府深四十八丈。佛日光明別有緣。閣上奉慈航大士。
石徑幽深遊客少，風濤震撼老龍眠。
到來頓覺塵心定，何事然犀燭九淵。

太白樓觀蕭尺木四大名山畫壁歌

先生秀毓岷峩鄉，讀書匡廬曾築堂。
東泰西華恣遊覽，筆花五色生光芒。
詩酒形骸隨放浪，江頭捉月歸天上。
一自騎鯨去不回，錦袍別具仙官樣。
層樓占勝大江濆，江月江風總屬君。
檻外江山長不改，驚看粉壁飛烟雲。
烟雲變幻真奇譎，蒼茫萬里峨嵋雪。
一幅天開九叠屏，銀河倒向石梁泄。
太華三峰削不成，黄河一線波濤生。
海霞紅上東嶽頂，天門日觀騰光晶。
四壁名山常在目，筆墨淋漓元氣足。
是誰寫此贈先生，傳是畫師蕭尺木。
吁嗟蕭翁本逸民，離騷圖罷餘一身。
丹青繪出先生句，興酣落筆通精神。
如此江山如此畫，坐觀累日羣稱快。
我來攬勝重摩挲，一尊酹向樓前拜。

阻風又登太白樓望雨

不必江邊怨石尤，有緣今日再登樓。
豪吟漫向風前立，烟景都從雨裡收。

仙蜕青山藏對面，山去此六十里，先生遺塚在焉。人生明月幾當頭。
徵詩恰喜雛僧雅，有小沙彌呈粉版索詩。權且題名紀勝遊。

金陵四霞閣讀蔡桂山題壁詩即寄

一片吟牋壁上留，知君早歲擅風流。
烟霞入勝今招我，風雨懷人又倚樓。
何處飄零三尺劍，可能消受萬分愁。時桂山南遊未歸。
郵筒寄與金臺客，應讀新詩感舊遊。

隨園袁子才太史所居。

登堂不見老詩翁，剩此隨園結搆工。
山水有情多曲折，樓臺得勢在玲瓏。
竹知愛客迎門緑，花尚依人著屐紅。
名士風流文士福，儘君消受卅年中。

清凉山翠微亭

朝登四霞閣，暮上翠微亭。亭閣一何曠，俯仰抒深情。
磴道互盤折，竹樹交縱横。有山名清凉，更令人意清。
長江天外來，一綫波光明。晴烟護鐘阜，芳艸連臺城。
指點宋齊梁，宫殿蘼蕪平。胭脂井已荒，琉璃塔半傾。
吁嗟南北朝，鼠鬥何紛爭。龍蟠里名。與虎踞關名，關里空留名。在山左右。
我今尋古蹟，一一呼山僧。問僧僧不知，問山山不譍。
翹首問明月，滄桑凡幾更。

隱仙庵訪樸山雪堂二羽士

繁林陰翳路三乂，漫訪山中宰相家。庵爲梁陶貞白所居。

寂歷千年梅有骨，婆娑雙影桂無花。庵存六朝梅一元桂二。
敲殘棋局閒題墨，樸山能詩善奕。緩住琴絲細品茶。雪堂工琴。
消盡人間清静福，我來心已醉烟霞。

牡丹園聽雪堂羽士彈琴

花下有人橫緑綺，泠泠七絃弄流水。
傳出圯橋進履心，初撫此曲。黄石赤松皆不死。
忽然激響彈平沙，江風瑟瑟波生花。
瀟湘雁落歸何處，伊人秋水懷蒹葭。繼譜平沙落雁。
曲終盈耳音繚繞，鳥語關關諧静好。末奏關雎。
一唱三歎寂無言，牡丹園裏春光老。

秦　淮

清溪巷口買蘭橈，一問秦淮舊板橋。
淺水倒浮金塔影，暖風低送玉人簫。
花能解語香心露，柳自垂青媚眼挑。
丁字簾前桃葉渡，銷殘脂粉是前朝。

莫愁湖櫂歌八首

繁華消盡水東流，眼底江山六代愁。
留得一湖風景好，美人名字占千秋。

百戰功封異姓王，風流也愛鬱金堂。
一枰贏得新湯沐，高築湖樓對水光。明太祖與中山王對弈，以湖輸之，因建勝碁樓焉。

中山遺像供當中，毛髮森森想鄂公。
添箇莫愁樓下坐，美人長此伴英雄。

王孫索稅日相呼，艶説曾經賜此湖。
畢竟美人高雅甚，清風明月作新租。

當年樓閣久銷磨，太守重新賦櫂歌。乾隆癸丑李松雲前輩來守，重建作櫂歌廿首，至今傳誦。
試問秦淮衣帶水，清光争及此中多。

波平如鏡媚新晴，水不通潮徹底清。
更有清凉山色好，黛眉濃抹石頭城。

琳瑯滿壁擘吟牋，多少遊人紀勝緣。
老衲手編風雅集，不教零落化春烟。恒峯上人録留題詩付梓，名《莫愁湖風雅集》。

一麾竟得領新安，是日得奏補徽州府信。喜廂溪山結大歡。
今日先從湖上過，莫愁春色耐人看。

高座寺在雨花臺側，梁雲光和尚駐錫處。

長干塔俗呼報恩寺琉璃塔。影接天低，野刹荒凉滿路蹊。四百寺餘高座在，二千年認古人題，神光離合空龍虎。樹色蒼茫閲宋齊。寺額及羅漢相娑羅樹一均六朝物。漫説雲公致花雨，臺城芳草總萋萋。

獅子山三宿巖

五日住金陵，清遊興已足。唯此探奇心，得隴復望蜀。
將夕泊龍江，沿岸恣遐矚。忽逢老比邱，導來獅子麓。
松矮石壇高，竹深幽徑複。古洞翠巉巘，真人曾三宿。
延緣入洞中，小坐隔塵俗。新泉汲硃砂，瀹茗紅而緑。
四顧寂無人，白雲時相逐。

江行寄仲文季素兩弟

如此佳風景，扁舟歎索居。鶺鴒喧樹急，鴻雁過江疏。
獨飲長春酒，還嘗出網魚。連朝風便好，遥寄一封書。

長　江　篇

長江西來萬餘里，沱潛既從連漢水。
武昌一瀉過金陵，歲歲朝宗有如此。
在昔漢末興干戈，赤壁一炬驚蛟鼉。
孫吴割據恃天塹，樓船鐵鎖喧鯨波。
漢祚潛移天屬晉，五馬渡江南北溷。
投鞭漫説斷流雄，擊楫空懷憂國恨。
隋唐北去宋南還，此地風雲得暫閒。
元末真人起鳳泗，金鐃礮火飛江干。
我朝定鼎二百載，恩波浩蕩恬環海。
帆檣利濟歌往來，魚龍効順昭同軌。
今春西上走江沙，沙灘簇簇森蒲芽。
三月東行灘半没，一江新漲浮桃花。
桃花漲滿灘不見，此行始見長江面。
水勢驚人浪拍天，片帆稳度隨風便。
帆隨風便自安然，古往今來任變遷。
悠悠不盡長江水，漫對烟波賦此篇。

梅根浦江頭口占二絶句

梅根浦在大通南。口暗通潮，帆影低連樹影遥。
怪道一天含雨意，連朝風信是魚苗。四月起東北風爲魚苗信。

山雨將來風滿灘，蕭蕭蘆荻響聲攢。
尖頭艇子衝波上，爲捕魚花亂插竿。漁人於四月插竿，張網以收魚秧，俗謂之魚花戧。

將進酒曲語惲子尚受章外兄

君不見，長江滚滚去不回，海門直下聲如雷。又不見，寒來暑往互昏曉，紅顏白髮催人老。人生得意須盡歡，莫教辜負好江山。我今除授新安守，捧檄江干偕好友。惲子尚，今古人，臨事慷慨多肝膽，移情花月舒精神。勸君莫道江行苦，江頭連日風未阻。有官無印且清閒，江山佳處恣容與。開甕有美酒，舉網得嘉魚。烹魚煮酒，其樂何如爲君歌一曲。願君進一巵，古來萬事東流水，請看逝者總如斯。

觀音禪林納涼

一麾出守過江鄉，結宇偏教倚梵王。
匝地雲涵松影翠，開門風送稻花香。
澄清勵我懸魚節，瀟灑輸他夢蝶狂。
退食自公無一事，鑪烟茗椀兩相忘。

同松隱上人重過妙香樓

九十韶光迹已陳，又同開士出重闉。
陰深楊柳人忘憂，紅到芙蕖水亦春。
說法便非菩薩果，隨緣自悟去來因。
禪心定似潭中水，倒影樓臺不染塵。

六月將之新安渡江至湖田坂登陸

到此江潮退，肩輿有路通。漫尋叢樹去，時與亂流同。
積靄堆蒼翠，飛霞間紫紅。新安山突起，遥揖彩雲中。

横船渡玩月

東西兩渡號横舩，一片平沙得月先。
山色分明濃似黛，溪痕淡蕩薄於烟。
松稍露滴傳清響，石上泉流韻野絃。
如此風光憐獨賞，鄉心遥繫斗杓邊。

新安道中雜詠三十絶句用上下平韻不拘次。

短長亭子説勞勞，石逕盤陀路漸高。
纔向新安亭在池州府石埭縣界，爲赴新安孔道。上立，四圍山色翠周遭。

草樹蒙茸着色濃，遥空朵朵露芙蓉。
白雲似恐山容減，更向峰頭幻一峰。

雲峰疊疊勢齊天，忽被輕風掃作烟。
遥見山坡平坦處，高低棱棱闢腴田。

草萊剷盡築圩圍，簇簇新秧得雨肥。
幾曲溪流資灌溉，縱横畫出水田衣。

水聲到處響潺湲，刳木爲橋路轉灣。
一色琉璃澄見底，雞兒灘口在新安亭南五十里。最幽閒。

瓜皮艇子布帆輕，泊向灘頭唱晚晴。
更有清音相應答，水舂雲碓轉輪聲。

曉起肩輿翳嶺頭，在雞兒灘横舩渡東六十餘里。初陽紅上宿烟收。
風濤震耳虬松吼，謖謖真成六月秋。

崎嶇小徑尺餘寬，俯視清溪萬丈灘。

怪底香風頻襲我，懸崖處處倒垂蘭。

一轉平坡路指南，釣魚臺聳碧沉潭。
卬須一葉隨流渡，新漲春浮鴨緑酣。臺在箬嶺南五里。

沿溪再轉入山坳，零落村居小結巢。
闢得一弓閒隙地，半栽松竹半編茅。

雨宜秔稻旱宜麻，圩口疏泉堰聚沙。
歲歲豐收歡婦子，果然樂事屬田家。田家樂，村名，在流沙嶺北。

流沙嶺上徑如螺，九曲盤旋翠作窩。
澗底風來傳逸響，丁丁樵斧應山歌。

渡過蘭田白板橋，在流沙嶺東。水寒砂瘠地多磽。
土人自得回春法，争簸飛灰補種苗。

洪嶺大洪嶺在祁門界，最險峻。參天不可階，延緣一徑踏松釵。
叢山嶺接篁山嶺，小憩先來栗樹街。二嶺及街均在嶺北。

百盤雲磴勢崚嶒，控引身登最上層。
城市山川聯六邑，我來守土愧何能。祁門遣輿夫來迎，挽登絶頂，俯見徽屬六邑。

撥雲穿樹任高低，萬轉千回路欲迷。
漫道蠶叢天棧險，祁門端不讓川西。

三峽連綿去路遲，黛痕深淺有誰知。
香閨若問金錢卜，今日行人過畫眉。畫眉三峽在大洪嶺南。

大坦橋在三峽南。頭畫不如，背山面水結村墟。
此行漸近程朱里，茅屋人家盡讀書。

漱玉琮琤響急瀧，橋頭翼注滙流雙。

山亭暫息征人駕，遠岫層巒拓小窗。村口有牓曰雙流翼注，俗呼雙起樓，祁門寓館在焉。

藥草香茶夾道繁，山行偏聽水聲喧。

剛從蒼翠堆中出，又見桃花世外源。桃源洞在黟界。

洞翳松蘿歲月淹，最宜行客避塵炎。

先生本是灊身者，貽得兒孫永姓灊。潜村在黟界，傳有高士居洞中，不知名氏，咸呼爲灊先生，因以爲姓云。

萬家烟火社榆枌，摹繪唐虞世習勤。

最是蔚藍天色好，筆尖濃醮靄峰雲。山在黟縣南，李白詩“靄峰尖似筆，堪畫不堪書”，指此。

半空縹緲獻仙音，仰見琳宫金碧深。

我爲蒼生申步禱，非關暇日愛登臨。齊雲山在休寧界，俗稱白嶽神，爲新安福主。時值蛟患，余因登山步禱。

回看來路翠巉巗，樹色蒼茫日半銜。

歙浦屯溪通一水，登封橋上望征帆。橋在齊雲山下，其水東流爲新安江，直抵浙江入海。

新安自昔號天都，奇到黄山世絶無。

上下雲連前後海，直將靈境比蓬壺。黄山在郡城北，三十六峯出没雲海中，真奇觀也。

道平如砥認康莊，瓦屋魚鱗矗粉墻。

富庶江南稱第一，男耕女織客經商。休、歙、黟三邑氣象豐厚，風俗淳良，允稱樂土。

兩城相倚九衢通，水抱山環氣象雄。
留得紫陽書院在，高山仰止想春風。郡城與歙邑城俱倚山形如環，紫陽山在郡西南。

淡雲烘出遠山青，日日行人在畫屏。
皴染由他誇妙筆，何如對此寫真形。

溪山秀絶士風淳，到眼風光處處新。
待得板輿臨郡日，昉溪奉母好行春。溪在任公祠左，梁任昉官太守，多惠政，故名。

連朝霡霂潤輕埃，竹馬歡迎太守來。
敢道隨車有甘雨，相期歌舞樂春臺。

登白嶽

屏風九疊鬱青蒼，暢好閻浮大道場。
簾洞珠垂疑是霧，鑪峰雲起自生香。
步虚處處聞天樂，攬勝人人拜佛光。
入境我先登福地，願祈六邑盡豐穰。

望黄山甲申

三十六蓮峰，烟雲積淡濃。登城西北望，縹渺矗芙蓉。
洞古懷黄帝，源深隱赤松。他年塵事了，應許我相從。

雲嵐山謁汪王墓王諱華，隋末據六州地建治，烏聊山唐初納土封越國公歿爲神著靈應，宋時晉爵爲王列入祀典，徽民奉祀虔謹。

雲嵐山在府城東七里。勢結成邨，松柏森森拱墓門。
千載衣冠輝俎豆，六州士女盡兒孫。王子八人，雲礽繁衍，均籍徽州。
陰風蕭瑟靈旂動，兵氣銷沉鐵券存。

我守新安逢盛世，烏聊不假萬軍屯。

紫陽書院在山上爲朱子外家祝氏山居，有手題舊時山月額尚存。

問俗懷前哲，攀緣到紫陽。詩書真道德，山水大文章。
景仰春風座，徘徊明月光。晦翁題額在，墨瀋尚留香。

詣程朱闕里在府城西南五十里篁墩，春秋致祭，二氏子孫預執事焉。

仲春修祀典，致敬詣篁墩。向例委員甲申二月親詣致祭。閩洛淵源遠，師儒事業尊。
薦馨分弟子，兩廡祀及門諸賢。施澤及兒孫。程氏祖居篁墩，分支繁盛。歸路絃歌起，遺風太古存。

登城口占

衙齋高敞傍城隅，退食登臨興不孤。
每爲看雲携靉靆，偶然酌酒問胡盧。
萬家烟火徵生聚，一片溪山展畫圖。
自笑書生無治術，迂疎空領六州符。

雄村在水南鄉去城十五里，爲曹儷笙師所居，村口有翠微山、桃花壩、非園諸勝。

纔過分龍嶺，烟嵐合四圍。桑麻開境異，草竹助山肥。
水壩繁紅樹，人家護翠微。雄村開上社，冠蓋正相輝。

岑山在練江中，俗呼小金焦，上有星巖寺，寺内有優鉢曇花一。

欲訪星巖寺，延緣過水隈。金焦驚再睹，圖畫喜新開。
山静塵難到，人多鳥見猜。優曇花下坐，時有異香來。

問政山擊竺庵山跨縣城，庵在山半。

行春山郭路欹斜，萬畆修篁處處遮。
翠影濃分城一角，青痕踏遍路三叉。
老僧治具供新筍，小閣烹泉試嫩茶。
喜見村農耕綠野，眼前風物總清華。

試程公玉新製墨偶題

君房程姓前明良墨工。不可作，之子得家傳。松取黄山古，膠澄練水鮮。無須誇石燭，古墨名。且喜染瑶牋。一笏余先試，難忘翰墨緣。

太平如意寺小憩在城外西干橋二里許，俗名十寺。

西干策馬趁斜曛，愛此林泉遠俗氛。
溪水一灘流碎月，灘名。危峰千尺快披雲。峰名，在寺後。
塔形似筆原孤起，神柱塔在縣城霞山上。山勢因城恰兩分。府縣均依山爲城，以斗山分界。
留得太平十寺在，行春小駐挹清芬。

題丁曉樓芮模漢晉甎文册計十三函

三十甎文在，丁君手訂訛。題徵年代遠，有元鼎元康赤烏等年號。語取吉祥多。文多萬歲、萬年字。

異質殊人獸，有人形獸面各一函。殘銘認蚪蝌。衙齋標古甓，退食好摩挲。

雨後西園小坐

宦况有餘閒，西園任往還。青分鄰院樹，翠引隔城山。
喜雨誇新得，塵氛已盡删。亭前生意滿，小坐一開顏。

陶雲汀澍中丞出禱冰圖見示即題

憶昔泊舟艾湖旁，湖在召伯埭西。露筋祠古猶荒凉。
去年重經廟貌整，詔錫貞應御題廟額曰“貞應”。雲旂揚。
曾訪土人述神異，昭靈普惠加封字。
乙亥嘉慶二十年。之冬漕艘回，星使巡視南漕事。時中丞以御史巡漕。
三千巨艦連檣行，嚴催忽訝河冰成。
凛冽長空朔風勁，琉璃世界曉月明。露筋曉月爲甘泉八景之一。
鑿冰冰結愁如擣，星使虔心默申禱。
瓣香甫祝南薰吹，萬頃玻瓈霎時掃。
堅腹消釋波光開，長年歡動聲如雷。
揚帆盡達瓜步口，放江直過妙高臺。臺在金山。
嚴冬欲雪忽冰融，神之靈兮星使功。
精誠自古貫金石，正直洵能天地通。
畺吏交章奏靈蹟，天顔喜賜懸新額。
節媛聖祖南巡曾賜“節媛芳躅”額。立廟已千秋，載來祀典今勝昔。
土人歌誦記模糊，兹蒙傳示禱冰圖。
可知爲國爲民憑忠信，江南江北共仰冰心在玉壺。

郡署紫翠樓西有軒三楹階前老桂一株幹留半片皮皴肉厚秋來着花無多而古香馥郁公餘坐對令人忘俗真異品也

軒前留古桂，傳是六朝餘。香屑旃檀氣，苔縈蝌蚪書。
着花偏嫵媚，挺幹自扶疎。閲歷輸君久，浮雲富貴如。

重修藺將軍樓落成

將軍諱亮，邑人隋大業之亂，集義勇屯城北雙港，曾持弓矢登障。靖難後，人即其地建樓，肖像以祀。像仍立，手弓注矢，直射五奎山火星峰，藉以鎮壓火患。惜年久失修，余特新之，額曰“保障新安”。

輕裘緩帶登障處，廟貌重新正向西。
心鏡光懸明月朗，手弓氣厭火星低。
當年戎馬聯雙港，此日英靈鎮五奎。
保障新安傳奕禩，永看金碧煥榱題。

夜閲府試卷偶題

瑣院漏沉沉，披吟入夜深。敢云持玉尺，藉此度金鍼。
錐脱囊中穎，琴留爨下音。紫陽山頂月，清皎鑒予心。

題汪近聖鑑古齋墨藪

漫誇于魯與君房，方于魯、程君房均前明良墨工。鑑古標齋近數汪。
範水模山壺灑汁，所製新安大好山水、黄山三十六峰及天下名勝等圖均鑄銅刻畫，情景逼肖，工細絶倫。投膠調麝杵凝霜。
聲華艷説供龍御，汪子惟高以製墨得名。乾隆辛酉選入内廷，教習墨工三年。什襲争看貯豹囊。以豹皮爲囊，貯之，可無溼霉風裂患。
我守新安閒品貢，一編墨藪自生香。

甲申八月改知潁川擬別黄山項少尉瑞齋國洛請爲鄉導起行廿五宿湯口茅蓬廿六浴硃砂泉訪慈光寺擬登文殊頂以霧阻未果廿七早晴循羅漢級望天都蓮花青鸞鉢盂雲際紫石疊障獅子硃砂布水等十峰廿八歸宿水香園得詩十首示瑞齋

解綬將辭郡，探奇特地來。蓮峰天外矗，雲海望中開。欲着遊山屐，先尋濟勝才。喜君無俗骨，兩度到蓬萊。瑞齋曾登山二次，遊文殊院、獅子林天海諸勝。

相約登高去，肩輿好御風。延緣隨步勝，寂歷覺心空。一曲容溪轉，千盤洽嶺通。晚投山口寺，在洽嶺東山巔，俗名山口嶺。結庵曰接引。秋雨正濛濛。

蚤起踰三嶺，山口石壁桑磓。山深霧更昏。混茫迷石徑，蒼翠失雲門。峯名俗稱剪刀。靈境無由見，天都黄山主峰。不可捫。茅蓬當水口，紫雲庵面臨湯溪。止宿却塵根。

排闥隨雲入，支床最上層。抒情僧獻果，話舊客挑燈。是夜宿紫雲庵，老僧年八十，具饌煮茗，約項瑞齋聽談舊事。山説羣龍走，老僧談黄山龍脉向背甚悉。泉聽萬馬騰。新安冠蓋客，到此幾人曾。

清曉霧仍合，登臨興惘然。無從尋藥銚，溪名在白龍潭上。且喜試湯泉。即硃砂泉，色微紅，滙出成池，深約三尺許，清鑑毛髮底盡軟沙，能去垢膩，池上有片石，如厂，可蔽風雨，若爲浴者作天然室。澡雪參寒暖，石壁有泉二，上寒下暖。還丹悟汞鉛。靈砂如有識，應結再來緣。

一洗紅塵浄，珊珊骨自香。撥雲穿險徑，拄杖問慈光。原名硃砂庵，前明萬歷時普門大師駐錫開山，慈聖太后捐帑重修，改今名。寺内藏滲金四面，佛塔高二丈八尺，又木蓮一株，花葉俱九出。練白飛新瀑，林紅挾早霜。前朝樓閣在，金碧總滄桑。

僧説文殊座，奇峰面面殊。紫雲籠石室，青靄拱天都。鳥語仙人樂，花香古佛鑪。寺僧松青自言曾駐文殊院六年，見天都峰項石室時有紫雲擁護，山中有音樂鳥千百爲羣飛，鳴自合節奏，文殊院在勝蓮峰上院，前有蒲團石，跏趺其上，時聞旃檀香且有白猿元鹿之異。指陳聽一一，未必盡虚無。

偏我無緣上，雲封梯莫攀。翠濤松謖謖，丹液響潺潺。怪底都稱海，翻疑未到山。蒼茫問歸路，惆悵負仙關。時乘海馬舁筍輿約四里餘，抵一洞將豎木梯攀之以登，仰見上口白絮堆滿，衆呼曰雲封，不可登矣。但聞風激松濤，與鍊丹泉水聲相答，隨尋徑穿雲而下。

一枕遊仙夢，山僧喚客醒。當窗輝霽色，拾級望雲屏。石筍重重翠，峰蓮朵朵青。瀕行全示我，多謝此山靈。

宿霧依然合，歸程逸興賒。山農談舊事，下山憩謝氏宗祠聽土人言近多虎患，上年忽徙去。老婦餉新茶。芳郵偶駐，有老婦問知，係前府主。自言其子被案牽連，感蒙昭雪，烹茶來獻。囊重因携石，携有散花塢放光石。衣香爲染霞。感君風雅甚，相伴路忘遐。

贈項少尉瑞齋

名園借住擅風流，時賃居汪司馬道昆古水香園。偃蹇微官已白頭。
几上鼎彝羅漢晉，階前花木自春秋。
直將吏隱尋梅福，怪底才名噪馬周。
守郡自慚無特識，瀕行翻借一詩酬。

甲申秋九留别新安士庶詩并序

余去夏出守新安，竊愛俗尚淳，良士敦品學，政事之暇兼與諸生論文，甚相得也。今甫及一載，移守潁川。自慚德薄才疏，不克嘉惠士林，澤我黎庶，而臨去之日，諸父老夾道攀轅，都人士賦詩贈别，語摯情真，無以爲報，途中口占二律，郵寄諸君，聊致拳拳之意云爾。

香筵滿設西干路，阻我旌旗去去遲。父老馬前爭進酒，師儒雁序各呈詩。黟山練水縈離思，紅葉黄花惜別時。自是此邦風俗厚，非關太守有恩施。所贈詩卷題曰《練浦攀轅》，巴秀才昌爲作圖。

銅符坐領一星周，自愧無才樹遠猷。耆宿有書曾訪訂，汪叔辰孝籛著述甚富，爲序其毛詩異義。山城闕典未興修。擬修府志及府堂，均未成。他時千里懷名郡，此日雙旌指信州。欲去依依留不得，倍增惆悵對前騶。

祁門山行

轉入祁門山徑中，板輿奉母路盤空。
修篁接樹添濃翠，敗葉經霜作淺紅。
石骨崚嶒知地險，溪毛葱蔚識年豐。
耆儒送別殷勤語，珍重來朝過大洪。老儒許森率子弟六人送至雙翼流橋上。

過大洪嶺口占

朝發雙溪流，暮宿大洪嶺。翌午陟其巔，四山紛翠影。
就中多棚民，新闢桑麻境。秋老秫珠肥，雲重茅簷冷。
所惜入山深，易藏羣不逞。所以功令嚴，驅除肅頑梗。
昨我下車時，期以寬濟猛。條教未能周，五馬又之潁。
今聞聖詔寬，特許聯鄉井。時得旨一體編入保甲。寄語山中民，戴恩須自省。
宅宅畋爾田，烽烟永無警。

雞兒灘觀叉魚

灘號雞兒雅，家家面水居。客行宵駐馬，人定夜叉魚。
小艇燈明處，前溪月上初。此中幽静趣，不讓武陵漁。

將之潁郡道中作

皖城十日小勾留，又擁朱旛向信州。
踈柳斜陽通古驛，青山紅樹識深秋。
西湖勝蹟誰能復，聞湖田已淤盡。北闕深恩未得酬。
聞道潁川書大有，時和或許拙藏鳩。

潁州西湖謁四賢祠

涖潁多賢守，遺祠尚枕湖。去思懷晏呂，遺愛重歐蘇。
自問無才智，憑何效步趨。瓣香私淑切，幸得奉規模。

湖上感懷

一官枉署西湖長，恨我來遲事已非。
四老風流空想像，三橋烟景總依稀。
芙蓉落盡餘芳草，楊柳彫殘對落暉。
十頃清波今已盡，臨風懷古惜芳菲。

巡邊遇雪誌喜

衝寒西北去，白戰閃前旌。氣肅劉侯壘，南唐劉仁瞻屯兵處，在艾亭汛，俗名屯城。雲封胡子城。長官店迤北爲春秋時胡國地，今有城址。

潛消蝻孽浄，深護麥苗平。驛虎橋邊過，俗稱驛口同知，分防駐焉。閭閻喜氣盈。

雪中抵岳家寨在府西南百二十里道光二年教匪邢名章等作亂處。

朔風拂面凛寒威，按部西來雪亂飛。
除害有心憐馬瘦，畢場無事愛牛肥。

瘡痍未復剛三載，烽火全消靖四圍。
傳語近郵諸父老，相依相助莫相違。

宿兩河口聽李少尉暢談從軍舊事口占一律贈之

捧檄相隨不憚勞，談兵午夜氣猶豪。
卅年殺運銷殘燭，一片雄心看寶刀。
此日潁川民氣靜，當時蜀嶺陣雲高。
衹今薄宦承平世，莫對西風嘆二毛。

題王沂舸擊磬圖

滿目秋光得趣深，不教塵俗着胸襟。
侍兒獨解高人意，傳出江湖廊廟心。

題黄曉池崇曜歸去來圖七律二首

一枝斑管寫秋光，寫出秋光特地長。
千里相思參畫卷，半生心事付奚囊。
笑看松菊今猶在，喜説田園尚未荒。
漫道欲歸歸不得，琴書到處任徜徉。

年來蓮幕結新知，端許斯人字曉池。
抗手黄峰最高處，盟心潁水極清時。
梅添傲骨憐卿瘦，竹解虛中是我師。
題罷勸君仍什襲，莫教展卷惹歸思。

題曹蓄齋夫子春風嘯傲圖

郁郁盆中蘭，矯矯石上柏。夫子坐其間，古顏自蒼碧。憶我總角時，六載得親炙。比及舞勺年，同作秋風客。弱冠上春官，幸奮淩雲翮。夫子聞之喜，掀髯心適獲。高舉謝名場，不上劉蕡策。放棹東南遊，看花齊魯陌。一別十五年，雲山常間隔。昨歲守新安，程門通咫尺。夫子飛舄來，離索情俱釋。笑語醉顏紅，蕭騷霜鬢白。斗酒詩百篇，開懷天地窄。豪氣邁元龍，羣誇今勝昔。憐我兩兒癡，命侍春風席。口授聽咿唔，耳提勤誘掖。豚犬比芝蘭，何幸承護惜。暇日作此圖，呼我爲題額。握管感舊遊，歷歷皆陳迹。惟願我夫子，康强壽盈百。請掇古柏香，請挹芳蘭澤。和以緑葡萄，晨昏奉歡劇。

城北劉氏園探梅園爲公戫先生建，今裔孫載莪主之。

一年容易又梅花，出郭來尋處士家。
着眼春回新草木，放懷人厭舊繁華。
兩三芳徑環亭外，六七奇松植水涯。
況有詩翁年尚健，載莪名澤菁，工詩文，少時著名星社，今年已七十矣。劇談相對試新茶。

嘉平五日得恩擢河南開歸道信恭紀

出守剛三載，傳來詔語温。分疆連潁水，持節上梁園。
那識宣防策，偏邀簡擢恩。撫躬慚豸繡，清白矢晨昏。

歲暮蒙城道中

取道山桑去，漫漫路正遥。日寒人影淡，地凍馬蹄驕。
宛轉臨淝水，一日三度是水。從容問板橋。集名。部民欣卒歲，又見麥抽苗。

莊子祠在蒙城東

縣城纔斗大，故里重前賢。落拓曾爲吏，逍遥本是仙。
鯤鵬天外語，蝴蝶夢中緣。何處尋遺跡，荒祠起暮烟。

乙酉元旦宿州作

度歲年年多聚慶，今年度歲遠遊時。
杯浮柏葉欣嘗酒，瓶貯梅花自詠詩。
旅館不嫌春寂寂，星軺何故到遲遲。時中丞入覲，傳聞駐節於此，未果。
遥思閶闔天開處，麗日晴雲護玉墀。

登第一山和雲汀夫子韻

旌麾小駐未容攀，偏我登臨落照間。
情契烟霞欣共賞，心懸霄漢不能閒。
春浮大地三千界，路接中原百二關。
前代龍興休艷説，山在鳳陽城北有寺曰龍興，爲明太祖初時披剔所，遺像尚存寺内。祇留遺像鎮名山。

鴻信驛見梅花作俗訛紅心

鳳陽南去驛迢迢，笑指梅花一樹遥。
繡水庵前新漲緑，春風穩度赤欄橋。

微雨過梅心驛

斜風兼細雨，驛路問梅心。嶺白沙痕溼，畦青麥氣深。
癡雲添黛色，宿霧釀春陰。躑躅山泥滑，肩輿緩緩吟。

風雪登大觀臺

任他雪虐與風饕，偏我登臨興獨豪。
雁汊波翻銀浪急，龍山寒矗玉峰高。
壯懷磊落傾杯酒，浩劫消沉問寶刀。
憑弔遺忠傷往事，長松怒吼墓門濤。元余忠宣公祠墓均在臺左。

觀音庵同松隱上人夜坐

上元燈火興闌珊，是日十八。風雪留人夜閉關。

天假良緣三日住，余本欲十六日行，爲大風雪所阻。心因静坐一時閒。

疎梅自寫寒窗影，宿火微烘古鼎斑。默對山僧忘物我，如如相對漫開顔。

出安慶城作

連朝風雪阻郵程，此日肩輿出皖城。作宦三年慚報最，感恩一薦浪知名。上秋詔舉良吏。孫寄圃制府、陶雲汀中丞均以余名入告。路經練驛欣留躓，練潭驛去省城六十里，余曾三宿驛館。山對桐君倍有情。桐君山即龍眠，在桐城界。聞道横流憂正切，時南河高堰告潰，開歸所屬河道均處上遊，恐有淤墊。北行何以慰蒼生。

渡　淮

一道清淮水，天教南北分。遥通袁浦月，近隔皖江雲。

民氣殊强弱，儒風判質文。此行將化枳，自省愧無聞。

乙酉春仲留别潁川士庶詩并序

余去秋抵潁川任，深慮其俗悍，民强迥異。歐陽文忠公《思潁詩》序之所云因巡歷各屬，訪求其故，緣潁本水鄉，淮汝爲幹，渦淝淢茨爲支，土地沃衍而溝洫不治，每困水患，且當皖豫楚之交易，藏宵小以致民風不古，乃甫出示勸諭，已承恩簡。仲春四日受代北行，紳耆置酒贈詩，男婦號呼路側，一如去新安日，余益覺民情之可感，而自慚實惠之未及也。因口占一律以誌别。

繡節春明向大梁，送行又累部民忙。一尊離酒壯行色，兩卷新詩壓宦囊。土厚最須防水患，俗强慎勿犯刑章。空言贈别原無補，愧説當年太守黄。

凝香室詩存卷之五

乙酉二月抵汴視事

少小曾遊處，而今作宦遊。未參新政府，先問舊書樓。嘉慶丁巳余侍先祖宦糧道，讀書道署延年樓下。

祖德期無忝，君恩那得酬。觀民原乏術，况復奠黄流。

吹臺俗呼禹王臺，在宋門外。

廿年不到古吹臺，此日重登眼界開。

緑樹千村隨野盡，黄河一線抱城來。

依然春色留繁塔，在臺西南國相寺中，繁塔春色爲汴梁八景之一。無限飛塵總劫灰。

自昔梁園重詞賦，漢鄒枚、唐李杜均賦詩於此。而今誰是出羣才。

巡河至下交界迤下屬江南簫碭廳。

長隄蜿蜒如龍走，到此偏將兩界分。

地錯犬牙嚴四汛，雲開馬首肅三軍。

渾流瀉盡祁連水，王氣消殘芒碭雲。

寄語江南同調客，防秋守望共辛勤。

望　水

萬錦灘頭水，河出潼關，水勢漸大，陝州城北萬錦灘設有水誌，如長過一尺沿隄馳報。連朝滚滚來。漲空迷濁霧，激響走轟雷。擺陣溜名，時至時退。黄沙捲，排山溜名勢急，擁起如山。赤浪堆。甘肅寧夏府亦設水誌，如過峽口七字三刻，例即馳報，其水色微紅。宣房從古重，誰是濟川才。

柳園渡口感舊

昔侍重慈此地過，舟中摩頂慎風波。
重來地記當年是，一去時驚廿載多。
理水無才慚保障，承家有願恐蹉跎。
隄邊老柳婆娑影，風木興懷喚奈何。

秋汛閲工

纔過三庚伏，沿隄試再巡。淺沙明似雪，穉柳老於春。
雁翅横旁面，埽斜而長用於下角，防迴溜者曰雁翅。魚鱗護短唇。壩之上窄下寬，附堤築做備，河唇塌近厢埽者曰魚鱗。
象形資翊衛，不敢薄前人。

雨後黑堽曉發

朝来霽色動前旌，喜見黄流貼鏡平。
中溜有聲喧夜雨，西風刻意作秋晴。
馳驅珥筆憐從事，謂顧少尉華川。擘畫持籌仗友生。謂幕客楊簡哉。
回首新安舊桃李，依依無限故人情。客秋七月余在新安校士。

商邱汛望河水漫灘

轉入商邱境，驚看秋水寬。村農多架網，堤内水大，土人架木爲巢，張網捕魚。汛弁競彈冠。河營汛弁督兵分堡，防守見水如臨大敵。
灘面憐全没，堤身慮嚙殘。此心時惴惴，何日報恬瀾。

中秋夜赴上南搶險作

稅駕黑堽一倚欄，核桃園口報驚湍。
團團一樣中秋月，不及官衙自在看。

核桃園工搶險工在上南廳，属鄭州汛。

羽報連番處處傳，到來驚看水淵瀠。
眼前都是傾危地，身外全成浩渺天。
掛纜頓嫌茅綆短，護崖難恃茨坊堅。
臣心自問差堪信，鼓勵兵夫氣倍前。

春汛觀挂柳丙戌

取象誇龍尾，一名龍尾埽。灘頭聚柳株。倒垂青影重，斜挂翠痕鋪。挂時須枝梢相壓，梢頭用石磨下隊。
縈拂澄泥細，浮沉激浪龘。當前生趣好，寓目最清娱。

桃伏秋凌四汛各占一律

漲暖桃花閲茨坊，即今之埽。金堤宛轉束流長。垂楊遥映春旗緑，河營旗幟與緑營同。秀麥低連汛水黄。麥黄汛即在桃汛後。竹箭波翻飛羽急，上遊報水每自桃汛始。皮冠人到獻貛忙。例於春汛飭備弁督率兵夫逐堡簽隄搜捕貛鼠以除隱患。書生自問無長策，仗節深慚服豸章。

風輪火傘日無休，來往通隄大道頭。黄綻野花沿馬路，大隄每堡開路二，容人上下曰馬路，旁生六月菊最多。緑分細草襯龍溝。堤上挑溝放水處曰龍溝，向用淤土築做，滿種巴根草襯底，以防汕刷。關心水勢逢金旺，屈指星期近火流。荻藡荳花均水汛名。將次到，先時修守費前籌。

節交白露又巡行，秋水瀰漫望裏平。搜底不同桃浪暖，秋水迅利，淘底有浪，名魚頭伏而攻埽。蓋灘已見荻苗生。秋水極大易益，淺灘葦苗至八月透青，故汛名荻苗。長堤梭織勞參佐，列堡環排肅弁兵。傳語赴功休玩愒，好將勤慎待霜清。

河冰凍合朔風麤，策馬周巡歷舊途。夾岸積凌全漲白，凌汛嚴寒中洪凍結，旁有氣眼，圓孔翻花俗名凌鏡。沿堤插柳半塗朱。冬至前後例課兵夫插柳，向塗紅土以別官私。椿排雁齒參差挂，小寒淌凌向用逼凌椿搪凌把柳枝挂以護埽。垛比魚鱗上下鋪。霜後採辦歲料，例於年前堆垛，正月報完。豫祝安瀾慶來歲，殷勤修守勗兵夫。

喜　雨

奔走河干西復東，慚無實政濟民窮。
三春漫怨魃爲虐，一雨能教歉易豐。
播種已欣咨鳸鳸，陳詩無事詠蟲蟲。
沿堤禾黍青蔥起，深感天心造化公。

夜　行

休沐剛三日，巡河又向西。沙平看月朗，野曠覺天低。
忽見書飛羽，驚聞浪拍堤。匆匆時叱馭，午夜未安棲。時中河報險。

題王竹嶼丈鳳生江聲帆影圖

江聲帆影蕩晴空，獨倚危欄羨此翁。
一片琉璃界天白，六朝金粉剩霞紅。
聯詩庭畔懷珠玉，嘉慶間先君宦浙與竹嶼丈交最篤，時相倡和，慶每陪侍。讀畫尊前感雪鴻。
小別廿年欣共楫，時竹嶼丈官河北道。金堤南北水西東。

豫河南岸記工

水性本至柔，黄河悍且剛。水性宜取直，黄河曲而長。挾沙故易淤，提坐因無方。涓滴堤可穿，灝瀚陵亦襄。在昔堯舜世，洚水警洪荒。底績錫元圭，粤若欽夏王。厥後四百載，河患仍披猖。殷邦記五遷，南徙歷漢唐。亦越宋元明，故道歸渺茫。我朝探河源，星使浮蒲昌。海名。乾隆間，遣舒蘭、何國宗探源，至星宿海迤上噶達素齊老。建瓴從西來，秦晉通寧羌。河流至甘肅、寧夏府出邊，復自陜西榆林府入邊，合涇渭等八水，由龍門下注。東去達尾閭，濟運資輸將。下游至江南阜寧縣南北兩尖入海，其清黄交匯處在清河縣楊莊，爲運道門户。豫州當其腹，保障憑堤防。修守任河臣，經歲鳩工忙。方略著成書，《治河方略》靳文襄公輔撰進。疏稿留寒香。朱公之錫著有《寒香館遺稿》。北靳文襄公，漢軍人，以功予騎都尉世職與南朱，朱公，浙江人，殁爲神，勅封助順永甯佑安侯。先後輝廟堂。奠定百餘載，又見狂瀾狂。南潰説楊橋，橋在上南，乾隆二十六事，兆武襄公惠劉文正公統勳，張愨敬公師載會同堵築。北決青龍岡。岡在曹考，乾隆四十八年事，阿文成公桂督修。聖人重民命，改道績孔彰。時屢堵屢潰，乃議改南堤爲北堤，移考城於北。天心期永逸，河事難安常。嗣是東南兩河每有潰決，如石林衡家樓、睢州大壩等工。前歲傷秋霖，湖水何泱泱。西風拍高堰，澤國悲淮陽。道光四年冬，衡水決高堰，十三堡洪湖底涸。八尺長新淤，海口真滄桑。下壅上必潰，民依廑聖皇。選衆拔其尤，簡帥命芥航。河帥張公井號。小臣來潁水，持節巡南疆。取土辨沙淤，問水勤探量。舊險與新工，一一差可詳。就中誰第一，柴壩横蘭陽。迫束浪排空，楗石庶可當。本年桃汛詳請奏辦碎石工三段。其次核桃園，出山水勢汪。上南本坡河，此地爲沙囊。儀睢高小集，漩溜伏砂礓。中河八九堡，堤土隨風翔。睢寧非善地，舊口遥相望。下南近會城，鉅險標黑堽。歸河接江南，桑堤連馬坊。商虞多暗險，差喜土性强。伏秋水漫灘，堤裏波汪洋。地形本北高，側注趨窪塘。况當陰雨時，震撼風多凉。我行已再周，對此心惶惶。疏瀹無所施，減洩無其鄉。束水以攻沙，一語得主張。賈策取其下，因地今爲良。勗哉衆僚佐，濟濟聯冠裳。先事貴廣儲，臨事須慨慷。節儉以自持，協力休參商。清白矢一心，永奠黄河黄。

中牟堤上

八月河流急，西行問圃田。大聲喧漲水，高浪接長天。
沙積沿堤路，飛沙最多。村明隔岸烟。寄言賢令尹，三異至今傳。

雨中過石橋渡

水氣陰陰作雨飛，沿隄柳冒緑烟肥。
帆檣泊處森如戟，多少行人未得歸。

滎澤懷古在廣武山下。

西風蕭瑟盪寒波，我爲防秋又一過。
廣武沉陰連大野，太行霽色落黄河。
因糧漫説秦倉少，山有敖頂即敖倉故址。鏖戰空餘漢壘多。鴻溝在山下。
千古蒼茫流不盡，溯源且喜聽鐃歌。時葱嶺河源一帶，回疆用兵故云。

鴻　溝

華夷大一統，何必劃鴻溝。角智争秦鹿，分疆笑楚猴。
河流從此改，山以上係禹河故道。山色至今愁。無限興亡感，臨風弔紀侯。漢紀信盡難處。

恭步陶雲汀夫子海運原韻即以奉賀

長空泱漭海澄瀾，棨戟遥臨得大觀。地美東南財賦足，天高西北轉輸難。百靈擁楫從心禱，十溦開洋放眼看。出吳淞口至十溦爲元明海運未經之道。耿耿丹忱成利濟，萬帆無恙到長安。

春帆細柳密還疎，獨建牙旗總國儲。五百昌期八州督，三千弱水一漕渠。笑看玉粒登天庾，指點黄河暢尾閭。驛使梅花詩寄我，盥薇莊誦妙香噓。

中禁酬庸鳳綍宣，彯纓翠羽色争鮮。褒嘉人共欽天語，甄叙公偏薦衆賢。海舶全抵津門，特旨賞戴花翎公即薦在事，官吏紳商均邀優叙。雁磧烽煙馳露布，時回疆蠢動，命將督剿屢奏膚功。鹿門干羽靖樓船。春夏間臺匪不靖，旋就撫。太平盛事宜同詠，珥筆叨陪翰苑仙。時隨辦海運事宜者，爲賀耦耕方伯潘午亭觀察陳芝楣太守，皆瀛洲舊侣也。

皖江前度幸追從，霽月光風仰粹容。志纂桐徽垂史筆，倉籌豐備軫民供。夫子撫皖時曾奏纂安徽通志，並創建豐備倉以裕民食。禱冰自昔神來相，夫子巡南漕時軍船阻冰，禱於貞應祠，一夕即解，曾繪圖紀事。横海而今績紀宗。若使相從由可許，願隨舟楫勵寅恭。

題費耕亭庚吉篝燈課讀圖

浙水錢司寇，曾呈夜紡圖。秀水錢文端公陳羣少孤，陳太夫人督課最嚴，比貴，繪《夜紡授經圖》呈高宗聖覽，題詩賜還，士林榮之。君今繪此卷，意與昔賢符。名已魁春榜，才原比鳳雛。耕亭爲余年家子，舉嘉慶己卯進士第一。殷勤師友意，圖爲耕亭同年王君紱所作，座師那文毅公彦成題簽。砥礪正相須。

署齋有紅梅四花時適出防凌汛浹旬歸来見幕客蔡桂山天培程伯廉燮鍔聯吟作喜占四絶句

古幹槎枒著蘂新，春生官閣静無塵。
連朝奔走河干路，應被梅花笑主人。

歸來剛是一旬周，喜見新詩妙唱酬。
如此名花如此客，勝他何遜在揚州。

一簾晴雪釀春寒，先一日得雪。尚有雙株蕊半攢。
自是花神深護惜，多情留與主人看。

羅浮艷品説硃砂，綽約端推蕚緑華。四株俱紅内倩緑蕚一枝。
花下徘徊吟客句，不將俗字累烏紗。

春夜偶吟丁亥

月明深院樹藏鴉，官鼓沉沉静晚衙。
判牘事完嘗橘酒，憐香惜重賦梅花。
許多擔荷愁難副，得少清閒取自賒。
遥聽隔牆喧夜市，喜知春滿部民家。

商邱行館喜雨

淅淅復泠泠，前騶此暫停。
潭空驚鯉躍，館外深潭潛巨鯉一，每風雨出遊水面。風緊帶龍腥。
飯罷巡簷笑，宵深倚枕聽。來朝隄上去，麥隴盡含青。

睢州謁湯文正公祠公諱斌，順治壬辰進士，康熙間官江蘇巡撫，著有《洛學編》《明史稿》《湯子遺書》。

按部臨睢水，崇祠拜碩儒。史才雄一代，治績重三吴。
洛下尋源遠，嵩高屬望符。孔庭隆俎豆，新荷聖恩殊。道光二年奉旨從祀廟庭。

于役淮鹿紀事并序

丁亥夏四月，安徽潁州胡守禀獲教匪王會隴等，供出習教匪犯多名，并有在逃，奉旨嚴緝之。另案逆首朱毛俚潛匿淮寧、鹿邑二縣境，習教傳經。余親會同查緝，實無影響，特鄉民爲王會隴所愚，斂錢祈福而已，訊明即省釋開導，因作此詩紀之。

清曉策花驄，郊原净如沐。好風自東來，吹我麥苗緑。薄午暖炊烟，深幸秋堪卜。翻嗟潁亳民，蚩蚩妄祈福。結社斂金錢，酒食競徵逐。狐鳴肆詐欺，煽惑連淮鹿。傳聞慝巨奸，飛檄羅羣目。憶昔綰郡符，訓型嘶化俗。今余持節來，風塵甘僕僕。搜捕戒株連，親按荒邨屋。古寺檢殘經，一一閒披讀。幸無違悖詞，鄰里仍舊服。寄語衆鄉愚，守分在知足。方今聖詔寬，投首允自贖。矧兹風雨和，沿村新麥熟。飯飽好安眠，柳陰宜放犢。慎勿犯刑章，妻孥遭戮辱。

昇仙臺在鹿邑城内，相傳老子駕白鹿飛昇處，有鐵柱一。

層臺留萬刼，於此識仙蹤。不見青牛跡，空餘紫氣封。

爾來誰駕鹿，吾道本猶龍。悟徹真源意，鹿邑古名真源，一名仙源。烟横鐵柱濃。

太清宫在鹿邑東十餘里，相傳老子降生所，漢桓帝立廟，唐宋屢起宫闕，今廢。

花驄偶過鹿城東，碑碣縱横問故宫。

帝胄迢遥崇祖德，唐乾封，元年追封太上元元皇帝。天書荒誕托神工。宋祥符七年親謁建紫極等三宫。

白雲不盡紅塵外，紫氣常留緑樹中。

苦縣鹿邑古名。至今成樂土，不須惆悵對春風。

白雲庵在鹿邑城内，相傳陳希夷先生高卧處。

白雲藏在山，靈液資泱漭。白雲飛在天，舒卷任來往。
庵以白雲名，此意得真賞。憶昔炎宋初，羣雄起草莽。
其血爲元黄，龍戰何擾攘。希夷陳先生，谷神自潛養。
高卧抱孤雲，遐哉超世網。三徵始入朝，辭官脱塵鞅。
前席問神仙，先生進忠讜。致治即真修，談元謝高廣。
黄白與吐納，休侈蓬瀛想。策蹇放歸山，此地留遺像。
今我行役來，一問庵門牓。苔老石床寒，水緑新蒲長。
先生去不還，高風深景仰。白雲滿碧空，謖謖松濤響。

太昊陵在陳州府城北。

當時觀象無先聖，萬古鴻濛孰劃開。
一自龜圖懸日月，至今蟲篆走風雷。
靈蓍秀啟三朝策，蓍艸園在陵後。古柏香生八卦臺。
渾噩依然存太極，豐碑翻笑費鴻才。

畫卦臺在陵東南，前有白龜池。

洩盡苞符秘，崇臺一畫時。文章賢聖祖，國籙帝王師。
馬負河呈瑞，龜潛月滿池。至深原至淺，未許俗人知。

西師凱旋親督護送口占一律

丈夫心許國，恨不策奇勳。斥堠連千里，芻茭待衆軍。
馬嘶沙磧月，旂捲玉關雲。喜我民安堵，鐃歌處處聞。

西域得馬歌爲容瀾止照閣學作并序

瀾止閣學爲阿文成公桂曾孫，出征西域，臨陣獲布噶爾馬，馬色純白，逆酋張格爾寶愛，賊將騎出，閣學呼部卒刺之，大奴烏爾衮馳出牽騎還。先是閣學見賊營駿馬頗多，問部下："孰能奪其騎?"烏爾衮出應曰：諾！至是竟如其言。布噶爾在天山極西，去用兵處猶有月餘，程閣學督兵過衛郡，出馬相示，爰作此歌，其不以布噶爾馬名篇者，不許彼得有之也。

天山雪花無南北，得馬如山雪花色。層冰蹴踏作瓊瑤，玉立昂昂謝羈勒。天生神馬爲聖朝，物色不許烏孫驕。喜看鬼章縶寶騎，又聽樂府歌金鐃。人如天人馬天馬，公家勳名蓋天下。自言射馬未擒渠，儒將風流意高雅。古來神物遇合奇，喜馬得主歌詠之。聖朝鼓車安用此，留與公家爲下駟。

衛郡遇雪

稅駕古朝歌，天寒作雪多。飛花簾不捲，起草凍難呵。
覆隴深培麥，流澌合凍河。
悠然清興發，我欲訪公和。晉孫登字，有嘯臺在蘇門山。

衛　源

雪晴觀衛水，尋路過共城。民氣此中古，泉源分外清。
孕靈澂碧落，利濟到蒼生。寄語巖居者，休徒羨濯纓。

嘯　臺

有才甘不用，長嘯托山林。已息龍蛇跡，能傳鸞鳳音。
道通三絶易，心契一絃琴。臺頂留遺像，高風滌我襟。

安　樂　窩

宦海半塵鞅，今來安樂窩。禽魚容我狎，桃竹羨君多。
放誕非真率，從容有太和。小亭標擊壤，正好獻衢歌。

孫夏峰徵君祠 徵君名奇逢，明末隱此講學，國初屢薦不起，祠在書院右。

三徵仍不起，洛學溯宗源。
樸學尊前輩，真儒重及門。湯潛庵、耿逸庵均以弟子配享。
新碑容我讀，時程梓庭中丞重修書院，落成撰文勒石。
良史倩誰存。抱得遺書在，名山盡屬孫。徵君子孫世居於此，土人呼曰孫山。

百　泉

從我皆仙吏，時主薄金守仁、典史顧燮臣從遊。相邀問百泉。

波心清見底，池面淡霏烟。映日金齊湧，涵虚鏡倒懸。
臨流看不足，竟向水亭眠。

清輝閣

清輝聯雪月，貯我在冰壺。樹色疏還密，泉聲有乍無。
在川尊孔氏，有碑題子在川上處。樂道契堯夫。夜氣清如此，休誇明聖湖。

白露園

清曉山禽鬧，歡呼喚客醒。一園題露白，萬竹掃天青。
雪意侵書幌，烟光展畫屏。摩挲看肺石，灌頂水玲瓏。石在嘯竹廬前百竅玲瓏，王漁洋《池北偶談》亟稱之。

泉上别共城令周石藩際華同年

共城賢令尹，此地幾經營。栽竹迎門緑，疏泉澈底清。
風流君嗣響，遊詠我含情。欲訂重來約，春鷗合證盟。

明潞王墓西爲趙妃冢，前半已改佛寺。

東西高塚兩相望，指點人稱潞簡王。
一自烟花銷勝國，空餘翁仲對殘陽。
青山不改留寒色，佛火長明作夜光。
漫道樓臺松柏好，樓臺松柏即滄桑。

湯陰謁岳武穆祠

中原銷戰績，遺廟蕩陰開。縣爲武穆故里。事既莫須有，魂應歸去來。
浣衣仍有里，嵇侍中康祠在城南。演易尚留臺。羑里在城北。隣結雙忠好，松風落日哀。

三臺懷古臺均在漳水上。

三臺勝蹟至今留，蔓艸荒烟幾度秋。
雲雨夢殘銅雀冷，綺羅香散玉魚愁。
三分事業餘燐火，七子文章剩廢邱。
惟有漳河東去水，年年嗚咽響寒流。

仲冬十二日次豐樂鎮送凱旋兵出境

古鎮標豐樂，清時樂歲豐。一年田事畢，千載霸圖空。
鼓角河流外，旌旗樹影中。王師民不覺，争戰笑羣雄。

題程鹿蕉印譜

拜石吴南薌齋名。懷蛟董小池堂名。稱二老，自餘鐵筆任紛紛，而今又見方家譜，壽世聲華合屬君。

黎陽令朱韞山鳳森招登大伾山率成四律

按部黎陽郡，公餘入翠微。松雲擁飛蓋，竹雪撲行衣。
原野添寒色，樓臺得静機。再成名雅稱，不受衆山圍。

石壁摩空起，層巒叠嶂開。亭空容吏隱，徑熟約僧陪。
遍歷三仙洞，還登八卦臺。浮邱山名。堪左挹，身已到蓬萊。

大河徙千載，故道認微茫。匝地霜華重，漫天沙氣黄。
巖疆連白馬，浩劫問紅羊。指點袁曹壘，當年舊戰場。

能聲君早著，勝地今我攀。雪足三農樂，烽銷十載閒。
城闕嚴鎖鑰，水道亂彎環。須識同來意，非徒爲看山。

蘭館夜坐偶吟

爲防淩汛冒嚴寒，蘭館停驂歲欲闌。
仰屋籌河眠不得，忽看春帖報平安。
竹影横窗冷月升，偶然乘興起挑燈。
硯池欲滴蟾蜍水，一片琉璃已結冰。

桃汛堤上偶占戊子

東接淮徐樹，西聯鞏洛雲。晴開春盎盎，漲暖水沄沄。
柳色參差見，河流遠近聞。長堤五百里，巡歷不辭勤。

蘭儀署賞牡丹即贈王懷川仲滂太守

魏紫姚黄次第開，春光美滿我重來。
喜分洛下園林種，雅稱王家子弟栽。花係郎君晉軒所植。
富貴場中名相度，綺羅隊裏淑妃才。
桃花水暖安瀾慶，又爲看花一舉杯。

鄲陽集在永城西三十里，傳係漢蕭何封邑，有造律臺廢址。

清曉又鳴騶，巡行到太邱。分封遺邑在，造律古臺留。
目寄千年事，胸懷百姓憂。未能靖邪慝，深愧繡衣遊。時因查緝教匪，故有此行。

孝烈將軍祠將軍諱木蘭，姓魏，隋時人，祠在商邱營郭鎮，即將軍故里。

河水濺濺遠近聞，崇祠人重女將軍。
脱裝獨許生全父，伏劍還將死報君。
環珮歸來隋代月，旌旗捲盡宋邱雲。
西川更有黄崇嘏，千古高標武與文。

代祀中嶽嵩山新鄭道中遇雨喜紀以詩

秩祀如中嶽，西行兩日餘。溼雲常擁絮，甘雨謬隨車。

帝澤何其渥，民心已盡舒。肩輿行緩緩，好讀説嵩書。嵩山無志，有《説嵩》十卷，邑人景考祥撰。

密縣晴望

一雨連三日，今來上廓亭。在密縣嶺西，《水經注》載綏水流經亭南。晴原開繡錯，彩翠敞青屏。山名。

地已鄰嵩寺，名曾註水經。黄雲飛動處，巨嶽仰坤靈。

望盧巖

在太室東有唐徵士盧鴻乙草堂，後改上下两寺，宋元名手每多圖之。

二室峰争秀，東巖舊姓盧。畫圖曾展玩，雲樹認模糊。

遊客誰來往，草堂今有無。升香虔祀事，未暇問樵蘇。

祀嶽禮成恭紀

天地此居中，苞符緼靈妙。偶體象坤形，二室分太少。

峻極勢獨尊，六十峯回繞。太室二十四，少室三十六，中峯曰峻極。黄葢據東南，融結開嶽廟。黄葢峰在太室東南下，即嶽廟。

漢唐侈登封，宋元尚清醮。前明洪武初，釐正崇位號。

我朝駐翠華，乾隆庚午年御祭。璀璨天章耀。九子殿巍峩，瑞雲時籠罩。

今我奉香來，填臺在殿前。設庭燎。肸饗肅冠裳，合漠期感召。

古柏鬱濃香，靈風嘘衆竅。幕動儼來臨，撰文親祝告。

誠代守臣通，福爲豫民造。歲稔而河恬，年年無旱潦。

萬歲祝吾君，更願三呼效。祭畢出西華，門名。太室晨光曜。

登黄蓋峰

黄雲如蓋起穹隆，獨秀孤峰太室東。
泉匯九潭通潁勺，山連千里俯箕熊。
已教眼放雲烟外，不覺身來天地中。
漢武求仙壇尚在，茂陵老樹早童童。

崇福宫在萬歲峰下，漢太乙觀，宋易今名，爲祝釐所。

聯轡探奇去，時登封令曾際虞、典史汪英福、顧燮臣均隨行。
先過太室西。宋宫春寂寂，漢蹕草萋萋。
亭址仍留礎，池泉尚注谿。泛觴亭太乙泉，均在宫後。
名賢多領職，一一舊名題。宋時設管勾提舉宫事等官，司馬温公、范文正公、二程子、朱子均曾領其職，題名石幢尚在。

啟母石題句并序

石在萬歲峰前，舊有廟，今廢。稍南石闕二篆銘剔蘚可辨。有漢延光二年，祀聖母乎山隅等字，石高峭雄厚，其西北凹處裂縫一線，縫嵌青蚨，捫之則動，剔之不得，俗呼金錢石。言有人鑿石探取，石碎而縫如故，真有不可理解者，姑存以誌異，至謂石爲啟母所化，荒誕不經，故以此作辨之。

嵩嶽峙天中，真形原屬土。金石重漢銘，啟母標闕主。少室有少姨，遥遥鬥眉嫵。假名氏塗山，坤儀恍可睹。創祀雖不經，古義尚有取。奈何淮南書，荒誕誣大禹。鑿山見靈熊，往餉驚聞鼓。化石而啟生，夏后迹遭誨。我今陟嵩陽，策杖揮鹵簿。仰視玉女窗，洞名，在山頂。雲烟互吞吐。椒宫不可尋，荒寒迷故宇。雙闕尚巍然，斑駁蝕風雨。拳石不知年，特立獨蒼古。石隙嵌青蚨，歷歷儼可數。文士競詭奇，鄉愚惑狂蠱。行將鑱此詩，於俗或小補。

嵩陽書院

在逍遥谷右，元魏佛寺唐天封觀，明邑令侯泰改書院，國朝因之。耿逸庵介講學其中，堂尚在院内，有漢柏二，門前有唐徐浩隸書嵩陽觀碑一。

二十四芙蓉，屏開積翠濃。舊幢標佛寺，新舍重儒宗。
漢柏巢棲鳳，唐碑額篆龍。溯洙還近洛，天下仰文峰。

會善寺

在積翠峰下，魏文帝離宫，隋改爲寺，有唐僧一行戒壇、元僧溥光所書茶榜，龍贈泉在寺内，至山門而伏，止供僧汲，他引涓滴不流，相傳龍聽經所贈。

古柏滿山香，尋途越法王。法王寺在卧龍嶺左。
書移茶榜去，石泐戒壇荒。
宗漫傳曹洞，僧誰弔溥光。惟餘龍贈水，甘冽喜新嘗。

少林寺

在少室陰五乳峯限，建於元魏，盛於隋唐，其西北有達摩面壁洞。

延緣攬勝遍嵩岑，又駐肩輿訪少林。
門對三峰青嶂立，殿依五乳白雲深。
洞中片石栖禪影，達摩面壁影石，本在洞中，乾隆間奉旨移供寺内。
樹底春禽作梵音。踏遍紅塵今到此，頓忘身世有華簪。

初祖庵

在少林寺西北五乳峯前，庵有三花樹，今無。惟六祖手植柏尚茂。

庵結翠崚嶒，探奇次第登。香分千歲柏，花落萬年籐。
面壁安心法，傳衣斷臂僧。二祖事。西來復西去，此意解誰曾。

宿少林寺慈雲堂

饌具伊蒲罷，心安静悟禪。香林千障夕，丈室一燈懸。
説法原非法，談緣孰了緣。翻嫌面壁石，色相未全捐。

出轘轅關

二室東西一嶺分，轘轅古道浄塵氛。
危關陰靄晴疑雨，曲徑崎嶇曉渡雲。
路入登封曾駐蹕，山連御寨舊屯軍。
我來喜遇承平世，伊洛春開萬井文。

萬山安謁靈佑王墓王，黄姓，偃師人，生爲河神，後化去。墓在縣南萬安鎮西，九龍口嶺巔，有勅封碑。

冒雨西南去，尋山問萬安。墓門原北拱，嶺勢儼龍蟠。俗傳墓地王自相度，背山面河，語子孫願長拱衛長居，特北向。

靈績輿人頌，崇封大碣刊。石爐香拜炷，歲歲祝恬瀾。

存心舟太守業招遊香山寺口占奉謝

薄書堆裏得閒身，喜自嵩陰陟洛濱。
漫道靈巖歸釋氏，從來勝地屬詩人。
社輸九老遺榮早，艇泛三春碧水新。
多謝名山賢太守，此行浣盡繡衣塵。

伊闕泛舟

雙闕東伊水，中流泛小舟。龕巖妖后闢，石窟寺元魏胡后所鑿。峭壁夏王脩。

椎鑿雖同巧，貞淫迥不侔。石樓風月好，烟景一川收。

留别嵩縣尉顧華川燮臣

隨我來三日，别君今獨還。官休嫌薄俸，銜已領仙山。
飲水標清節，餐芝駐壽顔。相期情渺渺，伊水響潺湲。

宿賓陽洞

鼓棹問龍門，春氣浮盎盎。飽看香山雲，晚向石樓上。
石樓跡已蕪，古洞賓陽敞。井藻極雕鏤，花鳥各殊象。
寶髻妙莊嚴，環侍天龍像。滿地鑿金蓮，步步驚惝怳。
設榻古佛旁，高卧謝喧攘。夜静不成眠，洞底春泉響。
憶昔髫齔時，侍宦曾來往。大父置膝前，訓詩親指掌。
爲言白與韋，清吟愜心賞。重來卅載餘，深情感俯仰。
故舊盡凋零，山水仍清朗。我幸抱遺經，十九魁春牓。
館閣十四年，出守郡凡兩。忝繡來大梁，三載勞塵鞅。
先訓弗敢違，出處嚴疎放。學詩終未成，蹉跎歲空長。
一勺薦寒泉，乞靈發奇想。太傅與左司，泉石棲靈爽。
或者夢中來，使我塵懷盪。

關陵在洛城東南，享殿三重，陵在殿後，有石額篆“鍾陵處”三字。

瞻彼鍾陵處，佳城鬱鬱開。穹碑光日月，畫壁走風雷。兩廊畫壁皆聖武事績，神采奕奕如生，出自名手。

綸綍崇新號，時回疆首逆就俘，揚威將軍長齡奏聖帝示現，詔加封號曰威顯。旃檀起舊哀。相傳刻檀爲身。瓣香親致祝，祠下記重來。

河南府署感舊

憶昔髫齡屢往還，卅年不到此堂間。余五歲侍先大父宦遊於此。
陰森猶認庭前樹，淡遠仍浮郭外山。
漫道青箱綿祖德，已將烏帽換童顔。
人生如寄誰賓主，杯酒匆匆意自閒。

白馬寺在洛陽城東三十里，漢明帝就鴻臚寺改建。

道載青牛去，經看白馬馱。鴻臚傳漢刹，獅座敞檀那。

龍象阿羅漢，琉璃窣堵坡。叢林兹第一，翠枕北邙多。

北　邙　行

北邙古墓紛無數，白楊蕭瑟疑風雨。
夜深翁仲照幽燐，拜月老狐作人語。
道是古墓半王侯，靈車櫬馬何華膴。
千金營葬舍連雲，鴻文典麗豐碑樹。
春風浩刼幾興亡，而今盡化邙山土。
邙山陵谷亦變遷，隧道爲田碑作礎。
金石文字亦消磨，天荒地老茫無主。
山上古人今更多，山下行人仍旁午。
白日西匿水東流，紅顔難借靈丹補。
所以君子貴留名，不朽有三傳萬古。

杜工部祠在鞏縣東，有故里碑，墓在祠北八里康店。

清淑鍾詩聖，東周舊有祠。謳吟唐代史，風雅後人師。
墓枕邙山曲，門臨洛水湄。瓣香容我奉，願學起遐思。

虎牢在汜水縣西十里。

秀色謝嵩高，嚴關度虎牢。河聲喧廣武，山勢控成臯。
耕鑿銷殘壘，馳驅認古濠。此行良不負，吟興更增豪。

滎鄭道中

滎陽東去盡平川，又策青驄向圃田。
汛過桃花平貼鏡，地鋪芳草軟連錢。
日長犢放烟村外，雨足人耕翠隴邊。
夾道兒童騎竹馬，歸來好是麥秋天。

題師小圃志鵬司馬執菊圖

連年相約駐河干，雨雨風風那得安。
怪底圖中偏寫菊，此花開處正恬瀾。

題程方雨少尉鼎無說詩齋吟草

一卷詩千首，偏右無說詩。自饒絃外意，只許箇中知。
舉世誰青眼，斯人是白眉。馬周曾晚達，遇合會逢時。

工次寄惲子穰受章外兄時在浙宰桐廬。

一年歲事又闌珊，風雪河干未得閒。
却羨故人千里外，西湖當作自家山。

嚴陵臺照曲江清，廿四年前泛月行。
欲乞君家圖一帋，某山某水認分明。

凌汛過劉家口

巨鎮連山左，人家十萬强。路因頻到熟，民爲近年忙。
隄柳新培雪，河流早凍霜。欲籌長治策，事事費思量。

春柳己丑

長隄幾曲馬行遲，春色都從柳上知。
亭結勞勞誰中酒，水流緩緩我吟詩。
影摇線緑風來處，烟鎖金黄月上時。
恰怪漁洋老司寇，一生得意只秋詞。

姚笙華樟同年遺照令嗣曉珊請題。

摘句君曾圖白石，圖寫姜白石詞意。題詩我當哭黄壚。
真靈位業歸何處，却喜蜚聲有鳳雛。

蘭儀途中遇雨志喜

一片春雲起，油然覆萬家。祇緣天愛物，漫道雨隨車。
麥翠添生意，桃紅記歲華。部民盡歡笑，正好課桑麻。

寄賀潘榕皋奕雋先生重宴瓊林七律四首

其　一

壽世人才育沚莪，鴻儒雅望在巖阿。
文章重領耆英會，堂陛同賡復旦歌。
七葉衣冠符鵲印，來詩有“一家七葉忝衣冠”句。
六公名字抵金科。國朝重宴瓊林，江西熊滌齋觀察、宛平黄崑圃侍郎、溧陽史文靖、無錫嵇文恭二相國、大興翁覃溪閣學、與先生爲六。
昇平盛事誰濡載，持校前朝恐未多。

其　二

清卿峻秩鶴書臨，載爲安車降德音。時有旨，加四品卿銜，且以年過九十，詔勿庸來京，即於家拜受恩賜云。
九十高年天子問，三千皇路老臣心。
齒牙尚憶紅綾餤，鬢髮頻抽碧玉簪。
大好衡山書法在，先生法書爲世所重。更將榮遇播雞林。

其　三

諸孫散學舞階墀，爲話書名淡墨時。
家寶右軍天賜帖，先生珍藏逸少天賜帖，如懷素之寶蘭亭。人傳衛武酒筵詩。

含桃禁苑當年樹，老鳳恩波舊日池。
從此勾吳臨頓路，又添佳話入談資。

其　四

河陽華閥扇清風，世葉青箱夐莫同。
自有精神兼潞國，更無温飽到沂公。謂芝軒夫子。
楷模舊仰龍津望，箋疏新傳馬帳功。
我是尚書門下士，江南遥祝杏花紅。

夏論園際唐同年將之涉縣任出都門惜别圖索題見有句云此官雖小繫蒼生覺仁人之言藹如涉邑地僻民貧得慈父母撫字宜何如慶幸乎爰題一絶句

春明話别曾題句，早識蒼生屬望深。
我爲山城民志喜，使君自不負初心。

耆德遐齡頌爲新安程退齋道鋭對翁作并序

積善有餘之謂德，享年攸長之謂壽，壽與德兼之謂福，身享其備而又有名人爲之，後則更福之隆者也。新安誥封光禄大夫程退齋先生少以文學著聲於時，而未極光顯聿生賢嗣。梓庭中丞以儒先之學，紹其家傳，而封翁之名益以顯，闻於天下。今己丑仲夏吉日爲翁八旬壽，曩者慶守新安，會郡志久曠，故事廢墜，余爲勸修，封翁實董其事，適改知潁川幾中輟。幸賴翁與馬漁山太守，督其成，刊竣索序。逮余分巡大梁，受知中丞，庭誥所貽，頗述其政，慶雖不敏，不足副翁與中丞之知，而私忱不可謂非，知感盛遇也。兹中丞家居祝椵介壽，余豈可嘿然已乎，爰推本詩人致美之意，而作頌曰：

新安之程，溯源伊川，繼繼繩繩，子孫攸延，封翁之賢，克紹其先，無嗜欲好，無名利牽，孝蒸家庭，譽靄里廛，寡姊是依，弱弟痛捐，篤摯卓行，爲世師焉，聿生哲嗣，霖雨八埏，楹書有訓，是守是傳，尊其所聞，光緒纘前，國家恩賚，錫類萬千。翁於其時，篤祜自天，壽觴將屆，温綍用宣，振手松喬，繞膝曾元，仁者必報，福禄是綿，成書既泐，郡乘載編，儒者之榮，德人之淵。翁耻浮華，無取侈篇，我慚受知，小言戔戔，敬述徽行，以介耆筵。

童奴文喜呈詩喜而有作

居然學步識門庭，抱月懷風見性靈。
自是主人有詩癖，故教記室得雙丁。老僕張偉亦能詩。

題潘紱庭陔蘭書屋詩集

一卷詩傳綺歲春，彩毫掃盡軟紅塵。
大蘇伯仲承家學，小謝池塘有替人。
沽酒旗亭添韻事，散花佛座證前因。
集名雅著陔蘭字，想見趨庭孝思真。

陳留懷古

外黄古名郡，賢哲多遺踪。孤忠標范粲，至孝推茅容。
卓哉申屠蟠，韜晦甘爲傭。三子者鼎峙，矯矯人中龍。
世教藉扶植，千載欽高風。吁嗟蔡中郎，文藻難爲雄。

許州

許昌孔道駐征鞍，地拓中原得大觀。
亂世君臣輕魏晉，高陽父子重荀韓。漢荀氏八龍，宋韓氏八鳳，俱州人。
遥看古塚松猶在，八龍塚在城北五里。指點荒臺阯已殘。魏晉受禪臺在城南三十里。
二麥登場秋播種，我來深喜部民安。

閱郾城縣重修沙河石堤工遇雨志喜

嵩高峻極醖靈液，播爲雲雨流爲泉。泉分萬派出天息，山名。曰溵俗名沙河。曰汝爲巨川。汝水南流溵東注，唐相饋粟通樓臺。裴晉公度平淮西時，由此河轉餉。亦越元末截渦口，在舞陽境即汝水南流處。合流乃會滍汝全。滍水在葉境合汝。溵陽郾邑古名。城僅大於斗，水來直射西南偏。浪花高捲挾沙走，夏秋夜吼驚市廛。我朝循吏温名德裕，康熙四十三年改磚工。傅名豫，乾隆十七年易石工。李，名瑋，乾隆二十八年重葺鑄犀。經營保障來後先。越今八十有餘載，帆檣利涉民安恬。近年忽犯老蛟怒，漲水大至茫無邊。鐵犀狂鬥折其角，石黿助勢翻深淵。河西南倚城處有漩渦，一土人指爲黿窟，有巨黿，出水大漲，余乘舟親至其處，以長竿探之，不得底，乃覆以鐵鍋而祝之。風敲雨蝕甎石泐，滿城震恐心旌懸。邑宰馬令名應宿。陳情申大府，楊海梁中丞。飛章逕請少府錢。採石鳩工事修築，自春徂夏工復堅。萬級稜稜齊出水，犀立黿伏安狂瀾。成規克復緬前哲，遵守勿替期後賢。遥望嵩雲正濃鬱，用作霖雨膏秋田。

小商橋在臨潁南二十五里，宋將楊再興死綏處，墓在祠後。

小商橋畔峙孤墳，野店蒼涼結陣雲。
金鏃二升隨土化，至今人説宋將軍。

八里橋在許州城西，俗傳曹操餞别處，有廟。肖像情事如生。

勒馬横刀處，曹瞞此送行。君臣原大義，朋友亦常情。
不却綈袍贈，還聽寶劍鳴。橋頭遺像在，勃勃氣如生。

東里大夫祠在洧川縣，朱曲集有岡名東里。

溱洧交流鄭社空，大夫祠在枕岡東。
政成火烈兵俱息，治理絲棼衆欲攻。

慈惠獨邀宣聖許，護持端賴子皮功。
古今論定稱遺愛，一瓣香争奉我公。

尉氏懷阮嗣宗

達人貴任運，隱士多潛宗。阮公哭窮途，毋乃嫌熱中。
詠懷八十篇，音節何從容。沉醉辭帝婚，污俗誰與同。
玩世不可測，獨醒標清風。蓬池有嘯臺，峙此東城東。

蘭館寫照贈汪少尉春泉名英福，時爲余繪鴻雪因緣圖，得七十八幅，爰寫小像於帙首，而此圖爲殿焉。

防河心事等防秋，十日歸來得少休。
一室幽香蘭氣馥，半窗緑影柳絲柔。
腹中俗滿無書曬，面上塵多爲鏡羞。
指點新圖懷舊事，不須投筆覓封侯。

題程方雨鼎少尉課耕圖

錢翁作畫得真趣，寫出湖山一段春。却怪手題招隱句，銜官幾失一詩人。圖爲錢叔美作，時同客余幕，跋中有招隱句，故及之。小駐河干已五年，黄塵赤日鎮揮鞭。披圖我亦思歸去，負郭曾無二頃田。

孟冬二十九日漳河工次聞恩擢按察使命恭紀

安瀾剛五載，丹詔被河干。祖武绳非易，先大父曾任斯職。君恩報更難。身嚴三尺法，心企五雲端。自壬午出守於今八載，工竣旋省。即日具摺陳請入覲。欲盡明刑職，兢兢凛一官。

春日喜雪用尖乂韻庚寅

東風吹出散纖纖，醖釀連朝氣候嚴。
戲海仙人齊種玉，和羹宰相正調鹽。

已欣膏澤敷梁苑，佇聽歡聲滿部檐。
喜極捲簾看不厭，飛花亂撲玉鈎尖。

鼕鼕衙鼓起拳鴉，門外應無來往車。
課女正宜吟柳絮，呼童端爲掃梅花。
高風誰訪袁安宅，豪興還輸党進家。
喜得髯蘇留韻事，心香一瓣合尖乂。

題潘星齋紅蕉軒館詩抄二十韻

梁苑春歸日，披君絶妙詞。烏衣承舊德，鴛掖著新詩。秀得江山助，聲推雅頌遺。簪裾韋杜集，風雪灞橋思。大敵偏能屈，長城莫敢窺。驚人逢謝朓，織錦豔邱遲。觴咏開榆社，園亭敞習池。聯吟編静好，合奏叶壎篪。皮陸飛牋敏，尖乂鬥韻奇。響敲千畝竹，徽應七條絲。各體歸鑪冶，凡材任指麾。卬須懷我友，津逮本吾師。芝軒師第二哲嗣。憶昨來京洛，同欣接履綦。根源徵慧業，卓犖挺英姿。投轄情無盡，推襟誼豈私。清言剛拂麈，别恨忽歌驪。但記汪倫送，能忘叔度離。梅花官閣冷，椒醑歲星移。把卷神相注，含毫意乍馳。蒹葭秋水闊，洄泝欲從之。

鍾仰山昌同年奉使過豫出滇黔紀勝詩相示即題二律

陪宴記瓊林，傾懷直至今。家聲三世笏，清節四知金。攬轡聽輿頌，曾屢奉讞獄查事之命。持衡愜士心。戊子典試江南。皇華欣載詠，星采耀同岑。

叱馭往來勤，詩才更出羣。極清真似水，層出恰如雲。紀勝徵形勢，觀風判質文。諏詢將入告，喜起頌吾君。

楊海梁國楨中丞招同福竹汀克精額都統李靄軒凌雲觀察小獵東郊

中丞邀我出城邊，小隊戎裝結陣圓。
投筆喜當從政暇，揚鞭同到合圍先。

雪欺獵馬寒生足，風掠饑鷹力入拳。
不是承平貪校獵，爲嚴武備靖烽烟。

題王藝齋家相同年夜燭治書圖辛卯

料峭東風吹矮屋，風簷燒爐三條燭。憶我年少附登龍，染將柳汁誇衣緑。回首匆匆二十春，宦遊敢説風塵俗。昨移一帙來大梁，君亦秉節巡淮瀆。昔年同榜復同門，同出蔡申甫夫子門下。一方共事情彌篤。安得餘閒細論文，薄書約當經書讀。紛來旁午駁雜多，反覆披尋日不足。求生不得死亦安，蠟炬每殘人未宿。君年長我閲歷深，衡情决獄宜君熟。庸知心苦感人深，夜燭治書繪成幅。心澈如冰老更勤，何人裘馬空馳逐。倘使勤求挈雁行，爲煩添寫周諮僕。時余權藩篆，藝齋以南汝道來權臬篆。

祝嚴小農夫子六旬壽詩七律八首

其　一

十畝臯園列畫屏，怡雲尚有昔時亭。臯園在杭州城内，康熙間嚴灝亭少司農築，有怡雲亭諸勝，今夫子引疾居之。
閒從池上盟鷗鷺，細向松根覓茯苓。
三竺香烟祝生佛，兩河蒼赤望台星。
暫教安石東出卧，佇見彤書下帝廷。

其　二

立水王尊古所難，每於奇險得平安。
桃花浪穩千金堰，楊柳陰濃八激灘。東河自嘉慶己卯兩岸告潰，堤身多壞，夫子任河督後，逐年增培飭修土牛一律完整，并督補種柳，至七百四十八萬株。
自有誠心格真宰，直教隻手障狂瀾。客歲庚寅上南裴昌廟潰堤，大險。余隨海梁中丞馳往，竭十晝夜力始得搶定。當危險時，夫子立埽上願以身填河，半日無恙，乃甫以事登岸，埽即陡陷。衆目共睹，僉謂神感。
十年中澤無鴻雁，擘畫誰知力漸殫。

其　三

當年嚴武擁旌麾，主聖臣賢重一時。

偉績徧傳書上考，甲申京察一等。夙疴垂問感殊知。丁亥入覲，詢及腿疾。

賜書中秘邀恩賚，上年拜康熙字典及御製初集之賜。錫福東郊仗保釐。年年賜福字，堂中懸挂幾滿。

今日歸扶邛竹杖，河清海晏譜聲詩。

其　四

非徒疏濬得安全，政績時聞萬口傳。

校武勞心同校士，霜降回署，嚴修軍裝申訓練，捐修任城書院，督課最勤。防秋有術勝防邊。治河之道猶治兵。然兵不以四方無事而怠一日之備。河亦不以萬里安恬而弛一日之防，語見《河上防秋圖記》。

長風穩送浮河櫂，霖雨頻逢大有年。竹馬兒童喧笑語，甘棠驛路盡參天。

其　五

政舉還將廢墜修，即論餘事亦千秋。

山中放鶴新亭樹，城上騎鯨舊酒樓。在徐時葺雲龍山放鶴亭，在濟則修復太白樓、浣筆泉、南池諸勝蹟。

鐵畫銀鉤真翰墨，書法晉人，兼工漢隸。輕裘緩帶自風流。

往來軺傳留題久，不獨徐州與濟州。

其　六

旌節花開四照明，膝前雙鳳各飛鳴。

金科玉律文無害，沅芷湘蘭政有聲。哲嗣子通官比部，子高官湖南。培植荊枝還睦族，料量婚宦到諸甥。春風噓拂慈雲護，多少孤寒賴獎成。

其　七

君恩深處敢言勞，引退原非戀徑蒿。
勝業久推雙節重，清名直比兩峰高。
尊中酒綠長生醞，海上花紅度索桃。
想見西湖韶景麗，仙山樓閣奏雲璈。

其　八

龕才到處荷延譽，鈴閣追隨五載餘。

詩爲慈萱歌壽考，家慈六十壽，蒙贈七律八章手書成册。書從函丈悉河渠。余不諳河務，每承詳細指示。

頑金一律經陶冶，遠道何由侍起居。

却羨當年元亮宅，門生子弟奉藍輿。

題宋思堂之睿別駕憓泉書屋詩鈔

西蜀萃詩仙，于今得憓泉。學宗蘇玉局，品逸李青蓮。

出峽增奇趣，遊梁志勝緣。

朱陽甘吏隱，自有筆如椽。憓泉籍四川，時分駐朱陽關，故云。

題潘紱庭曾綬秀才紅蕉館詩鈔

梁苑春歸日，披君絶妙詞。烏衣承舊德，鴛掖著新詩。秀得江山助，聲推雅頌遺。簪裾韋杜集，風雪灞橋思。大敵偏能屈，長城莫敢窺。驚人逢謝朓，織錦豔邱遲。觴詠開榆社，園亭敞習池。聯吟編静好，合奏叶壎篪。皮陸飛箋敏，尖叉門韻奇。響敲千畝竹，徽應七條絲。君精於琴學。各體歸鑪冶，凡材任指麾。卬須懷我友，津逮本吾師。憶昨來京洛，同欣接履綦。根源徵慧業，卓犖發英姿。投轄情無盡，推襟誼豈私。清言剛拂麈，別恨忽歌驪。但記汪倫送，能忘叔度離。梅花官閣冷，椒酺歲星移。把卷神相注，濡毫意乍馳。蒹葭秋水闊，洄溯欲何之。

凝香室詩存卷之六詩客留題

屏藩晉領大中丞，萬物懷新百廢興。崇國文章資母教，沂公志業本師承。千川赴海兼容大，一柱擎天定力能。見説轅門軍吏散，夜深常剪讀書燈。紫薇花下舊仙班，簪筆西園記往還。秋雨懷人辭鳳掖，春風按部入烏蠻。奇峯足底臨千仞，廣厦胸中擴萬間。小吏慚稱詩弟子，一樽猶許共追攀。

壬辰冬日題請見亭夫子大人鈞誨受業吴嵩梁謹呈

凝香室詩存卷之六

壬辰二月九日聞恩擢貴州布政使即赴新任命恭紀

陳臬剛三載，新綸錫自天。籀紅嚴吏職，幢碧問蠻煙。
叱馭原忘遠，持籌正在邊。時楚粤猺匪作亂。羅施宣帝澤，深愧受恩偏。

二十四日起程作

無限難言事，登堂拜母時。衹因承鳳詔，不敢説烏私。
潔養憑妻代，時以路遠留内子侍母寓居汴梁。
承歡喜女知。長女妙蓮保爲母鐘愛，時學詩。
紅梅春色麗，賜扇荷恩慈。母繪紅梅便面，題曰："黔陽路七千，我老不能前。寫梅聊志喜，願爾近高遷"臨行以賜。

留别汴中諸友

相送情何切，臨歧酹一巵。不愁會面阻，只慮寄書遲。
洛下風真樸，黔中俗雅夷。相期各努力，翊贊聖明時。

鄒鐘泉鳴鶴明府送我尉氏朱曲出鄒氏寶翰册囑題

僂指諸僚友，如君未易才。文尊先代古，學爲後人開。
述德承心緒，揚芬驗口碑。臨歧珍重意，握管幾遲回。

過椹澗潁橋有感

有母不能侍，王程迫此行。
澗頭懷拾椹，椹澗在許州西二十里，漢孝子蔡順故居。
谷口説遺羹。橋即潁谷鄭封人潁考叔舊治。
於此見真孝，因之感至情。依依回首望，汴水白雲横。

潁考叔祠

潁水去悠悠，封人祠獨留。遺羹唯一語，錫類重千秋。
不尚危言辨，全由至性投。茅焦能繼美，格主此爲優。

襄城道中

策馬西來别許昌，南行驛路正茫茫。
首山作勢如冠起，汝水盤流似帶長。
循吏祠新隆俎豆，時邑民議修前令佟公昌年祠。
忠臣墓在肅冠裳。前明巡撫汪喬年追剿流寇盡難於此，義士百人從殉。墓在汝水旁。余曾飭禁樵蘇，並請附祀中州嶽瀆祠。
柔桑十畝清陰好，遺澤常懷著作郎。宋范忠宣公知邑事，勸民種桑，時呼爲著作林。

葉縣遇雨

薄午雨瀟瀟，昆陽入望遥。玩龍懷令尹，飛鳥憶王喬。
雲氣涵松嶺，春光逗柳條。輕沙兼碎石，襯我馬蹄驕。

舊縣懷古

赤伏重延漢祚長，漫將遺跡問昆陽。
旌旗有色真人出，虎豹無威壘尉亡。莽以長人巨母霸爲壘尉督兵。

湗水紅流當日血，漢光武大破莽兵十萬於此，斬王。尋湗水盡赤不流。
鼓山青薦此時香。山上有光武廟。輿夫也動滄桑感，指點空山説戰場。

宿搬倒井玉照堂井上爲光武祠，堂在祠左。

白水真人迴不羣，祠前大樹氣氤氳。
堂開玉照標新蹟，道人張克敬新建。
壁繪金裝説舊勳。祠繪雲臺二十八將於左右壁神威奕奕。
自是平流蒙汲福，井在祠前水常滿，上翼以亭額汲福。休將搬倒炫奇聞。
我來記起兒時事，余七歲曾侍先大父過此。不覺低徊到夜分。

博望漢張騫封邑。

漢使乘槎去不還，尚留采邑在人間。
因君惹起封侯想，多少香閨怨玉關。

重過南陽府署感舊

在昔辛亥春，乾隆五十六年。戊子吾以降。含飴大父前，總角學揖讓。束髮親授書，提命戒勿曠。五歲先大父親教識字。祖德厚留遺，小子承靈貺。弱冠捷南宫，珥筆隨天仗。館閣十五年，出守年甫壯。余十八舉戊辰賢書，十九成己巳進士，授内閣中書，改官翰林，充史館纂修提調，年三十二授安徽徽州府，調潁州。七載駐中州，連擢晉廉訪。今也復承恩，郵程經宛上。南陽古宛城。太守喜相邀，殷東橋秉鏞時守南陽，知余舊事，特邀入署。入署春風盪。臺榭尚依然，花木仍無恙。老役聞余來，瞻拜羣相向。府役趙興魁等六人尚識余，内趙自言乾隆戊申奉差赴江南常州府外王父家迎親事甚悉。乳母聞余來，携孫神倍旺。民婦李陽氏，余之乳母也，聞而携孫來謁。頓覺塵懷暢，回思大父恩。風木悲悽愴，述德愧未能。奉職慚無狀，矧兹涖黔中。風俗雜蠻瘴，行矣自勉旃。曷慰蒼生望。

元妙觀感舊

天開紫府影亭亭，小隊南行喜再經。
野鶴不殊當日白，老松仍似舊時青。
鍊丹人去蕉無主，余幼謁汪來燦鍊師於芭蕉院，今早羽化，蕉亦枯。述德碑高石有銘。殿前有碑述先大父德政。
欲訪兒童遊釣蹟，雪泥鴻爪問仙靈。

晉楸在新野城北。

王謝江南去，中原剩此楸。曾經唐甲子，獨識晉春秋。
皮脫孫枝茂，心空老幹留。可憐司馬氏，骨月慘多愁。

懷楊海梁國楨中丞

忠孝褒天語，十年冬諭獎忠孝可嘉。休容納衆長。雄才真卓犖，大度自汪洋。
況我承心賞，頻年荷薦章。此行期不負，奏績凛巖疆。

黄郵聚出河南境俗名黄水河，在新野南四十五里。

地拓中原盡，天開南楚長。舊遊懷宛洛，新路入荊襄。
樹繞黄郵聚，煙横白水鄉。村尚在，漢光武故里。慈雲遥在望，回首意茫茫。

樊城周仲山甫封邑。

嚴城一角枕江流，勝槩平連南雍州。
闠市風華原屬楚，分茅疆索尚稱周。
車聲南北諸方集，帆影東西兩岸投。水陸馬頭西路扼要，以此爲最。
最喜遺黎懷舊德，錫簫社鼓祀樊侯。

渡漢江

嶓冢遠探源，朝宗波浪翻。
東西聯沔淯，襄陽以西爲西漢丹淯諸水入之，東爲東漢淯水，自宛口會之。
南北限襄樊。解珮懷神渚，渡名傳爲鄭交甫遇弄珠遊女處。
沉碑説鹿門。山在下遊，晉杜預南征，曾沉記功碑二於水。
我來杭一葦，欲訪浩然村。唐孟浩然故里在城東。

望隆中在城西三十里。

丞相躬耕日，隆中養志高。襟懷期管樂，割據恨孫曹。
魚水當年過，雲龍此地遭。設非三顧急，星落爲誰勞。

襄陽道中

雨後山泥滑，肩輿去路長。延緣隨漢水，風景愛襄陽。
叔子祠仍在，在硯山麓。習家池未荒。在城南周太守凱重新之。
廻文感夫婿，織錦艷蘇娘。

掇刀石在荊門州南二十里虎牙關，今移廟中。

削魏吞吳志氣豪，天心難挽恨空勞。
虎牙關口嶙玩石，漢月年年照掇刀。

老萊故里

陟屺情長切，乘軺客未閒。偶經高隱蹟，深羡綵衣斑。
斷尾將犧喻，關心看鳥還。敢祈初願遂，秋九侍慈顏。

渡荆江

形勝數荊州，長江萬里浮。風聲喧虎渡，水氣捷龍洲。
屈宋文章伯，孫劉割據侯。興亡同一慨，擊楫渡中流。

道中書所聞見

土氣仍腥溼，民多泣路隅。去夏沿江大水，荊州尤甚。麥秋憐已失，春麥因積水涸，遲未得種。菜色慘難蘇。疆吏勤求牧，楚北大吏屢請賑撫，又議修築江堤，以工代賑，民氣始得稍甦矣。皇恩屢免租。所嗟鴻澤廣，渺渺實愁余。聞説江華地，猺獞正肆狂。紅巾矜術幻，繡面恃巢强。本年正月，湖南江華縣猺匪趙金龍聚衆滋事，以紅巾裹首，並恃其吹水變火結艸爲牛等術，煽惑各硐排猺獞負固九嶷山，擾及兩粤。羣匪愁勾結，災黎慮跳梁。籌邊憂正切，接壤是黔陽。貴州惟黎平府有猺洞，而苗疆則多連界處。

界濟橋湖南湖北分界之所。

楚地分南北，橋從界濟過。紅黄堆壤細，青翠種松多。
處處田通水，層層路盡坡。澧蘭與沅芷，香意近如何。

澧州對月寄内

別後蟾圓矣，南行路若干。長途雖跋涉，弱體幸平安。
作客春多態，離家夢亦寒。惟卿能代我，菽水善承歡。

館前有牡丹一高五尺餘候吏云過此花開主大吉祥屢有明驗今日連放雙花兆應一品請賀姑妄聽之又占一律附寄内子

小軒分得洛陽春，頃刻催開別樣新。

漫道吉祥徵一品，須知富貴本雙身。
桃紅柳緑全無色，魏紫姚黄自有真。
寄語梁園賢内子，好同薇閣證前因。

武陵舟行

一葉輕舟客路長，五溪煙水正茫茫。
伏波已去風雲寂，漢伏波將軍馬援由此征蠻。
夢得來遊艸木香。唐劉禹錫宦遊題詠最多。
地據西南嚴鎖鑰，滇黔門户。江通東北接湖湘。江水直入洞庭接長沙。
此行漸與黔陽近，形勢民風細忖量。

過桃源洞口占二律

其　一

幼讀桃源記，臨風寄想賒。今來浮沅水，洽好問桃花。
春色原無主，秦民尚有家。漁郎迷洞口，誰復話桑麻。

其　二

笑我勞勞甚，韶華逝若流。
十年三宦轍，余於癸未之皖，乙酉之豫，兹又之黔。萬事一漁舟。
村落繁雞犬，風塵走馬牛。仙源隨處是，不必此間求。

桃源篇和陶靖節先生韻

鼓棹問仙源，雲封經幾世。桃花夾岸紅，流水無情逝。
劉蹶與嬴顛，千年任興廢。在昔晉太元，漁郎偶來憩。
洞口透微光，田園廣樹藝。社團聚室家，蠶市足租稅。
童叟共怡然，肅客犬不吠。雞黍見真情，衣冠尚古製。
遐哉靖節翁，作記抱古詣。不願爲秦民，亢激多風厲。
筆底有春秋，書中無年歲。幻境侈神仙，潛身屏知慧。

方今太平時，纜船洲名，傳爲漁郎捨舟處。閟靈界。峰廻翠靄深，溪轉蒼煙蔽。我來山水間，心寄雲霞外。紅樹護遺祠，有祠在洞旁。高風千古契。

穿石一名空舲峽，下有舲經灘。

混沌憑誰鑿，芙蓉半削空。風穿喧爽籟，雲過劃長虹。
地得玲瓏巧，天真呼吸通。空舲名恰稱，妙意悶環中。

水心巖一名夷望山，下爲魚網溪。

魚網溪頭浪拍天，中流翠竦兩峰圓。
蓬壺咫尺人千里，流水桃花意杳然。

甕子洞

到此天俱小，灘高欲上遲。兩崖石作甕，崖立徑仄望若甕口。千丈鐵牽絲。遲觀察日豫沿崖置鐵鍊爲行人牽挽力。
水下如壺瀉，舟來似箭馳。相逢休健羨，會有放流時。

明月滙上有巖，壁立千仞，頂結草庵，兩峰斷處，橫天然飛橋一。

一灣明月滙江瀾，玉闕臨空説廣寒。
百尺橋飛虹掩映，五溪環抱水團圞。
對山帆影真如畫，隔浦漁歌正上灘。
我欲乘風淩絶頂，一聲長嘯彩雲端。

清浪灘謁伏波祠祀漢將軍馬援。

急流亂石互相衝，清浪灘頭廟貌崇。
謗起明珠傷薏苡，威留銅鼓震芙蓉。山名在灘西南。
治家訓切嚴摹虎，報國心雄漫化龍。志載壺頭山石窟有蛇，大百斛，傳爲餘靈所化。

却怪此邦無識甚，宋均不祀祀梁松。史稱將軍征蠻中暑，軍次壺頭，帝命梁松乘傳詰責。松因私爨搆讒，致削侯爵，將軍歿。謁者宋均矯詔招降，羣蠻始定。有朱勃者代爲辨冤，乃復爵。曰忠成，是將軍之功成於均，冤由於松也。詎辰沅江干無宋均祠，而常德府反祀梁松，稱曰梁王，殊不可解。

沅陵舟行

水色山光兩不分，舞青罨緑總紛紛。
插竿漁父争迎溜，土人捕魚多截流布網插竿爲記。
採藥蠻娃半負雲。蠻女苗婦結伴采葯，背負長竹籠，履樵徑如飛。
六槳浪摇魚子碎，一帆風送麥苗薰。
五溪淫毒今消盡，底事江頭尚駐軍。是日，遇貴州兵奉調征猺，乘舟東下。

舟行遇鍾雲亭祥方伯本以滇藩護黔撫，時調江西。

一櫂瀘溪路，維舟遇舊知。建牙君去早，捧檄我來遲。
峒險愁苗衆，民貧苦歲饑。
殷勤求治譜，敢負故人期。雲亭與余幼同學即相契。

瀘溪縣機巖一帶峭壁上架木爲巢家具宛在俗名仙人屋實前代避水避兵處

峭壁何年闢，巢居結構稠。分明排竈具，縹緲等神樓。
漫説仙靈宅，常懷燕雀憂。時清無可避，瞻眺任中流。

丹山在辰谿縣對岸，峭壁插江中闢一洞，上有寺，爲果老仙翁鍊丹處，寺旁又有鐘鼓、沉香二洞，其下爲辰沅二江合流所。

輕帆一葉問牂牁，碧水丹山冉冉過。
辰沅交流江浩渺，樓臺高聳石嵯峨。
洞中有洞真難測，仙去無仙可若何。
此地紅塵飛不到，蓬窗相對且高歌。

鸕鷀灘

灘以鸕鷀號，天然亂石成。點波如立待，捲浪作飛鳴。
人向奔流曳，舟穿裂罅行。浮鷗閒適甚，相對歎浮生。

得潘卧園煥龍明府寄懷作依韻奉答

扁舟一櫂武陵春，舉世誰扶大雅輪。
黎火然青推太乙，卧園以校書武英殿得叙。柳詞飛白感迂辛。
雲封嵩嶽遥懷我，月滿湘波静憶人。
宦海浮沉同一慨，萍踪歷歷手频掄。

芷江舟行

山漸平於樹，江仍怒作花。舟行千里遠，纜引一行斜。
桐蕊團紅雪，芷香郁翠霞。個中仙吏駐，應得飯胡麻。

龍津橋

在沅州府城南，長七百丈，寬十三丈，左右架木爲屋，列市肆人行其上，不見江水，下列十五橋洞通舟楫，志稱前明僧寬雲創募修建。

龍津誰創建，鹿苑一僧高。雁齒排椿密，魚鱗置屋牢。
北行帆叠叠，東下水滔滔。我獨西南去，慈雲仰企勞。

黄猴灘

沅江巨險，相傳水底有洞，猿仙居之。

雪浪拍天浮，英靈説石猴。灘聲争洞口，人力注篙頭。
纜退驚横引，檣欹駭倒流。寄言司水者，利涉是真修。

晃州舟行

危灘剛上盡，晃郡好揚舲。瘴重山雲溼，溪深水氣腥。
關心參犬俗，寓目怯鳩形。指點黔中路，前途到玉屏。

舟行入貴州境

曉來鼓枻玉屏東，黔地山川到眼中。
一線溪流千萬轉，四民言語兩三通。
鈎輈犵鳥如相識，躑躅蠻花任意紅。
我欲乘時宣帝澤，自慚無術起哀鴻。

聞鷓鴣啼有感

深林細雨喚哥哥，靜聽禽言信不訛。
漫道行人行不得，名繮利鎖絆來多。

抵鎮遠

萬里牂牁路，余今仗節來。地當三楚盡，山爲百蠻開。
撫字憐苗衆，安邊重將材。虞廷千羽格，宣化愧舞才。

文德關俗名油榨，爲入山首站。

到岸舟初舍，延緣又入山。盤旋如蟻附，直上效猿攀。
白擁雲三面，藍拖水一灣。忽驚風雨至，轉瞬落前關。

想見坡

相見遥相望，盤陀卅里高。陡崖驚崱屴，曲徑歷周遭。
漫道輿中苦，翻思舁者勞。山形參首尾，小立聽松濤。

飛　雲　巖

靈石何年長，巖飛直是雲。紛紛花欲墜，叠叠葉難分。
大海莊嚴相，長空糾縵文。爲霖端用汝，作勢正氤氳。

清平重安江、七里谷均在境内。

叱馭休誇九折雄，羊腸直入萬山中。
流雲忽灑當頭雨，絶壁吹還撲面風。
江限重安波罨緑，谷銜七里石堆紅。
汴雲日遠頻回首，策馬何時更向東。

牟　珠　洞

洞以牟珠號，天然結構奇。
蟲魚喧梵唄，龍象示威儀。洞中石乳凝結成象。
路轉當鳴處，旁有雷鳴洞。門圓月照時。洞項有大竅。
此中精妙意，未許外人知。

抵　貴　陽

細雨溼前旌，鳴騶抵會城。有天偏號漏，無地可言平。
宣化期從俗，防苗貴得情。自慚難盡職，祇效此丹誠。

贈劉叙堂秉彝布衣

仙源山水武陵奇，鐘毓清才重一時。叙堂籍武陵，黔遊四十餘年，屢襄軍幕。
草號怡雲人亦醉，著有怡雲豪於飲，别號醉侯。
圖傳惜玉筆生姿。惜玉詞爲亡姬夏氏作，哲嗣作梁夏所出也。
前身明月憑君證，滿腹黔風是我師。
相見恨遲相贈雅，名花兩鉢一編詩。

新霽登黔靈山

新霽露芙蓉，晴翠不可狀。高據西北隅，永峙黔中障。
駕言作俊遊，出郭屏供仗。延緣到半山，已覺襟懷暢。
小憩亦雲棲，亭名。宛是西湖樣。竹隱日華幽，泉激松濤壯。
古寺有傑閣，高矗雲霄上。俯視千峰雲，隨風仍滉漾。
奔流亂注田，溪水添新漲。此雨正及時，喜慰吾民望。

觀百盈泉

潛流滙方竇，山後通靈泉。消長應百刻，盈百名乃傳。
在昔田山薑，扁勺留遺篇。言越竹林下，險徑隨雲穿。
徙倚坐泉上，俯視盤渦旋。泉落石齒齒，石没泉涓涓。
循環有至理，潮汐合自然。題名滿石壁，蘚蝕成雲烟。
惜哉閟巖阿，利用難濟川。

中秋夜劉叙堂招集翠微閣在城南甲秀樓旁水月禪院。

甲秀樓前秋色清，相邀小酌趁新晴。
送瓜人過花留影，黔俗於是夜月下爲無子者送瓜。鼓吹前導，中結綵亭，後扮一艷妝婦女隨之。攀桂風來樹有聲。
悟徹冰壺無罣礙，笑看鐵柱説勳名。樓前樹鄂文端公、勒威勤公平苗紀功鐵柱各一。
浮沉宦海年年事，那得中秋作此行。

題嵩曼士溥中丞不亦園圖

寇公無地起樓臺，生面偏從畫裡開。
流水過橋浮綠去，好山排闥送青來。
萬間廣厦憑心造，千樹名花信手栽。
世法如雲都掃盡，洞天彈指即蓬萊。

秋夜對月獨酌

紫薇花下沉沉夜，官閣羈棲强作歡。竹筒茅臺均苗酒名。苗寨酒，刺梨花紅，果黄，狀如木梨，味甘酸。拐棗即枳椇，俗名雞爪，味甘如。瘴鄉盤。自憐客淚思親墮，還取家書對月看。忽聽秋空一聲雁，舉杯煩爲報平安。

登署後翠屏山

判牘有餘閒，登臨到後山。緩行紅樹下，獨立翠屏間。

今歲喜新稔，斯民化舊頑。奚婆巫名。歌且舞，知是插香還。苗俗尚鬼，秋成賽社謂之插香，以老巫主之，每日夕踏歌歸來，羣兒相隨，婆娑爲樂。

冬日偶吟時護撫篆。

鼓角轅門早放衙，焚香小坐静無譁。

勳名夙仰西林業，鄂文端公總制滇黔，成改土歸流，功爲苗民利。治譜欣傳東海家。田山董先生撫黔治績，著有黔書。

勸學莫輕書帶草，黔士每不治經，余特勸之。課民休種米囊花。上遊山地近年多種罌粟，熬鴉片。余到即示禁，并獲八十餘案，奏論如律。

刀耕火槈勤爲本，黔中地瘠民貧，而升科之例嚴於滇粤，以故憚於墾闢，胥吏又從而勒索，田多不治，且查十七年來升科銀僅三兩，米僅六石，乃具章陳明，請免。得旨允行。願與黔黎樂歲華。

得長女妙蓮保寄詩喜而有作

鈴閣森嚴久廢吟，英雄兒女兩情深。
吾家不櫛添才子，一幅花箋抵萬金。

題郎蘇門葆辰畫册十二同祝阮雲臺先生七十壽附原序

魏公先兆

揚州芍藥有紅瓣而黄腰者名金帶圍，此花見則城中出宰相。昔韓魏公守廣陵時見之，後爲首相，其驗也。吾師家揚州，通籍後，歙歷中外垂五十年，今已位極人臣，益見爲蒼生霖雨。韓魏公不得專美於前矣，寫此奉祝。

揚州花樣占芳菲，誰把黄金鑄合圍。
不羨萬釘傳寶帶，直教一品試仙衣。
烏紗自昔曾簪鬢，魚袋從今又賜緋。
記取廣陵開宴後，相公事業邁前徽。

白傅前身

白香山牡丹歌云："千片赤英霞爛爛，百枝彩艷燈煌煌"，真富貴氣象。師誕辰正月二十日，與香山同，常題牡丹詩有云："花是人間第一花"，又不僅以富貴見，因作白牡丹以況。

如此丰神絶代無，却將濃態淡描摹。
此花一品神仙種，寫入前番九老圖。
前身應是列仙班，富貴生成若等閒。
春滿十分紅不艷，風流想見白香山。

桂窟秋高

乾隆丙午，吾師舉於鄉，出朱文正公門下，名噪一時，後十年視學浙江，常於秋試時作桂蕊詩有"濃意半生含雨後，清陰都在試香前"句，似爲舉子作。

最將風味念家鄉，折向肩輿石路長。
褋樹陰中燈影亂，一枝佳桂發天香。

小窗紗影細如烟，惟見金波著地圓。
且向今宵探消息，清陰都在試香前。右二首集琅嬛仙館詩畧及文選樓詩存句。

杏林春早 唐進士杏園初會謂之探花宴，擇少俊者爲探花使。師成進士時方二十餘，當簪花時，想見温公雅度也。

水邊林下花初胎，緇塵百斛無能埋。
花爲我開留我住，赤城又見霞標開。
記否空林春未到，拈得一枝合微笑。
緩緩春光湛湛晴，儘教對鏡層層照。
緑榆翠竹相交參，不須誇署尚書銜。
薄寒小雨燕支溼，看花幾度來城南。集琅嬛仙館詩畧及文選樓詩存句。

神仙品格 師雨後過瀛臺詩云："青鳥拂雲歸閬院，白魚吹浪過蓬萊。"真神仙境界，因作水仙以志慕。

同詠霓裳輩，香名獨占先。雲霞三島地，雨露九重天。
瑶蕊春如海，瓊枝福是田。披來衣一品，添到竿千年。
杯捧黄金嫩，裾裁翠水鮮。無塵花皎皎，有韻月娟娟。
冰雪非凡骨，蓬萊自夙緣。西池結高會，試看宴羣仙。

桃李門墻 嘉慶己未，師典禮闈，所得皆梁棟器，官居一二品者不可數，以後新進大半門下門生，桃李之盛極矣。闈中曾有句云："文章昭代盛，淵藪盡充嬴"，信然。

滿城桃李艷朝陽，勢作參天百尺長。
日下近沾新雨露，雪中曾立舊門墻。
自經親手十年樹，唯見傾心一瓣香。
最是春風披拂處，出山小草也芬芳。

書縈帶草 師撫浙時，於西湖設詁經精舍，與諸生講明經學，祀康成焉。一時從遊者無不宏搜博覽，發爲文章，皆師之教爲之也，因寫書帶草以記其盛云。

青青庭草書帶長，得尺得寸隨心量。
綸或似綸組似組，爾雅之説非荒唐。
昔聞康成講經處，不期山下門前路。

采得金莖結縹緗，插架參差緑無數。
詁經精舍公所治，多士當年問字時。
第一樓開湖水上，倚欄近接蘇公祠。
因憶蘇公詩句好，借取蘇詩爲公道。
使君疑是鄭康成，庭下已生書帶草。

香定荷花

師著有《定香亭筆談》，亭在浙江學署，取“風定荷花自在香”句名之，每集文士亭中常有詩云“蓮花過雨清宜畫，蘭箭臨風韻似詩。記取丁年秋七夕，定香亭上晚涼時。”

亭下荷花亭上客，幾人作畫幾人詩。
一番興致清如許，想見論詩讀畫時。
説詩最好解人頤，解語花應也解詩。
匡鼎乍來花已笑，定香亭上筆談時。右二首均步原韻。

樓開文選

隋文選樓在江都，今爲師藏書處，曾有詩云：“我念選樓下，廊虚窗復深。詩書秋客意，金石古人心。自我開門去，是誰憑檻吟。却留經詁在，聊復擬珠林。”又云：“六載遊蹤未到家，春時每憶選樓花。”蓋詠蠟梅，故寫之。

宦遊數十載，每懷選樓花。選樓何翹翹，梅開黄金葩。
樓中何所有，碧幮蒙輕紗。爲設九經庫，豈惟書五車。
朱黄標卷帙，五色標雲霞。琅嬛本福地，今世誰張華。
惟公大手筆，燕許不足誇。筆鋒挫犀象，文陣騰龍蛇。
鑑古寶有臺，摹古錐畫沙。翩翩佳公子，亦復意可嘉。
青緗永世業，考古窮幽遐。選樓在何處，邗江天一涯。
行馬了不施，花木連雲斜。遥見蠟梅樹，江左藏書家。

閣啟絲綸

本年晉協辦大學士，仍留雲貴總督之任，即以頌世掌絲綸，濟美也。

秋夜沉沉，黄閣初開，玉宇新晴。想絳雪叢中，一彎碧月；紫薇花下，幾箇黄昏。杜牧吟餘，香山詠後，誰伴花枝第一人。今年有人間壽佛，天上文星。

者番瑞露輕盈，覺官樣、花光分外明。憶拂面紅塵，許乘官馬，滿身花露，還聽宫鶯。曲和南薰，詩吟東閣，五色文章晝錦成。君恩渥，看絲綸閣啓，旌節花榮。調寄沁園春

甘棠誌愛

师歷任浙江、河南、江西中丞，兩湖、兩廣、雲貴制府。本文章爲經濟所到，欣欣向化。葆辰浙人，向沐裁成，回憶芹藻宫墻，不啻甘棠之爱，推之他人可知矣。

言念君子，邦家之光。敷政優優，以绥四方。
君子至止，心乎愛矣。我车我牛，谓之載矣。
思樂泮水，绥我思成。烝我髦士，懷我好音。
彼都人士，壽考不忘。爲此春酒，稱彼兕觥。
兕觥其觩，以引以翼。無小無大，欲報之德。
作此好歌，烝然來思，蔽芾甘棠，何日忘之。
集葩經六章章四句

芝柏延齡

漢官儀正旦以柏葉酒上壽，易林云：文山紫芝，雍梁朱艸，生長榆氣，福禄來處，然則柏能益壽，芝可延年，兼繪此晚節黄香以爲天下慶，蓋將與斯民共躋仁壽也。

瞻彼柏林，老幹千尋。遊彼芝田，仙根九莖。
柏兮森森，節高則貞。芝兮煌煌，色紫則靈。
維柏可釀，氣冽以清。維芝可餐，味甘而平。
賦柏者誰，魏徵德音。采芝者誰，商山歌聲。
維柏與芝，服食延齡。花兼益壽，以頌長生。

癸巳二月十六日聞恩簡湖北巡撫命恭紀

鳳詔來天上，殊榮被小臣。節移三楚近，衮繡五雲春。
控扼荊襄要，蠲除江漢頻。顧名期盡職，何以撫斯民。

劉叙堂秉彝骆曙霞邦煜江啟同會招遊扶風山水口寺置酒餞别即席賦贈

欲别難爲别，良朋喜見招。移尊當水口，選勝過山腰。
蹤蹟隨緣合，情懷借酒澆。楚黔原咫尺，後會豈云遥。

扶風山慧公房題壁

支遁巖棲處，偷閒喜再經。峰圓螺作髻，山形似螺，俗名螺螄，僧慧先開，山改今名。春暖雀開屏。慧先畜孔雀，是日開屏三次。
世法如雲掃，山光放眼青。來朝理行策，半日暫留停。

留别黔中士民

杏花風裏客登程，士庶相邀阻我行。
峒錦裝成詩一卷，陳巽、鄧玉峰、劉懷憲、王銘盤、吴桂芳各獻詩。椰瓢貯滿酒三觥。耆苗阿乜率苗民祖道，項瓢奉酒。
陽明學業龍場驛，諸葛勳名銅鼓營。
勝蹟常留宜景仰，休將别淚向予傾。

圖雲關

建節尋來路，圖雲第一關。輕寒三月雨，春色百巒山。
此去朝天近，當空見鳥還。馬前諸父老，切莫再追攀。

龍洞塘留别諸幕客

蓮幕多君子，相邀此送行。松風翻蓋影，澗水作琴聲。
謬附知音雅，難酬餞别情。客中須珍重，努力事身名。

雲頂關

仰視天無雲，俯視雲在足。雲山莽萬重，不辨來時路。

江西坡何翁花圃翁名一枝，樹木爲業，尤善養魚種花，蓋隱者也。

松杉覆逕翠陰遮，中有山人善種花。
過客往來争艷説，竹籬茅舍燦雲霞。

魚梁江在西陽驛東。

兩峡矗層霄，中横百尺橋。漲喧新過雨，水活暗通潮。
人馬熟忘險，魚龍静不驕。前途問陽老，坡名。山驛入雲遥。

鎮遠登舟

到此登舟去，行蹤説舊年。春風天上坐，波月鏡中緣。
烟景仍如昨，人情却勝前。欣欣看僮僕，妙悟自超然。

重過報母溪有感在青谿縣西。

去年鼓棹南來日，正是桃花漲滿時。
灘號顯靈在玉屏東。愁遠道，溪名報母動深思。
汴雲黔樹遥相憶，水驛山程到恐遲。
今日北行親色笑，承恩何幸遂烏私。

五溪水漲乘流東下喜占六律

其一

篷索全無用，乘流得大觀。千花翻急浪，一葉下驚湍。
路記來時險，江看此日寬。巨魚欣得水，大王灘口放巨鯉一。爲我報平安。

其　二

東行三百里，暮色已蒼然。西穴藏書地，在辰溪，俗名丹山。辰溪罨畫天。

洞中還有洞，仙外豈無仙。山有華妙、鐘鼓等洞，爲善卷果老修真之所。爲愛船頭月，高吟夜不眠。

其　三

昨夜蛾眉月，蛾眉灣在浦市。烟波分外清。今朝沅陵水，宛在鏡中行。古樹壺誰挂，碣灘東巖有樹倒垂，上懸壺一。沉香船尚横。機巖半壁微凹處皮一小舟，約長丈許，土人謂爲沉香船。榜人説仙蹟，一一問分明。

其　四

飛鳥不能渡，馬伏波將軍《武陵歌》中句。余偏來往經。浪喧千石立，風起一江腥。

淫毒今消盡，帆檣那得停。倩誰三弄笛，清浪灘相傳爲爰寄生吹笛，馬伏波和歌處。吹與老龍聽。

其　五

桃花原有約，今我喜重來。漫鼓漁郎棹，還捫遷客碑。劉禹錫碑仆蔓草中，余赴黔時命道人樹之。

灘聲前路静，過此無險灘。山影此間開。不盡滄州意，淩波獨泝洄。

其　六

風信楝花柔，溪頭記放舟。已經三郡境，直作一旬遊。三月初十，鎮遠登舟，歷思、辰、沅三府境，十八日抵常德府。

屈指梅逢夏，十七立夏。關心麥報秋。黔山千萬叠，回首翠烟浮。

流花口放舟

口號流花水徑紆，隨流宛轉去徐徐。檣風高處來青鳥，地近洞庭有神鴉護送，每大風來或飛或止，榜人投以飯團脩脯，口銜如應。桃浪肥時躍白魚。湖心有魚躍起，高丈餘。港汊縱橫愁地險，村居荒落歎災餘。我來隨處參形勢，欲起哀鴻愧術疏。

四月十日按事荊州聞恩簡南河總督馳驛赴任命恭紀

荊營方駐節，時奉命會同訥近堂制府查辦荊州駐防馬案。恩命降天中。防凛洪湖險，漕憑運口通。

簡書催叱馭，竹報訊驚鴻。欲盡公私義，陳情達帝聰。時得家信，知慈親在豫患病，謹具摺乞假五日，由河南驛路馳赴江南。

凝香室詩存卷之七

甲午霜降節奉命代祀河口黄襄濟王朱佑安侯恭紀

河湖轉漕賴平安，余自癸巳十月署任，至是一載。享祀精虔會庶官。篆裊御香輝俎豆，時頒到藏香十炷。雲開神座肅衣冠。直將河嶽英靈氣，幻作風雷法象觀。時重修，配享各神像甫成。同是本朝臣子列，襄濟王諱之才，籍偃師。佑安侯諱之錫，浙江進士，官河督，均國初人，殁爲神。効靈應共祝恬瀾。

題湯雨生貽汾都督母楊太夫人吟釵圖

往事悲涼不可尋，孤兒忍復對釵吟。
玉釵易折心難折，忠孝全憑不折心。

憶昔承歡慈母前，毘陵名閥舊稱賢。
遺詩采得曾登選，開卷而今倍憮然。先母曾録《斷釵吟》，入正始續集卷中。

豫厚庵堃尚衣錦峰校士圖

工商羣頌德，作養到賢材。館爲娱親啓，庭因課士開。尊甫緘齋先生親校甲乙。
錦峰雲燦爛，滸墅水瀠洄。自得文章妙，端推補衮才。

張仙槎寶布衣出示泛槎圖即題二絶句

先生本是地行仙，踏遍人間路萬千。

五嶽歸來圖百幅，漫從鴻雪認因緣。

我曾管領百蠻山，獨惜先生未往還。
五老何緣留一角，願將老壽祝荊關。圖中有平越州叠翠山五老峰，故及之。

富海帆呢杭阿中丞松陰補讀圖

把卷坐松陰，公餘静味深。陳書儒者事，思補大臣心。
謖謖聞虚籟，琅琅振遠音。楚黔棠蔭在，許我得追尋。公曾藩黔撫楚，余均得步後塵。

朱椒堂爲弼漕帥出其先仲嘉先生入蜀省親圖見示恭題一律乙未

蠶叢天下險，省覲溯前賢。一去七千里，相違十八年。
棧雲圍匹馬，峽月聽啼鵑。留得遺圖在，清芬仰世傳。時椒堂擬輯《誦芬集》，故云。

椒堂又出其所藏先人畫竹囑題

琅玕千尺影縱横，逸韻蕭疎墨氣清。
悟得詩中空隱意，山僧原合不留名。原畫係贈某上人雙欵後洗去。

經注經齋椒堂齋名。重藝林，一詩一畫費搜尋。
盥薇更讀新安集，想見儒臣述德心。朱氏系出新安椒堂，曾手編成集，故云。

阮梅叔亨先生珠湖漁隱圖

甓社湖頭路，烟波接遠天。珠光應似昔，釣具且隨緣。
不作塵中夢，真如海上仙。舊圖聞射鴨，南北合同傳。

英煦齋夫子孫錫子受祉改官翰林題詩志喜恭步原韻奉賀

忠孝傳家食報宜，欣看喜氣溢門楣。

五花叠荷芝泥寵，四葉争誇蕋榜奇。成哲親王曾爲夫子書“祖孫父子兄弟翰林”額，兹潘芝軒夫子贈詩，又有“三朝四世承恩澤，父子曾孫五翰林”句，真從來未有。恩福堂夫子堂名。開綿世澤，清華額賜及孫枝。嘉慶甲子，夫子官掌院學士，仁廟駕幸翰林院，特賜“清華勵品”額焉。祥徵吉夢科名起，原詩有“示夢深宵親子舍”句。漫道登瀛接武遲。自文莊太夫子以來，以子受二十七歲館選爲稍遲。

紀恩三度誦鴻篇，嘉慶辛未奎芝圃耀、甲戌奎玉庭照相繼改庶吉士，夫子均有詩紀之。盛事傳來近百年。文莊太夫子以乾隆丁巳入翰林，今九十九年矣。請業遞聞詩禮訓，受經羣説子孫賢。聲華繼起尚書杏，錫琢山章去秋又舉京兆。風雅頻開學士蓮。我本葭莩兼弟子，槐廳獨愧未分氊。

嚴儒人四十貞壽詩并序

儒人爲錢塘明經王以炤室，王早殁，儒人矢志抱栗主成婚，遂歸夫家，代供子職，閲二十載如一日，今儒人年甫四十，翁姑均開七秩，殳生慶源爲叙其事，請題焉。

卓哉嚴氏女，畸行比共姜。栗抱千年恨，蘭修廿載長。黑頭甘苦節，彤管表孤芳。貞静斯能壽，冬青花自香。

李小叙鍾杰貳尹問秋圖

三世交深感舊遊，喜君冠玉自風流。

桃源深處多佳致，時安硯桃源。願問春光莫問秋。

李蘭卿彦章同年修三十六湖樓成邀登其上并出許定生淑慧女史湖樓圖索題即席率占二律

新堤一曲護祠堂，樓在貞應祠左，甲午夏，余見祠後地窪囊水，命撈水中土，築成月堤以護祠，基工甫竣。小築湖樓對水光。蘭卿觀察創建此樓，即督工員，沿堤植柳，就池栽蓮，遂成巨觀。春色十分三月暮，烟波四面萬帆張。題詩且喜聯名士，作畫端宜倩女郎。插柳栽蓮風雅甚，知君經濟在宣房。

憶昔新安綰郡符，曾經信宿駐天都。百千萬轉溪流疾，三十六峰雲海殊。甲申秋余遊黄山，曾寓紫雲庵三十六峰精舍樓上。一自服官遊楚豫，而今建節領河湖。朅來洞啟樓窗望，近水遥山總舊途。

徐夢舲明經春風遐曠圖

緑烟紅雨織山青，着箇詩人字夢舲。
自是君身有仙骨，用杜句。黄粱未熟已先醒。

和梁芷鄰章鉅方伯奉召北還原韻

爲承丹詔束裝輕，不敢林泉戀舊盟。
鳴鶴在陰誇並和，時長四兩公子侍行。飛鴻漸陸快長征。
暫停蕭寺躅陳恙，過清江時以疾暫寓普應寺。且易扁舟慰衆生。甫小愈，力疾急行，羣勸易舟。
淮海至今留治績，曾任淮海道。濚洄秋水送行旌。

問訊烟霞往復還，遥聞天語下仙闗。
才華久已推三絶，事業於今見一斑。
荊楚我曾聞令譽，余按事荊州，聞公守郡時多惠政。吴松民喜見君顔。公任江蘇方伯治功具在。
岫雲本是爲霖用，那許從容住故山。

乙未冬陶雲汀夫子述職入都恩賜御書印心石屋額摩崖既成繪圖徵詩恭紀四律以賀

巖巖都梁山，雙闕何雄峻。浩浩資江流，印石何朗潤。安化山來脉起於都梁，資江出焉。印心石在江中，距陶灣里許。
間氣毓名賢，早歲聲華振。一德契君心，事事心相印。

憶昔趨庭時，結廬深樹林。幼學而壯行，詩禮爲官箴。贈翁設帳江干，夫子隨侍。此爲齋額。
今兹入陳謨，垂詢恩何深。飛白灑宸翰。砥礪堅初心。

寵遇溯從前，誰賜舊齋額。矧奉擘窠書，詔許摩崖壁。初賜齋額，越日又賜大字額，名“摩厓資江”，真異數也。
再拜徑持歸，那復簡書迫。中路忽回車，行次河南鄭州，聞俞陶泉都轉出缺，系念鹽務即日奏明折回。臣心貞介石。

皇天鑒丹忱，江境胥蒙福。按部衣錦還，五月赴清江，督催重運。六月赴狼山閱武。七月巡閱江西，始便道歸省。焚黄昭式穀。
輝映及金焦，時在二山摩厓。光榮遍邦族。四字焕龍章，千秋傳石屋。

登雲龍山和陶雲汀夫子題壁韻丙申

蟠龍山勢擁徐州，此日登臨最上頭。
亭可試衣風浴好，試衣亭在山半。人因放鶴姓名留。放鶴亭在山頂，爲宋山人張天驥放鶴處。
舊疆遥指淮通汴，往事休論項與劉。原詩有“鄉里無情鬥項劉”句。
却喜吾師先駐節，巡行籌策奠黄流。

謝佩禾青山别墅圖

圍碁風度懷安石，躡屐遨遊羡永嘉。
今得文孫圖别墅，青山端的屬君家。

送蔡桂山天培司馬之姑蘇即次原韻二首

轉瞬流光感卅年，誦君贈句爲君憐。
囊花未放江淹筆，擊楫空加祖逖鞭。
與我相知袁浦月，惱人離緒白門烟。
一帆風順金閶去，好向滄浪結勝緣。

憶昔相逢總角時，而今兩鬢各成絲。
防河幸奏安瀾績，指水尤深感舊思。
渡口雲迷當日路，堤邊柳長去年枝。
贈君借取青青意，天假春光定不遲。

金山望月歌

天地廓如兮境空明，山比底柱兮頌平成。
月明如晝兮江流有聲。

江行閱工口占二絶贈江防鍾挹雲承露太守

攔江大壩亘長虹，浩浩狂瀾直向東。
漫道嚴城真鐵甕，非君保障不爲功。

江南山色緑迢遥，且喜相邀趁晚潮。
信是君身有仙骨，冰銜故許領金焦。

丙申六月二十日巡工泊焦山

江淮歸宿處，遥指海門關。翠影攢如髻，清流抱若環。
沙洲參遠近，潮汐悟回還。不盡遊觀意，乘風到此山。

放鼉歌示借庵上人性源方丈

滄海有老鼉，方首四足具。龜紋而龍形，横飛破雲霧。
一旦失所依，竟受小兒錮。余特憫其窮，贖以當千布。
巡江携之來，鼓棹臨瓜步。樓閣簇金山，輝映郭璞墓。
景純本鼉精，舊典紛可據。我欲即縱之，會爲守者誤。
爰載赴焦山，縱使江心去。鼉也始洋洋，昂首屢回顧。
以泳且以遊，洄溯山前路。復載以輕舠，置之象山渡。
鼉也先馳回，依然來故處。或云氣力微，不敵江濤怒。
或謂已通靈，願依仙山駐。佛説好因緣，欲解不知故。
回頭問大師，一笑參禪悟。乃投放生池，深潛得所附。
即此作布施，願得大師護。

三詔洞題名

三詔高風古，兹山永属焦。閒雲封洞口，遺像肅山腰。洞内肖焦先生像。
寺隔東西嶺，江通早晚潮。我來分半壁，也許姓名標。

别峰庵

翠靄接深林，蕭蕭萬竹森。就中開石徑，斜下過山陰。
塔影隨烟直，波光帶霧沉。憑欄一吟眺，总却在江心。

由吸江亭至海門庵

載陟崇椒上，空亭拜佛龕。直臨青玉隖，轉入海門庵。
山隔紅塵遠，樓藏緑影酣。此真清净土，我亦欲和南。

定慧寺方丈

梵王宫殿振簷鈴，曲逕西來别有廳。

怪石奇於尊者相，枯松瘦作老人形。

繞廊偏誦題襟句，曾賓谷都轉邀題襟館，客人日集焦山詩，王夢樓先生書石。補壁還看瘞鶴銘。尚存七十七字。

鼎色鑪香俱古澤，寺藏周宣王賜南仲鼎、漢定陶鼎、錢鏐王金塗塔磁鑪等。摩挲半日暫留停。

自然庵坐雨

人坐小樓聽，瀟瀟雨乍零。雲横京口白，天入海門青。
倏忽傾盆急，蒼茫帶水腥。如何喚渡者，隔岸未曾停。

天然圖畫對月

雨過天如洗，浮雲一掃開。晚潮門外轉，涼月夜深來。
山影仍三叠，青光散九垓。自然空濶甚，何必妙高臺。

松寥閣

曉望松寥山，暮宿松寥閣。滚滚俯江流，不見風濤惡。象山踞西南，翠影當窗落。遥指圌山闗，如薺帆檣泊。沙洲七十二，天然嚴鎖鑰。承平二百年，正氣讋鯨鱷。山左有三溝，引淮歸大壑。璧虎與鳳凰，二橋名。宣防通脉絡。今歲淮水强，先期煩相度。既見稻孫稠，更喜江潮弱。底績徵會同，寸心得至樂。坐此一開懷，天宇何寥廓。信宿有前緣，解衣任盤礴。閣建自前明，幾度重丹堊。空有松寥名，却爽山靈約。我欲問湛公，閣係前明湛上人福建。惜哉不可作。明發又將行，且對江波酌。

將行風雨大作仍留宿

信宿焦仙嶺，清遊願已伸。江山偏戀我，風雨又留人。
吹浪魚争聚，窺簷鳥亦頻。有情即妙諦，應是再來因。

仰止軒觀楊椒山先生墨蹟敬題

山名雅相合，遺蹟此流芳。字挾風霜氣，文争日月光。
蚺蛇空有膽，鐵骨不隨楊。珍重留雙卷，詩僧好護藏。

王西舶兆琛同年督運過浦贈朱素人本太常仙蝶圖即題二絶句以謝

其　一

屢從仙蝶證前緣，計自先皇辛未年。嘉慶十六年，余直薇垣始見仙蝶。己卯冬，又見於惠榕圃侍郎園中繞余衣袖，榕圃曰：“是盖與君證緣也。”翌辰果至余家。道光戊子至河南道署十七日。癸巳冬来清宴園五日，近年每二三至焉。祇恨傳神無妙筆，未曾花底寫翩翩。

其　二

是誰繪影善描摹，佳話雙傳金與朱。圖爲嘉慶壬申秋八月金蘭畦先生倩畫史朱素人作。記稱作畫時素人以未見爲憾，忽仙蝶翔集石畔，金目四足，燦爛異常。旋去，又同一蝶來，飛翔馬櫻花下，觀之逼真，即之有二。又英煦齋夫子《恩福堂筆記》亦載有二仙蝶臨幕次，事姑俟考。

吉兆君徵滕閣主，蘭畦先生曾任江西巡撫，以故圖内翁覃溪先生題詩有“金公舊爲滕閣主”句，今西舶官江西糧道，請即以此爲頌。留緣我幸寶斯圖。

題嘯溪上人秋林行脚圖

參遍叢林萬里山，西湖秋老一僧還。
地從碧海珠江外，人在丹楓石壁間。
錫杖自飛參净業，蒲團誰坐破禪關。
南屏我亦曾遊處，嘯溪净慈寺僧。流水修篁路幾灣。

丁酉二月得家信知長女妙蓮保陪選蒙恩賜還并拜翠花紅紬之賜實異數也謹紀以詩即寄以志喜

平安竹報紀恩榮，喜得簪花下玉京。
記取他年編集日，閣標賜綺好知名。

吴蒔香金陛明經出其六世祖寧伯先生小像囑題即成二絶句

讀破人間萬卷書，當年名下本無虛。
批圖幸拜先生像，只恐丰神畫不如。

緺損雲痕與水痕，題詞人剩姓名存。
廖王合璧争珍重，圖爲廖文可寫照王石谷補景。一瓣香傳六代孫。

樟塘碧石圖爲汪寫園士侃同年題

圖係寫園爲十五世祖受之先生作，按傳先生諱益謙，世居歙西，號小宣議君，元至正間江南寇起誘君弟艮都殺之。君率鄉練往鬥，奪弟尸還，受重創，行至樟塘，倚石而殞。至今血影如新。義烈重一時，惜入明遂成逸事。寫園過樟塘，拜碧石，倩胡正仁繪圖徵詩傳之。

新安古名郡，山峭水清激。巨室首越公，英傑數歷歷。
我昔守是邦，歡捧毛生檄。政拙幸民安，修志勤采輯。
寒塘水不波，樟樹何岑寂。碧石森其旁，屹焉若山立。
所惜宣議君，往跡不可覓。今也披斯圖，想見血淚滴。
憤激破重圍，輿尸冒鋒鏑。摯出救弟心，大勇本無敵。
何當守土時，志乘登未及。寫園我同年，表揚述先德。
示我卷中畫，憶我囊所覿。動我綿上思，增我心悲慼。
補闕漫題詩，貞珉本我職。

張白也應雲刺史中年聽雨圖

人到中年百感深，况逢夜泊雨沉沉。寫圖恰喜得知己，傳出先憂後樂心。圖爲王子卿太史作。

我亦曾珍霖楫圖，余守新安，子卿前輩曾寫以相贈。爲君題句轉躊躕。年來責任宣防重，共濟期安河與湖。白也領泗州牧，故云。

題僧伽大聖靈蹟圖册五律二首

示夢參真相，六月中余夢至一寺，僧伽披紅袈裟邀入，並賜茶。披圖悟晝禪。相傳原圖係南宋人名筆，前明崔呈秀索去。今圖爲順治時邑人謝嘉霦補，朱竹君先生有跋。神通徧卅六，三十六幅按南宋李祥三十六應化序繪。靈感界三千。錫駐蠙城日，燈傳龍朔年。按宋蔣之奇泗州大聖明覺國師傳稱大聖自西域來，唐高宗龍朔中至長安，南遊江淮宿山陽令賀拔元濟家謂此地舊佛宇，賀拔捨宅爲寺，掘地果得齊香積寺銘，並金相，師曰："此普光王佛也"，果有石刻。中宗景龍二年迎入大内，稱國師親書"普光王寺"額。四年示寂命送真身歸臨淮建塔。龜山新廟貌，許我證因緣。適重修淮瀆廟，有人言旁殿舊有禪師像一，面赤披紅袈裟，俗謂庚辰佛。余窃以爲大聖命，另龕奉祀而作記勒石。

即以詩文論，精華聚歷朝。李才兼趙法，蘇海與韓潮。唐李白有僧伽歌，韓愈贈僧澄觀詩有"僧伽晚出淮泗上"句，宋蘇軾有"大聖讚僧伽塔"詩，禱雨文元趙孟頫奉勅撰重修僧伽靈瑞塔碑，均載册中。獅象儀常在，魚龍氣不驕。湖干留塔影，風浪已全消。塔影湖在龜山西，康熙間水淹泗城，塔隨没，而至今時現塔影，故名。

題篆香樓僧淵如閒雲出岫圖四章章四句

清淮之旁，樓曰篆香。爰有詩僧，在水一方。
琴曲碁聲，詩情畫理。無罣無礙，諸天歡喜。
用汝作雨，出則爲霖。羡彼閒雲，去住無心。

周柳村煜奉慈雲禮佛圖索題恭書二截句

定省曾遊泰嶽陰，締交今已廿年深。
披圖得拜宣文相，一樣春暉寸草心。嘉慶丙子，余省親泰麓，適柳村官司理，因得訂交。今奉諱南歸，余亦久抱風木之痛。

泖湖雲湧白毫光，妙筆端推改七香。
一幅慈容時在望，願教福蔭子孫長。佛即太夫人小像，松江畫史改琦作，琦號七香。

閱黄楚橋圯布衣歷朝史印譜即題以贈

江夏名宗擅奇筆，日月爲浴鬼神泣。
還將餘興奏昆吾，老手真能到鼓石。惟老手能到石鼓文字，徐鉉語也，見《學古編》。
漢晉文白唐文朱，世間爭寶如拱璧。
况復史事羅心胸，二千年人一編集。
以史爲印四百方，點點芝泥輝寶笈。
雕今潤古非尋常，八法更兼三長力。
斯人本是古人徒，斯道能留古人直。
籀斯隸邈任縱横，卓哉楚橋不可及。

戊戌孟夏將有事於龜山淮瀆廟廿有二日渡洪澤湖

仗節竟揚舲，遥山入望青。風聲疑虎吼，水氣作龍腥。
工險逾彭蠡，瀾狂勝洞庭。富陵成巨澤，誰與訂酈經。湖本漢富陵郡，唐爲浦，宋爲村，至明始成湖。

泊老子山閱水師營係道光十三年新設。

旌旗森列水犀軍，掩映湖光絶俗氛。

波底魚龍齊聽令，帳前虎豹漸成羣。
青連老子山前草，紅指僧伽塔上雲。
最喜吾民占利涉，布帆來往織斜曛。

閱船塢

道光十四年，奏建委守備，黄佩監修，並立天燈杆以示，夜行船商旅稱便。

風浪浩無垠，舟危孰與援。好憑沙作障，直藉石爲門。
月黑孤燈引，飄來萬馬奔。水衡錢不惜，永戴聖人恩。

遇風泊灰溝

咫尺龜山路，偏教阻石尤。黑雲壓舵頂，黄氣作風頭。
浪軟知無底，盤旋不自由。長年幸習慣，小泊認灰溝。

二十四日恭懸御書星瀆昭靈額祭畢閱山謹紀以詩

天藻輝煌下紫宸，小臣親捧拜恩新。
元圭早仰當年績，白璧期盟此水神。
羅漢梁空忘甲子，宋金臂禪師所建，無梁殿已没於水。支祁井冷憶庚辰。井在殿前，案下今覆以石。
臨流又動莊嚴願，土蝕波湮丈六身。時與李石洲觀察、朱春敷太守議起湖中鐵佛，重葺山寺。

題金陵妙相庵屈子祠畫卷

庵僧修本以其儒師金梅庵沉於池，乃募建屈子祠，而以金袝揚州玉簫生孟金輝爲之圖。

問天不語首頻搔，侑食三閭結契高。
供養同根忠愛意，斯人可與讀離騷。

祝六皆上舍出所藏惲仲升南田喬梓訪其先月隱先生墓詩卷索題謹成一律

寂寞鶴山路，滄桑歲幾更。陳書賢士節，挂劍故人情。

家乘猶留藁，先生諱淵，著有遺書六卷。宸章早易名。國朝賜謚忠節。
傳經徵世守，即此慰先生。

劉叙堂秉彝書來言爲其母張孺人請得旌表並寄家傳恭題四截句奉賀

其　一

一封朝奏九重天，用韓句。飲蘗茹氷事始傳。
回憶撫孤成立日，迢迢三十七華年。

其　二

碧海青天無處尋，人間惟有此恩深。
旌揚雖下絲綸詔，誰識遲遲孝子心。

其　三

培養蘭芽次第新，讀書有子慰慈親。叙堂次子桂森年十三已入邑庠。
他年鳳起蛟騰日，共信人天果報真。

其　四

漫道蓮花幕府高，相思六載首頻搔。余在黔藩任内，延叙堂佐理，深得助益，兹别來已六載矣。
而今盥讀春暉傳，欲記貞操愧彩毫。

祝潘芝軒夫子七十壽詩一百韻

翠嬀席蘿圖，紀元十有八。詩賡復旦章，瑞紀嘉平月。
煌煌我夫子，崧嶽毓英特。謨猷賛三朝，羽儀輝四國。
稱祝牘盈寸，勳業未殫述。昔拜晏元獻，絳帳授衣鉢。
菲才愧范公，師資賴表率。請以受知私，爲公頌名德。
皇朝重龍首，金甌貯良弼。紀歲在昭陽，紈縵湧雲霱。
階喜拾級登，銜槩冰條列。裴皡屢持衡，退之時簪筆。
匡廬峰巑岏，昆池水噴溢。南詔既敷文，西湖復迴轍。

三司踐華資，六曹晉崇秩。峩峩豸繡衣，副相仰邦直。
肅肅虎闈筵，教冑諧聲律。一歲卜九遷，朱衣兼象笏。
遂用特達知，健展雲霄翼。勿署同平章，台階慶登陟。
宰相須讀書，斯言誠有物。公少禀異才，千載乃一出。
天成有奇文，妙手喜獨得。温韻敏八乂，李賦驚五色。
摩空本無對，負聲實有力。掌紋數覼縷，眼花炫繡纈。
典册用相如，制詞命蘇軾。時頒鳳閣樣，立捧鰲頭敕。
八紘久知名，百僚此作則。宣麻帝有言，優學素罕匹。
文章既可聞，政事益卓絶。八法涖官府，五言在治忽。
經邦重率屬，分曹立民極。棼務挈綱維，掾史判優劣。
巨源慎啟事，崔羣謹法式。秋憲惻荼網，春朝肄綿蕝。
四松及二渠，封堂出手植。刲刲嗤羣才，優優領衆職。
目覽與耳聽，分授事罔缺。惟宋劉穆之，從容神斷決。
丹桂凌層宵，靈椿耐寒雪。念此盤匜樂，勝秉英簜節。
從政古所寬，私志臣可乞。壯年作尚書，殊榮耀閥閲。
侍讌類王溥，陳情邁李密。養志兼修身，敢曰自暇逸。
十年侍起居，萬事驗得失。尊信朱陸理，排斥申韓術。
仲淹隱河汾，著書念專壹。安石卧東山，痌瘝滿胸臆。
我皇神聖資，求治宵旰切。嗣服逮八載，詔起問宣室。
趨朝不俟駕，前席屢造膝。左右置舊臣，邦本自固實。
綢繆計苞桑，楷模準槐棘。簡畀由宸衷，獨斷資輔翊。
勳名契渭莘，饑溺懷禹稷。憂樂分後先，謀畧慎密勿。
房杜功不言，蕭曹政畫一。大度真休休，吹萬羣咸悦。
京兆昔賓興，珊網羅俊傑。愧非萍緑姿，長價遇拂拭。
一日登龍門，頻年瞻豹飾。憶備中秘員，問絹指於越。
珂里偶淹留，桊卮肅晉謁。新陰附鯉庭，尊範拜鶴髮。
詞色感優假，容儀被藹吉。逡巡數載餘，公暫解朱紱。
大衍占羲爻，陳詩頌生佛。燕樹復吴雲，悵望增紆鬱。
出守重一麾，皖江脂車牽。原樹何葱蘢，溪水自沕潏。
敬念舊桑梓，瞻拜起齊慄。于公啟高門，厥報在陰騭。
言占乞漿年，駐馬大河側。閲時未五稔，公已還金闕。

介壽容濫竽，致詞侑鼓瑟。請業違襜帷，拜命膺節鉞。
歲序互暑寒，間關阻南北。每懷訓諄諄，如親儀抑抑。
憶昨述職秋，正公爰立日。中朝相司馬，誦名及走卒。
門下忝榮施，生氣露蓬勃。展敬登堂階，折節道契闊。
化雨沐滋培，清風祛煩熱。今茲遠光霽，私衷殊蘊結。
築宮惕捧土，汲井畏懸繘。仰賴陶甄力，藉解道謀惑。
在遠念不遺，時獲授簡畢。就正得大賢，宣防庶清謐。
華平茁昌期，喬松挺奇質。仁者具壽相，斯理久貫徹。
公今作端揆，覆被偏殊域。衆命一身造，浩氣兩間塞。
韓富爲準繩，韋平相頏頡。潞公號天人，汾陽播芳烈。
從兹計大椿，積齡算千億。當代師歐陽，面命非耳食。
願作曾南豐，心香一瓣爇。平格期延釐，太平永黼黻。

己亥春正蒙恩特賜壽字恭紀

謹按滿漢大臣向來官一品、年過六十者，始邀此賞，今麟慶官二品，年謹四十有九，實異數也。

錫福來天上，頒春自日邊。雲龍占際遇，月鹿共傳宣。
近艾臣方壯，搴芠任獨專。承恩添壽字，聖意爲延年。

陳芝嵋鑾同年个中真意圖并序

金陵節署西園有屋三楹，環植修竹。芝楣客百文敏齡。公幕中時，曾寓居之，手題其額曰：个中真意。今已三十年矣。己亥夏，芝嵋以中丞權督篆移居節署，舊額尚在，撫今思昔，因繪圖徵詩以紀之。

依然修竹拂雲烟，回首園亭二十年。旌節生花應有相，琅玕題字尚如前。
文章省識青油幕，風味重參玉版禪。解得个中人意思，我曾鴻雪寫因緣。

程鎮北水部恭壽奉其母汪太宜人秋鐙課子圖索題即口占二截句

桐竹蕭疎夜氣深，濛濛月影暗秋陰。

一鐙如豆誰能耐，祇有恩勤慈母心。

憶昔新安領郡年，式閭端爲志名賢。余修《徽州志》時，聞汪叔辰孝廉隱居古關。曾私輯人物攷，親往延訪得稿八卷，内有汪程世家一卷。

篁墩綽楔今增重，喜誦陔華潔養篇。

題胡芑香駿聲孝子移居圖五古四首

虞山挺奇秀，壁立東海隅。一角作屏障，乃結幽人居。幽人滌塵慮，讀畫如讀書。丹青展襟袖，空翠羅階除。會心不在遠，况乃風景殊。林烟互煊染，巖雲同卷舒。烟雲周旋久，借松顔其廬。芑香籍常熟，以畫名，故云。

東野忽移家，南村遂卜宅。舊仰虞仲風，今作吳門客。扁舟載君往，不載家山色。摇曳烟水區，回首幽居隔。三宿戀桑下，何况綦履迹。别松松無言，憶松松猶昔。一再繪作圖，聊慰風雨夕。

金閶韓家里，築室仍半規。奉母萲樹堂，讌客菊横檻。和氣日蒸蒸，爰憶詒謀善。少時趨鯉庭，雍然課墳典。傳經即述德，夙夜用自勉。門基今已承，楹書老猶檢。天酬孝子孝，孫曾四世衍。

文章入幕府，緑水依紅蓮。賓主東南美，今來江淮間。州宅誇元九，研山易米顛。爲圖更索句，濡染鷺溪箋。惠我一幨畫，易我詩數篇。畫成香雪海，詩吟蘆荻灣。詩畫亦真意，並報陳后山。芑香時客芝嵋制府幕中，故云。

沈香泉樹基别駕白門感舊圖

寒來暑往歲頻更，舊雨相逢百感生。
省識春風曾到地，好參明月故人情。
飛鴻爪印隨時化，附驥功名向晚成。
恰喜箇中滋味好，元龍早已振先聲。香泉偕芝楣制府同客百文敏幕中，故云。

題六舟上人剔鐙圖用阮雲臺先生韻

指頭生活讓君能，六舟法號達受，工書畫，能篆隸、飛白，尤精鑒別金石。又見摩挲雁足鐙。鐙爲新安程氏所藏，年久暈蝕，上人洗剔出之。我本南屏佛弟子，嘉慶丙寅患瘧，幾殆，謁主雲師於净慈方丈，小坐而愈。曾繪圖入鴻雪因緣册中，今知上人，主雲師嗣法孫也，爲之一喜。漫云七代有詩僧。儀徵相國撫浙時，曾爲南屏僧小顛作七代詩僧精舍焉。

題六舟所藏焚虛上人畫册仍用前韻

書法香光學慧能，南屏手澤得傳鐙。
笑余扇已隨神化，坐禪時曾荷主雲師繪《水墨南屏山圖便面》以贈，後失去。
慚對滄浪灑掃僧。六舟別號。

再疊前韻贈六舟

精擘金石表奇能，三絶兼長演一鐙。
識得比邱尊聖意，余以爲佛家比邱之稱，有竊比老彭之意。南屏雅喜有儒僧。

蕭楳江文業明經寄廬燈影圖

我家世澤守詩書，祖父服官走南北。致身惟恐負君恩，訓誨實資慈母刀。都門舊有環翠軒，翫月籐陰吟未息。臣年十九幸成名，鳳閣吟花娱顔色。板輿曾奉遊皖豫，寸草春暉欣侍側。一從墨経來江南，忍教逸事隨時憶。癸巳夏，先慈棄養，敬述舊訓爲言行略，並追思往事，撰《逸事隨憶録》，又輯刊投贈諸作爲《蓉湖草堂贈言録》。君今示我尺幅圖，渭陽高誼箇中識。吁嗟天地一蘧廬，燈影流青伴昏黑。當年夜半讀琅琅，書聲静和機聲織。金昆玉友真二難，謂楳生兄時客余幕。仰見劬勞賢母德。批圖我亦感千秋，追誦蓼莪天罔極。

庚子春京察仰蒙硃諭褒叙時兼權江督淮鹽二篆恭紀

宣防七載幸恬瀾，肘印纍纍倍覺難。
煎曬異宜開萬竈，軍民分職領千官。
兩邊鬢漸侵霜白，余鬚髮始白。一寸心恒奉日丹。
課績自慚無報稱，連邀上考聖恩寬。丁酉京察在河督任，曾蒙硃諭議叙。

桃花泉試茗泉在兩淮鹽政署内。

紫垣二字係聖祖賜額。深處挹芳泉，試茗剛逢二月天。
色帶微紅甞雨後，香分嫩緑占春先。
敢云心跡清如水，且喜真源悟到仙。
隨意拈題欣試士，是日集梅花、安定兩書院觀風，前列諸生入署内四并堂扃試，拈此各賦七言排律。
漫誇奕譜至今傳。范西屏客高鹺使幕時，著有《桃花泉奕譜》行世。

金山閲水操

高坐金鰲背，江天戰士多。使船真似馬，列陣喜爲鵝。
鼓角銀山震，旌旗鐵甕過。居安頻肄武，端爲靖鯨波。

象山石隱庵

紺宇臨無地，憑欄氣象超。天寒春挾纊，風急暮聞潮。
石隱披雲訪，焦仙隔水招。塵纓不可濯，俯仰海天遥。

題俞東䧿肯堂同年遺照

憶昔春明射策時，追隨文社結心知。
而今畫裹重相見，無限情懷綴一詩。

廖十三裴舟自寫風雨懷人圖即題二律

清風振觸故人思，今雨何如舊雨時。
猶記西窗同剪燭，那堪北海日停卮。
烟迷門巷雞鳴急，雲擁關山雁到遲。
爲展君圖一回首，攬環結佩幾相知。

相識於今三十年，聯牀試與話從前。
趨庭東郡琴尊會，嘉慶丙子省親泰安，始識荊。開幕中州翰墨緣。道光乙酉余巡開歸令，嗣禹卿曾客幕。
何意江湖成契濶，便無風雨亦纏綿。
寫生賴有丹青筆，一段雲情畫裡傳。

題吳小田丙舍記後并序

古歙吳子小田葬其母而自記其事，記其孝，能成母志以成父志而不果成義，仍無異於成也。余爲次其記中語，作樂府三章，以俟采風者擇焉。

述治命

粲粲吳子事母孝，但恨失怙在年少。母曰嗟哉兒來前，念父當念汝父言。汝父言葬有三端，勿犂人墓勿徙人棺，勿圖己利争牛眠，我今爲汝語及此。他時祔我汝父阡，汝有前母庶母祔於先，我祔於下慎勿遷。吁嗟乎！父言兮母述，母言兮兒悲，霜風一夜摧萱闈，孝烏啼上塚纍纍。

掩古棺

掩古棺，古棺何來占窀穸，開壙見之駭且惻，實偪處此奈若何。人謀鬼謀兩不得，孝子迺命畚挶停。爲思親訓曾諄諄，欲體母心妥母靈，一坏之土何足争，埋胔掩骼仁乎仁。

葬甘泉

佳城何鬱鬱，卜吉躬虆梩。十三里廟甘泉西，非祔若祔藏母槨，不爲魯人合，而如衛人離，離合何常準大義，義所能安皆孝思，孝思仁聲振薄俗，豈獨山水誇徐擒，山蒼蒼水瀰瀰，采風者視此詩。

卓海帆秉恬相國寄喜雪詩步韻奉和

冰壺心蹟勝瓊瑶，感召天和瑞雪飄。
正值梅開三白後，預占麥熟二紅朝。
化行禹甸欣瞻歲，時兼管順天府尹事。喜起虞廷早格苗。時暎夷在浙就撫。
多少蒼生霑渥澤，九重雨露相君調。

悼亡爲程佳夫人作辛丑

事親盡孝撫兒慈，内政紛紜賴主持。二十七年如一日，如卿端不讓鬚眉。

拈毫欲賦悼亡詩，子細思量轉費詞。自恨福緣何太薄，又教辜負百年期。内子與余同庚，曾贈詩云：“與君偕老平生願，百歲同開樂歲華”句，今合計得百歲，反成詩讖，傷哉。

閏三月勘工徐州作

歲歲防河早束裝，巡行今又到徐方。
關心黄水增分寸，着眼青苗辨短長。
霸業盡隨流水去，宦蹤時逐野雲忙。
天心故使餘春展，柳緑桃紅作艷妝。

夏日偶占四絕句

緑陰寂寂晝沉沉，小刼維摩示病深。
漫道詩人容易瘦，三春花鳥總傷心。

服官卅載日匆匆，自愧無才政未通。
絹是胡威琴趙忭，清操自勵守家風。

昔年十九早彈冠，閱歷方知作宦難。
兒女長成身欲老，近來漸覺此情闌。

國手圍碁持黑白，小兒鬥草競輸贏。
書生結習渾相似，我恰年來已戒争。

李靄堂三福明府歸自粤東即席賦贈

宦遊南北興闌珊，此日相逢一解顔。
剖鯉書頻傳粤水，飛鳧名早重香山。靄堂在香山令任内引退。
精神月滿知多壽，議論風生刼未閒。
自笑欲歸歸不得，家山勝處讓先還。

賀幕客吴蒔香金陛哲嗣入泮並得孫之喜

名場潦倒歎劉蕡，食報欣傳早采芹。
三月杏花八月桂，一齊收拾屬郎君。

森森勁竹勢參天，秀茁孫枝在此年。
留得小詩堪作證，他時高節拂雲烟。

几谷上人出雁山飛錫圖相示即題

不著趙州衫，不戴吴天笠。雁山奇絶處，乃卓遠公錫。

一缾一鉢老矣，一邱一壑過之，漫説石頭路滑，翩然鶴共飛時。

得家書知大兒崇實女妙蓮保佛芸保扶送内子靈櫬入都營殯事畢並卜定架松新阡喜占四截句自慰即以代柬

營奠營齋事事忺，每思兒女倍情長。昨宵喜得家書至，云卜新阡草木香。

岸叠文星通巽水，穴環武曲枕乾山。土人争説中州客，仰卧周行屢往還。地本舊友戴師木澤同代卜，乃未及點穴而歿。今延蕭杜二君相視，均以爲吉，遂定。土人言師木自行相度時如此。

如斯良友真難得，曾許他年發甲科。戴師木籍光山，感余訪薦由河南資送入都之雅。癸巳秋爲先慈營葬畢，言必度地以報，問余富貴何指？答以大富大貴，均非吾志，惟願書香不絶。後得此地，師木信来言秀在架松，將来月臺望見，定出鼎甲云。聞道架松剛在望，蟠龍松勢果如何。

維摩不許俗人醫，避暑偏於小病宜。眠食差强身已健，題詩寄與女兒知。

七月准兵部咨粤東唤夷於六月初四日經颶風掃蕩詩以志喜

聖恩寬大盡包容，蠢爾蠻夷負化功。
天地無私張撻伐，風雷有象震癡聾。
氛銷舴艋千邦肅，霧鎖鯨鯢一掃空。
自是我朝仁澤厚，海波澄緑日輪紅。

八月初七長孫嵩祝生即賦二詩以志喜

懸弧事業説當門，此日居然也抱孫。
喜值先庚呼萬歲，小臣初出沐君恩。是日恭逢聖主六旬萬壽之第一日，謹命名曰嵩祝。

吉日詩曾傳戊子。辛年誕降恰相同。余辛亥年戊子日生，今值辛丑戊子，故命乳名曰同哥。

書香繼起期繩武，乃祖從今又熱中。

趙蘭友廷熙觀察雪舫傳觴圖

羣仙高會水雲鄉，圖畫天開一幢張。
雪景最宜浮玉島，風流何減聚星堂。
鶴籌添後年愈永，鴻印留時意未忘。
他日丹青重點綴，好尋故事再稱觴。

夜渡洪澤湖口占二絶壬寅

夜氣微茫月下弦，一湖烟水遠連天。
片帆好借東風力，屈指重來已四年。

無限情懷付碧空，題詩争説米南宫。宋米芾有龜山聞鐘詩。
蒲牢百八聲如吼，静數龜山寺裏鐘。

桃南工次閲河時豫工合龍黄水報入江境。

甫入桃南境，黄流已激湍。風沙春不斷，波浪晝生寒。
審曲參新勢，量高問舊灘。巡防今九載，籌策倍知難。

風虎山謁周忠武公祠公諱遇吉，夫人劉氏，均山下人，在寧武關死節。

山勢鬱嵯峨，風聲走大河。祠堂遺像古，村落夕陽多。
忠節揚前史，蒼凉起浩歌。英靈今尚在，長此奠洪波。

上巳日納姬洪友蘭即夕集古人句卸肩

重簾雙燕語沉沉，韓滮。幾陣東風晚又陰。吴文英。舊日愛花心未了，程垓。蕙風蘭思寄清琴。薛昭藴。

風韻蕭疎玉一團，周文璞。六銖衣薄惹輕寒。韓渥。回思往事增惆悵，蔡伸。折得梅花獨自看。潘昉。

往來相伴有娉婷，江旭。春色三停早二停。李肩吾。蜜炬垂花知夜久，賀鑄。一眉新月影三星。謝逸。

玉簪犀璧醉芳辰，蘇軾。三月三日天氣新。杜甫。春思半和芳草嫩，和凝。鵲橋迎路接天津。歐陽修。

題幕客楊申山崧森西山丙舍圖錢叔美繪

靈隱寺前山如屏，一支西走蜿蜒形。
松竹深深泉泠泠，中有君家之佳城。
君家舊在華陰住，鑑湖一曲寓公寓。
歌斯哭斯聚族斯，楊家樓是楊家墓。
歲久因無隙地留，别營兆域之江渡。
眠牛舞鶴有吉卜，好在西湖最深處。
以封以樹先靈安，春秋祭掃時往還。
記取白衲庵前路，爲圖更復煩荊關。
我觀此圖如觀碣，世澤家風俱可識。
題作西山丙舍圖，何如右軍丙舍帖。
丙舍帖表衣冠王，丙舍圖記門第楊。
一帖一圖今視昔，子孫葉葉長發祥。

見亭石畫有序

余既營拜石軒成，得大理石高一尺四寸，寬二尺八寸。一片，天然雲山，山上下雲氣滃然。雲中一月影圓而白，山勢嶙峋。若遠若近，濃淡相見，均墨色。山有兩峰。西峰平，東峰較高，峰頭有亭四柱，分列一亭，獨見闇然，而彰在上青氣如霞，在下空白皆水，洵是畫家妙境。雕紫檀爲座，座下刻吴匏庵姜西溟銘跋，其爲舊家珍藏無疑。跋中謂爲山高月小，情景逼肖，然似矣而未表亭之意。蓋因緣在我，故石友畫仙特繪見亭耳。且余倩名士寫照多矣。或北或南，或工或寫，無不曲盡其致，而獨未寫及“見亭”二字，即寫恐以無此筆妙，則直名之曰“見亭石畫”，誰云不宜。一序既具，四韻俱成。

石畫叅仙筆，峰頭見一亭。月痕圓暈白，山影淡浮青。米老先應拜，匏庵舊有銘。畫仙能寫我，緣妙悟真靈。

長女妙蓮保書來問侍兒洪友蘭近狀口占八絶句以寄並賜友蘭

知非年過懶尋春，余年已五十二矣。嬌女殷勤代訪頻。笑説桂林洪氏好，爲諧鳳卜冒稱陳。長女屢勸納姬，余笑而却以才難。本年二月，女訪得揚州女子陳蕙英，飾以進，曰兒等祥琴已御，老父左右無人，此女頗慧，堪代侍奉。余頷之。細詢里居，知爲新安桂林鎮洪氏鹺商失業，自諱巨族，爰命復姓，易英爲卿，字之曰友蘭。

姆師曾拜女相如，姬曾學琴，學詩於胡智珠女史。待字香閨十九餘。音律漸通詩漸解，東山好伴老尚書。

藕絲裙子杏兒衫，眉様剛逢三月三。香草爲名花作態，合歡夢已兆傳柑。擇吉上巳。先是，上元甲子夢仙賜雙柑爲斯吉兆。

漫道梅花寄指音，余賜姬舊藏方白蓮女史樂器四種，其琵琶背有金吉金鈿銘曰：朗月侵懷抱，梅花寄指音。不茹煙酒最清心。自公退食添香侍，静理文君緑綺琴。姬解鼓平沙秋江、流水高山、普唵咒求凰、梅花三弄等曲。

九姑相約界烏絲，擁髻輕拈筆一枝。恰喜雙雙同研席，争雄也論畫書詩。九女佛芸保，年十一，慧甚。時同受業於胡智珠先生。

品簫纔罷又吹笙，撥得琵琶手尚生。笑爾癡憨偏好學，瓣香原奉許飛瓊。許定生女史爲胡智珠先生愛女，工詩善畫，精曉音律，姬亦師事之，與和琵琶，工《夕陽簫鼓》《鉬甲》等大曲。

女子有行登去舟，長女於三月十七日登舟北上。鄉心日逐水西流。侍兒深感提携力，時鎖雙蛾問客郵。

神仙眷屬總因緣，月已三虧不再圓。謂三夫人。綺業未除星又現，此身長住有情天。

壬寅夏暎夷内犯淮陽震恐清江戒嚴余急購米平糶並捕斬土匪陳三虎等以徇客有議越俎見好者詩以喻之

節鉞賜河臣，坐鎮公路浦。高懸二百年，相傳河署王命旗牌未曾請用。差喜民風古。昨歲暎圭黎，暎咭唎國古名。稱戈犯海宇。猖獗比孫盧，軍書今旁午。淮揚有奸民，乘亂肆狂蠱。刦掠漸鴟張，沿村警桴鼓。余也切隱憂，外攘先内撫。足食首捐廉，汎舟豐我庾。時鎮揚商民遷從來浦，食指日繁，高寶豪强從而遏糴，囤户居奇以致糧價騰踴，禁之不可。余仍捐銀萬五千兩，檄守備黃佩、陳耀渡湖購米，源源運濟，從九張埰、縣丞范驤督開永平、永豐二局以平市價，民心乃定。棄短用所長，繕治重樓櫓。時有議雇漁舟暗襲者，聯木筏火攻者，備商船抵禦者，鑄大礮攻擊者。余以爲功其所長，斷難制勝，爰飭各屬勤守望嚴防堵。逃勇勒資送，懲創肅部伍。鄉勇自浙逃回，恃衆索食，有司不得已給文護送，益肆訛詐。桃源令龔照琪奉委彈壓，重懲其尤。嗣是至清江領資即行。嚴令緝青皮，巨魁誅惡虎。淮陽人謂土棍曰青皮，時以陳三虎黨羽爲最惡。余既捕得，即請王命斬陳三虎、五虎、閆標於市，餘俱問罪有差。余原爲止戈，客或議越俎。吁嗟時勢難，誰識匠心苦。節鉞本懷慚，且喜民安堵。

桃源漫口閱河並籌回空運道偶占二絶

未能隻手挽狂瀾，黃水滔滔竟不安。
滿地哀鴻看不得，此心自疚對民難。

回空深慮噗夷阻，此後翻虞阻渡黄。
欲闢新渠籌水勢，惟循成法用移塘。

落職移寓留别節署西園

爲辭傳舍拜花神，又向西園步一巡。
清宴有圖仍屬我，韶華隨運自成春。
詩吟紅豆今多暇，夢醒黄粱莫當真。
聖主恩深容置散，還鄉好作太平民。

孫芥孫旅明府奏慚圖

虚懷未信平生志，真賞誰酬國士知。
曲奏郢中應和寡，聲傳海上有情移。
報恩念切難爲稱，内省心多轉自疑。
從此鳴琴成雅化，高山流水遇鐘期。

又題風木圖

捧檄向河干，原爲娱親計。何圖親不待，朝露悲溘逝。
抱恨嗟膺填，追悔歎臍噬。作圖侍親側，有若承歡例。
難解終天哀，聊同刻木意。我今展斯圖，那禁潸然涕。
君尚有母在，正可勤服事。逝者不堪追，生者力宜致。
庭椿風已摧，堂萱日常麗。循陔潔晨餐，養志作良吏。
守身孝乃大，存殁原不異。

于湘山昌進司馬舊雨軒圖

十載清淮感逝波，故家喬木竟如何。
辭巢力已將雛瘁，築室功宜肯構多。
風雨每懷河朔讌，箕裘合紹漢南歌。
即今官閣延佳氣，添得濃陰舊薜蘿。

題震初上人鹿苑談經圖

我昔登虎觀，今來訪鹿苑。儒釋理自通，論説道不遠。
頓悟生心根，妙諦燦舌本。上人務興建，智識獨宏展。
拄錫擴琳宫，傳燈闡教典。頑石列森森，應龍來蜿蜿。
我爲進一偈，廣大知所返。遺棄一切相，言銓亦已淺。
斯爲最上乘，禪宗派獨演。

黄蔭亭世恩司馬延秋小集圖

江州司馬擅風流，拓地三弓築室幽。
北海樽開來上客，東籬菊綻已深秋。
吏非脱俗難爲隱，仕不能閒未是優。
喜值恬瀾好時節，一觴一詠對花酬。

又題師圃軒圖

學圃非爲小，閒中得我師。虀鹽風味好，稼穡古人知。
不礙腰三折，何當手一巵。此中堪吏隱，官閣好裁詩。

題陳奎五軍門階平防海圖

我昔撫黔陽，苗境相毗連。君總鎮篁戎，焜耀湖湘間。
逮我撫楚北，始覩褒鄂顔。移節督南河，癸巳來淮壖。
君以平猺功，衣錦歸江南。握手喜重逢，萍合徵前緣。
浦上君舊遊，始基何巋然。脱身部伍中，遂縱青冥翰。
庚子調八閩，横海屯樓船。尋以年七十，予告歸翩翩。
建策重平戎，詔起辭東山。曹江事防禦，凛凛衆志堅。
展圖緬英器，雪擁刀光寒。會當掃海氛，洗甲清八埏。奎五起自南河督標材官。

凝香室詩存卷之八詩客留題

凝然風度富經綸，才遇如公復幾人。燕許文章濡大筆，韋平家世號名臣。宦遊山水資吟嘯，政暇琴樽共主賓。鴻雪因緣頻記取，一官一集宋王筠。時公有《鴻雪因緣圖記》八帙一百六十幅。

甲辰夏五，奉題一詩，未知有當，於大雅不知有可采。他日一品集成，當再供校讐之役也，會稽陳祖望識。

凝香室詩存卷之八

癸卯三月十有一日自浦啓行官紳士庶彙贈袁浦留帆詩畫六册賦此誌別

十載袁江久宦遊，今年無術奠黄流。

方慚未解斯民困，敢謂能紓聖主憂。蕭工北決，沭海等處被災，而聖旨俯念夷功，不加嚴譴。

紅樹春風人卧轍，緑波新漲我歸舟。畫圖詩卷頻投贈，無限深情那得酬。

萬年閘謁三公祠祀明總河舒應龍、劉東星、李化龍，均開東西泇水者。

穿渠聯八閘，繼美重三公。共樹開泇績，因成利運功。

東西源並匯，南北路俱通。輝映光前史，端宜俎豆同。

分水口在汶上南旺鎮。

地脊標南旺，流從左右分。船皆成下水，源共指高汶。永濟加新號，老人白英國朝封永濟之神配食。寧漕仰舊勲。雍正四年，敕封明尚書宋禮爲寧漕公。設非逢李鐩，奇績竟無聞。按宋尚書功爲平江伯所掩，竟罷職，卒於蜀。後四十年，尚書李鐩巡河始諍於廷，得謚康惠。

午日過津門泊望海樓前觀競渡洪姬友蘭請鼓天問一闋又奏夕陽簫鼓曲即占四截句

龍舟齊趁午潮開。喜見揚鬐掉尾來。
望海樓前争奪錦，是誰真箇解憐才。

急管柔絃響碧紗，篷窗有客厭繁華。
侍兒識得懷湘意，爲理絲桐譜楚些。

輕攏慢撚韻泠泠，又撥紅牙倩我聽。
道是夕陽簫鼓好，鳳簫羯鼓弔湘靈。

香蒲角黍設當筵，兩月舟行路幾千。
恰值津門觀競渡，畫橈停處即因緣。

五月十七日歸里過金鰲玉蝀作

歸里重乘薄笨車，金鰲玉蝀趁朝霞。
緑濃瓊島糕臺樹，紅指瀛洲水殿花。
幾輩文章留内苑，前番冠益説東華。
而今幸作閒鷗鷺，沐浴恩波許到家。

抵家日僮報太常仙蝶雙飛在半畝園中余喜甚即率孫嵩祝拜見口占一律

蘧蘧栩栩復翩翩，載詠南華第二篇。
顧我蝸居容嘯傲，感君燕賀倍纏綿。
惜無内子酬雙爵，已亥秋，雙仙來南河署中，程佳夫人献雙爵，仙各集其一，伸鬚吸飲，觀者咸誇眼福。喜有童孫拜兩仙。嵩祝甫三歲。
拂柳穿花翔且集，忽來忽去總因緣。

西山篇

神京舒右臂，西北多名山。林木鬱蒼翠，濃淡浮烟巒。
琳宮與梵宇，錯落森其間。我久懷碧癖，欲往不得閒。
年少方讀書，及壯又服官。無資且無暇，每每緣多慳。
今也罷官歸，養拙暫閉關。家事付兒輩，處境清且閑。
爰命具薄裝，蠟屐登孱顏。更邀二畫史，載筆相周旋。
或謂觸炎熱，宜待秋澄鮮。行樂貴及時，先結西山緣。

六月六日賀煥文世魁供奉邀余同陳朗齋鑑畫史遊戒臺寺得四絕句

朋從招邀作勝遊，出都今又渡盧溝。名韁利鎖紛車馬，我喜騎牛且自由。

煙霞踏破翠重重，四面山光積淡濃。漫道晾經佛會好，裡外各十三山，村向於天貺節賽會。此來先問戒壇松。

榦隨枝動儼雲蟠，活動松。更有長松卧石欄。卧龍松。最是九龍松名。鱗甲老，蓮花鳳眼均松名。一齊看。

妙絶莊嚴選佛場，戒臺前，綽楔賜額。老僧指點頌先皇。臺自康熙二十五年後，屢經聖駕臨幸。山園青李曾供御，樹底拈來分外香。聖祖臨幸，山民曾貢青李見，高江村詹事詩，時值初熟，方丈僧智天摘以相贈。

七日同遊潭柘寺又得四絶句

潭柘清遊妙在泉，我來却好續前緣。道光壬午来遊，因客满至歇心亭而返。
猗玕亭下流觴好，且把茶甌當酒船。寺禁酒乃瀹菊茗泛甌以代流觴。

柘木千章今已無，殿鴟雙聳彩雲扶。大殿鴟吻金時物，聖祖曾賜鍍金劍光帶四條。

六株銀杏凌霄漢，王氣葱蘢拱帝都。俗名帝王樹，在三聖殿旁，莊親王有記。

前朝工作数貂璫，營寺營墳日日忙。
此地獨無閹宦蹟，合將清浄拜空王。

妙嚴磚透雙趺跡，觀音殿有元妙嚴公主所遺拜佛磚。夫婦皈依合繡經。雌雄經爲宗室永瓌偕夫人合繡。
帝女王孫留故事，好偕舍利镇山靈。舍利塔在昆廬閣東。

秘魔崖小憩

一朵青芙蓉，中空若剖蚌。跏趺坐廬師，二童侍几杖。
我今設蒲團，面山心自曠。有客倚石闌，時陳朗齋凭欄作畫。
妙寫烟霞狀。忽見蛇菩薩，事載《日下舊聞》。彳亍觀壁上。或者大小青，歡喜實無量。

翠微山紀遊八絶句

小坐肩輿緩緩歸，青山罨靄白雲飛。是日濃陰。桑乾渡過饒清興，塔影謂靈光寺塔。分明峙翠微。

兩過沙平霽色新，到來祗見碧嶙峋。村頭喜遇雙丫女，指點山居説比鄰。阿鶴莊表叔母吳雅太淑人隱寓山麓，余擬拜謁而未知其處，適遇村女指引並言比鄰多石帆廉訪鐵荔岩太史均宦成歸山者。

重尋石徑問靈光，露潤風薰草木香。公主佳城偏不見，慢將興廢感滄桑。山因公主得名。余曾於嘉慶戊寅遊山謁墓，今徧尋不得，詢之寺僧，始知已平爲觀音殿，雖寺宇鼎新，而古蹟淹没，不禁感慨久之。

危崖高聳翠盤陀，有客相邀過秘魔。賀煥文與寺僧慧庵有舊，因止宿焉。殿老潭空當日事，而今巍煥喜來過。余前次到山，荒寂殊甚，今締造一新。

絶頂登臨好御風，橋横念佛隔西東。念佛橋在極頂兩澗之凹。鬼王妙演瑜伽法，遺像長留寶洞中。國初，有僧海岫字桂芳，每夜登山至寶珠洞施食，名聞大内。康熙間賜紫，因有鬼王菩薩之稱，遺像今在洞中。

一轉平坡山名。香界開，寺名聖感，乾隆十七年賜額香界。崔嵬金碧起樓臺。紅塵十丈浮天外，山色湖光眼底來。寺據最高處可望都城及昆明湖、萬壽、玉泉諸山。

慧雲堂陳姓夫婦於康熙間感夢建，今聯龍泉庵爲一，俗呼龍王堂。接文昌閣，秀楚翹先生亦因感夢建。夢裡因緣各有天。鑿得方池清且麗，松風竹月護龍泉。泉池在庵内。

澗分嶺複下平疇，庵結三山得趣幽。三山者翠微、盧師、平坡也。庵適當其麓。二十六年重到此，名山可識故人不。

閱生壙口占二律示兩兒

地師幾度費經營，戴師木大令感薦舉，意爲相度吉地，函寄三圖一富一貴，此最秀。並許出鼎甲，余擇定焉。兒女先來幸卜成，鳳起敢希開咼甲。牛眠或者是佳城，英雄事業天涯蹟。眷屬團圓地下情，東望蟠松青鬱鬱，武肅親王塋内架松相距里許，可望。蒼龍秀氣接蓬瀛。

綽楔居然表墓門，到門相對已忘言。青圍丙舍培新樹，緑漲丁溪驗舊痕。佛法拈花誰證果，人生落葉此歸根。他年我亦來高卧，愛護全凴子與孫。

五塔寺觀喇嘛演樂

鐃飛鼓震蒲牢吼，阿修羅遁夜叉走。
龍吟虎嘯具神威，我佛如來開笑口。
巍巍寶座矗金剛，五塔離立分奇耦。

漫言鉅製出烏斯，漫言法力降魔母。
黄教由來番蒙崇，我朝藉示懷柔久。
億萬斯年永祝釐，嵩呼潮唄齊稽首。

六月二十四日那眉峰峨玉峰崑李祝庵三祝恒信庵棨鍾秀峰靈招遊淨業湖髙廟

朝衫脱却得清閒，良友相邀到此間。
一片湖光依北郭，十分爽氣借西山。
同浮大白拚先醉，静襲香紅儼閉關。
好祝花中君子壽，是日爲荷花生日。稱觥相對共開顔。

香山碧雲寺

梵宇碧氤氲，峰圍盡是雲。泉從墻上過，樹向嶺頭分。
塔影中天見，鐘聲下界聞。吾皇滸豫處，自足淨塵氛。

前朝五百寺，大半出貂璫。徒有祝釐説，實爲懺悔場。
剷除嚴聖代，寺後本魏閹衣冠墓，國朝康熙間御史張瑗章請除之。清浄拜空王。留得雙獅在，營墳枉自忙。寺門二獅極工巧，傳是墓道舊物。

卧大覺寺憩雲軒聽泉

憩雲軒傍梵王宫，一枕羲皇趣不同。
三叠飛泉喧上下，雙渠流水響西東。
曾無塵慮縈心曲，自有清音入夢中。
回憶河干奔走日，風輪火傘正匆匆。

黑　龍　潭

丹垣金殿勢崢嶸，帝爲民祈屢致誠。

聖澤如天原廣潤，臣心似水本澄清。
一峰黛染誇眉畫，十畝譚空儼鏡平。
喜有夙緣瞻法相，是日出遊幸得瞻仰。相隨同傍曲廊行。

瑯嬛妙境藏書口占示兩兒

瑯嬛古福地，夢到唯張華。藏書千萬卷，便是神仙家。
牙籤而金軸，插架輝雲霞。守户以二犬，石洞相周遮。
今我欲效之，毋乃願太奢。小園營半畝，古帙積五車。
坐擁欣自娱，種竹還栽花。遺金戒满籯，習俗祛浮華。
區區抱經心，慎守休矜誇。

天壇偕龔劉二生采藥

肅穆圜丘下，翻因采藥來。緑陰濃苑樹，元瓦麗壇臺。
寶地尋芝术，金童侍者俗稱。鬫草萊。先皇隆肸饗，曾許侍班陪。嘉慶戊寅余官翰林曾陪祀。

閏七月十五日近光閣坐月

中秋未到又盂蘭，喜向平臺得大歡。
隨分杯盤真趣味，相携兒女共團圞。
微雲華月松間露，流水高山石上彈。時長女偕洪姬友蘭，各譜《流水高山》一曲。幼女年十二，鼓《良宵引》。洪姬又奏《梧葉舞秋風》。
試向隔墻瞻紫禁，瓊樓玉宇不勝寒。

正定府佛香閣銅菩薩像高七丈三尺，宋開寶二年建。

佛香高閣起巍峩，便道登臨且嘯歌。
朔氣凝陰横北嶽，秋風激響走滹沱。
書生志爲酬恩切，英主情偏鑄佛多。
留得金身高七丈，莫教浩劫再銷磨。原象同顯德時毁以鑄錢，故云。

黄粱祠題壁

十年不走邯鄲道，今日重來問古祠。
欲喚盧生談夢境，箇中滋味我曾知。
盧生倚枕笑相答，子又緣何入夢來。
祇爲君恩酬不得，故教壯志未全灰。

九月十六日巡查料廠得大兒崇實舉京兆信詩以誌喜示兩兒

奉使從公急，河干常早行。也曾知揭曉，不暇問成名。忽爾傳鴻信，居然宴鹿鳴。書香欣克繼，榮勝到公卿。

憶昔登科日，于今卅六年。余以嘉慶戊辰領鄉薦。迂疏辭宦海，厚實養心田。兩兒命名以此。課記慈親督，内子課兒最嚴。經原祖母傳。崇實經書皆先慈口授。來科輝棣萼，次兒崇厚亦得房薦。嘉汝策先鞭。

引河看搶紅作

櫛風沐雨鎮匆匆，雪後欣聞説搶紅。
耶許聲多如蟻聚，子來情切正鳩工。
遥瞻華益全朝北，欲挽狂瀾盡向東。
持節十年今奉使，疏防深愧對哀鴻。

題陳于寛同哲太守重臺桂手卷

卷乃目存上人爲尊翁頌科名作，尋令兄永齋前輩即以乾隆己丑大魁天下，人争題詠，今分三卷。

手澤徵三卷，清溪説故家。重臺承雨露，五出傲烟霞。自是科名草，應開次第花。狀頭是君家故物，自應有續起者。目存留畫本，通德百年誇。

冬月十五夜與惲薇卿光辰外弟話舊

照君還照我，明月又當頭。際遇徵龍虎，時以編修典試來豫。風塵走馬牛。

百年杯在手，廿載事如流。更喜諸昆季，同時集汴州。時兄保弟傅均官南河奉差來豫。

東張守歲甲辰

律轉青陽是甲辰，豫民喜見太平春。
屠蘇酒進陳三雅，苜蓿盤高薦五辛。
壩面華燈光隱隱，河唇爆竹響頻頻。
東張小駐逢除夕，領取韶和萬象新。

柳枝詞悼洪姬友蘭

銷魂最是好腰支，脉脉無言相對時。
一種情懷憐樹老，三生因果問萍知。
梁園花落傷殘夢，邗水烟横綰恨絲。
我尚漂零春已去，不堪重唱柳枝詞。

次慧秋谷成河帥移居韻七律六首

世緣吹影與鏤塵，十載重來古汴濵。
偶借禪寮居遠市，廻思往事坐移辰。
攤書烏几消長夏，鬻茗青旗試早春。
堤上年年辛苦地，而今却是兩閒人。

往時驄御幾遲廻，此日重臨自撥醅。
獨把清樽邀月共，喜無熱客欵門來。
軒窗入畫原相習，魚鳥親人總不猜。

我似淵明常止酒，興酣落筆讓君才。

擘鏡蕭蕭感鬢霜，白雲飛處望河陽。
經綸報國恩原重，黻佩娱親日正長。
門外烟嵐饒遠致，庭中花木足餘香。
碧幢紅旆行牽復，在莒他時願勿忘。

萬事隍中覆鹿蕉，忘機隨處任逍遥。
荷花隔浦人移櫂，柳絮沿堤客過橋。
逸興羡君詩不廢，老懷笑我意全消。
卧遊幸得承嘉貺，一幅尚書手自描。時贈王麓臺尚書畫軸。

童子何知辱眼青，幾曾望到第三廳。
美談未必能傳硯，君以兒子崇實春闈被放，賜端硯一。吉夢何嘗兆墜鈴。
敢向雞羣誇鶴立，漫矜鵠峙與鸞停。
縱教解問胡威絹，隔坐安客徹御屏。

梵宇琳宫各杜門，繩牀經案度朝昏。
護持端仗明神力，簪履同沾大造恩。君寓楊橋大王廟，奉香火者羽士，全寓會垣，黄大王廟乃緇流也。
半卷馬蹄堪繕性，者番鴻爪又留痕。余有鴻雪因緣圖。
六如誦罷朝雲散，一霎荷珠瀉緑盆。謂余亡姬事。

題陳拜薌祖望三郵看花圖

桃源佳處迷歸路，柳暗花明不知數。勝境由來易地多，未必人人能學步。我友陳君意氣豪，夙參戎幕涉鯨濤。君曾參百文敏幕，在粤海，受張保鄭乙嫂之降。受降海外韜鈐練，簪筆行間贊畫高。世異時移今不古，風塵老去渾無主。三秋聞雁已心驚，五夜聽雞猶起舞。花間且復寄閒身，遍訪前郵與後郵。不識雲中尋處遠，豈真霧裡看時昏。即今海氣朝浮沴，誰復籌邊工至計。剩有當年杜牧之，梁園春色聊凝睇。我向武陵曾問津，水光山色記來真。與君相約看花去，好續因緣作比鄰。

次慧秋谷河帥答謝韻

静裡參觀景物新，詩筒響答捷如神。
尋巢舊燕能相識，經雨殘花似解顰。
立節豈因夷險異，論交最喜性情真。
杏園前事煩追憶，枝上離離子有仁。

賀老友楊簡哉學生兩孫

銀盤次第浴蘭湯，雌甲辰休謔庾郎。
並茂椿萲躋上壽，駢生梧竹粲成行。
試挑瑞錦裁雙褓，新刻茗華作對璋。
珠顆玉牙渾莫辨，緊看手足綵繩長。時簡哉年八十二。

病後對菊

蕭寺森嚴好結隣，秋花五色傲霜晨。
漫将晚節誇賢相，且詠新詩學雅人。
過眼繁華知味淡，關心風雨最情真。
維摩病劫今消却，静養天和是此身。

九月十九日得七兒崇厚舉京兆副榜信詩以誌喜即寄勗之

奉使中邦地，匆匆閱載餘。客秋飛一鶚，大兒崇實於癸卯領鄉薦。此日望雙魚。

賀竟來蘧使，雲浦中丞遣人送信。人皆惜副車。余心已知足，直擬列賢書。

憶汝初生日，於今十九年。七兒以道光丙戌生於開歸道署。蔭原承素德，業許守青壇。

好繼兄名起，須知父志專。丙科欣在邇，勉策祖生鞭。

次慧秋谷成河帥述懷韻

迴向依三寶，觀空净六塵。何妨參彼法，相與證能仁。書來云與牛鏡塘前輩談禪甚洽。

頓漸開緣覺，圓融得性真。緊余實頑鈍，望道歎垠垠。

忠孝儒門事，經綸典籍聞。新篇策羣彦，往蹟溯遺文。

卜豈篚間問，防同突隙焚。吁嗟杜陵老，每飯不忘君。

長夏侵風露，俄逢短景天。昨來知我病，意外得君憐。

居近聯綦履，音和叶管絃。維摩空結習，應號信天緣。

際此艱難日，常思竹帛儒。吾儕相砥礪，斯道豈含黏。

趨役羣工奮，勞歌萬衆呼。堧流乏奇策，同荷主恩殊。

題宋霽堂竹苞年丈靈雨圖記公任山西平遥令時事。

靈旂閃閃超山頂，玉虎晨鳴癡龍醒。
大澤旁敷地脉蘇，百千黔首使君拯。
使君功德不自銘，但言甘霔神之靈。
羽葆旌幢恍惚見，倒騎雨工升天庭。
天庭冥冥雲四瀉，龍公施雨駕龍馬。
兒童拍手野老呼，齊謝蒼蒼錫我暇。
嗚乎平遥斗大區，爲天下雨豈有殊。
此心呼吸通帝謂，拔劍呪水胡爲乎。

題霽堂年丈伏狐記

媚人玉面忒離奇，懺悔風流勢已遲。
稽首銜齋雙耳帖，瞢騰無奈麯生欺。

黄紬被撤報排衙，論罪難將約法誇。
絶好荼毗三尺墖，野狐禪證色空花。

題宋敬齋佩紘尋梅乘馬圖

矍鑠精神老據鞍，唯應努力勸加餐，
興來策馬東園路。禁得滿身香雪寒。

記得鯨跳海上秋，也曾捧檄佐軍籌。
沈舟不使張帆過，風鶴何從到石頭。

白髪蕭蕭兩鬢新，江淮一别幾經春。
道南大屋容相假，余奉使汴梁，曾假藏園作廙。畢竟周郎似飲醇。

題敬齋侍姬攀桂圖

冰雪聰明最小郎，昨來第一采芹香。十世兄毓琬，趙如君所出，本年以泮元入學。
秋風丹桂春風杏，看寫泥金帖子忙。

佳話流傳郊與祁，五世兄毓瑛連年秋試均邀特薦。好将述德付佳兒。
君家自有相沿例，聽取而翁拊掌時。

題汪孟慈喜荀太守清明種藕圖

漂泊宦遊子，驚心霜露中。湖天秋水白，菡萏晚花紅。
夢繞烏啀久，封看馬鬣崇。帝京東悵望，述德此情同。瀋陽鐵嶺縣長白山麓，余之遠祖墓在焉，迄未得一展拜，讀是圖爲悵然久之。

奉命辦事庫倫恭記

巡行朔漠許乘軺，願以馳驅答聖朝。
敢道北門資寇準，竟同西域學班超。
黄沙滿地霜威肅，白草連天日色驕。

坐鎮衹期無所事，大旂閃閃馬蕭蕭。

三月入覲奉旨開缺調理恭紀

出花宮漏響頻頻，鵠立鵷班日向辰。
臣志甘爲投筆吏，君恩許作暫閒人。
休言泉石怡予性，且借烟雲供此身。
天地生成難報稱，自慚小草感無垠。

豐臺看芍葯悼亡姬洪友蘭

輕風片片雨絲絲，正是豐臺四月時。
惱我韶光剛婪尾，恨他名字是将離。
揚州自昔誇金帶，梁苑空傷倒玉卮。
惆悵曼殊多歷劫，不堪重詠落花詩。

明　陵

華表翠雲凝，空山指故陵。瑞休誇玉鴿，明初有十二玉鴿集於陵山。神已閟金燈。天壽山舊有神燈。

爵錫侯封重，徽加帝號曾。冬青悲宋社，何幸聖恩承。順治間加崇禎帝號，雍正間封明裔爲侯，至今世襲，乾隆間發帑百萬重修。列聖優禮勝朝，亘古未有。

盤山紀遊

雄秀毓鴻濛，山横畿輔東。秋霜楓葉紫，春雨杏花紅。

勝擅松泉石，盤分上下中。畫圖與詩稿，遊興正無窮。山有三盤，上以松勝，中以石勝，下以泉勝。

妙境本天成，山環儼若城。路廻峰側轉，石裂樹横生。

泉滴涓涓響，濤飛謖謖聲。護持誰最力，争説寄禪名。涓涓泉在天成寺殿後，近日山松多被私伐，兹寺獨茂，詢知僧寄禅護持之力。

甘澗列東西，盤旋路欲迷。水聲時上下，樹影互高低。

斗笠松堪戴，蒲團石可棲。青溝遺廢址，芳草正萋萋。斗笠松蒲團石均在東甘澗，青溝禪院智樸上人所開。

絶頂誇雲罩，儂今拾級來。絪緼元氣足，糺縵曉烟開。

燈合輝孤塔，峯真低五臺。滄溟如可挹，身已到蓬萊。雲罩寺在絶頂旁，有挂月峰定光塔。

山莊題静寄，仰見至人心。妙契清虚宇，香霏功德林。

芙蓉開四面，松檜吹千音。太古雲嵐結，紅塵那得侵。盤山行宫，高宗題曰名静寄山莊，内有八景。

樓作凌霄勢，飛甍出半天。雨來風自滿，雲淨月常圓。

佛法參常照，仙機悟自然。剛逢三五夕，宸賞憶當年。半天樓在行宫内。

東征誰晾甲，遺跡説唐宗。泉石成真賞，烟雲盪我胸。

白飛千尺雪，青冷萬株松。瓢飲心堪洗，携兒興倍濃。晾甲石在行宫内，相傳唐貞觀征高麗時晾甲於此。

古寺傳唐代，輪囷巨石奇。如何摇且動，竟可轉而移。

一法分千相，千鈞引一絲。海山曾遇此，妙悟少人知。千相寺，唐開元時建，後有摇動石。

下盤遊甫畢，選勝到中盤。源水頭頭活，山容面面看。

莊嚴尊紫蓋，花萼蔟青巒。八石標奇致，兹山得大觀。古中盤在紫蓋、蓮花、昆盧三峰之間，有談禅等八石。

峰指嶕嶢起，幽奇属上方。天門開軼蕩，鳥道辨微茫。

客懔懸空石，猿驚選佛場。不教身試險，盤路暫廻翔。上方寺旁有礁磽峰、懸空石、天門開、白猿洞諸勝。

鬱鬱萬松青，臺高敞翠屏。英雄曾舞劍，菩薩妙談經。

虎到應知伏，龍來亦解聽。抗懷希往哲，半日爲留停。舞劍臺在萬松寺西峰，頂爲唐李衛公舞劍處。

養痌承恩遇，田盤訪隱淪。峰南推挂月，山北漫尋春。
是處茶烟起，誰藏藥裹真。同朝簪履伴，到此幾何人。山南有挂月，山莊石東村隱居處，山北獅豸峰下蘿村李鐵君隱居所。

謁金陵

雲擁萬峰屯，金陵勢獨尊。連三峰作鼎，遥對嶺爲門。主山三峰曰連三鼎，來路曰石門峰。治己誇堯舜，金世宗稱小堯舜。慈還庇子孫。麟慶爲世宗二十四代孫。亡明空斵削，明萬歷時，以遼東風水攸関，曾劚斷龍脉，高宗親詣致祭，命完顏氏子孫陪祀，恩至渥也。修復荷天恩。我朝世祖、聖祖屢敕修復，禁樵採。

上方山紀遊

朝罷金陵問上方，山僧相約束輕裝。
簫君指引山莊宿，流水桃花意緒長。時裕泉僧指引假宿蕭丕承上舍萬成莊，故云。

清曉驅車瓦井村，天開孤口均村名。儼桃源。
肩輿换得崎嶇甚，此地翻名上下原。

入山幾轉路三三，拄杖欣來接待菴。
斧劈麻皴松倒挂，兩崖青翠一精藍。山下庵名接待，上名雲梯。

霞盤風磴繡苔斑，千尺崔巍九轉灣。
拾級入雲雲引鎖，兩兒扶我好躋攀。時崇實、崇厚随行。

轉入雲梯境更幽，泉流瀌瀌響溪頭。
紅欄一角林梢露，笑説天宫是此樓。兜率寺後有樓，名兜率天宫。

門題兜率古禅林，一徑盤旋翠靄深。
我到百僧齊稽首，鐘鳴權布祇園金。是日開堂飯僧故云。

閑尋七十二僧家，餉罷黄精又餉茶。均本山所産。
更喜翩翩三綬帶，山鳥名。聲如音樂和瑜伽。

摘星陀上絮雲鋪，秋雨瀟瀟入夜麤。
曉霽山開真面目，碧翁爲倩朗翁圖。時畫史陳朗齋同行，因倩作圖云。

過石樓村賈島墓作村爲賈島故里。

島也曾稱佛，石樓尚有村。青山埋瘦骨，白月弔詩魂。
漫指山前路，誰敲月下門。晚唐冠蓋客，名姓幾人存。

九日登陶然亭

卄年不到此亭來，蘆雪蕭蕭眼界開。
得意有人曾較量，松湘圃相國曾集酒客於此。消閑今我獨銜杯。
愛他龍樹生新樹，俗名龍爪槐，今爲龍樹寺。笑説窑臺在亭東北。賸舊臺。
九日登高拚一醉，斜風細雨浄飛埃。

三貝子園觀魚園在西直門外，本明萬駙馬白石山莊，今名可園。

廢墅傳明戚，今爲帝子莊。橋仍横白石，夢早醒黄粱。
松老看藤繞，人閑笑鶴忙。遠山兼近水，絶好此秋光。

誰叅濠濮樂，我到喜陳魚。戲水縱横甚，窺天上下如。
金鱗輝荇藻，紅影艷芙蕖。聚散皆天趣，無煩剖索書。

重遊釣魚臺在阜成門外三里河，有行宫。

宫墻迤邐擁高臺，山色湖光眼界開。

去日休論金代遠，金主曾遊幸處。當年曾侍翠華來。嘉慶乙亥，官兵部時曾偕同人扈蹕過此。

隱居漫説王飛伯，金隱士名，轡居臺下。園址猶稱丁茂才。元人有玉淵潭，園池潭即宫址。

利濟輓輸憑此水，經營幾費聖心裁。乾隆間開此湖，下達通惠河濟運。

重來正值晚秋天，緩步長隄大道邊。
乾緑荷風真瑟瑟，疏黄栁影尚綿綿。
半篙斜日半篙水，一抹西山一抹烟。
寥落晨星懷舊侣，幾回惆悵惜華年。

天寧寺聽塔鈴

塔建於隋，藏舍利，高十三層，每椽綴一鈴，共計三千四百，舊有漢磬一。

古塔矗天寧，三千四百鈴。無風亦摇曳，結響自圓靈。
漢代曾留磬，隋皇漫貯經。拈花微笑處，端合静中聽。

觀塔影圖

《日下舊聞考》謂是火齊珠光圖，則康熙時人許惪寫《華嚴經》全部，凡六十萬四十三字，工楷絶倫。

塔影傳前代，光分火齊珠。是誰能發願，竟爾寫成圖。
鳳毛匀行整，蠅頭作態殊。華嚴六十萬，此軸盡苞符。

丙午元日試筆

書行兼作字，着手自生春。報國心仍壯，簪毫指又伸。
集欣呈一品，時書僮福順呈李衛公《會昌一品集》。日已麗元辰。老起弹冠興，梅花合笑人。

春日遊極樂寺懷舊

嘉慶甲戌偕戊辰諸同年，會飲於寺之國花堂，堂在寺東院。

乙榜同登快唱酬，當時裙屐擅風流。

而今樹柳仍青眼，剩我尋芳已白頭。
寺在西偏誇極樂，堂開東圃記傳籌。
年年花發渾閒事，却使人来感舊遊。

程孟梅散存詩

孝烈將軍祠

將軍諱木蘭，姓魏，隋時人。祠在河南商邱縣營，郭鎮即將軍故里。

河水濺濺遠近聞，崇祠人重女將軍。
脱裝獨許生全父，仗劍還將死報君。
環珮歸來隋代月，旌旗捲盡宋邱雲。
西川更有黄宗嘏，千古高標武與文。

題翁繡君女史羣芳再會圖

十尺輕綃絢彩霞，枝枝葉葉鬬芳華。
漫勞月姊重開鏡，又見天仙妙散花。
前度繁香仍荏苒，這番新樣更横斜。
披圖猶記君姑説，此是南宗一大家。夫人曾以前畫百花圖就正先姑。

昨歲曾蒙壽字加，又看宸藻焕雲霞。
督鹽兼攝榮三印，福禄來同映五花。
繞膝喜知承祖訓，齊眉恩共沐天家。
與君偕老平生願，大衍同開樂歲華。[一]

【校記】

［一］：此詩輯自《鴻雪因緣圖記》第二集下《福壽拜恩》。道光庚子，麟慶年五十歲，署兩江總督，兼兩淮鹽政關防。皇帝又賜福、壽字，麟慶賦詩，程孟梅亦以此詩賀。

適齋詩集

（清）崇實　撰

適齋詩集卷一

奉嚴命恭詠御賜平定回疆銅版戰圖

聖主昭神武，平西大業隆。已看酬將士，猶欲表軍功。
作記曾揮翰，成圖更鑄銅。獻俘歸廟算，獲醜狀元戎。
羆虎先聲捷，旌旗列陣雄。分題天藻煥，細寫地形工。
即此遊氛靖，端由帝德崇。畏威傳海外，餘勇鎮關中。
恩澤椿庭渥，安懷蔀屋同。永櫜弓與矢，歲歲樂年豐。

夜聞竹聲不寐偶成

金飈從西來，萬竅似鼓吹。竹逕亂飛聲，中夜不能寐。
披衣開門看，滿地清影碎。入耳何蕭疏，對我舞青翠。
嗟爾本虛心，何故狂如醉。祇因風力强，高標不自遂。
須臾月上時，依舊青雲致。對此悟天機，不盡淒清意。

遊普應寺

層閣燦輝煌，莊嚴禮法王。門前流水遠，樓外古隄長。
有樹鶴皆立，無花松亦香。句留何處好，清靜寶華堂。

重晤李小叙喜成

今夕復何夕，相逢倍黯然。自從秋解袂，久不夜裁箋。
脩竹仍如舊，春風又一年。把杯多繾綣，轉瞬送君還。

春夜同硯癡西園閒步並寄學癡

相約探芳春，春宵景物新。方池一片水，明月兩吟身。
樹影驚栖鳥，波光動翠蘋。更思歧路客，詩興可逡巡。

邯鄲途次謁盧仙祠題壁

風塵冉冉道邯鄲，一問盧祠思邈然。
畢竟癡人有癡福，夢爲將相醒爲仙。

壽　客

花中有客獨挺秀，傲骨珊珊耐清瘦。
秋來百卉已俱腓，惟留晚節淩霜茂。
染出秋心滿徑黄，東籬缺處陽光漏。
已采茱萸作佩囊，莫笑仙英簪白首。
籬外金風颯颯來，枝枝摇動清香透。
當時仙友已彫零，惟有此君仍是舊。
風勁霜嚴歲已遲，此花開後何花又。
落英酌酒更延齡，端是花中稱上壽。

夜渡微山湖

旅雁一聲呼，推窗月滿湖。片帆風勢飽，雙槳浪花麤。
寥廓催詩興，浮沉悟世途。嶧陽回首是，雲樹遠村孤。

曉起見雪有感兼寄同人

冷意從何來，開門見朝雪。茫茫天地寬，萬物皆一白。
寒松影不摇，凍鳥聲將絶。歲月太怱怱，令我思切切。

憶昔丙申間，翰墨緣初結。池畔啜春煙，竹裏吟秋月。
轉瞬南北馳，雲天相契闊。京華有故人，論交更莫逆。
蕭寺共聯牀，奇文同擊節。磨歷正相須，意氣俱蓬勃。
不意鵬程寬，偏阻淩霄翮。歸來冬未深，河柳猶含碧。
倏忽幾晨昏，又見霏玉屑。人事屢更遷，風景何曾別。
無窮離索思，欲述口如訥。俯仰一室間，梅花香正冽。

暮登延陵季子挂劍臺在東阿縣北張秋鎮。

昔賢不可見，此日獨登臺。挂劍一時義，交情千古哀。
河流含往事，斜阪長新苔。極目天低處，蒼然暮色來。

舟次三望

聚散原無定，帆檣笑我忙。一年三到此，千里幾相望。
風景來時異，煙波去路長。遙思癡社客，應泛菊花觴。

四女寺

閨閣傳名教，高津廟貌崇。十篇女論語，千古大文風。
砌角豐碑斷，門前衛水通。我來一憑眺，楓葉滿隄紅。

贈學癡四律

憶昔共高歌，秋深翠竹多。但知吟不厭，誰問夜如何。
癡態三人足，詩腸萬事磨。即今畫圖在，風月未蹉跎。

盛會原難再，萍蹤無限情。淮陰君寄食，京國我求名。
風雨懷思切，滄桑感慨生。良緣天亦重，七載續癡盟。

千里長安道，偕君作壯遊。湖山供嘯傲，詩酒儘風流。
草長春隄外，花飛古渡頭。相觀更相賞，同泛木蘭舟。

此後風雲際，前程萬里寬。久欽才畧大，豈畏宦途難。
壯志酬彈鋏，雄心快據鞍。他年歌嘯處，應憶舊瑯玕。

乙巳鄉試[一]報罷侍遊盤山出郊口占

見說田盤上，松泉景最幽。煙巒邀弟訪，雲水侍親遊。
獨具天倫樂，非同隱逸流。問他袞袞者，識得此情不。

【校記】

［一］“鄉試”，誤，應爲“會試”。崇實於道光二十三年癸卯（1843）中式二百四名舉人。道光二十四年甲辰（1844）與會試，榜發落第。道光二十六年乙巳（1845）春應會試榜發未中，後侍父麟慶遍遊家山，於是有此詩作。

入盤山

未到木蘭峰，諸峰翠已濃。橋深曾隱虎，潭净或藏龍。
怪石迎人立，蒼松擘面逢。不知塵世上，隔去幾千重。

宿天成寺

衆壑環如堵，天成儼若城。窗收千里碧，門足四時青。
客以梅名丆，時有石丆，觀梅菴所居。僧言塔貯經。涓涓泉最好，信宿爲留行。

出山留贈寄禪

山水有真契，不在高與深。苟不得其人，雲壑成荒榛。
前山若非子，勝跡不可尋。我知松與石，無窮感慨心。

謁金陵

眾壑盤旋處，金陵特地高。細流奔亂石，怒木捲驚濤。往事嗟兵燹，前明疑王氣有關，曾爲斲斷，惑於形家之談也。深仁荷寵褒。我朝世祖重爲修復，仁廟、純廟均曾親祭，命完顏氏子孫陪祀，先高祖得與盛典，且蒙恩賚。隨親一瞻仰，滿目悵蓬蒿。

抵雲居寺戲題

曉霧蕩寒色，諸峰翠不分。鳥啼厓下樹，衣挂壁間雲。洞古碑生蘚，山有七洞，隋僧智琬所開，内藏石經，甚富。臺高塔結羣。上有金仙公主所建五塔。琬公無處訪，遺跡有誰聞。

戊申暮春雨後至積水潭

過雨湖光浄，穿林霽色新。山門留夕照，野犬吠遊人。
煙樹情無盡，樓臺望不真。飛花滿石磴，流水繞餘春。

遊龍泉庵

虛壑含松籟，幽泉瀉午晴。有牆皆竹色，無樹不蟬聲。
入户迷煙靄，推窗列市城。坐來忘物我，香送野花輕。

清明遊龍樹院中途遇雨而返

乘輿時命駕，欲作南城遊。微雨從西來，良歡不可求。
萬事偶然耳，行止非所謀。去去固足樂，歸來亦得休。
寄傲南窗下，有酒自忘憂。

雨　後

偶來池畔悟禪關，古木修篁相與閒。
最愛雨餘天盡處，暮雲疊作數層山。

半竿斜照界牆東，妙映雕欄曲曲紅。
孔雀也知深自愛，滿身金翠曬春風。

八閘口占

山根擘出引飛湍，八閘渾如十八灘。
一日行程三日到，始知穩向上流難。

和忠雅堂落葉

古樹寒煙起凍痕，匆匆榮落幾晨昏。
有聲總借風穿徑，無影先教月到門。
頃刻捲開紅蓼岸，何時飄却緑楊村。
要知大地原空闊，只是蕭齋冷夢魂。

題詩掃葉類山樵，萬壑千林障礙銷。
幾處炊煙生驛堠，一林霜信逼谿橋。
高寒尚有棲鸞榦，寥落空餘繫馬條。
無限愁思悲斷梗，那堪月下忽聞簫。

寄李小叔

斜日西風起嫩寒，懷人獨對碧琅玕。
事如春夢過真易，書爲多情寄轉難。
杜牧何妨常作客，陶潛原自誤爲官。
袁江聞說春如許，能否長叨絲竹歡。

遊龍樹院

偶從人海脱塵寰，一入禪關一解顏。
遍地寒蘆晴亦雪，半城秋色樹兼山。
斜陽返照荒臺外，名句常留古壁間。
檻外陶然遺址在，一斟菊酒一開顏。

宿蕭氏莊

款段行來蕭氏莊，到門山色壓西牆。
野花寒竹饒生趣，火棗氷梨侑客觴。
村叟幾人談虎豹，斜陽一片下牛羊。
鼓予逸興眠難早，趁月閒遊打麥場。

入上方山

峭壁嵯峨鳥道窮，丹梯轉處奪神功。
梵宮直與天宮接，妙境皆從絕境通。
泉活終年苔自碧，巖深傍午日初紅。
幽棲七十二山寺，盡在空濛雲水中。

重修半畝園落成

松護雲根竹引泉，林園位置幾經年。
敢云堂構承先志，聊借琴書謝俗緣。
放鶴有亭三徑靜，鳴蟬在樹午陰圓。
長年跋涉黃塵裏，小憩渾疑別有天。

熙時際會本無憂，亭榭何妨鎮日遊。
但有客來皆不俗，縱無花處也含幽。
閒情學灌樊遲圃，雅詠新開謝朓樓。
最是憑高時引領，五雲蔥蔚傍瀛洲。

睡餘長夏意如何，窗種芭蕉屋補蘿。
不是孤高求世少，衹緣憨拙得天多。
池塘清淺知魚樂，林籞週遭任鳥歌。
無限詩心與禪悅，名槎古鼎日摩挲。

去住無心户不扃，迴廊曲折館瓏玲。
清風明月淡懷抱，小草閒花寄性靈。
兄弟相期同樂業，賓朋最好是忘形。
鄉嬛幸有遺書在，勉繼先人守一經。

天貺前三日同恩遇堂諸君雅集蓮社即席和謝方齋韻

緑陰帀地護華筵，門外香風放碧蓮。
好景恰居城市内，閑情都在水雲邊。
每從竹院尋良友，難得花時會衆仙。
忽向耳根參妙諦，垂楊聲曳别枝蟬。

芙蕖萬柄鬪青紅，香到幽居更不同。
麂眼籬疏初過雨，蝦鬚簾捲乍通風。
塵緣悟徹三生外，佳句吟成一笑中。
小飲願隨長者後，晚涼歸去試花驄。

又和前韻

芰荷香裏憶華筵，佳句吟成舌吐蓮。
門讓湖光先客至，雨催花氣落樽前。
直將塵海爲香海，未有詩仙不酒仙。
今日吟懷應更好，斜陽一片噪秋蟬。

行徧西涯東復東，别開蓮舍有誰同。
羣書自有名山樂，帬屐皆存太古風。
友好每求形跡外，人來都入畫圖中。
至今解語花含笑，猶記曾迎御史驄。謂謝方齋先生。

冬夜感懷

窗外寒光徹夜清，窗中百感忽交并。

久荒學業勤無補，未振家聲夢亦驚。
惱我米鹽真瑣碎，羨人詩酒太縱橫。
水仙擁腫梅花瘦，一律觀之總不平。

五月初十日華香妹壽辰即席賦贈

照眼榴花映綺筵，金罇倒處暖浮煙。
襟懷本不同閨秀，觴詠居然是地仙。
君以丹青徵上壽，我因絲竹感華年。
隴雲濟水遙相望，雁序分飛各一天。

適齋詩集卷二

奉使入蜀道經直隸閱看團練

旌旗獵獵馬蕭蕭，笳鼓聲中驛路遥。
大將至今嚴壁壘，斯民連歲困征徭。
傳聞欲借鯨波力，時議決河灌賊。計日應將鼠穴澆。
安得天河長洗甲，四方兵氣一時消。

過涿郡懷古

津梁十里鞏皇圖，督亢陂連拒馬湖。
在昔軒轅窮戰伐，於今南北走通衢。
樓桑村小興王業，安樂窩深啟大儒。
欲起道元泉下問，涿流還似舊時無。

渡盧溝河

髫年我早渡盧溝，宦海曾經侍壯遊。
今日橋頭重駐馬，驚心世事水東流。

良鄉道中

積雪明殘照，嚴寒滯曉春。斷崖高過屋，小樹矮於人。
渺渺天涯路，勞勞車下塵。青旌遥在望，且自酌清醇。

靈石道中

四望碧迴環，荒城石不頑。人穿黄葉下，鳥逐白雲還。
野水斷前路，炊煙横半山。徘徊聊自遣，冠蓋幾時閒。

有感近事

疊受天恩正自慚，偷銷吾籍亦心甘。
回思老父臨危態，未免追尋興太酣。

佛家惟有大慈悲，何事金剛慧劍揮。
可惜多年修養力，嗔根一動犯天威。

人世遭逢豈偶然，况當心膂效仔肩。
佛恩已許收龍馬，一炬焉能傲上天。

冤冤相結幾時休，遇阻他人反自投。
叩乞慈悲垂法力，留伊靈性使回頭。

戊午元旦

昔日東坡三十九，尚云官小未朝參。
我從廊廟歸泉石，四載於茲春夢酣。

復起爲太僕卿

三年伏櫪卧蒿萊，久已心情冷似灰。
忽被捉將官裏去，又驚恩自日邊來。
雲中舊侶重相訪，海上新聞更可哀。
果把黄金求駿骨，天閑應有出羣才。

墮馬歌

長安市上多險區，十月一雪冰填途。
南轅北轍互爭競，欲行不行齊趦趄。
車中坐久心懆懆，我輩豈能困泥淖。
男兒本具壯往志，况有驊騮可開道。
下車上馬爭當先，誰知平地生波瀾。
五花踏雪如超乘，八尺追風忽掛驂。
僕夫惘惘真如睡，主人墮馬渾如醉。
襟上猶留蹂躪痕，青絲鞭折貂裘碎。
道旁觀者深嗟吁，謂君生死關須臾。
似此少年不解事，毋乃輕擲千金軀。
我聞斯言發深省，果然意氣徒骯髒。
退步原爲進步基，古來失事皆勇往。

寄地山弟在固安防河

記否曾隨六月征，而今枕上聽河聲。
閒將詩卷從頭讀，頓覺襟懷徹底清。
行館野花高下發，大隄漁火兩三明。
試看村落炊煙起，便是宣防績有成。

嗟予身世等浮鷗，書畫叢中任卧遊。
憂樂詎能關四海，行藏何用訂千秋。
每追樹影移涼榻，且折花枝當酒籌。
漫說清才兼艷福，年來華發漸盈頭。

喜地山弟歸自甘肅

既出陰平道，還從塞上來。時繞道鴈門關。相看雜悲喜，握手轉疑猜。大地秋風起，邊城畫角哀。干戈方滿目，努力濟時才。

園中老柳百餘年物也忽爲狂風摧折周圍護以土垣春時生趣依然喜而有作

滿園花樹此爲尊，樓外毵毵翠靄屯。
忽地狂飈真拔木，多情詩客欲銷魂。
繁條斬去丰姿減，粉壁圍來老幹存。
留得參天生意在，年年依舊緑當門。

扇子河步月

一片澄虚鏡，天光上下同。粉垣遮遠岫，丹樹擁離宫。
燈火千家静，風煙萬象空。徘徊過夜半，疑在玉壺中。

出使科爾沁陛辭恭紀

雲棧曾乘使者槎，又從紫塞賦皇華。
天朝恩禮隆三恪，大漠車書混一家。蒙古多元代後。
温語親承如挾纊，秋光飽看似蒸霞。
會當飲馬長城窟，正值西風雁陣斜。

出都口占

單車匹馬事長征，九月嚴霜塞上行。
但以馳驅酬聖主，敢將奔走慨浮生。
人來薊北情先壯，地入遼西氣不平。
白草黄沙開眼界，歸裝詩句雜邊聲。

過薊門望盤山感懷

乘傳東來落葉稠，忽驚空翠撲前騶。
林巒匼帀開仙境，杖履追隨感舊遊。乙巳年間，曾侍先大夫遊此山。

嵂萃中峰擎紫蓋，微茫古澗辨青溝。
回思往事增惆悵，卜築何年願始酬。先大夫曾論宦成身退宜住此。

三屯懷戚少保

路轉峰迴勢鬱蔥，前朝此地重邊功。
時平廢壘埋荒草，野曠饑烏噪晚風。
一代權門稱走卒，江陵當國時，惟戚少保得稱走卒。千秋遺廟祀元戎。
傷懷立馬斜陽下，將畧方今孰與同。

登景忠山

寒松謖謖來天風，危梯百轉盤清空。
長城一線界中外，川源浩浩開鴻濛。
窮邊竟有此福地，堪歎愚人但知利。
終年香火徒紛紛，誰識景忠命名意。山因祀武侯得名，後爲寺僧添供子孫娘娘，香火甚盛。問景忠祠，竟無知者。

渡老河

塞外極險之境，十月十八日到河北時遇過客，皆云水没馬腹，正深憂懼。余禱於馬哈嘎拉廟，半日間河即凍合，蹋氷而過。尤奇者，上下流皆未凍，土人嘖嘖稱羡，因成此律，聊以紀實，不敢言詩也。

朝涉方驚水没腰，晚來河已現氷橋。
漫言天使真生佛，總爲神靈護聖朝。
萬事偶然難預料，一時巧合敢虚驕。
名香手爇生寅感，此去無憂路尚遥。

出喜峰口

達曉出雄關，滿目皆荒壘。數典考厥名，傳聞近奇詭。
秦代築長城，有客役遼水。其父苦思兒，追尋千萬里。
經歷幾炎霜，行行不知已。疑無相見期，倏爾遇諸此。

喜極摧肝腸，雙雙崖下死。至今崖上墳，樹猶拱喬梓。
雖非齊東言，究未見信史。事竟反孟姜，悲歡兩相擬。
或者警邊功，其意良有以。我思古來人，往往苦邊鄙。
雁磧與龍堆，但覺蒼涼耳。獨此松亭關，峰巒最可喜。
因而錫嘉名，庶幾當至理。何以元代儒，歌亦從俗俚。元許有壬曾歌其事。
峩峩黃土崖，聞有古君子。安能啟雲扉，與之究終始。
亂石多於人，步步阻行趾。策馬下九弧，嶺名。夕陽萬山紫。

過莫克腦草地遇風

長風獵獵捲前旌，衰草連天一望平。
沙氣四圍成混沌，日光千里失晶瑩。
人稀並怪牛羊少，土瘠難容狐兔生。
從古詩人誰到此，我來偏自動吟情。

科爾沁賜奠

綸綍頒來自上方，大賓立奠酒三觴。
衣冠賚予君恩重，帶礪分盟世澤長。
厚葬可憐無馬鬣，蒙古俗多用火葬，雖貝勒不過築一白灰小臺，高不滿尺。通衢堪笑似羊腸。十一臺北皆荒草，深三四尺，有一線馬路，土人謂之貝勒府大道。
禮隆私覿情難卻，公事畢，即欲回轅，主人跪求小住，以便謝讌。冷坐穹廬看月光。是月正十月十五。

帳下聞歌

誰知莽莽牛羊地，也有妮妮兒女音。
偏對征人歌遠別，胡琴情思一何深。

我正狂吟敕勒歌，心腸鐵石肯消磨。
忽聞一串如簧舌，頓覺冰天氣也和。

蒙古臺站竹枝詞二十六首

敕旨北來第一臺，坤都管驛站官名。多少跪塵埃。
就中更有筆奇氣，辦文書者。蒙漢能文即大才。

章京總理臺站官。華屋只三椽，諳版大人也。來臨舉室遷。
入户並無茶可獻，但蹲單腿遞壺煙。蒙俗以鼻煙爲敬。

黑蘇烏雅地名。第二程，里云百廿太無情。
八溝布達吃飯也。纔辰刻，枵腹奔馳到二更。

馬公喀沁各分衙，南北遙遙五十家。漢人謂臺站爲五十家子。
從此竟無幅哩革，騾子也。儼然四牡詠皇華。皆以馬駕車，有至四匹者。

三臺忽睹好風光，瓦背黄花尚有香。
道是石頭老爺廟，此間尚可糴鄉糧。過此則不解耕種矣。

茫茫達色沙山也。繞迴環，十二連城土作關。云李晉王墳城。
塔影凄涼風色慘，果然塞北是陰山。

行行漸覺使人愁，大地縱横盡裂溝。
名實相符波里格，蒙語極難也。縱然神駿也低頭。馬雖加鞭，亦難行矣。

紫炭難然糟也無，一鍋牛糞即紅爐。
烏蘇水也。汲出濃如酪，渴極猶能飲一壺。

浩漢國名。旗連土默特，國名。童山無數擲荒原。
晚來忽見樹三兩，豔説當年公主園。

苦極由來屬五臺，柴門不整土房頹。
端陽一雪馬全斃，本年四月事。塞外窮黎實可哀。

連天枯草白於霜，時見紛紛走鹿獐。
莫克腦水汪也。中求止宿。夜深風比虎尤狂。

沙山頃刻自遷移，烏拉帶路人也。前行路已迷。
天日晴和猶慘淡，微飈即不辨東西。

六臺景況更單寒，門户皆無土實難。
牆用柳條屋用草，牛羊眷屬一團團。

灌莽森森似雀窠，忽然百里盡繁柯。
套來野馬難馴服，時聽輿夫歎奈何。

奈曼國名。旗中走一程，新修鬆木佛寺也。甚鮮明。
家家男女多披剃，爲着黄衣搏善名。蒙俗出家，則黄衣。

晚來風雪忽交加，不解前途路幾叉。
哈達怕也。嗚虔勤拜禱，歡呼晚霽現雲霞。

老河横路怒風號，舟楫全無兩岸高。
漫道水深過馬腹，但憑忠信涉波濤。

堪訝八臺道更長，披星戴月尚奔忙。是日行三百餘里。
羡他毳帳氊簾内，煖氣烘烘入夢鄉。

埜杏全高一二尺，坡陀四望樹皆同。
春深也說開如錦，塞外何嘗無好風。

牛革綳成蒙古包，行人個個是曹交。
饔飧但有和泥肉，羊也。活剝生吞當美肴。

一坡纔上一坡連，登頓頻勞馬不前。
北斗闌干回首望。四臺以後皆南望北斗。四圍天似笠形圓。

遥看蟻陣黑紛紛，道是罕家國王也。牛馬羣。
近水何嘗無沃土，可憐從不識耕耘。過八臺後，土性頗可耕種。

堿地汙泥色盡藍，窮荒風物太難堪。
牛溲馬勃供欽使，到處偏能一夢酣。

僕夫况瘁馬虺隤，遠塞稀逢使節來。
辛苦備嘗難盡述，小詩編就十一臺。

分正藍旗封貝勒，該旗乃圖什圖漢盟下所轄各王不同。少年火葬更無塋。旺楚克林沁方二十歲，俗用火葬。
白灰抹就土三寸，已算鋪張賜奠榮。

牛尾羊頭列座前，訥顏管家大人也。跪請入華筵。
一臠未割心先醉，我已薰成徧體羶。

長城懷古

天意分中外，河山界劃匀。果然能守險，何必重勞民。

聖代真神武，遐荒盡子臣。長城空萬里，多事笑嬴秦。

塞外歸途曉發

瘦馬馱殘夢，行行直向西。兼程惟仗月，遠塞無燈火。五夜不聞雞。自六臺以北絶無報曉之聲。

地迥羣星大，十臺較五臺高數百丈，天氣迥異。天荒四野低。襟懷空浩浩，無處可留題。

出臺站過孟家村口占

曉霧濕寒翠，疏林夾小村。異香來餅餌，生趣足雞豚。
地僻人情古，山深氣候温。回思沙漠境，到此亦桃源。

三河道上

風勁馬蹶驕，荒原萬木凋。秋光正寥落，客路況迢遥。
旅悶憑詩遣，閒愁借酒澆。不辭于役苦，豪氣未全消。

石門題壁

北望興隆口，巍巍氣象尊。乃東陵門户。絪緼千嶂合，拱衛百靈奔。
形勝吞遼海，人煙聚石門。殘碑留古廟，遺蹟說公孫。漢中平年間，公孫瓚破張純於此，土人祀之。

宿龍華寺

門藏十尺松，窗對一山雪。下馬志塵勞，於焉悟禪悦。

缺月上空林，疏鐘隔煙渚。庭院寂無人，獨與山靈語。

適齋詩集卷三

四十生日述懷

一彈指頃入中年，百感交并萬慮捐。
叢過祇緣登進速，捫心真覺受恩偏。實以庚戌進士，甲寅即至卿貳。
曾從雲棧探奇險，又到蓬瀛作散仙。
似此遭逢良不薄，浮生何事敢求全。

甲寅奉使入蜀庚申又按事川中黃君小癡爲繪重巡雲棧圖書以自誌

千尋峭壁連雲棧，萬疊奔流赴澗泉。
寄語前騶莫呵殿，恐驚山客不成眠。

題華清池

山泉暵似浴蘭湯，豔說曾經脂粉香。
博得終年渾塵垢，何如清靜瀉寒塘。

再經七曲神祠禮成恭紀

名山七曲應文星，桂殿千秋俎豆馨。
何必化書徵事實，是真陰隲便仙靈。
至誠原可通三教，淺語都能佐六經。
再到盤陀石上拜，干霄晉柏總含青。

過陂去平來坊

有平必有陂，來去無二致。只要穩著脚，步步皆實地。

辛酉七月量移成都將軍交卸督篆

敢道推能與讓賢，匡時乏術愧全川。
萑苻漫說非狂寇，隴畝差欣是有年。
鼠穴牛車憑衆口，春冰虎尾懍予肩。
傷心正值攀髯痛，遺命猶教雨露偏。

拄笏樓晚眺

樓頭偶獨立，暮色起蒼煙。樹子落如雨，花光紅欲然。
虚廊喧鬬雀，曲磴瀉寒泉。誰料籌邊者，猶參清淨禪。

題徐鋏孫觀察詩縣令圖

十臺偶爾歸吟詠，縣令才名海内知。
今日披圖更相識，幾人忠愛爲題詩。

冰霜骨格雪精神，梅譜編成萬劫春。公善寫梅，著有《梅譜》。
勳業文章皆不朽，如公豈獨是詩人。

夢感三生偶成

三生誰與證前因，回首茫茫屢墮身。
認定岱宗雲一片，東方陽氣最精神。

散盡黄金鑄願船，鐘聲夜半夢將圓。
無端一念生歆羡，又惹重來富貴天。

落成雲護落花之處詩以紀事

問誰宦舍如僧舍，愛我西衙事事幽。
閱世老梅猶弄影，驚人孤鶴自昂頭。
園林好處佛應占，花竹深時客每留。
隙地偶然成小築，大千雲海一浮漚。

縈紆石磴接山亭，亭外煙光入杳冥。
一抹斷霞含宿雨，四圍空翠撲疏欞。
鐘魚聲警秋將老，香火緣深地亦靈。
一夢遂教開勝境，額石本夢中所見。夢中蹊徑勝於醒。

是醒是夢總模糊，難得軒窗入畫圖。
俯仰欲超三界外，去來真覺一塵無。
秋風作意憐紅葉，寒萊迎門當綠蕪。
添種黃花千百本，儼然遍地是金鋪。

敢說經營不日成，雲垂花落最關情。
氤氳屋角香纔起，歡喜檐牙鳥已鳴。
何幸塵居依浄宇，可憐秋雨逼重城。時積陰已久。
私心不爲羣花祝，惟祝慈雲護衆生。

雲護落花詞

花開花落自年年，多事春風太放顛。
幸有慈雲長擁護，不教塵網與纏綿。
根依蓬閬枝枝秀，果證菩提顆顆圓。
畢竟是空還是色，一彈指頃隔人天。

梅子枝頭熟已成，惜哉落地又無聲。
錦籓照眼空留相，小草何知獨向榮。
似水年華風一片，傷春情緒月三更。

若非各有靈根在，安得栽培到玉京。

紛紛梗斷與蓬飄，都被罡風任意搔。
萬事到頭皆夢幻，一年能見幾花朝。
倡條冶葉嗤凡豔，翠柏蒼松羡後凋。
同在乾坤清氣内，問誰雲路最舒翹。

繁華盛極必衰殘，物我皆當一例看。
正好乘時資化育，何須獨境動悲歡。
日邊紅杏雲常繞，海上蟠桃露不乾。
見説天花遍空界，一齊收入七重欄。

題張薊雲過秦百首詩册

張生美年少，詩也不羈才。但覺情豪放，難將律細推。

薊門奇氣萃，薊雲生於幽薊，故以爲字。劍外筆花開。願更加涵養，鐃歌待剪裁。

乙丑青羊會上訪二仙庵畢鍊師談元口占一律

丹臺碧洞幾時修，二月遊人似水流。
未必市中無大隱，何妨花裏駐鳴騶。
超超元著誰能解，擾擾浮生各有求。
獨向鬧場尋靜趣，茅亭深處一勾留。

巡閱青羊花市遇濮青士比部小飲二仙庵即席口占

千紅萬紫繞週遭，似此巡遊亦足豪。
佳客多情設樽俎，元戎小隊肅弓刀。
翩翩誰是雲中鶴，磊磊真如海上鼇。百货皆堆積如山。
最愛晚來人散後，琳宮依舊起松濤。

過音雋甫花田小坐即事成詠

年年二月青羊市，捲地春聲夜半潮。
笑我病中翻整暇，與君花裏且逍遥。
高低秀色沿畦列，多少靈根論擔挑。
寄語東皇須護惜，莫教風雨太飄摇。

丙寅元旦時任成都將軍兼署川督

真個流光等逝川，兼持節鉞又經年。
四郊無壘民仍困，時軍務初平，民氣未復。雙印同懸任未專。時駱文忠公並未去任。
別有隱憂非盜賊，每辦中外交涉之件十分棘手。漫誇黼福擬神仙。
誰知大纛高牙裏，獨對梅花學老禪。

丁卯蜀省武闈紀事

爲採干城兩度來，甲子曾主川中武試，本年又監臨文武二場。龍門開處幾低徊。
中原此日猶榛莽，時河南、山東、山西皆有捻匪。奇傑何時出草萊。
校藝敢誇冰作鑑，挽强恨不鐵爲胎。
鷹揚鶚薦人多少，本年川中舉行兩科，文武得士三百有奇。終恐沈淪有異材。

戊辰元旦用丙寅作原韻

問誰三度領全川，予自庚申至丁卯三權總制。愧我迴翔已八年。
事爲更多心轉小，鄰非難援將宜專。時協剿黔省，改派唐道，漸有起色。
市闤燦爛春如海，成都市上多用燈，牌樓最爲可觀。幕府清閒客似仙。時李子仙根在幕中居於校射園，終夜以擫笛爲樂。
悟徹武侯明淨論，由來治譜本通禪。

戊辰會試大兒嵩申中二百八名貢士殿試三甲朝考二等欽改翰林院庶吉士房師趙朗圃贊善座主朱相國桐軒文尚書博川董尚書醞卿繼副憲述堂捷報到川余喜極而感追思前六十年先公連捷成進士祖母惲太夫人有寄勖之作因敬步原韻寄示

忠厚傳家寵若驚，祖孫三代沐恩榮。
人言世禄鮮由禮，我恐孤寒歎不平。
立品要須成大器，服官更望雪虛聲。
仰酬聖主臨軒意，問爾將何答聖明。

嗣復聞入館選再步前韻

四鄰多故寸心驚，何暇關懷館閣榮。
纔近天顔恩已渥，既登雲路步須平。
玉堂最重論思職，瀛海休誇詞賦聲。
康濟時艱匡主德，儒臣立志要光明。

同治己巳七月五十初度蒙恩賜壽頒發御書福壽字兩幀藏佛一軀玉如意一握文綺十八端拜舞祗領下忱感戴恭紀二律

半百年華等擲梭，九重天上荷恩波。
臣心正愧酬知少，主眷偏驚錫羨多。
寶月莊嚴金色相，仙雲糾縵玉枝柯。
仰瞻羲畫昭垂處，定有榮光護大峩。

一時喜溢錦官城，恰值新堂告落成。時修葺衙署工甫竣，而恩旨至。
虎尾益深盈滿戒，雁行遥動別離情。賜品由大兒嵩申宫門叩領，時舍弟以兵部侍郎建節津沽，遣使齎送來蜀。
敢勞僚佐爲高會，何意鄰封有頌聲。黔省紳民有來祝者。萬福攸同登壽寓，願偕町庶樂昇平。

示兒輩

而翁不足效，祖訓恰宜知。謙是持身本，訓曰謙之對面曰傲，《尚書》稱象祇一傲字，其理可思。圓爲處世基。天地自然所生之物，無不圓者，可見圓到方能行世，圓通乃是佛法。養生惟寡欲，記余十九歲將赴京應試時，大母欲面試文字，祖即出孟子此句題，並訓曰：欲不能無，寡之一字，良可味也。力學貴深思。常曰思之思之，神明通之，大抵人之過，皆由於漫不經心耳。事事能修省，康强茀禄隨。

和懿叔見贈二詩用其水城原韻

先生論人詩，精心辨黑白。偶然得一聯，亦必欣賞特。
蜀中多詩人，猶有浣花宅。東連丞相祠，森森多翠柏。
我却不知詩，於斯有所得。

先生論佛理，大地光明白。龍華一指禪，於此表殊特。
直將煩惱場，變作蓮花宅。飄飄風中幡，鬱鬱庭前柏。
我却粗知禪，欲說說不得。

題雙就園都統義馬圖

一馬猶知義，生能挾賊還。有誰蹈危險，賴汝制姦頑。
肝膽英雄托，驊騮道路難。按圖休易索，回首萬千山。

和吴仲宣制府監臨文闈七律四章

秦關紫氣五雲高，妙選輶軒採俊髦。貢士三年搜國器，致身幾輩荷恩膏。羡君彩筆淩霄健，顧我皇華奉使勞。時予奉命勘黔中案，駐節渝城月餘始歸。此日鹿鳴同燕喜，春明舊雨得重叨。正主考丁廉甫太僕係庚戌同年舊交，不晤已十餘年矣。今獲把聚，亦一樂也。

蜀道蠶叢廓蕩平，韋皋坐鎮已功成。碧雞詞賦徵文物，朱鷺鐃歌聽頌聲。華燭萬枝凝夜靜，高樓四面敞秋晴。殷勤一片求才意，錦水滔滔識此情。

鏁闈舊夢繫人思，兵法陰符部勒宜。忝領貔貅歸節鉞，曾親鵷鷺到階墀。甲子、丁卯，予兩典武闈。丁卯文闈，並爲監臨官。雅知文武原兼濟，今見經人各有師。十七年來鴻爪在，幸看烽燧靖西陲。咸豐甲寅，予初次奉使入蜀，即駐貢院，丁卯闈中製有長聯，曾述及之。

日射龍門蕊榜開，網羅都是不凡材。乍忻賓禮逾恒數，自上年奉旨以蜀中頻年捐輸於增加舉額外，又永加十名，他省不得援以爲例。喜覯文昌列上台。張趙定知推國老，淵雲不獨詡人才。京華北斗頻瞻望，可有英賢出草萊。

同治辛未春仲入覲天顏行有日矣顧幼耕光禄贈七律四章即和原韻並留別諸同人

憶從綸閣出尋邊，正值先皇北狩年。
重寄頓然叨節鉞，諸軍漸次掃烽煙。
漫誇杕杜勞旋役，卻看垂楊綰別筵。
滿目春風駘蕩裏，莫教急管雜飛絃。

恭逢盛世養疏庸，自省常聞午夜鐘。
總爲濟寬纔用猛，敢云大德貴能容。
錦城積聚民多賴，石室薰陶户可封。
獨我雁行時繫念，波濤萬里狎蛟龍。時舍弟奉使外洋法國。

垂裳郅治仰吾皇，送喜頻看到萬方。
關隴妖氛齊盪滌，滇黔餘孽亦微茫。
盤桓雷雨經綸密，鼎盛春秋籙祚長，
此去周原望畿輔，依然佳氣鬱蒼蒼。

十年不暇問家居，小有園亭半畝餘。

花木無多惟愛竹，鼎彝雖好不如書。
但期祖德能貽後，敢擬堂名署遂初。
僚友殷勤勞譙餞，臨歧望錫指南車。

廣元道上

千佛巖邊景物幽，飛仙嶺上更堪游。
山青水緑嘉陵道，處處野花開石榴。

題　驛

嘉陵江水去滔滔，山到朝天關名。勢最高。
地爲重來尤覺險，時方多事敢辭勞。
千般活翠含春雨，一片嫣紅放小桃。
暢好風光勝圖畫，笑予終日擁旌旄。

風阻廣元

經旬纔到利州津，回首西川倍愴神。
敢說雲山皆戀舊，誰知風雨竟留人。
雄邊鼓角猶嚴戍，時李佐卿軍門駐防陝境。小邑農桑不救貧。自劍門以北皆瘠苦之區。
一路香花情太厚，慚予無以對斯民。

謁慕陵恭紀

峰巒鬱鬱氣森森，瞻拜隆恩門名。涕滿襟。
愛慕終身誠大孝，謙沖千古仰皇心。
輪蹄動地供奔走，風雪連宵儼陟臨。
卅載蒼生榮儉德，愴懷豈獨受恩深。

題地山弟海洋紀事詩四首

初聞奉使涉重洋，風雨巴山欲斷腸。庚午六月，弟因津案出使法國，時余亦爲黔事，遠駐渝城。
一紙書來情更壯，弟勇於任事，毫不畏難。願憑忠信讋蠻荒。

破浪排空去復回，法輪轉處挾風雷。
泰西贏得人人說，天使真從天上來。

大地乾坤一氣浮，不知開闢幾時休。
直教重譯通聲教，萬國煙雲一筆收。

九萬鵬程未足誇，經年足跡遍天涯。弟此行並赴英美二國，計程十萬有餘。
公餘袖出新詩本，奇詭如觀海上霞。

題脫影源流書後

電生泡起能留影，日朗天空妙放光。
別創琉璃新世界，奇書演自大西洋。

常住光中寶鏡臺，幻成真境好安排。
何生何滅憑君看，都自圓明覺海來。

贈朝鮮使臣橘山相國

筆談方幸似懸河，其奈驪駒又唱何。
東國人文真薈萃。謂數年前曾與樸閣老訂交。長途風月儘消磨。
官居鼎席憂思遠，人對離筵感慨多。
海燧山烽今幸掃，時勘定邊外，盜賊潛消。使車惟盼再經過。

和朝鮮使臣瓛卿尚書

果然東國重儒林，書味醰醰道味深。
上溯新羅同一本，實乃完顔後裔，兄亦新羅世胄，皆金源也。豈徒交誼托苔岑。

相逢正值菊花時，燈下拈毫問答遲。
明月在天杯在手，兩人懷抱有誰知。

答子俊姊丈喪子

此何事也忍裁詩，九轉迴腸痛不支。
泉下定然難瞑目，堂前惟望減哀思。
誰知强壯仍中折，甥素日體氣甚旺。真覺聰明反不宜。甥頗多技能。
嗟我去秋揮老淚，上年九月三兒夭折，尚無子女，擬俟大兒得有兩孫，當爲立嗣。讓君畢竟有孫枝。

適齋詩集卷四

奉命權熱河都統五月朔日出都

十年坐鎮錦官城，萬里歸來夢亦清。

忽爲巖疆懸重寄，又看騶卒擁前旌。時庫都統下世，新任瑞公一時不克赴任，故承乏署理，拜命後八日即行，而熱河武弁業已來迎。

炎涼閲遍何須避，險阻經多轉覺平。客有謂避暑山莊，此行夏去秋還，正合其時。又有云山路崎嶇多不易行。

想到先皇巡幸日，雲山無處不傷情。

出古北口馬上即景三首

車輪轣轆馬蹄忙，奉使悤悤別帝鄉。
瞥見家家皆插柳，始驚節序是端陽。

敢誇足跡半人間，劍閣夔門屢往還。
今日雄關重勒馬，天教補看塞垣山。

淩晨小雨濕平沙，野水縱横石徑斜。
恠底紛紛飛蛺蜨，沿途齊放馬蘭花。

將抵熱河輿中口號

八雙橐鞬列前驅，幾隊村童擁翠輿。
笑我後車何所載，一雙紅袖半囊書。

抵熱河節署即事成詠

前朝此處屬要荒，聖世收爲羽獵場。
地擁神皋開勝境，天留重鎮鎖巖疆。
孤峰秀挺清流繞，大樹陰濃夏日長。
十丈紅塵飛不到，果然盛暑亦清涼。

熱河避暑山莊以外刱建諸剎非徒闡揚象教且欲震攝外藩一切制度多仿異域莊嚴之勝不特天下罕覯即京師各廟亦未有若斯之備暇日竭誠瞻仰謹將園外十大廟吟成八詠聊以寄一時之興不能狀闚規於萬一也

溥仁寺

溥善寺，附康熙五十二年聖祖仁皇帝六旬萬壽，蒙古諸王合詞籲請建以祝壽。

興桓列剎此尤尊，熱河外廟此爲首創。多少名藩爲感恩。
聖德神功從古少，深仁厚澤至今存。
九天梵唄延鴻祚，萬國衣冠效駿奔。
想見當年全盛日，慈雲直覆到烏孫。聖祖御筆額曰：“慈雲普蔭”，時外札薩克齊來向化。

普寧寺

普佑寺，附乾隆二十年平定四衛拉特，命仿西藏之三摩耶式建廟於艮位。

獅溝地名，憲廟藩邸，山莊即在其西。東去峙雙宮，御製鴻文紀武功。四位拉咸歸版籍，三摩耶更示幈幪。部洲面面浮屠繞，上層有四大部洲、四小部洲，皆浮屠也，圍於四面。臺閣層層曲磴通。最後金身高七尺，欲將威德震無窮。

安遠廟

乾隆二十四年以準噶爾降人遷居山下，命仿伊犂之固爾札廟式建修。

邊荒古蹟已靡遺，固爾札廟在伊犁河北，阿逆之亂毀於兵燹。聖主重教煥舊基。廟皆仿其原式建修。

佛法本來無彼此，天威何必判華夷。

旛幢俯順牛羊性，大蒙之俗素奉黄教。甲仗高懸虎豹皮。上層供純廟甲冑、弓矢，並御槍所獲虎豹等皮。

從此西陲宜永靖，云何今又羽書馳。近來伊犁又爲犯擾。

普陀宗乘乾隆三十五年命仿西藏之布達拉廟創建兹宇。

持節曾教護坐牀，咸豐庚申奉命爲駐藏大臣，並照料第十三世達賴喇嘛坐牀。攢招異域每難忘。前藏達賴所居曰布達拉山，番僧謂朝禮曰攢招。是年因中途奉命權督西川，竟未能造其境土，每撫圖册，爲之神往。

誰知塞上巡行日，重睹西天選佛場。

彩墖煸爛光最勝，寺前後壇城共建十墖，皆五色煸爛，冠以金頂。碉樓庨豁式俱方。其廟遠望高下皆臺緣，西藏無瓦屋，故也。

使臣偶爾來瞻禮，又惹黄衣迎送忙。謂住持之堪布等也。

須彌福壽之廟唐古忒謂之札什倫布，後藏班禪所居之地。乾隆四十五年，高宗七旬萬壽，班禪額爾德呢來口外祝嘏，上嘉其遠至，特爲建之。

宦游渾似打包僧，也到須彌最上層。

法喜重樓標紺宇，班禪居最後高樓，曰“吉祥”。法喜制度極其富麗。都綱萬瓦晃金繩。正殿仿西藏都綱式，瓦純用銅，而鍍以金鴟吻，皆鎖以金龍。

琅函滿架看難盡，四面層樓所供佛像，皆以七寶裝成。寶鐸當檐喚欲譍。

壁上班禪留色相，有其説法小影純廟御座尚在其側。笑他高座太莊矜。

殊象寺乾隆末年仿五臺文殊示現之處修於山莊之後，各廟多用番僧，獨此寺經文皆用國語，且無他佛也。

寺名殊象是何因，師利曼平聲。珠轉法輪。昔達賴稱純廟爲曼珠師利大皇帝，御製文謂曼珠與滿洲合。規仿五臺留聖蹟，會通三際説分身。正殿額曰會通三際，聯句有化身分牀等語，語皆係純廟親筆。園獅近接千章秀，西即獅子園，高宗降生於此，其地樹木極盛。鷲嶺高含萬古春。寶香閣塑文殊騎獅法像，閣下假山仿獅子林。普説浄名參妙諦，御製大書“浄名普現”四字。至人原是再來人。

羅漢堂在殊象寺西，仿海甯安國五百應真造像，山環水抱，地極清幽。

青絲緩控過山坡，見說空中羅漢多。

到耳松聲真灑落。門外多古松。盈眸木像各婆娑。他處羅漢多係裝塑，此則皆以香木雕成，髹以金彩，彌覺生動。

階前細草緑鋪毯，純廟御製詩有山莊碧毯入韻，即指熱河之規矩草也。門外孤峯翠疊螺。

小坐頓忘人我相，好從雲外悟禪那。

同治甲戌入乾清宫廷臣燕

大廷昨已叨恩燕，元夕辰刻，保和殿筵宴蒙古王公、文武大臣，實曾入座。召入乾清寵更深。每年正月十六，大學士、六部正卿入燕内殿，滿漢只十四人。聖殿明宣推食意，入座後，上於御案上食品每桌各賜一器。老臣同切捧盈心。是日，實奉命進酒，同列諸公皆以執玉捧盈爲戒。千門綵勝增春色，乾清門内燈綵極盛。兩陛笙鏞奏雅音。丹陛上雖設梨園法部，而兩廊仍作中和雅樂。日麗中天風物美，時當正午。願將歌詠獻規箴。

甲戌二月十四日奉命偕寶大冢王少廷尉李通參閱覆試舉人卷在聚奎堂用王衷白先生韻

龍門詄蕩畫堂深，何幸同承帝命臨。
共説文章推吏部，謂寶大冢宰。敢誇聲價重詞林。
雲開皓月中天朗，是夜月色極佳。風定嚴更隔巷沈。
回憶當年辛苦地，縱然覆校也關心。

甲戌會試得旨以大宗伯萬藕舲爲正總裁實與大司空李蘭蓀少冢宰魁華峰副之仍用前韻

巖疆十載感恩深，實由駐藏大臣權督西川，並任成都將軍十有餘年。棘院何期又履臨。

惟祝賢豪來草野，休誇聲價重瓊林。
一堂吟詠形俱化，同堂閱卷，各不爲禮。五夜披求夢未沈。
學植久荒身漸老，遺珠難免愧吾心。

酒樓觀荷回憶少年往事

卅年重上酒家樓，羣屐招邀感昔遊。
檻外雲光空似舊，雨餘涼意欲生秋。
羨他絢爛成紅海，笑我頹唐竟白頭。
多少遊人樓下過，問誰心跡等沙鷗。

和簡侯三兄續成觀荷原韻

羨君筆底挾飛泉，豔說傳家有硯田。君家歸硯齋百餘年物，失而復得，誠奇緣也。
十笏園亭富拳石，簡園雖小，湖石最勝。一簾花雨颺茶煙。
清名早種玉堂竹，君在翰林院曾於清秘堂種竹，多且美盛。盛氣曾浮大海船。
今日壺觴聊共遣，可還回憶大羅天。

甲戌六月六日奉命出使山海關
仍用三十年前舊作之韻有序

道光甲辰，先大夫襄辦中牟大工，病於差次，時實供職内府，聞信即請假省視，單車匹馬於天貺日啟程，節交大暑，苦雨連旬，酷熱泥途，奔走十晝夜，趕至大梁。先大夫業已小愈，幕中有陳朗齋者爲予畫炎夏省親圖。因自題曰："天如火傘水如湯，偏我驅車不憚忙。得遂瞻依快私願，較諸名利總清涼。"先大夫見而喜曰："詩雖率直，然人生大節固當如此，將來能爲國家驅策，亦應如此奮發，所謂移孝作忠也，勉之。"忽忽三十年，言猶在耳，本年五月下旬，忽有馳驛山海之命，亦於六月六日出都，溽暑泥途，恍與昔同，而精神體氣，迴非昔比，追思遺訓，不禁潸然，爰成二十八字。

川流浩浩水湯湯，又見前驅負弩忙。予自咸豐四年起，連此行，四次乘軺矣。

三十年來半天下，不知閱遍幾炎涼。

登澄海樓

百尺高樓俯大荒，海天一色混微茫。
淵涵不作魚龍戲，吐納惟看日月忙。
地險九邊勞戍守，時清萬國定梯航。
我來愧乏澄清略，倚檻空教氣激昂。

望海二首

一望無厓岸，乾坤盡拍浮。城張雙鳳翼，牆浸老龍頭。
屹立波中石，橫拖塞外秋。蒼茫秦漢跡，憑弔不勝愁。

萬派歸宗處，何言一勺多。聖人方在位，大海自無波。
往代秋屯戍，長邊夜枕戈。何如逢盛世，君相屢賡歌。樓上有純廟，四次巡幸，皆與大臣聯句之作。

永平道中

灤水波尤壯，盧龍驛更長。山多雲氣雜，海近曉風涼。
遠樹堆苔點，閒花綴錦囊。乘軺無個事，終日索枯腸。

過北平謁夷齊廟

叩馬曾經諫武王，片言千古重綱常。
衹緣不食周家粟，留得空山薇蕨香。

寰中幾許首陽山，一樣清風去不還。
天語煌煌昭定論，故鄉應自重人間。純廟御論以此首山爲定。

謁夷齊廟後正思題詠入行館後見堂上懸額乃環極先生當年之作其職任正同因步原韻以誌景仰

峩峩孤竹城，懍懍自千古。山石亦不頑，清流互吞吐。

停車肅明禋，心折頭先俯。王程不敢留，塗炭忘辛苦。幸生虞夏時，枯薇沐膏雨。

誰無子臣心，聖明究何補。平生手中節，四握龍與虎。自咸豐甲寅四次奉命出使。簾立會有期，清風滿畿輔。

山海關感述

亭堠烽墩處處連，前朝幾度費籌邊。
時來自有開門者，多少人謀盡枉然。

由山海關還京有作

山海歸來第一程，秋郊重展馬前旌。
風吹畫角邊聲壯，雨洗沈沙古道平。
射虎雄心李廣射虎石尚存。金貫石，奠鼇巨手鐵鎔城。明中山王創建山海關，樓下皆以鐵釜築基鎔成一片。
可憐物換星移後，村老無人說姓名。

考試謄錄命實偕彭味之少宰主其事再用前韻

聚奎何事締緣深，半載天教幾度臨。
纔向北郊收猛士，武闈會試實監射張字圍甫竣事，又入闈。又來東觀選文林。
書工八法神多秀，論擅三長氣貴沈。
小試也來爭人彀，可憐多半爲名心。

國子監考試恩監生奉旨實與崇文山上公司其事再用王衷白韻

流光彈指已冬深，赫赫科條屢鑒臨。

幾見文星皆世僕，向來考試多用漢大臣，此二次人皆旗籍。最難國戚出儒林。文山以后父封公，出身乃乙丑文狀元也。

烘窗日�三陽動，捲地風狂萬籟沈。

剪燭縱談天下事，羨君到處有精心。

乙亥二月出使關東和青士通州道上見贈原韻

捲起征塵十丈紅，節旄到處引春風。

心雄欲請天家劍，力弱難迴塞上弓。

參佐才華空驥北，朝廷根本重遼東。

此行儻遂澄清志，願共歸來飲碧筩。

乙亥五月奉命出師剿辦邊外諭各路將士

親承天命下神京，化賊爲民視此行。本年二月三日陛辭，時蒙兩宫召對，訓以奉省賊盜之多，皆是官驅民爲賊，汝此番前去，能化賊爲民，方不負委任。

聖世恩深原止殺，疆臣計絀始言兵。

地當絶險謀宜慎，人到和衷事必成。

寄語諸君須努力，好將其績答昇平。

贈特仁庵將軍

閒將韻事寫平生，有自述感懷四言五十韻。身退名揚功亦成。

萬里重洋宣戰績，曾出師台灣。十年邊徼播威聲。久任黑龍江將軍。

遐齡久享林泉福，大隱渾忘簪紱榮。

我幸東來陪杖履，羨君心迹本雙清。

邊徼騰歡海寓清，萬年乃道順輿情。
不因見利方除害，總爲安民始用兵。
螞蟻河干農事定，鳳凰門外武功成。
乘軺恰值天心轉，實以星使留辦軍務。
慚愧鄰邦起頌聲。適朝鮮使臣過境盛稱威惠遠敷。

掃蕩通溝多年之患詩以誌之

邊患包藏數十年，鄧林久已化雲煙。邊外自巨匪竊拒，官兵不敢出邊，況渾江以東久爲木匪所有。

明知說虎顔都變，有談及通溝無不望而生畏。豈料探驪志獨專。於到奉後，即注意彼地。

隨意雌黄憑衆口，現有論及因收木税，恐傷禁山風水。盟懷精白懔予肩。

天心轉處民情順，畢竟成功亦偶然。至好親友如見此詩，則知我之懷抱矣。

自丙辰至丙子星紀一週而實又以盛京將軍新兼奉天總制元日仍用丙寅元旦作原韻書此感懷

忽忽五載别西川，今日遼東又度年。
正愧衰庸身漸老，何期恩遇任尤專。
邊疆底定民無擾，邊外肅清，馬賊自少。宫殿巍峩境是仙。大政殿乃我朝開基之所，每逢大典，咸集於此。
一夜春聲真不斷，鬧中偏悟耳根禪。

夏日即景侍姬麗娟以學詩請爲之代作二首

越羅衫子石榴裙，艾虎斜簪趁鬢雲。
乍睡乍醒簾不捲，困人天氣似微醺。

沈沈庭院静無譁，金鴨香煙裊碧紗。
偶爾拋書廊下立，自調鸚鵡唤烹茶。

蓮溪仁棣多年不見今來奉省小聚數日忽又言旋以此贈行

裘馬翩翩兩少年，而今相對各華顛。
星軺閩海收珊網，君曾典試八閩。雪嶺蠻荒掃瘴煙。予在成都十有二年。
笑我頹唐猶秉節，羨君蕭散似登仙。
陪都何幸多儕侶，謂述堂諸同人。小聚臨歧又惘然。

鮑太史寅初還朝留贈一律即步其韻病中爲此亦消遣之一道也

從古詞曹出使星，陪都何幸得班荊。
羨君天上留鴻篆，君來篆太祖玉寶。謂我關東著駿聲。
報國有心身漸老，匡時乏術志猶明。
朝中舊友如相問，告以衰殘近日情。

和周偉臣軍門紀游原韻

年來仗鉞鎮邊關，一旦題詩遍蜀山。
秦隴烽煙猶未息，歎君能得幾時閒。

百戰歸來眼界空，禪堂喜見佛燈紅。
願將甘露爲霖雨，灑向蒼生劫火中。

春到湖亭燕子知，平泉花木鬬新枝。
羨君露布方投筆，牛耳騷壇又主持。

贊皇功業留遺蹟，東湖李相所開。今日籌邊更廓如。
回憶蠻荒張撻伐，風雲猶爲護軍儲。軍門曾勘定松潘剿平越巂。

小琅玕館學稿

（清）崇實　撰

小琅玕館學稿序

讀罷琅玕戛玉聲，滿階明月對人生。寸如春錦風前麗，品是梅華雪裡清。此日雞林原有價，他年芸閣乏知名。笑余暫吃吟詩口，去禮茱萸古化城。

題奉樸山居士大集即求教正方外淵如宏度呈

課餘草 自辛卯秋日起，時年十二

題錦香姐畫蟠桃小幅

知君筆底春無限，寫出蓬萊度索花。
爲祝祖慈福壽永，故將彤管染絢霞。

辛卯初冬庭中春海棠忽放因成一截

料峭輕寒放海棠，宛然春色滿華堂。
開成妖艷無雙品，底是[一]傾城也傲霜。

【校記】

[一] 原詩後標註改爲“事”，見《小琅玕館學稿》，清抄本，中國國家圖書館藏。

邯鄲途次謁盧仙祠題壁[一]

風塵冉冉道邯鄲，一問盧祠思邈然。
難得奇緣兼厚福，夢爲將相醒爲仙。

【校記】

[一] 此詩亦存於《適齋詩集》卷一，清光緒刻本，中國國家圖書館藏。

初秋清晏園即景

瞥見芳園豁醉眸，水廊竹館好勾留。

荷花欲謝香仍艷，桐葉纔凋影尚幽。
一味嫩涼風裏送，滿庭殘暑雨中收。
忽看雁字書雲表，始覺韶華又早秋。

甲午冬日隨侍家大人西園閒步偶有雙鶴淩空而下翩舞庭中即呈五律一章用以誌喜

一聲長唳下，雙鶴繞芳塘。本是芝田種，今來書錦堂。
千年誇壽算，萬里羨翱翔。更幸君恩渥，同承福澤長。是日，御賜家大人福字頒到。

題錦香姐翠雲軒詩稿

閨中幾見擅才華，幸得吾家似謝家。
把卷臨風讀一過，珊珊秀骨燦雲霞。

秋夜同錦香姐聯韻

斗杓歷歷向西横山，頓覺新秋景物更。
樹杪作聲風乍緊香，花枝弄影月初生。
暗中螢火流輝急山，低處蛩吟放韻清。
無限秋光是今夕香，教人處處引詩情山。

奉嚴命恭詠御賜平定回疆銅版戰圖[一]

聖主昭神武，平西大業隆。已看酬將士，猶欲表軍功。
作記曾揮翰，成圖更鑄銅。獻浮歸廟算，獲醜壯元戎。
羆虎先聲捷，旌旗列陣雄。分題天藻煥，細寫地形工。
即此遊氛靖，端由帝德崇。畏威傳海外，餘勇鎮關中。
恩澤椿庭渥，安懷蔀屋同。從今弓矢櫜，歲歲樂年豐。

【校記】

[一] 此詩亦存於《適齋詩集》卷一，清光緒刻本，中國國家圖書館藏。

和詒齋表兄見懷原韻

懷舊感君意，書來慰我思。正逢飛雁候，應憶在梁時。
執手期何日，同心好寄詩。折梅無驛使，何以報相知。

和李小敘寒夜原韻

高燒銀燭對梅吟，閣筆平章玉漏沉。
一院琅玕篩冷月，敲來清韻空人心。

艾　人

採得青青艾，裁來宛似人。衣裳原本色，草木亦精神。
臭味常懷爾，門庭好寄身。麥旗與繭虎，同向案頭陳。

蒲　劍

亭亭蒲葉健，紫鍔巧生成。不肯鋒芒露，依然草木兵。
色浮三尺碧，光閃一痕清。倘有豐城價，能無定太平。

觀鼉口占

底事靈鼉別水鄉，鎧鱗失所意彷徨。
何年飛入滄波去，定向中流駕海梁。

渡黄河舟中作

我送舅氏思悠悠，是日送榮亭舅氏歸濟南。日中鼓棹黄河流。

夾岸風狂帆影飽，長河沙湧波光浮。
正喜小艇輕似葉，忽驚巨浪高如樓。
舟人莫不失顏色，吾生却欣汗漫遊。

和惲豫生表叔夢中得句原韻

文章深愧未登場，習静休言歲月忙。
境任安危心自樂，道通物我慮堪忘。
課餘無劍光爭月，興至拈花衣染香。
夢裏清吟誰記憶，續貂有句意偏長。

西瓜燈

燃燭瓜心透碧光，一燈如豆暗生涼。
愛渠冷處偏藏煖，一片冰心抱熱腸。

秋柳

頓覺腰圍減，依依又感秋。濃陰已蕭瑟，弱態尚風流。
冷月迷前渡，疎煙傍小樓。來年春信發，翠色自輕柔。

秋燈

一燈人意静，幽趣静中參。簾内茶煙歇，窗前風雨酣。
蕭疎對秋夜，明滅映書龕。坐看繁華結，詩懷只自諳。

雞冠

不棲塒畔繞堦生，染作丹砂頂上明。最好清風明月夜，但看鬪影不聞聲。

即景口占

雲羅縹緲鎖空霄，忽訝秋園落木飄。
亂點碎紅新蓼發，頓消清翠老梧凋。
鴻賓肅肅來秋塞，燕子飛飛別故巢。
新月窺簾人寂寞，金風吹處敗荷驕。

游仙曲

滿身珠珞暗香凝，笑指煙霞最上層。
萬里青鸞一聲笛，低頭滄海日初生。

寶劍歌

寶劍寶劍光如電，截玉剸鐘而芒不變，吁嗟乎！以之補履豈其願。

繪畫分詠

繪畫學顛米，披圖氣象雄。丹青隨筆下，邱壑在胸中。
先有通靈意，方能入化功。無心一潑墨，煙水自空濛。

團扇

剪就齊紈素，團圞巧樣工。無心裁素月，隨手動清風。
題句學班女，描圖畫放翁。秋來莫損棄，珍重袖懷中。

恭步家大人江天寺望月原韻

江天摇夕照，翠靄望中收。山戴一輪月，江涵千古秋。
濤聲直拍岸，塔影倒遮樓。夜半推窗望，空明萬里流。

再步天然圖畫原韻

天然圖畫裡，坐對雨零零。雲映焦湖白，煙含京口青。
鼉鳴秋氣冷，龍起晚風腥。江水滔滔去，回頭此處停。

秋日顧漸寄詩餘三章索和成此以答

秋月正空明，飛鴻寄遠聲。書來增別緒，詞至愜幽情。
千里關山遠，三章氣骨清。無才應笑我，白雪未能賡。

送李小叙

三癡社上君爲首，君去何時入社來。
嘯傲每多工部句，風流原是謫仙才。
桃源春小花偏好，時設帳桃源。蓮幕情長客自回。
今日分離何所贈，知音聊贈一枝梅。自繪梅花便面以贈。

琅玕館夜雨即事

秋意已闌珊，聲聲夜雨寒。空階美蕭瑟，小院瀉琅玕。
清韻閑中聽，黄花醉後看。頻催詩興發，載筆上騷壇。

寄李小叙

拂面秋風似水涼，遣懷重到舊詩堂。
推門不見吟哦客，竹影依然上短墻。

翠篁滿地影参差，冷露無聲玉漏遲。
立久渾忘君已别，翻疑對弈未歸時。

渡黄口占

曉渡大河口，西風助野涼。氣寒凝霧白，流急捲沙黄。
天地皆浮動，襟懷自激揚。舊工猶在目，不盡感蒼桑。

遊普應寺[一]

層閣燦輝煌，莊嚴禮法王。門前流水遠，樓外古隄長。
有樹鶴皆立，無花松也香。勾留無[一]處好，清浄寶華堂。

【校記】

［一］“無”字於原詩結尾處改爲“何”，見《小琅玕館學稿》，清抄本，中國國家圖書館藏。

聞鉼笙作

若言鉼中能作聲，携之爐下胡不鳴。
若言聲在火爐裏，平時火中何無聲。
要之天籟雖天生，若非既濟安得成。

冬日漫興

韶光原逝水，日月任彈丸。室有琴書潤，人無愧怍安。
吾心甘淡泊，世態任辛酸。可愛黄綿襖，能充四海寒。

冬夜西園

寒宵生逸興，一問倚虹橋。月色涼于水，風聲急作濤。
林空鶴入夢，霜苦柳垂條。萬籟皆蕭瑟，詩人意獨饒。

除夕即景書懷

去年今夕樂何如，四人同繞椿萱座。
今年今夕慨何如，一人獨對銀釭座[一]。
千家笙管鬧昇平，兩耳春聲無頓挫。
裁得詩成剪燭看，梅花對我如相和。

【校記】

［一］“座”，於原詩結尾處改爲“坐”，見《小琅玕館學稿》，清抄本，中國國家圖書館藏。

重晤李小叙喜成[一]

今夕復何夕，相逢倍黯然。自從秋解袂，久不夜裁箋。
脩竹仍如舊，春風又一年。把杯多繾綣，轉瞬送君還。

【校記】

［一］此詩亦存於《適齋詩集》卷一，清光緒刻本，中國國家圖書館藏。

西園偶步

載陽天氣醉春風，縱目西園景不窮。
新漲初添半篙緑，殘梅猶帶一枝紅。
勾萌隐耀簾籠外，遠樹模糊煙雨中。
從此韶光增綺麗，詩人佳興與時同。

西園閑步

春雲無力釀輕寒，弱柳含情拂畫欄。
如此消閑如此景，一年能得幾回看。

丁酉春日侍家大人河口勘工口占

禦黄壩上侍親看，兩岸脩防助壯觀。
波若鰲翻當檻外，人如蟻戰繞河干。
木樁叠作梅花勢，是日看打梅花樁。河水從今竹箭安。
更有雲梯高百級，參天斜立跨狂瀾。有雲梯高數仞，用以築壩門樁。

丁酉仲春家姐入都選秀蒙恩賞翠花等物成此以賀並誌喜

上林紅杏正暄妍，喜聽恩綸錫自天。
不櫛竟然如進士，宫花插帽讓君先。

春夜同硯癡西園閑步並寄學癡[一]

相約探芳春，春宵景物新。方池一片水，明月兩吟身。
樹影驚栖鳥，波光動翠蘋。更思歧路客，詩興可逡巡。

【校記】

［一］此詩亦存於《適齋詩集》卷一，清光緒刻本，中國國家圖書館藏。

作畫口占

我生無所好，欲畫詩中畫。下筆求自然，圖成不知派。

西園偶成

紅橋曲曲緑波平，倒影垂楊翠色輕。
三月江南好風景，一年花事是清明。
魚吞落絮争吹浪，鶯戀高枝亂弄晴。
斜倚畫欄無個事，且同萬物樂滋榮。

贈柯亭竹

柯子真如人中龍，長歌直欲吞長虹。
太阿脫匣星月淡，酒杯在手天地空。
自古江南多狂客，我今淮上逢英雄。
詩成仙骨兼俠氣，布衣原可傲王公。

琴癡遊篆香樓歸言及其勝因賦一律兼寄淵如上人

聞道篆香樓，飛檐近斗牛。半天花雨亂，四面水雲浮。
地以詩僧重，名多佳客留。何時一鼓棹，我也作清遊。

送琴癡返揚州

幽人又欲買歸舟，癡社凋零使我愁。
願把離情付流水，迢迢送爾到邗溝。

和硯癡秋夜坐雨並寄學癡

秋老方知天地空，一簾疎雨半窗風。
涼生黃葉空林外，人在青燈畫閣中。
蓮幕莫教愁旅客，竹樓應合感詩翁。
秋聲何處吹來緊，萬柄殘荷幾樹桐。

題淵如上人曇香精舍詩稾

師本奇男子，蕭然竟作僧。清才原磊落，瘦骨自崚嶒。
作畫得仙意，參禪入上乘。詩情何所似，朗朗玉壺冰。

秋至意如何，清淮佳句多。君堪稱佛印，我愧比東坡。
風過葉如雨，河横月似波。沉沉官鼓静，燈下拜詩魔。

環翠堂詩草

（清）蔣重申　撰

環翠堂詩草序

衡儀部平爲余乙亥鄉闈所得士，英年力學，文筆儼如老成。揭曉來謁，見其温文爾雅，益聞其幼承母訓，篝鐙五夜有自来也。嗣余奉諱歸里服闋入都，儀部亦以内艱讀禮。暇時，晉謁，呈其母襄平蔣太夫人《環翠堂詩》一册，始知夫人爲漢軍望族，幼隨令外祖月川觀察任，聰穎工詩。嗣歸地山宫保，閨中唱和，詩益進，而宫保姊妹行又夙承見亭河督公詩教。一門之中皆嫻吟詠，洵佳話也。獨是儀部編輯遺詩，孝思足録，抑知詩外更有事業在，宜思夫大者，遠者，以仰承先志，是則余之所跂望者爾。

光緒庚辰仲春月友生毛昶熙書於鐵如意館中

序

曙色花光映畫欄，海天東望思漫漫。
呼童裛取薔薇露，一卷新詩盥手看。

頻將彩筆寫遊蹤，秀奪南山緑幾重。
今日蘭閨深處讀，宛如結伴采芙蓉。

半畝園南是意園，花時來往酒盈樽。
自從君作東征客，辜負春風屢到門。

最憶酡顔點筆時，煙雲埽盡出新奇。
穆如自向清風得，圓相惟應月滿知。

班姬自古擅才華，詠絮何妨又謝家。
吾姊分牋吟霽雪，也從玉局鬭尖叉。

一杯獨盡一低吟，錦字鴛機子細尋。
多少情懷不言内，度人何處覓金針。

惆悵當年姊妹花，可憐分散各天涯。
瓊編那敢從頭讀，恐惹離腸意似麻。

報章終日苦難成，下筆遲遲别緒縈。
料得今宵千里月，關河兩地一心情。

那遜蘭保拜題

蓮瓣題詩

其一

自是風流淺淡妝，亭亭素影立芳塘。
拾來粉瓣閒題詠，落筆書時字亦香。

其二

不住籬邊住水邊，含情獨立我猶憐。
此花莫作羣芳論，生在污泥色更鮮。

夏夜聞笛

螢火高低繞畫廊，滿庭風松芰荷香。
誰家夜半笛聲細，一曲悠揚度短牆。

美人四詠和華香妹韻

燈前

晚妝卸罷體輕盈，秀骨珊珊氣自清。
無限風流說不盡，蘭釭相照更分明。

鏡裏

鶯嚦花放早春天，晨起開匳整翠鈿。
妝罷幾番還對鏡，徘徊顧影漫流連。

花間

拈來微笑態嫣然，相映名花色更鮮。
悄步芳叢閒處立，教人疑是蕊珠仙。

月　下

爲看清光尚未眠，水晶簾外露華妍。
離情欲向嫦娥訴，玉鏡團欒儂自憐。

附原作

燈　前

斜倚薰籠睡態盈，燈花綻蕊助詩清。
幾番顧影嬌無力，銀燭高燒續月明。

鏡　裏

料理晨妝欲曙天，開匳自整翠花鈿。
蛾眉映照相看處，絶似春山黛色連。

花　間

鉛華洗盡自天然，步步生蓮色倍鮮。
萬紫千紅相映處，前身本是散花仙。

月　下

閒觀皎月不成眠，掩映清光體更妍。
修到梅花真相現，翩翩顧影自堪憐。

寶雞山

天風吹上寶雞山，迴望長安幾日還。
左右盤旋留不住，征輿已出萬峯間。

灞陵橋

遥望陽關柳似煙，行人又到灞橋邊。
斜陽欲盡山啣月，多少離情憶往賢。

馬嵬山

紅顏當日謝君恩，終古霓裳一曲存。
賸有千秋遺恨在，馬嵬坡上葬香魂。

華清宮

端正樓中巧樣妝，蘭湯浴罷詠霓裳。
自從鼙鼓漁陽後，留得温泉水尚香。

曉行

星稀天曉過溪灣，紅日初昇映翠鬟。
一片米倉山色好，只疑身在畫圖間。

階州官署和華香妹原韻

其一

無邊秋色滿皇城，歷盡艱辛萬里情。
忽睹新詩傳往事，一枰迴憶舊輸贏。

其二

官衙僻處萬山中，物換星移地不同。
多少離情難寄語，漫彈珠淚一燈紅。

其三

金鑪香散氣芬芳，更鼓沈沈引夢長。
昨夜還家與君話，玉藍比甲水紅裳。

其四

未曾著筆久凝思，萬種幽懷是此時。
屈指來年當聚首，願君不必悵分離。

邯鄲道中

邯鄲道上踏紅塵，兩岸垂絲柳色新。
試看路傍名利客，往還都是夢中人。

和華香妹春日遊半畝園韻

西園名半畝，遊覽上層樓。柳綫迎風舞，榆錢逐水流。
日高花影密，春入鳥聲稠。共賞韶光好，清樽暫破愁。

寄家書

寂寞無良伴，含情自悄然。對燈思遠客，斷雁警愁眠。
遥隔三千里，別來正一年。頻將萬金紙，來往寄君前。

夜坐納涼同華香妹聯句

流螢飛過畫欄東，茉。移榻連吟小院中。
幾點疏星横遠塞，華。一輪華月映長空。
誰家靜夜琴飄韻，茉。何處高樓笛弄風。
薄醉已忘更漏轉，華。更看花影上簾櫳。茉。

和婉若二嫂七夕詞二首

其一

一彎新月照秋亭，香霧空濛透碧櫺。
夜静不知風露冷，坐看今夕會雙星。

其二

和罷新詩筆暫停，矇矓倦倚繡圍屏。
偶然一夢銀河畔，靈鵲填橋待二星。

寄懷地山夫子四首

其　一

落筆遲回意總癡，難將心事寄君知。
拈毫只寫平安字，多少離愁是此時。

其　二

心向蜀西道上遊，一身扶病又經秋。
無端窗外瀟瀟雨，添得離人萬斛愁。

其　三

去年今日與君別，曾記花開又一年。
靜坐蘭閨思舊事，春愁默默不成眠。

其　四

緣何小別又經秋，荏苒韶光似水流。
日日望歸歸未到，暫將詩酒破離愁。

夜坐有懷

銀漢迢迢夜氣清，納涼喜值晚風輕。
一彎新月如鉤掛，幾點疏星似火明。
曲院流螢歸扇影，長空雁字寄秋聲。
遥懷驛路行人苦，何日停鞭到帝京。
時夫子由甘赴京引見，計程可到。今已孟秋尚未抵都。

和地山夫子原韻

一縷茶煙繞坐輕，含情愁對短燈檠。
拈毫欲和新詩句，愧我才疎學未成。

原　　唱

銅符不握一身輕，漫寫家書對短檠。
多少離情書不盡，幾回就枕夢難成。

歲暮感懷

離懷默默蹙雙蛾，卅載年華轉眼過。
去日漸多來日少，新愁較比舊愁多。
錦機有字空相憶，紈扇無情奈爾何。
自歎閨中嬌弱質，那禁歲歲苦銷磨。

除　夕　作

爆竹連聲響，梅花近早春。消愁惟有酒，知己卻無人。
景物還依舊，年華又改新。兵戈方滿目，何日靖氛塵。

寄　　外

聽風聽雨滿庭寒，坐對銀缸漏欲殘。
有限年華偏久別，無聊家計轉多端。
酒因病減持杯少，書爲愁多下筆難。
試問從戎征戍客，何時返旆話團欒。

玉人來四首和華香妹原韻

詩

觀書眼倦暫徘徊，無那閒愁撥不開。
忽奉雲箋題妙句，清吟已待玉人來。

酒

庭前小飲獨徘徊，對月狂呼漫舉杯。
薄醉相看花影動，幾番疑是玉人來。

花

牡丹池畔漫徘徊，玉蕊含苞半未開。
一陣香風聞笑語，看花喜得玉人來。

月

碧梧亭院自徘徊，竹影縱橫上畫臺。
一片清光涼月下，倚欄凝望玉人來。

閨　情

月明雲净露華清，疏影横斜上畫楹。
靜坐蘭閨無一事，錦牋閒記百花名。

乙卯秋日地山夫子三十初度

節近重陽九月時，欣逢佳誕頌新詩。
羡君弱冠成名早，愧我才疏得句遲。
曲院笙歌音繚繞，錦堂香氣裊輕絲。
共看兒女歡如許，樂叙天倫百歲期。

戲和正始集閨怨詩

限溪西雞齊啼及一二三四五六七八九十百千萬丈尺寸雙半兩等字。

十二欄干花一溪，懷人七度六橋西。
半生目斷三江水，四載心懸五夜雞。
百慮千思愁萬丈，九峰八面兩山齊。
寸牋尺牘憑誰寄，怕聽雙雙燕子啼。

哭華香小姑

泉臺何以達鴻鱗，痛惜年華少我春。
往日聯唫猶在耳，此時聞訃倍傷神。
招魂燕土三更月，回首鸞驂萬里塵。
欲製哀詞伸輓句，墨花和淚灑重茵。

又

十載金閨契合深，花晨月夕最知心。
焚香桂閣時分線，酌酒蘭齋每共吟。
閒展舊圖談畫法，偶拈新韻論琴音。
芳徽一去愁難返，流水高山何處尋。妹工琴，余最喜聽此二曲。

悼婉若二嫂

忽聞仙馭返瑶京，千里羈人心更驚。
半世艱辛愁裏過，三年別緒苦相縈。
每思他日重聯袂，豈料今朝大厦傾。
從此窅冥無可望，哀吟嗚咽句難成。

又

年來兩度失知音，正月華香妹卒。嘆息浮生命不辰。
何事仙姝雙返駕，痛傷鸞馭共歸真。
有詩只寫離騷句，無藥能醫久病身。余得肝疾，至今纏綿十載矣。
今日哭君君未見，他時哭我更何人？

寄子久二兄

江南江北路漫漫，羈旅誰憐雁影單。
早歲光陰頻棄擲，中年姊妹半凋殘。
愁多翻覺離家好，別久方知聚會難。
往事不堪回首憶，詩成一字一辛酸。

雪後用尖叉韻

滿空絮影弄廉纖，倍覺寒威分外嚴。
只有新詩吟瑞雪，敢將成語賦飛鹽。
層層碎玉堆階砌，懍懍堅冰掛綺簷。
助我詩懷清似水，金壺潑墨染毫尖。

無聲萬籟絶寒鴉，門外應無過客車。
不是藍田皆種玉，非關瓊樹盡開花。
圍鑪酒熟思閨侶，詠絮才高憶謝家。
得句怕忘呵凍寫，幾人和韻賦尖叉。

雪　美　人

谁家麗質破寒來，不貯朱樓貯月臺。
綃帶雙飄餘冷韻，羅衣輕著勝新裁。
嬌容雅稱冰爲骨，素體端宜玉作胎。
寄語憐香勤護惜，多情莫使夕陽催。

贈蓮友夫人二首

其　一

似從林下識風姿，此日相逢卻恨遲。
羡煞紅閨多韻事，常憑鴻案共論詩。

其　二

誦君藻語愛君才，未對菱花卷已開。
佳句錦囊頻示我，焚香一讀一徘徊。

官　署　梅

開到梅花冷欲侵，孤高喜結歲寒心。

香生官閣清如許，夢入鄉園思不禁。
管領芳華同品格，裁培仙萼滿瓊林。
承恩先荷東皇力，獨占春風寵眷深。

水　仙　花

卻嫌粉黛污仙真，偶向淩波一現身。
素質自應稱雅客，金釵微嚲最宜人。
柔情脈脈閒窺水，瘦影亭亭淡寫春。
結伴歲寒爲益友，丰姿絶勝洛川神。

署樓晚眺

紅樹清波一色秋，畫橋西畔繫輕舟。
漁郎沽酒歸來晚，閑坐灘頭理釣鉤。

望三岔河口

推窗遥望海天寬，得月樓頭倚畫欄。
萬頃晴波平似鏡，水光山色耐人看。

和蓮友夫人秋日見懷原韻

新章捧讀快吟哦，又見天邊一雁過。
茶鼎泉清烹活水，畫簾風細蕩微波。
年來性懶詩逾少，秋入離懷恨覺多。
試問閨中當此際，花前酬唱樂如何。

原　　作

緑窗讀罷自吟哦，簾捲西風疏雨過。
一抹殘霞迷雁影，幾枝弱柳映池波。

詩書知己閨中少，花月閒情靜裏多。
最恨離情抛不去，繞人心緒奈人何？

紙　鳶

雅興何人製綵鳶，裝成兩翅舞蹁躚。
乘風偶仗雙飛翼，向日高擎一線天。
入耳忽聞琴韻渺，凝眸共訝雁書傳。
扶摇欣得青雲路，萬里鵬程任往還。

除　夕

春城簫皷换年華，裊裊爐煙繞絳紗。
繡閣焚香燒栢子，鏡臺聽卜拭菱花。
勉成逸韻留殘歲，欲飲屠蘇興倍賒。
兒女膝前爭上壽。飛觴舉盞醉流霞。

春日有懷蓮友夫人

東風嫋嫋雨絲絲，正是韶光爛漫時。
曲徑煙濃春色麗，故園風靜鳥聲遲。
賞花曾記行新令，剪燭閒談憶舊詩。
恨我晚來偏早去，錦香姊、端如嫂先後來京，尚未回任，獨余晚到早歸，故云。
離懷兩地繫相思。

夏日即景

雨餘雲淨蔚藍天，閒步芳叢懶晝眠。
乍見翩翩雙蛺蜨，蕭閑人遇吉祥仙。

重九登署樓平臺

佳節重陽上畫臺，郡樓東畔菊將開。
瀟瀟一陣催花雨，風送清香拂面來。

和蓮友姊見懷原韻

其　一

簪花妙筆試紅箋，密意深情憶舊年。
佳什瑶章勞惠寄，又增悵望隔雲天。

其　二

晚砧敲動一聲聲，引起閨中別緒縈。
遥指天涯一輪月，清光應亦滿皇城。

其　三

小雨微涼月色昏，倚欄凝望自沉吟。
知君一樣耽詩癖，菡萏香中静掩門。

其　四

幾聲征雁報新秋，彈指時光似水流。
安得津門聯雅袂，與君同泛木蘭舟。

戊辰秋七月捻匪肅清中原底定地山夫子因督兵籌餉保守津郡蒙恩賞戴雙眼花翎加太子少保銜頭品頂戴賦此誌喜

御旨頒來下九霄，酬庸懋賞冠群寮。
銜加少保垂金綬，位列三公珥玉貂。
鶴服全章丹頂麗，雀翎雙眼翠珠標。
得邀異數君恩重，海宇承平仰聖朝。

詠芍藥

姹紫嬌黃錦樣般，深紅淺白倚欄干。
此花雖未群芳冠，也自酡顏似牡丹。

和蓮友姊雪後原韻

其一

曉日初昇曙色明，清晨寒雀噪新晴。
薰籠斜倚搴幃望，屋角簷牙掛水晶。

其二

暗香竹影兩交加，對此清幽興倍賒。
凍鶴亦知佳景好，玉山獨立守梅花。

其三

侵晨獨自啟朱扉，喜見階前碎玉堆。
吩咐花童休埽去，半留煮茗半培梅。

余隨宦津門忽忽十載昨歲夫子奉使外洋旋即入都春日無聊憶津門食品口占四絕

其一

隔簾花影一重重，午夢初回小閣中。
憶得津門當此際，堆盤飽食荔支紅。

其二

芭蕉葉底露珠清，一縷幽香透畫楹。
聞道此花能益壽，我曾食果亦長生。

其三

曾記津門當此時，洋航初到兩三支。
洞庭載得枇杷果，美食甜香好賦詩。

其　四

十月嘉名號小陽，橙黄橘緑好時光。
年年此際官衙内，佳果盈筐任意嘗。

壬申九月十五日恭逢皇帝大婚蒙兩宫皇太后派在内廷備差先期於十三日進内賜宴觀樂十五日禮成恭紀聖恩

其　一

清曉趨朝蒼震門，仰承召對笑言温。
御筵勅賜聆天樂，曠典欣逢荷聖恩。

其　二

五雲深處肅朝班，玉陛金階仰聖顔。
宫漏沉沉天未曙，御鑪香篆色朱殷。

麗娟女史爲樸山伯兄側室善繡能詩聰敏過人讀余紀恩之作賀以佳什並索和章因次其韻

自愧鳩庸禮不全，皇恩許到大羅天。
彩雲深處朝雙闕，朵殿同時集列仙。
袖惹玉鑪香正滿，扇開金陛月初圓。
佳章讀罷遲難和，喜結閨中風雅緣。

原作並跋

幾見閨中福慧全，錦衣珥筆去朝天。
西池王母開芳讌，南岳夫人領衆仙。
兩陛笙鏞增萬喜，九霄燈月賀雙圓。
金門玉户供吟眺，豈比尋常翰墨緣。

同治壬申九月十五日行大婚禮，鶴友夫人奉太后懿旨，先期入宫襄辦盛典，禮成口占紀恩詩二首，暇日録入《環翠堂集》中，出以示霞。霞何知？因思明良賡拜，千古罕逢，况閨中能於九重天上出口成章者，自來才媛集中從未之見，是不可不紀一時之盛，勉成俚語一律，請主翁代爲點定，録呈芳訓，並求賜和。麗娟諸葛霞

寄懷周佩珊夫人

其　一

一從分袂在天津，屈指匆匆已四春。
每憶芳儀添別恨，暮雲南望倍馳神。

其　二

西泠詩思近如何，鴻案論文樂事多。
笑我庸愚今更甚，空抛歲月易蹉跎。

恭讀祖姑惲太夫人紅香館詩草

詞藻清奇雅韻新，焚香細讀味逾真。
效颦那敢耽詩句，愧我無才步後塵。

環翠堂詩餘

題墨君妹自書詩卷醉太平

情牽夢牽，衾邊枕邊。又聽歸雁南旋，感離羣不眠。　當年舊年，窗前案前。與君同寫吟箋，憶知音悵然。

又

風聲雨聲，長檠短檠。隔簾遥映分明，更何人對枰。　心清氣清，蟲鳴雁鳴。引起多少離情，倚薰籠韻成。

病後遣懷西江月

颯颯秋風纔過，瀟瀟細雨初晴。蘭釭一點暗還明，摇漾紅煙不定。眼底幾層雲霧，耳中四壁蟲聲。夢魂顛倒一身輕，渾似舟車行動。

夜不成寐似聞琴聲

窗外落紅幾陣，庭前竹影重重。誰家夜静撫焦桐，遥聽冰弦調動。不似平沙落雁，恰疑梧葉秋風。天空雲淡露華凝，明月梅花清夢。

四時即景漁歌子

春

閒步中庭立畫檐，韶光又值暮春天。

風蕩蕩，雨纖纖，滿院飛花不捲簾。

夏

冰簟涼生夏景多，晚妝試罷著輕羅。
簪末利，賞池荷，幾縷清香拂面過。

秋

一葉新秋落井桐，笛聲何處度遥空。
音繚繞，曲纔終，斷續聲隨斷續風。

冬

暖閣紅閨氣象殊，對梅酌酒正圍爐。
香暗淡，影扶疏，笑問名花識我無。

環翠堂詩草跋

庚辰之春，寶楨會試居京師。暇日，過訪階生表弟於完顔家塾，見其手一册操觚，方事編集蔣太夫人遺詩，校録待梓。楨受而讀之。詞旨清華，興寄深婉，允合風人之旨，非似近來詩家宗派捃摭六朝賸語者比也。昔珍浦祖姑著有《紅香館詩草》，選刻《閨秀正始集》，風行海内。今拜觀是集，洵稱先後媲美矣。於以知階生之不慕紛華，篤守母教，績學有自，其流澤孔長也。綴言簡末，用誌仰止之意云。

陽湖惲寶楨盥手書後

妙蓮保散存詩

丁酉二月赴選蒙特賜紅綢二卷翠花二對恭紀[一]

燈引香車達紫闈，順貞門外響轔轔。
兒家也有朝天日，喜值中和二月春。

階前鵠立靜無譁，日上觚稜煥早霞。
獨荷龍光傳賜綺，又聞鳳旨錫簪花。

【校記】

［一］此詩存於《清閨秀正始再續集》卷三，鉛印本，中國國家圖書館藏。

佛芸保散存詩

春　夜

一曲絲桐歇，春深夜不寒。小階清似水，花影上闌干。

自畫山水小幅

一川楊柳迎風舞，千樹桃花冒雨開。
偶向小窗閒點染，滿天春色筆端來。

和璞山兄種竹韻

館號小琅玕，窗前竹數竿。移來陰瑣碎，種處翠團圞。
月上疏疏影，風吹淡淡寒。新篁纔解籜，指日出檐端。

晚　晴

一雨花皆潤，新晴景最芳。檐牙仍滴溜，屋角又斜陽。
碧染梧桐影，紅浮菡萏香。偶然遊覽處，吟興引偏長。

雨後遊極樂寺[一]

連朝春雨喜初晴，爲訪珠林出禁城。
古樹遮門如有意，野花徧地不知名。

竹依佛殿香彌遠，鳥入禪堂語亦清。
笑我拈毫才覓句，幾聲晚鼓又催行。

【校記】

［一］《春夜》《自畫山水小幅》《和璞山兄種竹韻》《晚晴》《雨後遊極樂寺》均存於《清閨秀正始再續集》初編之三，鉛印本，中國國家圖書館藏。

楊佳氏散存詩

正始集題辭[一]

長歌渾脫公孫舞，秀語風流幼婦辭。
讀罷幽香生口角，詩中有畫畫中詩。

文章豔說筆花開，羨煞紅閨詠絮才。
一點乾坤清淑氣，大家分向句中來。

名花骨格玉精神，調叶宮商藻語新。
多說李唐詩學盛，可曾閨閣有詩人。

省識風流選句工，不徒妃白與裁紅。
可知味得詩人旨，抵讀葩經十五風。

綺語浮言要必刊，大書節義重人間。是編每於姓氏下序其人之性情才德，言簡而義該。分明幾卷成詩史，留作千秋樣子看。

【校記】

［一］此組詩存於《清閨秀正始再續集》初編之三，鉛印本，中國國家圖書館藏。

酒堂遺集

（清）完顏衡平　撰

酒堂遺集序

吾友完顏衡階生觀察未第時，於其家塾爲尚志堂詩文社，邀文士之留試京師者，期數日一集。其地有亭臺之勝，花木之繁，詩酒流連，主賓歡洽，甚盛事也。同治癸酉歲，余來與斯會，爲識君之始。甲戌試禮部出文勤崇公門。文勤公於君爲伯父行，往來益密焉。君天資聰穎，下筆頃刻數百言，其爲詩文往往出儕輩上，乃試輒不利，僅一登賢書出就外以觀察需次江南。又不竟其志，中道云殂。嗚呼！如君者，亦可謂遭逢不偶矣。君歿之明年，君之子象賢裒集君所作詩詞稿將以壽諸梓，介其師陶侃如助教攜以示余，且屬爲序。余受而讀之，其格律之謹嚴，吐屬之雋雅，一皆出於中晚唐，而五言長律於少陵尤神似焉。詞則能入蘇辛之室，雖吉光片羽所存不多，而君之才華抱負略可得其涯涘。回憶昔日談文聯襼，如目前事耳，能勿感慨係之哉？所冀他日者，君子之子繼踵而興，爲先人叢未叢之蘊。余將拭目俟之，乃不敢以不文辭，爰叙述緣起，仍介侃如以歸象賢，俾弁諸簡端。

光緒二十一年歲次乙未春二月元和世愚弟陸潤庠拜序

序

余館在階生大兄處，每於課讀之餘，俯唱遥吟，頗饒逸興。假館以後，仍復往來贈答，懽叙如常。嗣因階翁位居觀察，賦别出都，不勝戀戀，乃未幾而天不假年，遽以疾卒。聞之愴然流涕，今伊令郎象賢不忍手澤湮没，將詩稿授於余。余披吟三復，或感時起興，或即景寫懷，信手拈來都成妙諦。是李杜之夙擅，洵庾鮑之兼長。他年詩本流傳，不特洛陽紙貴，亦可作采風之一助也已。

光緒乙未仲春之月花朝後一日吳邑侃如弟陶惟琛謹識

序

衡君階生，完顔之舊族也。明望赫赫，足以策高足，据要津。而性沖淡，不慕榮利，孤標落落，與世寡合，獨与余及從弟小坡善，久而彌篤。好爲詩，有興即吟，然不自收拾，恒多散佚，所存者不過什一。語多禪性，格宗放翁，降年不永，奄從晨露。猶憶癸巳之夏，寄余書及詩，發言哀斷，出入懷袖，於今五年，不意其竟爲絶筆也。噫嘻悲哉！昨其喆嗣鶴孫郵其遺稿，丐言於余。余非知詩者，此何敢贅一詞？辱知深度辭不可，置延案頭，再更寒暑，爰書數語而歸之。既歎天之遇詩人同一窮，且幸故人之有示也。

戊戌閏三月文烺記於歷下

季夏同人游南泡子

城南亭子荷芰邊，雨後風光也自妍。
水長平隄時飲馬，涼生高樹亂鳴蟬。
好花萬柄香成海，落日一山青到船。
暮景催歸饒恨事，未能聯詠月明天。

書　懷

日攜尊酒伴煙蘿，醉裏題詩且放歌。
橙橘千頭供客少，蒺藜三角刺人多。
淡懷未敢輕軒冕，小隱真宜矢澗過。
投筆從戎非我事，升沈不用悔蹉跎。

偶　成

數卷牀頭引睡書，文人結習未全除。
東風十里花攢錦，卧對縹緗總不如。

讀劉省帥大潛山房詩鈔

百萬軍中盾墨磨，一新壁壘壯山河。
從來得句如名將，猶憶清湘夜枕戈。

釣魚臺懷王飛伯

詩人棲隱處，曠代見風流。長嘯古賢往，高吟天地秋。
暮雲低驛樹，斜日上漁舟。不盡登臨感，看山爲少留。

古龍樹院登高

兼葭簃畔又深秋，九日登臨此獨遊。
數點遠山空際見，一天爽氣静中收。
楓林落葉霜盈目，蘆荻花間雪滿頭。
最是思親無盡意，海雲東望共悠悠。

賞春亭小坐

煙消霧散見朝陽，高倚朱欄曉氣涼。
一樹霜花千箇竹，賞春亭畔見秋光。

聞　雁

一雁下蒼雯，空齋倚落醺。霜飄千片葉，山起半天雲。
邊塞秋將老，關河影暫分。南歸知有日，莫漫感離羣。

乙亥浴佛日侍大人遊壽安山因至碧雲寺得詩一首

溪山佳絶處，寺隱碧雲深。緑柳連村暗，高槐夾路陰。
徑幽憑蝭引，泉細聽龍吟。拾級香臺上，鐘聲出遠岑。

秋夜儀曹值廬

事親兼繕性，得意在無求。宦味同雞肋，癡名過虎頭。
官居冰署冷，月照玉堂秋。辛苦鈔書吏，憐渠筆未投。吏於公餘爲人慵書取值，故戲及之。

春日送友人入蜀

絲風絲雨繫愁思，楊柳陰陰馬去遲。

別有離悰言不得，杜鵑聲裏客歸時。

戊寅春日贈小坡一律

酒國詩天不計年，緑陰深處倚琴眠。
君師白傅耽奇句，我信青蓮是謫仙。
下筆千言聊復爾，拈花一笑故依然。
吟風弄月吾曹事，又結家山翰墨緣。

偶　成

鴛鸞爲侶玉爲神，信是人生有夙因。
白傅由來多漫興，青蓮忍使委泥塵。
熊羆早協宜男夢，風雨還愁妬婦津。
寄語且開湯餅會，不須惆悵爲伊人。

秋風吟送錢鴻樵書史鴻歸鄂渚

雲樵外史今淵雲，雕鎪萬象才不羣。
久客京華不得意，掉頭直欲遊崑侖。
茫茫世界夫何有，萬古雲霄一杯酒。
酒酣擊碎青珊瑚，白雲在山杯在手。
我欲從之楚水隈，美人香草感湘纍。
秋風乍起鱸魚熟，夢裏家山青滿目。

坡　公

蒼茫雲海氣縱横，髯也風流曠代傾。
我共斜川壬子降，小峨眉下拜先生。

元　章

襄陽才調世無倫，寶晉英光翰墨新。
但使腹容王導輩，何須冠服效唐人。

秋夜不寐有作

束身多事外，夜靜掩高齋。琴裏尋陶趣，詩中得阮懷。
神閒知睡少，才拙與時乖。四壁蟲吟碎，廊空月轉階。

三月三日上林玉蘭丈餘木筆雙株茂樹新篁時花繞陛典守人巡視惟謹

桃花紅綻壽丹黃，蕙露荷風雨後涼。
水曲新蟾時瞪目，怕人天上折奇香。

丙子秋日進香妙峯山信宿大覺寺得詩四首不計工拙也

其　一

雲與人爭路，行行到翠微。山深蛩自語，風勁蜨高飛。
夭矯岩松瘦，鱗皴澗草肥。石邊容小憩，樵路荷薪歸。

其　二

朗月明高壁，芙蓉面面開。丹宮披錦繡，紫殿接蓬萊。
人享生成福，神兼文武才。致虔同展謁，翹首上香台。

其　三

肩輿行處處，天氣倏陰晴。暮靄四山合，長河一水明。
澗花緣石細，山鳥喚人輕。坐聽鐘聲遠，禪關靜趣生。

其　四

路轉峯迴處，林巒畫不如。嵐光回望合，山勢入看舒。
暗水喧花徑，閒雲護野廬。老僧殷款洽，珍重翦園蔬。

書　懷

江湖何地可埋憂，辛苦年來翰墨留。
未作郎官知性懶，難成仙佛爲窮愁。
六朝煙月人千古，兩晉衣冠土一邱。
莫向天南弔行客，衹今幻夢醒揚州。

丁丑雪中補梅主人見示長句依韻得此

老屋三間壓欲破，門外雪花如掌大。
似與詩人鬬清新，檢點奚囊飛玉唾。
天公有意兆豐稔，三農得此真無價。
但覺銀海炫生花，疑是玉龍天上下。
清閒況味幾人知，我當此境如啖蔗。
一片光明雪亮時，不知芥蒂胸中化。
客來示我詠雪篇，舉筆欲和心先怕。
生平喜讀宋賢詩，嘯歌敢與歐蘇亞。
清涼沁骨肝膽寒，吾曹合受熱客罵。

小坡屬題補梅書屋圖

元章老屋百餘年，飽食行吟自在眠。
我輩以書爲性命，人生不俗即神仙。
梅花畫本楊旡咎，山水文章僧巨然。
門外軟紅高十丈，相期永矢靜中緣。

重陽後一日小坡同年招同友人補作龍山之飲敬步晉陽重九書懷原韻并懷令兄虎臣並呈念慈四兄

其　一

促膝談心意藹然，酒香拚醉菊花天。
座中客有倪黃在，不數龍山落帽年。

其　二

芳信先傳處士家，前堂好雨洗繁華。
故人恰值三秋別，開徧東籬無數花。

雨後至繡漪橋

出城十里曉煙斜，楊柳陰陰送客車。
茆屋香醪同一醉，六郎莊上訪蓮花。

小坡同年惠畫賦此報謝

鵝欄迴合水空明，蹟訪畊煙筆共精。
記取晚涼清景瘦，與君相約聽秋聲。

青龍望山

青龍橋下水，日日向東流。芳草今春綠，長松去歲秋。
酒腸逢雨潤，詩思近山遒。有母供甘旨，雙魚乍上鈎。

萬壽瞻松

迢遞城西路，長河一帶明。石紋隨意透，松影向人清。
地足前宵雨，天留此日晴。竹園論往事，細篠又新生。

二牐春泛

放棹長橋下，微波漾緑隄。水痕連岸遠，山勢壓城齊。
浪静鷗浮穩，風和燕掠低。晚來天更爽，歸路聽鶯嘂。

大覺再遊

不見西山久，逢山眼倍青。斜陽餘古塔，晚翠落空庭。
客倦常親枕，僧閒只誦經。覺來渾不寐，鳥語出林坰。

儀曹晚雪

門巷雪横遮，官閒午放衙。禦寒留宿火，當酒試新茶。
著樹冰生蘂，沾衣玉糝沙。雕瓊無麗句，高枕夢蘆花。

小　松

蒼髯老去出新枝，瘦影當階也自奇。
楚楚可憐如此樹，問渠何日棟梁時。

題家竹雲學士竹雲山館圖

妙筆淋漓墨未乾，友人雅意祝平安。
身行巫峽雲千里，夢落瀟湘竹萬竿。
霄漢怳疑瓊島近，清陰猶傍玉堂寒。
聯牀偶話當年事，夜雨披圖子細看。

雨後食榆餅

亂叠青錢細，初和麥麪匀。名徵榆莢美，饌佐菜花新。
也共何曾飽，難醫范冉貧。任人譏畫餅，風味擅三旾。

立春至清明無雨山西河南荐饑京師流民甚衆路殣不絕於路

落盡流民淚，蒼天苦弗知。料應到死日，始是不饑時。
井竭涸泉水，風狂阻雨師。街談無一語，慰問共低眉。

早出安定門至宏慈寺放粥愴然得十四韻

鞍馬出城堙，熹微晨景昏。迢遞入蘭若，樹杪明朝暾。
宰黎一何衆，道左遊饑魂。扶老復攜幼，衣敝無完褌。
婦孺更淒絕，凍餒依荒村。但求謀一飽，續命復何論。
散牌各歸柵，鵠竢而鴟蹲。有如繫獄囚，無由叩九閽。
又如在苙豕，糠秕争思吞。同此髮膚儔，誰不念飽温。
旱魃云爲虐，彼蒼豈不仁。死者長已矣，生者今僅存。
我欲訴真宰，雨雪沛天恩。天心如可轉，樂土無饑民。

歲暮思親

今歲聿云暮，北風天正寒。明月出東斗，高挂松柯端。
相望幾萬里，雲海何漫漫。路遠夢不到，永夜起長歎。

誚失婢諺次劉賓客韻

大索竟難覓，蘭房久不歸。誰家桃葉接，驀地柳花飛。
自斷流鶯影，心驚悍虎威。從今嚴鎖鑰，應悔撻青衣。

積水潭納涼四絕句

其　一

午窗初剖緑沈瓜，繞膝分甘稚子譁。
屈指光陰不虛擲，八年六十度看花。余自庚午至京，每春夏花時均獲遊賞。

其　二

臨流幾畝水田開，偶向漁郎問渡回。
行到荷花最深處，一雙白鷺下潭來。

其　三

半天高柳蔭長隄，萬柄新荷貼水齊。
最好雨餘塵障淨，斜陽踏過短橋西。

其　四

采蓮艇子隱苔磯，日夕嵐光湧翠微。
坐久不知香在袖，晚涼人趁月明歸。

偶　成

獨坐黄昏候，閒看蝙蝠飛。暝煙低擁樹，涼雨細沾衣。
月上雲歸疾，烏啼人語稀。有情庭草色，分緑到書帷。

除夕得雪元旦奏報朝賀和周小棠前輩韻時官大京兆。

感召和甘帝念兹，飛章喜達我皇知。
九天閶闔朝元日，萬樹梅花得句時。
北斗聯輝星有象，東風入律候無差。
併來供作豐年瑞，不待辛祈事亦奇。

醉中書感

長歌對酒不言功，二十男兒時未逢。
挾策昔曾憐賈傅，請纓今乃愧終童。
生涯合向詩中隱，浮世懸知夢裏空。
一曲玉淵池下水，鬱臺思伴釣魚翁。

偶　成

陳書漢闕言虛上，策蹇長安志不降。
一樣奇才感淪落，賈長沙與賈長江。

丁丑大寒日

靜裏驚心節候移，一年又到大寒時。
平章花月欣人健，管領松風有鶴知。
濁酒漫謀陶令醉，清談雅與晉賢宜。
爐煙散盡南窗暖，兀坐澄懷自詠詩。

觀奕呈蘊庵族兄

何須當局較輸贏，消長盈虛付一枰。
眼底縱橫真變幻，意中黑白總分明。
後先枉自操成算，得失由來有定評。
笑我勝人惟不戰，可憐蠻觸日相爭。

書　懷

槐窗夢斷夜如年，睡起高齋懶就眠。
未淨名心難作佛，不修邊幅便爲仙。
詩求諧俗無真氣，道在集虛法自然。
除卻讀書非所好，丹鉛時結古人緣。

戊寅人日懷人絕句十二首

其　一

衣冠追晉代，清夢寄煙霞。聞說江南客，閒栽塞北花。

其　二

少詠玉臺句，老參金粟禪。買田歸未得，零落小斜川。

其　三

從戎還萬里，撫劍感生平。渴飲淇泉水，無人識宦情。

其　四

西蜀參戎幕，東湖作宰官。梅花詞萬首，春遠不知寒。

其　五

惆悵南宮侶，人欽清廟才。讀書不讀律，典禮憶容臺。

其　六

訪碑寰宇徧，日下載書回。曾記花開夜，論文共舉杯。

其　七

白首思王宰，丹青絶世奇。閒窗重展畫，祇讀輞川詩。

其　八

浮名身外事，蘭閣話同心。欲展離騷讀，淒涼不可吟。

其　九

家世蘭陵舊，文章雪花新。年華京洛政，三度走風塵。

其　十

髫年同硯席，投筆忽遄征。長味魚龍夜，相思海月明。

其十一

抱琴人已杳，身世等浮漚。東望岱雲起，洪厓儻與儔。

其　十　二

懷人千里遠，別我八年初。屈指梅龕下，焚香應祭書。

哭賡廷先生

其　一

十年問字草元亭，愴絶塵寰夢易醒。
高士多窮人寡合，文章無價命無靈。
泮宮芹藻留芳躅，薊野雲山剩典型。
回憶竹林承學日，後先凋謝涕同零。

其　二

泰岳峯頹無限哀，人師難得寸心摧。
愛蓮記詠濂溪句，賞菊誰傾栗里杯。
道戒浮夸尊踐履，圖傳消息篋風雷。
劇憐醫學昌明日，和緩翻攖二豎災。

其　三

宏獎風流世所欽，及門獨愧受恩深。
期予不在中人下，絶世空懷太古音。
從此無師嗟失學，更誰知我倍傷心。
九京會許重相見，剪燭題詩淚滿襟。

先伯文勤公三週年述衷敬賦

極目霜郊感慨中，無邊落木起秋風。

武鄉事業今誰繼，先伯任成都將軍時，榜軍署曰景武。新建襟期獨與同。先伯湛深性理，不喜空談語録。

奏草常傳遼海北，豐碑終古薊門東。

行人莫話滄桑迹，跪奠寒林感不窮。

惱公效長吉體

碧屏六曲漏丁東，端坐胡牀賦惱公。
填海徒令銜木石，補天真欲碎虚空。
香枯夏草啼蘭露，夢覺秋光失桂宫。
不忍寒蟾照長夜，聊書短句付巴童。

題友人感懷詩後

倚劍長吟感不禁，唾壺擊碎有餘音。
蠅頭蝸角人間世，流水行雲物外心。
蹇劣非關甘自棄，利名何事苦相尋。
十千沽酒且須醉，與子高歌一散襟。

書懷七律七絶各一首

其　一

籬落人家夕照邊，星霜閲徧井中天。
機心何日消磨盡，俯仰隨人亦可憐。

其　二

邇來多事苦傷神，賴有高歌見性真。
佛海常留清浄業，冰山環侍熱中人。
讀書豈爲逢時用，和藥能醫久病身。
笑看滿朝朱紫貴，玉淵潭畔擬經綸。

元旦書懷

其　一

元旦恰逢春甲子，道人不用守庚申。
即看萬樹花如錦，準擬三時雨作霖。

其　二

狀元昔是同曹侶，黃慎之前輩。太史居然弟子行。繆炎之爲伯兄教習，門生今晨來拜。

八日得辛人祈穀，卅年爲世子稱觴。

庚辰臘八後二日書於訪隱軒

將進酒酒盈卮[一]，十年京國衣塵緇。
昔日朱顏今白首，把酒不飲吾真癡。
丈夫空負雕鶚姿，饑寒不庇妻與兒。
倘來富貴知非分，暫熱功名有冷時。
酒酣高歌招隱詞，將跡赤松侶安期。
浩然物表矢終古，多少英雄轅下駒。

【校記】

［一］此句脱文。

憶小坡同年

嘹唳南征鴈，隨風到館娃。三秋懷遠客，九日見黃花。
念子耿無寐，知余懶有加。初秋卧病，久不作書。江湖能載酒，强半勝京華。

七　哀　詩

其　一

幾年林下伴樵漁，裂帛湖邊老釣徒。
賸有香南遺篋在，龜堂詩句雪堂書。崇語舲先生詩宗放翁，書法酷肖東坡。

其　二

羽涔山畔月黃昏，海内文名萃一門。
問字昔過楊子宅，髫年知己不堪論。龔叔雨侍郎世丈公爲季恩尚書文孫。

其　三

風雅人閒眉壽堂，門森晝戟室凝香。
可憐季子傳遺硯，謂文小坡同年。老去坡公亦可傷。瑛蘭坡姻伯中丞。

其　四

老入川中爲看山，蓉城寂寞待君還。
宫坊舊史今零落，蜀道魂歸萬里艱。楊簡侯世丈方伯。

其　五

說劍論文事漸疏，真成昔夢半模糊。
山青雲白人何往，怕過黄公舊酒廬。傅鵬秋孝廉同社。

其　六

太史才華久擅名，西風又聽挽歌聲。
一從少谷山人死，愴絶談詩王子衡。晉少谷年伯。

其　七

劍氣豐城客已仙，瑯環曾記校遺編。
年來同笑身如蠹，說與泉臺亦粲然。毛子清比部。

寄懷錢少雲大令時在瀋陽歧將軍幕中。

緑盡王孫草，天涯悵遠遊。琴堂儲建樹，蓮幕足風流，
勗我名山業。思君遼海秋，籌邊紓妙略，何數漢家侯。

奉懷補梅主人兩絶句時補梅有虎溪鄧尉之遊故詩中及之

其　一

能將詩畫作行窠，弄水看山自嘯歌。
想見錦囊收拾徧，江南名勝句中多。

其　二

春光爛漫虎溪邊，日麗風和好放船。
鄧尉梅花千萬樹，有人高枕夢南天。

四月十八日至南湖渠村夢山先叔安葬述衷一首

小謫紅塵夢易蘇，佳城遽掩淚模糊。
冷官自昔求名淡，先叔以奉宸苑苑副改官員外，耽心書籍，遂有終焉之志。温語於今到耳無。
武子壯年愁叔歿，嗣宗老去阿咸孤。
竹林飲興知何似，長跪猶陳酒一壺。

六月十一日二牐泛舟口占

一葉扁舟泝碧湍，微衣送爽葛衣單。
沿流直入清涼界，不識人間有熱官。

和侃如先生姓陶，名惟琛，官國子監助教。

緑陰深鎖讀書堂，快誦瓊章逸興長。
泉畔浮瓜牽素綆，階前留竹禦風霜。
消除夏氣六時爽，分得秋心一味涼。
飲露懷冰詩思潤，高吟全與暑相忘。

開愁歌戲效昌谷

煙巒如畫雲作屏，高樓獨飲雲冥冥。
把酒酬山山不語，明月乍出松髯青。
行年三十不得意，跂石眠雲等閒事。
古來遇合亦何常，將相公侯偶然遂。

愁叠如雲撥不開，滿斟酃渌倒金杯。
癡雲欲破目光墮，長劍西指天風來。

顧皞民觀察重建吉林瞰江樓友人索詩偶成一律呈康民比部

岳衛森嚴集萬軍，危樓百尺壓邊氛。
古來險要知何地，天下英雄有使君。謂吴清卿欽使。
西北浮雲空際見，東南形勢掌中分。
臨江不奏尋常凱，好策詩壇翰墨勛。

夏日遊浄業湖和憶梅詩二首

其　一

李公橋上望。東去水悠哉。長嘯古人往，熏風天際來。
山停安石屐，酒滿阮公杯。不見茶陵老，空懷一代才。

其　二

瀟灑華真寺，禪房迴絶塵。莫辭高枕卧，同作北窗人。
芳草渡旁渡，桃源身外身。避秦如有路，我欲訪迷津。

即景二首

其　一

一水空明眼界寬，溪聲帶雨夏生寒。
偶携斗酒尋僧舍，新摘園蔬入食單。
明月憶從前度望，青山正合曉來看。
憑欄静坐增吟思，好對軒窗筆硯安。

其　二

百尺高樓最景幽，九天雲物檻中收。
西來叠嶂青於染，北望澄潭翠欲流。

地僻不嫌身近市，心閒偏愛屋如舟。
拈毫我欲題詩句，有客高吟在上頭。

書故侍御吳柳堂先生遺詩後敬步原韻

二百年來見此翁，高風亮節薊門東。
鋤奸奏下傳三輔，建嗣疏陳泣兩宮。
少海無波承大統，前星不動賴孤忠。
安劉輔漢千秋事，報國如君幾輩同。

排　悶一首

故紙堆中小結緣，元公容叔作詩顛。
腥羶名器有何慕，糞土夔龍太可憐。
莫遣狂風漂鬼國，須知明月在人間。
開懷懶向虛空說，一笑閻浮二十年。

書友人西山詩後并憶山中風景

翠微深處酒曾攜，回首煙嵐動遠思。
笑我尋幽成昨夢，知君選勝有新詩。
春花秋月連朝換，紅樹青山再到遲。
如此良遊真不易，莫教忙過少年時。

少　年　行

其　一

平明走馬小金臺，薄暮香街策騎回。
散盡黃金供一笑，吳姬佯醉入門來。

其　二

馬上相逢鐵裲襠，詔書新授羽林郎。
琱弓藏久無筋力，歸臥青樓錦瑟傍。

小詩寄懷

秋風下庭葉，秋露正凄凄。南國多芳草，神山憶石芝。
故人嗟久客，令我願長違。一鼓瑶琴曲，音流絃外思。

消夏五詠

昆明湖

兩行垂柳碧於煙，裂帛湖平好放船。
人立廓如亭上望，鷺鷥飛破夕陽天。

浄慈寺

禪房好雨潤塵襟，高捲疏簾暑不侵。
差喜杭嘉舊史氏，謂晉少谷年丈。解從城市覓山林。

積水潭

蓮花香裏盪輕舟，積水潭前豁遠眸。
隔岸遥驚劉禮部，公餘文讌聚高樓。

秦氏園

滿溪荷葉漾田田，朝罷諸公競試船。
獨有風流老方伯，酒餘高詠對寥天。謂楊簡侯世丈。

蝦菜亭

朝來冷露溼蓮房，無主荷花自在香。
我是閒鷗來問水，不看翠蓋擁紅妝。

自題十癖齋一絶句

竹琴香茗畫書詩，第一銘心古硯池。
除卻棋讐無酒債，煙霞金石亦相知。

題孫子與點長江萬里圖齊文玉谿學裘畫年七十七。

百萬魚龍蜃氣浮，江山無恙畫中留。
古來形勝誇天塹，海内英雄識仲謀。
五夜聞雞空起舞，中流擊楫好行舟。
谿翁落墨非無意，極目蒼煙隱戍樓。

辛巳七月二十二日重遊可園口占

其　一

髫齡遊賞及芳晨，余於乙丑春侍先慈遊，距今十七年矣。二十年來世又新。
回首不堪遊釣處，話雲樓下感慈雲。話雲樓在園東，今已久圮。

其　二

有情緑柳垂隄外，無主荷花傍水濱。
圖畫不傳喬木盡，園有舊圖，今不知歸於誰氏。園亭此日屬他人。

自題坐禪圖小影

其　一

易識浮生理，兼全寵辱身。願聞第一義，小睡憑藤輪。

其　二

是身如浮雲，我生無根蒂。鏡象未離詮，形骸今若是。

三十初度書懷四首

其　一

緑野堂閒著綵衣，庭前慈竹翠成圍。
讀書稽古才名拙，投筆論兵心事違。
未到六十三萬日，先知二十九年非。
雲鴻也有冲霄想，願向朝陽學鳳飛。生日以易自筮得鴻漸於逵一爻。

其　二

南宫散吏偶名標，蘭省裁詩罷早朝。
幸附王漁洋。盧石南。稱後輩，誰知劉賓客。陸放翁。是同僚。
每持手版拄山色，待擬頭銜署玉霄。
清切曹司丹闕近，五雲樓閣望迢遥。

其　三

身自仇池同谷來，降靈敢道不凡材。仇池山在階州境，顧曉帆先生爲書小仇池額，語多獎飾，益愧虚名。仙寰小别青山老，塵世無情白髮催。問字當年師鄭賈，謂李子樸、馮賡廷兩師。論文當代友鄒枚。曩與武進張閏生、吴興傅鵬秋、陽湖馮仲梓，江陰陳聘臣夢陶、元和陸鳳石、吴縣吴剛木、劉雅賓詠詩，諸君子爲尚志堂文社。半生忽遇蘇家季，日日斜川盡醉回。蘇叔儻壬子年生，與余同年。

其　四

不向深山禮石龕，達摩文秋樵自蘇州寫達摩面壁圖壽余。真諦默相參。
傳衣自是垢心净，面壁何如苦筍甘。
萬葉香林聞勝果，一簾花雨坐如菴。
西歸東渡皆成幻，記取生前現佛曇。十月初五相傳爲達摩誕日，因戲及之。

知己詩并序

辛巳之冬月在己亥，衡子行年三十矣，偶與橘齋主人竹窗夜話，迴憶疇昔，各舉知己，僅得九人，管氏云：生我父母，知我鮑叔。爰賦數詩，永誌不忘。

其　一

竹林幾載仲容隨，幼度東山侍坐時。
最憶園亭窮勝日，阮公樽酒謝公棋。適齋先伯鞠龕叔父。

其　二

荀生昔識李元禮，顧氏能希馮野王。
千古風流吾不讓，至今一瓣奉心香。李養吾、馮和文兩師。

其　三

青萍結緑賞音遲，嘯傲滄洲歲月移。
七十二沽遊釣處，回頭賀監舊相知。馮思初年文。

其　四

交遊高誼薄金貂，患難艱辛不費招。
回首蕉齋同几硯，秋風瘦損沈郎腰。沈仲昭世兄。

其　五

招得寒山海上來，因緣不必問岑苔。
酸儒苦行堪同調，風味居然兩秀才。明夢岩大哥。

其　六

平生心跡喜同清，酒國詩天樂隱名。
軒蓋可輕文債重，江南愁教瘦蘭成。文小坡十弟。

其　七

海内龍門幾扇寬，風塵藻鑑古來難。
從今莫更求知己，勝卻旁人屬自看。

書冬青樹傳奇後

青山痛哭宋遺民，義氣能回天地春。
刼火早焚楊璉塔，元家陵樹又成薪。

戒臺詠松

戒壇隱現山雲中，獅巖朝拱如兒童。傑閣危欄相掩映，入門突兀生長松。一松側立如含怒，一松偃卧勢迴顧。兩龍雙戲梵王宫，山色蒼茫逐煙霧。老松閣右挺孤標，森森鱗鬣千年條。霜皮半蜕鳳垂尾，翠雲匝地幹淩霄。蓮花鳳眼襯臺空，石碣依樹紫霧籠。天章封賜活動名，一枝偶曳全身動。壇前卓立九龍蟠，虬枝披拂蒼髯寒。何時天龍遺九子，飛騰白日撐青天。我來正值秋容肅，快雨初晴豁心目。倚松長嘯仰天歌，謖罷濤聲滿巖谷。

潭柘寺

柘老潭空後，秋花刼外香。萬松開寺路，一水抱僧房。
嵐氣翠當午，溪雲低渡牆。猗玕真境在，相對意俱忘。

後淨室拜姚少師像用少師謁元太保劉秉忠原韻

跏坐深山五百春，長陵松柏半成薪。
幽燕故壘驅戎馬，風雨陰崖護鬼神。
病虎儀容堪想像，飛龍事業早更新。
寒雲不改青峯色，多少行人淚染巾。

文小坡同年自吳門寄面壁圖爲贈詩以謝之

慈悲歡喜總成空，看破芭蕉石壁通。
君是南能我北秀，一般瓶鉢水雲中。

題楊蓉裳芙蓉小館詩集

玉琴鐵笛總能調，兄弟詩名二陸標。
爭道梁溪風韻在，玉溪生與玉山樵。蓉翁詩温潤和雅，絃外有音。

題張南湖雲驤芙蓉碣傳奇

其　一

有酒惟澆古趙州，貞魂不死已千秋。
史官筆削詞人旨，譜出人間無數愁。

其　二

曾爲名花訴不平，那堪家有孔方兄。
藕絲荷蓋渾無賴，清浄蓮花懺此生。

其　三

不是尋常幼婦辭，美人香草有餘思。
芙蓉池畔幽芳歇，更欲刊君第二碑。

江南九日

七里横塘照眼明，重遊虎阜小舟輕。
白雲黄葉無人管，獨向真娘墓下行。

雨後由磴道上伏虎崖探觀音洞

古塔矗岩阿，懸崖亂石礴。雨息雲亦稀，逶迤轉山左。倚杖二客豪，攜遊真健者。新月出林梢，夜色蒼茫墮。再拜大士前，山僧拂苔鎖。庨豁洞門開，青熒明炬火。萬象在我旁，幽怪窮么麽。或如摩尼珠，或似青蓮朵。高出如臂伸，下垂如唇哆。石漿拭目寒，洞出爐甘石有漿明目。海眼測真叵。海眼在洞左，投以碎石，久之猶聞聲。黿伏復龍蟠，排戛何貼妥。洞門黿龍兩石頤奇。路入上天梯，洞最深邃處名上天梯。蝙蝠飛驚夥。老仙本蝠精，或者是張果。路阻興不窮，力疲身欲跛。行行炬既殘，狂呼歷甜閜。出洞天風來，怪石蒼松我。

偶成和小坡鄭同年鼓琴之作

塵世誰憐爨下音，焦桐獨自按徽深。
踰來吾道多增墨，敢謂牛聲竟陸湛。
元墓曉風孤鶴唳，大江寒雪蟄龍吟。
怪君指上能移我，海色蒼茫萬古心。

題朝鮮徐雅堂太僕鐘鼎册子

其　一

記曾杯酒接清談，十載重來春夢酣。
惆悵前遊題短句，好留鐘鼎伴梅龕。

其　二

當年小謝識南徐，此日坳螭拜象胥。
爭道狀元歸去好，滿瓶佳茗半船書。

冬月呈李養吾先生

平分明月到階除，人跡雙清樂有餘。
雪夜春風生四座，梅花數點一牀書。

爲周慕陔戲題魁星像

呲牙屈膝爲衡文，鬼臉模糊本不分。
手可持金身挂斗，傍君門户上青雲。

甲申長夏飲城南觀劇送沈司馬三至浙東即席以贈

黎雲何處夢仙葩，吟到蘼蕪第一杈。
解珮湘娥人是玉，吹簫秦女貌如花。
郎官喜結同心縷，司馬情封繫臂紗。
急管繁絃無限恨，王孫明日又天涯。

壬午大寒日早雪和丁丑大雪日原韻

壺中歲月自推移，雪點西窗睡覺時。
冷暖光陰憑造化，梅花消息是心知。
不因人熱身常泰，能得清涼夢亦宜。

卧聽疏鐘生靜思，披衣重詠雪中詩。

乙酉元旦夢中得句誌喜

匏廬千日不去酒，蟄室六時常詠詩。
慶喜太平無事際，冷吟閒醉恰相宜。

乙酉仲夏雨中自題倚劍圖集杜句

勳業頻看鏡，高吟寶劍篇。平生飛動意，暫擬控鳴絃。

冬至日戲示小姪志賢

守錢莫效窟郎癡，事業青箱願如之。
喜爾聰明官職好，不妨還作阿宜詩。

戲和瘦碧同年春盡日詩

杯斟婁尾酒千尋，萬事何如一醉真。
無限桃花憶人面，可憐微雨送殘春。
二三知己眼前快，九十韶光夢裏新。
好待五湖煙水緑，江南風月總相親。

冬夜偕蔣大令玉青祁參軍丹崖拜李文正公墓

問訊西涯墓，千秋傍寺門。寒林尋古木，明月弔詩魂。
相業豐碑杳，文章短碣存。蘇齊遺記在，披蘚手重捫。

齋前文杏春半盛開夜風多厲便爾吹落詩以慰之

封姨偏值妬花晨，香顆飄零墮錦茵。
寄語東園桃與李，他年還汝十分春。

題傅閭山指畫三羊開泰圖

象形會意頭陀畫，假借和聲猨叟詩。
我亦閭山肥遯客，喜聞吉語咬春時。

題顧西粿美女簪花圖

肯隨時世鬭新妝，獨立無言意自芳。
惆悵杏花開又落，一春牢落爲花忙。

温泉聖水堂浴室偶題

其　一

掃除熱鬧滌煩思，佛法深參八解池。見維摩經。
不到湛然空峒界，安知冷暖自家知。故相英煦齋書額曰冷暖自知。

其　二

蓬山曾亦集群仙，玉水方流憶往年。
世上妍媸原有定，人功浣濯最堪憐。

琵琶出塞圖

不用憐才怨畫工，美人幽恨四絃中。
漢家天子如相問，莫道朱顔似舊紅。

潯陽琵琶圖

大裘心事悔蹉跎，江上琵琶訴嘯謌。
曾說長安居不易，那知清淚落江波。

悼第四兒貞郎四絕句

閏四月杪病驚風，自夏徂秋延醫診救，旋愈旋劇，生四齡，病百日而逝。

其一

春風辛苦護龍雛，穉竹霜凋不可扶。
筍未成林苗不秀，草元亭畔失童烏。

其二

而翁生計太狂癡，祝汝聰明長壽時。
玉筯雙垂人永去，傷心惟有月明知。八月二日丑時化去。

其三

兩行秋柳坿新阡，仲氏凋零愴昔年。家弟三捷，年甫六齡而殤，亦坿葬，賜塋之西牆焉。
蓮葉總枯香不死，童真應證小遊仙。

其四

三十年來一刹那，虛空勘破悔情多。
當今過去都成幻，枉叩瞿曇卻病魔。

翠微即景

溪午風沙定，材原道路長。名山懷帝女，有翠微公主墓。古墓卧山陽。李尚書宗昉墓亦在山麓。
芳草有情碧，林花著意香。峯迴岩轉處，雲路下牛羊。

偶成

其一

最愛風流淺改妝，偶乘小艇泛秋光。
莫愁老去紅兒死，今日林娘屬陸郎。

其　二

滄桑小刼漫低佪，燕子樓空劇可哀。
莫問西湖新柳色，青青不似舊時栽。

其　三

題詠紛紛亦世情，狀元面目認娉婷。
新詞老筆吳張在，平齋、吉人兩先生。爭似人間尹與邢。

題戴文進雪堂圖

萬古仇池證夙因，坡門弟子是前身。
雪窗細展雪堂記，我亦忘機釋縛人。

翠微記遊

暮宿招提境，翛然百慮清。亂雲山疊起，新月夜孤明。
綺語消文債，狂歌略世情。睡來渾不覺，夢裏早霞生。

大風過蒯徹墓

天風吹積垢，噫氣滿乾坤。浩蕩村原失，微茫日色昏。
假王身已醢，辨士舌難捫。憑弔淮陰冢，淮陰葬母，相其地可置萬家，今不可考矣。功名不可論。

秋郊晚眺

沿谿小草猶深綠，隔岸斜陽自淺紅。
多少菊花霜夜裏，一時俯首聽西風。

和慕陔世先生

七十童顏白髮新，軟紅塵外見高人。
梅花早共詩人老，桂樹長留畫裏春。
過眼煙雲身世幻，遊心爻繫性情真。
竹林大阮謂令叔子謙年丈。知無恙，樽酒論交意倍親。

醉後贈周明經慕陔

峨峨周子邦之良，六十朱顏白髮長。
飲爻古篆含古芳，東園邂逅苦語涼。
五載別君天一方，重來京國聯壺觴。
謂余故態仍清狂，射策遲登白玉堂。
平生俊氣浩難量，與時搏擊名未揚。
天欲文章老更昌，故教劍翮窺群翔。
十年不補尚書郎，浩謌爛醉西風旁。
與君痛飲酌酒漿，醉視雲物都茫茫。

偶　成

津門隨宦憶髫齡，十載京華兩鬢青。
玉匣待鳴歐冶劍，巾箱幸守魯儒經。
無邊風月供吟歗，有象雲煙繪性靈。
人世問誰留本色，梅花爛漫放前庭。

癸未九日書懷

無花無酒尚能豪，暫向幽齋避俗囂。
九日閒居人偃蹇，一窗寒雨竹蕭騷。
冷吟誰識箇中趣，清淨時尋方外交。
苦憶風流千載上，參軍不見想山高。

七夕後二日雨中無寐有懷小坡同年

其　一

書劍年來事遠遊，五湖煙雨泊孤舟。
石芝崦裏新題句，檢點清詩記早秋。

其　二

竹牀石枕卧如菴，涉世空餘七不堪。
滴碎秋心千點雨，好風吹夢到江南。

壬午九日偕虎臣鉏梅白雲觀登高醉賦

十年不到白雲房，道人驚笑驚我狂。
瀛洲方丈今何在，安能與俗隨低昂。
夜來好雨洗塵滓，巾車窈窕行康莊。
秋林半霽遠山出，仰見白日懸清光。
東來二客本仙侶，高吟挹袖浮邱旁。
到門壇闕湧金碧，羽人供立如鵷行。
肩摩踵接不得入，是日遊人甚衆。迴廊啜茗閒徜徉。
層樓傑閣繼登眺，振衣千仞凌青蒼。
酒酣欲呼衆仙下，紛紛鸞鶴參翺翔。
靈妃顧我粲然笑，時時雲外飄天香。
女媧清歌冰夷皷，麻姑引酒盈千觴。
我所思兮白玉堂，欲往從之道阻長。
倏忽陰雲徧霄漢，美人蒼狗俱茫茫，醒來雲氣沾衣裳。

丫髻進香記遊詩四首

其　一

巾車窈窕入南村，河南村在羊各莊道西。萬葦森森歷水屯。
斜日半林風絮亂，青山一髮到籬根。水屯在沙嶺外。

其　二

嵐光迴合寺門開，距沙嶺十餘里爲通化寺。把筆題橋意快哉。立虎橋在山凹内。

馬首欲東雲忽起，一峯纔退一峯來。

其　三

瓊宫高峙九重天，天仙聖母宫左東峯頂上。遠近諸峯勢欲連。遥望盤山如風檣陣，馬出没雲中。

我本玉皇香案吏，康熙間建玉皇閣於西峰頂上以祝釐。閒居權作小遊仙。

其　四

晚山濃似老漁蓑，布韈青鞋緩步過。

指點雲岩藏古寺，雲岩寺在丫髻山南伽藍山内。伽藍頭上月明多。

癸未長至日

生憎鴉雀噪空枝，睡起西窗夢醒時。

赤日滿天人獨卧，低吟玉局和陶詩。

三月朔日城南觀劇晤老友彭蓼漁同曹桂秋佩清明雜詩之一

浮生勘破笑虚空，剩有琴心託綺桐。

秋浦忽驚人解佩，蓼洲情話釣魚翁。

靈光寺即目

杖策不知遠，靈光一徑開。山中人不見，謂多時帆鐵荔岩諸先生。林下我重來。

鈴鐸吟霄漢，煙霞入酒杯。水亭環座處，隨意説輪迴。

龍王堂

碧山看不厭，直到翠微西。遠樹緑參合，數峯青陸離。

幽花多傍石，岩畔秋花妍潤可喜。曲水自通池。無限滄桑感，禪房覓舊題。壁間有黄翊字雲鵠題句，今不可見矣。

長安寺絶句

雲松千歲古，霜葉一林寒。舉首長安寺，青山立馬看。

九月九日口占

數點黄花餉我愁，幾迴枕劍夢封侯。
長林豐草高情在，一任人間笑馬牛。

觀方希古薛敬軒兩公書聯敬賦

正學方先生，河津薛夫子。雙峙天地間，遺風滿人耳。
强藩謀黄屋，逆璫禍天紀。九族心不驚，三遷義無徙。
末俗絢題榮，道喪人心死。朱邸士如雲，璫門人如市。
但患失功名，安知有廉恥。卓哉兩先生，節操罕無比。
萬古柳芳躅，清心映江水。古墨照軒窗，高詠懷仰止。

自題篁林讀書小照

瀟灑何如梅子真，竹間留得自由身。
清風滿座披周易，我與蓬萊隔兩塵。

題蕙荃女史英雄獨立繡畫

其　一

高才幾輩海東青，俊翮凌霄入畫屏。
鍼線工夫出奇事，五雲深處繪真形。

其　二

萬縷香絨組織時，胸藏錦繡少人知。
天空海濶憐孤立，砥柱中流屬阿誰。

壺園鄭子去秋録示乞鶴詩冬抄書來言養鶴之趣仇夷山樵客爲之賦得鶴詩以寄

鴛鴦在梁烏登木，世無羊公伴君復。
氍毹毛羽奇可憐，歲暮寒禽倚修竹。
主人牀上有鳴琴，獨抱焦桐爨後心。
仙骨珊珊應節舞，知君指下調清音。
水石園居頓生色，雲海波翻飛不得。
軒昂何事避雞群，口不能言對以臆。

再和憶梅粤中寄贈之作

遣愁尋樂是生涯，夢覺西窗笑鬢華。
偶現優曇參佛果，因緣同付鏡中花。

大寒日寒梅初放寄憶梅妹倩佛山

拗花人已遠天涯，燕粤相思萬里賒。
柳外一枝偏惹恨，可憐常作去年花。

城南失火廛市延燼偶招陶侃如學博禊飲旂亭觀之憮然

佳辰無賴醉爲歡，樓上春陰作峭寒。
社火金消寒食過，可憐上巳雨中看。

三月九日遊極樂寺之作

其　一

馬蹶輕趁柳畦風，偶訪名葩野寺中。
一樹梨雲雙蝶舞，攙天花氣漾春空。

其　二

漢廷老隸屬倪家，功懋宣防意可嘉。
二李先生章奏在，可憐瓠子泛桃花。

雜　詩

其　一

檀板敲殘罷鳳簫，隔牆荊棘妬春饒。
查樓重聽雲韶部，人送周郎作小喬。

其　二

綺羅香陌蝶飛迴，月老祠旁一再來。
夜雨洗出脂粉面，不教春色度章台。

其　三

香風吹上落伽山，勘透仙禪第一關。
懶向風塵問桃李，紅情懺盡綺懷刪。

清和月十三日訪延慶五塔寺得句

其　一

參天大柏翠交加，千箇因緣釋子家。
勝境可憐無客賞，寺名延慶觀通霞。

其　二

五指擎天塔勢尊，雙碑華表墓前存。
帝師一樣隆優禮，禪伯儒宗和并論。

四月初七日出德勝門至黄寺

纔過華嚴見化城，清浄化城在西黄寺側。柳絲拂面午風輕。
清涼一掬寒泉水，啜茗冰甌春露生。

後七哀詩

其　一

江水去何急，吳山尚典型。負書無路獻，苦憶沈吳興。沈相國文定。

其　二

和戎紓秘策，賑粟活流民。慟哭同京兆，循良一代臣。周京兆家楣。

其　三

疇人傳絶學，風雅亦吾師。不見高人躅，天根話月墀。李善蘭户部。

其　四

文酒當年聚，誰知冷宦難。東園賓客盡，怕展舊圖看。李湘石孝廉。

其　五

容臺先後入，一疏震强侯。愴絶春宵話，
追思生古愁。延樹南姑丈，官司寇印煦。

其　六

嗜雅輕流俗，通禪薄腐儒。煙霞餘畫筆，魂亦戀西湖。如都轉山。

其　七

貨殖亦遊俠，能書復善文。梅花冬至夜，釃酒弔將軍。錫年丈緽。

十二月十七日續三月十九日湖上作

雨中張蓋步遲遲，瞥見紅衣小立時。
橋上行人橋下水，人間何處不相思。

偶成題壁

其　一

幾處干欄籠翡翠，一春幽恨寄金荃。
瓊輪莫走長安道，倚榭凝塵絶可憐。

其　二

岑寂珠宫玉琯遲，蘇哥丰韻使人思。
敗江荒緑俱無用，忽見冷元涕下時。

謁萬壽寺

落徧紅花緑草芳，疑風疑雨又斜陽。
瀠洄最是長河水，盡放春波出苑牆。

謁旃檀寺

千年瑞像記優填，住世緣深結勝緣。
不是尋常木居士，如明天上有旃檀。

哭伯紳太僕

傳家儒素仰清芬，馮氏自常熟遷陽湖，世傳儒素太僕及介弟仲梓，蔚爲一時名輩。薤露風淒不忍聞。

一瓣心香文字業，竹林慟哭大馮君。余受業賡廷先生門下十年。君時由翰林改官比部，前後歸道山，不禁梁木哲人之感。

即景四首

其　一

昆明池水碧於油，天上晴陰兩度收。
雨裏青山遮不見，虹粉高出企瓊樓。

其　二

橋邊濯足映淪漪，橋上紅衣小立時。
千葉蓮花滿湖藕，那教人不惹情絲。

其　三

山色染將螺子黛，湖光點出美人睛。
篋中墨蹟留南錦，憑仗新圖爲寫成。吳中顧若波畫師爲余繪《昆明望雨圖》。

其　四

隨香廊外探花迴，石上觀題拭綠苔。
一抹山光雙塔隱，歧亭重認酒人來。

過南柳巷偶成

鴻爪雙留春雪跡，黛眉半露海潮妝。
卯金垞畔青青柳，不是情癡亦斷腸。

看花行者戲贈粉子

冰山環侍肉屏風，幾許豪華見國忠。
婢學夫人嗤少艾，尚書兒女不英雄。

西山紀遊

其　一

暖風催暑近端陽，路入招提野興長。
茆屋山亭全改闢，巍然一塔認靈光。

其　二

龍泉飲罷飲雙泉，山色撩人破醉禪。
步上天台林木秀，百花頭上現青蓮。

其　三

古柏陰深石徑幽，又來松下聽泉流。
丹楓閣上重回首，黃葉白雲幾度秋。

其　四

一年一度看紅葉，三度三人宿翠岩。
山鳥喚回京國夢，不知何苦著朝衫。

六月十三日清晨遊十剎海

朝來爽氣滿長隄，隄上觀荷酒自攜。
白藕作花香更韻，隨香步過短橋西。

六月二十七日晚遊十剎海

參差蓮葉含煙翠，爛熳荷花漾水紅。
行過小橋人獨立，柳絲鄉裏藕絲風。

寒食雜詩之一

中年絲竹問同年，謂沈笠山維誠兵部。金翠輝煌映玉纖。
等是拈花微笑意，春風瘦損沈郎肩。

七月初五日大覺寺詩之二

其　一

高峯出雲化爲雨，甘雨隨車半入雲。
一傍馬頭山面起，早秋時節雨紛紛。

其　二

香雨霏微灑路塵，滿林幽綠竹迎人。
黄埃赤日俱銷卻，留得青山一味真。

苦熱憶西山舊遊諸寺

仙境真同海上傳，天台歸後日高眠。今春四月至天台山。
無端又作清涼夢，壞壁題詩十五年。

二十二日不寐有作

豪家絲管破秋陰，獨向筠廊理素琴。
洗耳苦難箏笛鬧，可能弦外覓知音。

讀西清詩話宋二僧詩偶成

霜空木落見秋時，嗜酒高吟真隱詩。善權有真隐集行世。
派入江西清韻在，瘦權病可祖可病癩。總多奇。

丁亥冬暮觀東坡集

纔餘天上數行歷，忽見梅花三兩枝。
我亦童烏傷永逝，挑燈怕讀幹兒詩。

冬夜遣懷消寒雜詩之一

花殘月缺去來因，鳳泊鸞飄惜此身。
一片冬心愁萬斛，未聞情緒更傷春。

花朝雜詩十首之二

其　一

暖翠飛來映畫欄，蘇家春色夢中看。
一蛙踞坐怒何事，笑倒能行白牡丹。

其　二

沈醉東風酒一尊，鶯嚦花老最消魂。
世間得意蛙傳皷，天下功名蝨處褌。
誰免熱中貪躁進，那堪濫卷拜私恩。
紛紛棋局終歸誤，黑白頻淆莫更論。

冬月二十五日題鍵齋

總爲浮雲混太虛，閒關即是列仙居。
蓬萊有路無心到，莫愁天香戀石渠。

自題詩集後

海上春歸花簇簇，天邊雲在意遲遲。
豪唫半是香匳句，誰識風騷繼楚詞。

寒　蜨

萸酒筵邊見翅痕，粉香全退態猶存。
浮踪偶入滕王畫，幽怨難招楚客魂。
秋老碧梧飄鳳子，夢回修竹憶龍孫。
俜仃莫向花間宿，風葉蕭蕭晝打門。

戊子九日午後太常仙蜨來

數點黄花能餉客，一雙仙蜨忽催詩。
冷煙溼雨重陽節，正是愁秋病酒時。

自題載菊圖

滿身花影客隨車，載得孤芳處士嘉。
節近重陽忙不了，城南辛苦自移花。

冬月二十五日偶成

三冬還似九秋時，一様梅花放最遲。
大裘無用冰澌薄，正和青田冬暖詩。誠意伯詩集有冬暖詩。

讀錢易擬張籍上裴晉公詩戲續其後

富貴極時惟歎老，功名高後轉輕身。
趁庭二李今安在，未許時賢步後塵。

東　山　記

三年一相見，别後渺生愁。風動霜凋竹，江空鶴唳秋。
恥談當世事，獨抱古人憂。聞道壺園客，吳山未倦遊。

夜觀《涑水記聞》偶書

鐵龍事業轉堪嗟，都水功高實用差。
陽爲急功陰樹黨，可憐虚設濬以耙。

春日書懷

撩人春思憶豐臺，折得芳馨抵碧瑰。
看到春殘花更盛，夭桃苦李總凡才。

哭四兒貞郎

其　一

成人風範在垂髫，大父含飴慰寂寥。
玉筋雙垂身化去，可憐魂小不禁銷。

其　二

黄葉聲乾未忍聞，空教阿母叩慈雲。
再生或結來生果，自古彭殤本不分。

再過梧門墓

仙人遺蜕此藏踪，萬古詩篇玉匣封。
惆悵晝寒亭畔路，一溪流水五株松。

冬月二十四日觀劇血手詔清河橋大報仇。

輿臺桃李太紛紛，血詔愁謌迴出群。
死藝不須憂養叔，吳山憑弔漢將軍。

重九雜詩之二

其　一

名虛桂籍惱秋宵，人在悟溪怯路遥。
儷玉小窗蘭訊斷，西風瘦損沈郎腰。憶沈子宜湖南。

其　二

巾車偶訪桂林翁，謂廣西桂林周慕陔明經。無限深情絮語中。
誰道虛聲滿城北，髮眉藻鑑有徐公。謂壽蘅少司空年丈聞慕陔言徐丈推獎甚，至適滋余愧。

戊子冬月十五日偶作

輪蹍日逐長安道，俯仰隨人俗可知。
酒興漸增吟興減，梅花開後竟無詩。

十月十日查樓觀劇偶爲周郎賦

一雙勺樂下瓊臺，絳樹林中許再來。
花景周遭弦管盛，含苞宜向小春開。

十月四日作

鑒月山房訪孝章，滿斟菊醴碧雞坊。
哀絲豪竹都抛卻，妙舞清謳又上場。

九月二十八日過宣南坊偶作

南宣秋夢雨絲絲，畫手書家總擅奇。
苦恨閒情多一賦，菊花紅不到東籬。

十一月二十七日漫成

囊中金盡買花慳，途遠憐他日暮還。
急景催歸風又逆，倒騎驢子下青山。

己丑三月三十日餞春之作

春盡難禁感慨頻，十年芳草又成茵。
逢時才拙文空富，遽世情深道未貧。
南國鶯花紛入夢，東華香土易爲塵。
名心懺後詩心在，下筆猶含太古春。

己丑夏日又謁法梧門先生墓

范陽城外日黄昏，松柏陰森古意存。
緑竹有情圍草屋，青山無數拜梧門。
左遷水部名何損，再陟宫坊望愈尊。先生以不附和珅，大考屢降，大臣嫉擠，故官不顯。
最喜一家風雅盛，長留清德在詩孫。子俊姑丈爲梧門孫，由進士歷官山東、河南兩省，政績廉聲，一時稱最，杲池表兄爲錦香姑母所出，天資聰敏，少年逝世。

勸賑詩四首用駱佑之原韻

其　一

詠史常懷五百年，乙酉歲同人曾聯詩社以流民圖爲題。東南民力總堪憐。
幾行珠玉千絲淚，要使黎元得所天。

其　二

歲儉難逢大有秋，救災卹患仗名流。
宰官謂駱文忠公。昔造蒼生福，更喜郎官善代籌。

其　三

準備遐方輦粟來，源源接濟利源開。
饑魂路殣皆歡喜，賴有仁人事解推。

其　四

春生筆底共揮毫，燕粤聯唫格韻高。
天下生靈未蘇息，莫嫌鷄口試牛刀。

東山紀遊詩四首四月八日自丫髻山歸來録存

其　一

孫侯屯畔停車處，十五年前策騎遊。甲戌冬日先伯文勤公出使遼東，曾偕伯兄送行宿此。
北望遼東雲浩渺，旁人錯認爲春愁。

其　二

村旗社皷賽神祠，也似田家唱竹枝。
茆店香醪人薄醉，不知窗外雨如絲。

其　三

曾家莊接郝家園，沙嶺郝氏爲三河士族，度沙嶺取道峪口，遥見青山爲髻，林木翳然。深柳扶疏碧映門。

雨後螺鬟新若沐，可人風景是山村。

其　四

南垛橋邊兩部蛙，清流如駛繞河沙。

遊鑾滿樹丁香綻，閒煞牆頭紅杏花。

五月初十日率善義兩兒飲什刹海酒樓偶令兒覓句爲足成之

眼底忽空濶，共成載酒遊。輕風翻燕子，斜日照高樓。

病醉懷前夢，丙戌夏醉眠樓上有詩存集中。孤斟盪古愁。田田好荷葉，心跡付閒鷗。

題同曹子和主政詩集三詩

其　一

遊山纔罷見詩筒，滿紙琳瑯句最工。

清到人間蔬筍氣，也如疏雨滴梧桐。

其　二

脫帽看詩意惘然，半生空悔作詩顛。

牧齋老去漁洋死，此事須論五百年。

其　三

詩人爭道水曹郎，誰奉容臺一瓣香。

珠玉別裁風雅集，遲君煮茗細評量。

乙丑八月不寐偶作是月廿四日雷震祈年殿災火經雨始熄故詩中及之

把卷挑燈讀，秋宵不肯明。風雷驚社火，規畫誤棋枰。

舊恨丹山遠，新愁白髮生。牀頭尊酒在，醉裏暫逃名。

西山夜飲詩

東謁碧霞君，西上翠微嶺。迢遞至禪關，林竹吐清影。
曲室間迴廊，入門生晝靜。高塔矗層宵，古落堙廢井。
我生無蔕根，忽似萍飄梗。夢想浮江湖，終當帶笭箵。
緬彼林棲人，退居得幽屛。憑軾望八荒，攬轡靡由騁。
富貴蠅登盤，功名柳生癭。一醉且逃禪，酒中有真境。
醉倚竹根眠，夢醒山月冷。

書　感

淫雨滿庭漬，蒼苔枯又生。寸懷寒雁影，萬事候蟲聲。
髮爲悲秋白，詩因得酒清。遥憐南海客，徐公可同善。神已赴蓉城。

臘八日夜讀陳迦陵集戲題

暮冬天氣檜縹緗，我愛陳髯逸興狂。
一代騈文配薗次，四公與林惠堂集齊名。半生惆悵爲雲郎。
生前嗜酒詞千首，身後遺書淚萬行。集中贈高詹事宜壺歌及和阮亭緑雪茶詩。
靜對宜壺展湘帙，待烹緑雪細評量。

題何大復集

大復詩名自昔聞，高華朗暢獨超群。
人如滄溟音尤雅，才泝灌源派亦分。
此輩清流非誤國，前身明月最思君。
空同壁壘森嚴甚，好著心香一瓣熏。

己丑四月侍大人再遊翠微山詩

其　一

曉出城西郭，蒼茫曙色開。村旗沽酒市，梵宇看花臺。摩訶菴爲元時看花之所。

止足身常暇，承歡客共陪。當階紅藥放，春色未全衰。

其　二

淮南鴻寶在，秀句集三唐。寺中懸恭邸集，唐詩翰琳瑯滿壁。禮塔受真記，傳燈拜法王。何家菴舊有大士像，靜妙莊嚴寺僧議，移供於山頂石室。

山深雲淡白，野濶月昏黃。豪飲西巖夜，乾坤入醉鄉。

太乙山房文集臨川陳際泰著字大士
蘊愫閣詩文集太倉盛大士著字子履

十笏堂中二大士，忽從文字證因緣。
婁江風月西江水，太乙分光照几筵。

貞兒晬日適讀吳蓮洋詩集偶成二十八字

迴凡生日寫新辭，張迴凡生日詩見集中。又讀嬰孫在抱詩。
一樣閒階春浩蕩，藏書記取草堂時。

六月十六日偶成

吟壇宗派太紛繁，臺閣山林總一源。
清響樓中清韻在，詩人今識繆餘園。

即　景

其　一

神居飄緲識蓬萊，諧價西園道路開。
莫問凌煙舊圖像，從知卜式亦奇才。

其　二

犬子恰逢楊得意，茂陵健筆氣凌雲。
黄金濫賣長門賦，苦憶西京諭蜀文。

其　三

穆傳爭看八駿馳，九天徧馭路逶迤。
昆明湖水澄如鏡，零落前朝丞相祠。元耶律楚才墓在清漪園。

叔問將去京師依韻賦贈

垂楊鑒清沚，華侣欣相從。偶同山簡醉，緬想習池蹤。
朱門盛權貴，聲勢何隆隆。閉户天自樸，黄綺心所崇。
願言隨列子，寥寥御長風。化爲匏尊遊，炎炎或見容。
昭曠天宇間，矢志無初終。

冬至月雪後投宿西山禪寺

磵道餘寒起暮陰，高雲不動日西沈。
千章老樹圍村屋，幾處荒碑卧石林。
殘客狂愁成曠達，故人多病罷登臨。笏臣諸君以病未克偕來。
遥憐一角冬山睡，伐木時聞樵斧音。

中秋夜翫月靈岩和叔問均

良遊勝夕踏花歸，又放扁舟趁落暉。
明月無邊供客眺，青雲有路挾仙飛。
故宫池館没秋草，往代琴臺生蘚衣。
清夜夢回詩思發，漫天雨露散霏微。

靈岩歸舟夜泊石湖

眠雲跂石足請盟，網得西施亦世情。
記取頑仙狂醉後，一船明月載詩行。

春申浦寄懷叔問

夢醒鈞天散列真，筆花猶帶古時春。
扁舟一棹江南去，海上安期有故人。

九日獨遊虎邱山寺

風雨吴城感暮秋，江南九日客中遊。
銷魂一曲横塘水，流盡繁華到虎邱。

秋日過錢氏廢園

頹石荒落老樹枝，壁間猶寫玉田詞。壁有同年易中碩詞。
園林興廢今誰問，又到回黄轉緑時。園花盛開，惜無人遊賞，“回黄轉緑”軒額也。

玄墓山還元閣

還元閣上暫相羊，萬樹梅花僧主張。寺僧諸瞿呈元墓山還元閣梅花圖索詩。

忽向詩中得真境，青山一髮認漁洋。漁洋法華諸山在太湖中，登閣遥望如列几案。

浦上寄懷田海籌軍門

男兒身世多不羈，朝遊黄浦夕罘罳。海輪鼓盪天水移，滄波浴日形模奇。道逢津吏無可語，王侯將相皆塵土。局室拘攣太不平，安能忍此與終古。忽憶江南中秋月，拄杖携遊萬山窟。天空一任月往來，山靈衹有雲出没，遊侶化爲龍，吾身願爲雲。詞仙高歌壯士舞，撥雲大吽天可聞。將軍好武復好文，奇才磊落髯超群。我今蟄伏長安道，世間那有田將軍。

初至婁門遊吴園

其　一

亭欄水石稱幽居，拙政名園五畝餘。
獨向遠香堂上坐，小橋深處萬芙蕖。

其　二

桂花香吐萬花圍，花裏樓臺香亂飛。
正是留園好風景，群從花步覓花歸。花步里名劉園，偕同人賞桂。

柏因社翫松

清奇古怪色葱蘢，鄧尉祠前撫四松。
誰識青藤門外老，逢時不受大夫封。一藤奇古天矯門外。

由無隱菴過天平山試茗

無隱庵中岩桂芳，天平山上古松長。
白雲泉水渺何極，清磬一聲聞妙香。

丹桂園觀劇

炫服新妝申浦濱，劉郎前度最知津。
夭桃廿載春仍在，差喜何戡是舊人。一時脚色皆天津舊日菊部也。

馬鞍山瞻塔

屋山獒玉對西風，石馬前頭夕照紅。
怕向狀元坊下過，凌霄塔畔看丹楓。徐相國墓道近對玉峯。

校書小紅曾偕小坡同年走訪

美人生小不知愁，明月銀箏畫舫秋。
最愛風流姜白石，謂小坡同年。吹簫深夜入紅樓。

丙戌冬月得瘦碧書詩以代柬

落南一士多奇觚，身爲大樽如瓠壺。
人間朝市兩無與，逋價日日遊江湖。
忽驚尺一來姑胥，啓函示我皆瓊琚。
再三勉予則古昔，莫教一一吹齊竽。
嗟予故態仍狂奴，聞君此語三歎吁。
男兒墮地志千古，隨人作計儕閨姝。
鄭公邁古真吾徒，手披雲漢執天樞。
高語洪濛問滄海，肯從螳曲鑽明珠。
胡爲落落如散樗，悲君道昌身則臞。
帝闢明堂召賢士，會當召之天子都。

酒堂遺集詩餘

書岳武穆滿江紅詞後滿江紅

仰天長嘯問中興，成就幾朝人物。把酒臨風思往事，空剩得，破碎河山壁。胡馬南來，宮車北狩，此恨誰能雪，朱仙一戰，鄂王獨數英傑。

不道自壞長城，十年功廢一旦。追牌發畢竟奇勳，天亦妬，豈是金人難滅。千古凭欄，貞魂不死，餘怒森毛髮，江山無恙，浩歌還對明月。

暮春偶成阮郎歸

三月繁華春景暮，羽葆香熏，暫疑陽春住。廿四番風君試數，細紅點點飛晴雨。　卻憶尋芳餘此度，青草溪頭，驀地添愁緒。蠡蜨亂飛春欲去，銷魂只在花開處。

自題觀奕圖沁園春

對酒長吟，便浮箇神仙也足。且莫管，天須人補，地教誰縮。彈指山中棋局變，一枰黑白多翻覆。笑等閒，遊戲謫人間，公碌碌。　白玉帶，黃金屋，萬户貴，千倉粟，看眼底煙雲，紛紛入目。半世靈條千劫在，紅塵不受庸庸福。況區區雞肋小，功名非吾欲。

春日書懷菩薩蠻

醉中掃盡愁千斛，綺窗清夢蘧蘧覺。春去近如何，鳥聲簾外多。　幽庭閒散步，莫賦傷春句。小立楝花前，飄紅飛兩肩。

濮又栩布衣石頭禪遺照菩薩蠻

山人合作名山主，前身定與洪崖伍。將石證今生，應知石是兄。　玲瓏奇石見，如覩山人面。一笑卧槃陀，化身千萬多。

節近清明園桃將花連日夜雨寒甚譜此排悶浪淘沙

樓外雨如絲，夢裏桃千樹。一夜東風作峭寒，遮斷春歸路。　漫借春陰護，深恐芳辰誤。惜花長是盼花開，愁絶鶯啼處。

戲呈石芝崦主西江月

注藉十年桂苑，題名三上南宫。片颿飛越到瀛蓬，忽被天風回送。儘許同騎雙鳳，惱人天上歸鴻。名心已逐曉雲空，驚破謫仙春夢。

六月十九日什刹海觀荷題酒家壁

斟酌古今愁，往事悠悠。萬柄新荷迎我笑，月上東樓。　矮屋繫漁舟，谿水清幽。贏得長閒花作伴，也算風流。右調寄生草

臺城銘

戊戌夏始，流滯京國，鶴孫世講出示其尊人如菴同年《酒堂遺集》索題。感舊哀時，率成是解，不自知其淒異也。

酒壚眼底山河杳，傷心十年前事。燕館繁霜，吳坊滿月，都是曾銷魂地。春衫舊淚愴鄰笛，飄風女蘿悽唳發。篋雲芬蠹塵，一卷黯愁理。西園夢遊，似寄白頭吟。望盡零落，無幾華屋。青山葉回碧，海老我淹留。何世悲歌故里歎，金冷名臺筑沉囂。市恨墨盈牋，背鐙清夜起。

叔問文焯

跋

完顏階生衡平受業於先君之門十年，與余交最久。曩其家塾立文社，予必以期至，朝夕相磋磨，見所爲應舉之文，取法甚高，筆尤倜儻峻叢。心竊畏之，而於古體詩詞迄未之一見。倘以所造未深，故祕不示人歟？抑以余于詩學未闚門徑，爲不足与语于斯欤？階生得乙科後，屢试禮部不遇，觀督江南，鬱鬱不得志以歿，同輩心傷之。既歿之明年，其子鶴孫、象賢兄弟出其詩詞稿一册見示，且泣曰："先人手澤僅存，不忍湮棄，將謀付刊，乞賜序言。"余受而讀之，中有哭先君及先兄詩，當時亦未及見，師友之情，一往而深，追思疇昔，百感絲棼，正不僅爲亡友傷矣，其詩詞體格，陸序言之已詳，無俟余贅。聞之集無所序，爰述平時交誼，綴數語于後，以答鶴孫兄弟之請。鶴孫兄弟秀穎好學，其不忘遺澤，尤孝思之足嘉者。他日競起顯揚，以竟先人未竟之志，余即以此卜之。

光緒二十一年歲在乙未孟夏月陽湖馮光遹謹跋

三虞堂論書畫詩

完顏景賢　撰

《三虞堂論書畫詩》卷上

家珍久佚幸歸藏，十字《送梨》誇小王。唐宋臨摹難與類，堂開真晉抗元章。

王大令《送梨帖》真蹟。自宋元已來疊經著録，有柳公權、文與可題跋。明世爲王敬美物，同時鑒賞諸家多爲題識。王百谷嘗云：“世傳二王墨蹟，多出唐宋臨摹，惟右軍《快雪》、大令《送梨》二帖，乃係手墨。玄賞之士，自能辨之，不可與皮相耳食者，論其聲價。”久與《快雪》並列，的然真蹟無疑。高廟御題三次，尤足寶貴，曾刻《臨江二王帖》《戲鴻堂》及《三希堂》等帖。余家物，久佚，今幸重價購回，可築真晉堂矣。

曾藏大令《東山松》，刼數何堪庚子逢。翠鳳翥雲犀破浪，吴琚跋尾筆猶龍。

王子敬《東山松帖》真蹟。經《宣和書譜》《中興館閣録》《畫禪室隨筆》著録之件，有“紹興”“内府圖書”及“江寧開國”大印，五代林罕章草題、朱文公及劉涇題名押字，吴琚跋。尾有“翠鳳翥雲、錦犀破浪、使人神遠”之句，筆法飛舞，置之米蹟中不辨。明世爲姜二酉藏物，非孫退谷見於曹秋岳處米臨者比。惜庚子變亂，余於奉天冬間失之矣。

底本虞書《孔廟堂》，趙嚴朱項遞相藏。京江張氏傳家寶，二百年來出上方。

虞永興《底本廟堂碑》真蹟。册經《雲煙過眼録》、《嚴氏書畫記》、《清河書畫舫》、吴其貞《書畫記》、《七頌堂識小録》、《石渠隨筆》均著録，又見於韓逢禧《定武蘭亭》榮芑本跋内，即《珊瑚網》、卞令之《書考》所載《東觀帖》也。宋末在趙與懃家，明世歸嚴嵩，後爲朱成國折俸所得。朱乏嗣，復售諸項氏。明末由項歸京口張修羽，便爲京江張氏世寶。康熙初，入大内。甲午歲末，流傳出世。福山王文敏得之，未加考定，竟與陶齋易馬。今歸余。物各有主也。

《異趣》兩行梁武帝，肯堂題筆誤官奴。大令小字官奴。《悦生別録》

堪爲證，真鑒終須讓董狐。

梁武帝《異趣帖》經《清河書畫舫》《南陽法書》《清河秘篋》二表著録。董文敏曾刻《戲鴻堂帖》。王肯堂復刻《鬱岡齋》，改題爲王子敬書，莫衷一是。國朝經純皇御鑒跋識，改題從董，并刻入《三希堂帖》中。自是天語增重藝林，始知爲梁武帝書。其實宋賈似道《悦生别録》中《異趣帖》早題爲梁武，尤堪爲董狐作證。於以見香光品題字畫，不苟有依據耳。（陸氏穰梨館壓卷物，今售余。）

虞蹟從來無處尋，汝南誌草最銘心。幸存唐世弘文印，莫漫人疑是米臨。

虞永興《汝南公主墓誌》起草真蹟。宋明已來，歷經著録刻石之物。王弇州、張青甫因米老有臨本傳世之説，遂疑此蹟出米。殊不知米臨本，字勢肥而長，見文衡山《甫田集》，與此迥别。周密《雲煙過眼録》云："虞永興《汝南誌》草在郭北山御史家，後有米跋，俱真。"今此蹟，郭氏藏印纍纍，惟米跋不知何時佚去，况有唐世弘文之印，堪爲左證。後之質者，勿惑於王張之説也可。

千文半卷憶高閑，元代藏諸喬仲山。困學補書堪繼美，失於庚子閏秋間。

高閑上人《草書千文》，存後半卷，前半卷係鮮于困學補書。按《困學齋雜録》云："係趙明誠故物，余家物，今歸喬仲山。"此卷尾有喬氏墨印，並樞字印，每鈐縫有"箕子之裔"朱文方印，連於鮮于補書。《墨緣彙觀》著録，係半卷式，《古堂彙考》有鮮于補書。李氏愛吾廬先後得之，合裝唐紙，堅潔光厚，墨氣淳古，余最心賞者，惜庚子閏秋失之。

唐蹟傳今已景雲，篆書著録恰無聞。我生何幸眼多福，得向陶齋看《説文》。

唐寫本《説文・木部》六紙，卷有米友仁、俞松題記。自宋明已來，未見著録。至我朝咸同間，莫子偲得之，徵當時聞人題跋，始顯於世。後質於徐紫珊，近歸陶齋師處，價頗不貲。唐寫卷子本書籍世已罕見，此卷乃係篆書，精勁絶倫，且有宋人題記，尤可寶貴。

曾見素師《山水帖》，海王村上我迂疏。歸家檢閲《宣和譜》，始識竹窗誤論書。

懷素《山水帖》卷，高江村題作《論書帖》。余於甲辰歲杪在海王村市上見之，聞係湖州陸存齋物。因與《墨緣彙觀》所載《論書帖》紙張、行款均不相符，故未攜回鑒别。歸家檢閲《宣和書譜》，始識爲《山水帖》。江村誤題爲"論書"，載在《銷夏記》中。次日往觀，已爲張野秋世伯所得。物各有主，固有定數。然吾輩鑒閲書畫，萬不可輕心放過。若落筆，尤當引江村此題爲戒。

金書鐵券賜錢鏐，千百年來謝表留。羅隱幕中代脱稿，伯温跋尾青田劉。

唐羅昭諫《代吴越王錢鏐謝賜鐵券表》稿，有劉伯温、厲衣園、李世倬等跋。宋元已來未有著録，惟國朝錢梅溪《履園叢話》中載之。

經傳《七寶轉輪王》，天壤閣中所弆藏。鐘可大書當有誤，貞觀年寫記初唐。

唐人《七寶轉輪王經》，卷末有“貞觀某年”，用大麻紙寫，一行。明金幼孜跋題爲鍾紹京書，隔界綾上有半山老人韓逢禧題云：“此卷凡七十餘言，曾藏鮮于伯幾家，夜有光燭人者，非此，其何物耶?”細閲韓題，乃是題《靈飛經》者，不知何時移裝於此。且貞觀間可大尚幼，此卷字數不及二千，亦不相符。曾見刻石拓本，竟定爲鍾紹京書，當與世傳《靈飛經》同誤。念係唐初人書，又爲世好所藏，雖非鍾書，亦可寶也。

《三虞堂論書畫詩》卷下

出像《洛神》繪愷之，形如畫壁武梁祠。龍眠摹古推藍本，此卷曾藏洗玉池。陶齋尚書藏。

晉顧虎頭《洛神圖》卷，絹本。繪洛神之像，沉著奇古，尚有漢魏畫像遺意。後有董跋，梁真定相國物。《墨緣彙觀》著録。細驗卷尾有“洗玉池”朱文印，係李龍眠曾藏之品，洵屬龍眠摹古藍本，非陳洪綬輩所能夢見。猛菴之詩，何阿好老蓮之甚耶？而“洗玉池”印爲李龍眠所用，見於何書？徵之當代鑒賞自負者，恐亦知之者鮮。余惟鑒別書畫不肯讓人，小子狂妄，幸恕之。

閻相《校書圖》半卷，衣冠人物認高齊。惜其久佚涪州跋，幸續范韓陸謝題。

唐閻右相《北齊校書圖》卷，絹本。自宋元已來，歷經著録，的然真蹟無疑。惜缺佚半卷，當係北宋文禁之際，并山谷跋爲人挾去耳。後有范石湖、韓南澗、陸放翁、謝艮齋及郭見義宋人五跋。細閱范、韓跋語，南宋時已存半卷，究無害於名蹟，且卷中宋世官印有十餘方之多。雖覺側斜，尤資考證。麓村以爲可厭者，余更以爲可愛也。

韓家名畫表南陽，《鎖諫圖》觀記上詳。暗笑富商徒抱古，何曾筆法識閻常。

唐畫《鎖諫圖》，絹本。世傳有閻立本、常燦二卷。明世曾藏於韓存良家。《南陽名畫表》並列入此卷。係閻畫，有王百谷、韓逢禧題。曾入《石渠寶笈》，經純廟御賞題識。畫法沉古，當與《校書圖》媲美。余自上海於某富商家見之，歎爲奇觀。富商亦頗知珍重。余始喜其嗜古，究勝作守財虜。及至談常燦亦有此作，彼竟茫然不能達，然則彼寶貴此卷之意，惟在璽跋，亦徒負其有而已。記之以博一笑。

人物曾觀王右丞，書籤六字宋思陵。伏生寫像鬚眉古，宋世留題吳傅朋。

唐王右丞《寫濟南伏生像》卷，絹本。自宋元明已來，歷經著録。畫法高古，有“宋内府號數”一行，係半字。又宋思陵在押縫題“王維寫濟南伏生”六字，後有吴説觀款。卷中收藏印章繁多，其不常見者，“嚴嵩家制褒忠孝”一印。卷尾有宋牧仲、朱竹垞、劉石菴等跋，流傳有緒，至爲精美。現藏山左陳壽卿後人家。余曾以千金議值未果者。

黄麻一卷《五牛圖》，辣手描來筆意麤。天府儲藏韓滉畫，誰期庚子竟歸吴。

唐韓晉公《五牛圖》，短卷，黄麻紙本。世傳唐畫最有名者。歷經著録，毫無疑義。畫法奇古，描法全以辣手麤筆出之，非戴嵩、厲歸真可企及。後有元趙文敏行楷三跋，孔直表一跋，國朝金冬心一跋，亦不多見。純廟御筆書簽題識數次，卷尾臣工恭賀御製詩有十八人之多。聞係向藏南海之品，庚子秋變失出，竟爲一洋商吴姓所得，余曾寓目，奇寶也。

絹如銀板細無紋，緑樹紅樓隱白雲。曲盡《春山》遊覽景，北宗畫認李將軍。

唐大李將軍《春山圖》卷，絹本。色若銀板，細若無紋。蓋唐法製熟絹用粉砸者。此卷設色濃古，用筆鬆秀，靈動不滯，非千里、十洲所及。明李西涯、陸水村皆題寫李將軍作，然是父是子，究無定論。偶從陶齋借閲數日，檢查著録各書，張青甫《書畫見聞表》係入大李將軍列。都玄敬《寓意編》云：“大李將軍《踏錦圖》上有‘思訓’小字，款者與陳湖陸氏《春山圖》筆法一類。”然則此卷之爲雲麾將軍，似有據矣。

畫馬唐元二妙圖，秋郊飲牧迴相符。范陽節度精心作，天水王孫著意摹。

唐裴寬畫《小馬圖》，絹本，寫秋郊飲牧之景。《宣和畫譜》所載惟此一卷，世無别蹟，《畫鑒》所謂“蕭散閑適，筆墨甚雅”者。自元明已後，未見著録，湮没無聞。余先得松雪《秋郊飲馬圖》，後有柯丹丘跋，謂與裴寬《小馬》氣韻相望，豈公心摹手追，有“不期然而然”之語。偶於吴門復得裴馬卷，中有“宣和稽古殿”璽印，與趙畫布景符合，更覺設色濃古，氣韻淳厚，亦時代使然。因合裝一卷，可謂二妙圖矣。

款書章草認煙波，逸品畫傳張志和。高米雲山推鼻祖，圖存半卷譜漁歌。

唐張志和《漁父詞圖》，半卷，紙本。堅潔光厚，摸之如緞，千餘年并未昏暗，與舊藏高閑《千文卷》係一類紙。款在卷尾，“煙波子”三字章草書，淳古之至。下押小方銅印，一是“張”字，一是“志和”，二字俱朱文古篆。畫法高逸，雲山煙樹，毫無筆墨痕蹟。山石兼作没骨，有空勾未皴者，以花青填之，尤覺奇異，米高畫法脱胎於此。考張畫世無别蹟，宋元著録，惟此《漁父詞圖》一卷，即因魯公贈漁歌所做者，此係下半卷人物、舟梁、烟波之景，其鳥獸、風月二段當在前半，不知何時爲人割裂。尤物忌完，信哉。

羅漢神奇繪貫休，衣紋水荇汎清流。信其書法追懷素，八字留名筆力遒。

唐釋貫休繪《水墨羅漢五祖授六祖衣鉢圖》，絹本。長卷，絹素極粗，尚完好。畫羅漢相貌奇古，與《益州名畫記》所論胡貌梵相符合。衣紋只數筆，描如水荇汎波，更覺簡逸。卷尾下角款作草書“貫休畫於和安禪院”八字，頗似懷素。昔人謂貫休畫法立本，書法懷素，益信此卷非元明僞託之品。後有靈隱普濟跋，即松雪曾書《濟禪師塔銘》之宋世高僧，其蹟惟見宋槧《五燈會元書序》，亦所罕覯者。元明僧數跋，皆係題於禪院，末羅六湖考論甚詳。

周文矩有傳真筆，像寫羲之與獻之。畫卷今藏天壤閣，瑯琊書派衍宗支。

南唐周文矩畫《羲獻像》卷，絹本。衣紋作戰筆，蓋用其主“鐵鈎鎖”法。鬚眉古雅，神情現於縑素，爲羲獻傳真第一。歷經著録之物，現藏福山王氏天壤閣。余見於漢符觀察手，漢符乃庚子殉難文敏公次子，頗能以善書傳家法者，宜世守此卷耳。